짧은 느낌, 긴 사색

짧은 느낌, 긴 사색

종교학자 정진홍 에세이

초판 1쇄 인쇄 2015년 11월 16일
초판 1쇄 발행 2015년 11월 23일

지은이 정진홍
펴낸이 박미옥
디자인 이원재

펴낸곳 도서출판 당대
등록 1995년 4월 21일 제10-1149호
주소 04047 서울시 마포구 독막로3길 28-13 (서교동) 204호
전화 02-323-1315~6 **팩스** 02-323-1317
전자우편 dangbi@chol.com

ISBN 978-89-8163-165-9 03810

짧은 느낌, 긴 사색

종교학자 정진홍 에세이

당대

'짧은 느낌, 긴 사색'을 위한

프롤로그

1

긴 글을 읽기가 힘들어집니다. 점점 그러합니다. 이를테면 제가 읽지 않으면 안 되는, 늘 익숙하게 읽어왔던 학술서적들도 책의 한 쪽이 하나의 문단(文段)으로 꽉 채워져 있으면 이제는 아예 책을 덮고 싶어집니다.

그런데 자꾸 긴 글이 씌어집니다. 글이 점점 길어집니다.

2

꼭 생리적인 숨쉬기는 아니어도 생각에도 호흡의 길이가 있습니다. 문단은 바로 그러한 맥락에서 숨고르기의 마디라고 해도 좋습니다. 그래서 책의 한 쪽이 네댓 문단으로 이루어져 있으면 숨쉬기가 편합니다. 숨이 가쁘지도 않고 숨을 몰아쉬지 않아도 됩니다. 때로는 숨쉬기를 잊기조차 합니다. 한 문단에서 다음 문단으로 이어지거나 넘어가는 사이에서 그런 경험을 하곤 합니다. 이렇게 책을 읽으면 읽음이 생각을 강물처럼 흐르게 합니다. 그리고 제 생각은 어느 틈에 그 흐름 속에서 온갖 것을 짓습니다. 책읽기가 즐거워집니다.

그런데 긴 문단은 그렇지 않습니다. 맑은 생각으로 책읽기를 시작했는데도 읽다 보면 어느 틈에 숱한 어휘와 번거로운 개념과 뒤엉킨 문장과 행간(行間)까지 뒤섞이면서 마치 험한 언덕길을 위로 걷듯 숨이 차집니다. 갑작스러운 피곤이 몰려드는데도 생각은 긴장을 풀 길이 없습니다. 분명한 출구, 아니면 아직 아물거리지만 틀림없는 놓여남, 그런 것이 있으리라고 걸음을 재촉하지만 자기도 모르게 점점 늘어나는 이런저런 생각의 무게에 짓눌려 숨이 턱에 닿습니다.

이렇게 책을 읽으면 읽음이 저절로 험한 길에 들어 생각이 마냥 덜컹거립니다. 그리고 저는 어느 틈에 그 길에서 읽음의 단속(斷續)을 쉬지 않은 읽음이라고 애써 스스로 변명하지만 이미 책읽기는 긴장을 거쳐 지루하기 짝이 없게 됩니다. 생각도 그 파열이 수습할 수 없을 만큼 퍼집니다.

사정이 이러니 글은 마땅히 긴 글이지 않아야 합니다. 친절이라는 구실로 '다시 말하면'이라든지 '바꾸어 생각해 보면'이라든지 '그렇지만'이라든지 하는 접속사들을 무수히 구사하면서 잇는 글, 그러한 글들이 끝없이 이리저리 되풀이되다 마침내 '더 살펴야 하겠지만'이라든지 '갈등은 불가피하다'든지 하는 것을 거쳐 '선명함의 기만성'을 일컬으면서 짐짓 '모호함의 진실성'을 기술하는 데 이르는 서술은 정말 없어야 합니다.

게다가 자기의 간절함을 담아 전해야겠다는 구실로 온갖 부사와 형용사로 문장과 개념어를 꾸미는 일도 없어야 합니다. 글 쓰는 이의 주장, 아니면 그의 독선이나 자기도취를 읽는 이에게 강요하는 폭력일 수도 있기 때문입니다. 오만한 글과의 직면은 늘 읽는 이를 피곤하게 합니다. 당연히 생각이 시들 수밖에 없습니다.

이러한 긴 글을 쓰지 않기 위해 필요한 것은 글의 처음과 끝을 글쓰기 전에 분명하게 설정하는 일입니다. 그리고 어휘를 치밀하게 선택해야 하고, 읽는 이들이 곁길로 들어서거나 방향을 잃거나 헤매지 않도록 글 풀림이 소박하게 단조로워야 합니다. 그런 글이라면 그것이 어떤 주제로 쓴 글이라 할지라도 길게 될 까닭이 없습니다. 따라서 글은 무릇 간결해야 합니다. 오죽하면 사람들은 길고 지루해서 읽기가 힘든 '악문'(惡文)을 만연체(蔓衍體)라 하여 글이 그리 되지 않도록 자기의 글을 늘 되살피도록 일렀겠습니까.

그래서 사람들은 비록 긴 글의 본디 의도와는 다르다 할지라도 그런 글이 불가피하게 담게 되는 '난해성'을 들어 글쓴이가 어쩌면 글의 장황함을 통해 감추고 있을지 모른다고 예상되는 것들을 들춰내 그를 윽박지르기도 합니다. 참으로 '아는' 사람은 결코 긴 글을 쓰지 않는다고 말합니다. 긴 글이란 자기 무지를 감추려는 술수에 지나지 않는다고 판단하는 것입니다.

그런가 하면 진실로 훌륭한 사람은 말이 많지 않다고 주장하면서 긴 글을 꾸중하기도 합니다. 사물에 대한 서술과 그것에 대한 앎에서 비롯하여 이에 대한 자기의 판단을 거쳐 그것을 행위의 실천적 규범으로 자리 잡게 하는 데 이르는 모든 것을 간결한 발언에다 담을 수 있어야 그것이 진정한 사람의 발언이고 글이라고 주장합니다. 학자의 글은 마땅히 그래야 합니다. 그렇게 발언된 말이나 기술된 글을 못 알아듣거나 읽어 풀이하는 일에 장애를 가진 사람은 없다는 사실을 제발 유념하라고 충고하기도 합니다. 그리고 현란함으로 채색된 긴 글이란 실은 무척 초라한 것이라고 지적하면서 이를 딱해하기도 합니다. 왜냐하면 긴 글일수록 감추고 가리고 비틀고 의도적으로 알듯 모를 듯 모호한 논리를 펴면서 그것이 학문이든 인격이든 자기의 치부(恥部)를 교묘하게 덮는 경우가 뜻밖에 무척 많기 때문이라고 말합니다.

더 나아가 아예 발언이나 글을 배제하는 침묵조차 뜻을 담아 전할 수도 있다는 사실마저 주장하면서 긴 글을 쓰면서 현학적이기를 기하기보다는 아예 침묵하는 것이 오히려 나을 거라는 충고가 진지하게 전승되고 있습니다. 이를 감안하면 긴 글이나 긴 말에 대한 걱정이 아득한 때부터 예사롭지 않았음을 새삼 눈여겨보지 않을 수 없습니다. 공부하면서 불가피하게 글을 쓰는 삶을 살면서 자기 글에 대한 이러한 꾸중을 듣게 되면 그 참담함은 이런 일을 겪지 않은 사람은 짐작도 못할 지경입니다. 그런데도 이러한 질책은 멈추지 않습니다. 긴 글의 폐해가 늘 있기 마련이기 때문입니다.

이러고 보면 제가 점점 긴 글을 견디지 못하는 것은 난데없는 일일 수도 없고, 잘못된 것도 아닙니다. 자연스러운 일이고, 바른 사람의 본디 모습이며, 오히려 너무 뒤늦은 터득이라고 해야 옳을 것 같습니다.

그런데 다행히 이제는 간결한 짧은 글들을 많이 쓰고, 그래서 읽는 데 부담이 없는 산뜻한 글들이 넉넉해졌습니다. 학문의 장에서도 그러합니다. 긴 글이 점점 사라집니다. 긴 글은 현학성이라는 큰 울의 부정적 판단을 빌미로 서서히 폐기되는 것 같은 느낌조차 갖게 됩니다.

하지만 알 수 없는 일입니다. 그런 채 제 글은 제 뒤늦은 터득과는 달리 자꾸 길어지기만 합니다. 불안합니다. 현실 적합성을 상실한 제 고루함 때문인지, 아니면 짧은 글/긴 글 간의 갈등현상이 가진 어떤 구조적인 문제가 있기 때문인지 모호하지만 '싫은 긴 글'과 '씌어지는 긴 글' 사이에서 이는 불안이 가시지 않습니다.

3

긴 글이 읽기 힘들어지면서도 간결함의 주장이 글쓰기에서 마냥 옳고 바른 건지는 잘 모르겠습니다. 짧은 글, 명료한 글, 그래서 누구에게나 쉽게 전달되고, 누구나 투명하게 받아들이는 글, 더 나아가 바로 그러한 이유 때문에 그 글에 물음을 댓글 달아야 할 아무런 필요가 없는 글, 그럴 수가 없는 글, 그러한 글이 과연 좋은 글이고, 그러한 글만 찾아 읽는 것이 현명한 읽기인지, 그런 글만 써야 그것이 공부하는 사람이 해야 하는 마땅한 일이고, 그래서 학자라면 누구나 글은 그렇게 써야 하는 것인지 판단이 잘되지 않습니다.

문득 다음과 같은 생각이 들기 때문입니다.

4

짧은 글은 아무래도 읽기가 쉽습니다. 그래서 편합니다. 그런데 바로 그 쉬움과 편함이 오히려 짧은 글의 문제는 아닐는지요. 이를테면 그러한 간결한 글을 읽고 어떤 사물에 대한 이해에 이른다면 그 이해는 마치 "하늘은 하늘이야" 하는 것처럼 틀림없이 동어반복을 낳을 것입니다. 그런데 동어반복은 신념을 강화하기는 해도 인식의 지평을 더 넓혀주지는 않습니다.

또 만약 짧고 투명한 글을 읽고 공감이 내 속에서 일었다면 그것은 “아, 그렇구나!” 하는 감탄을 낳을 것입니다. 그리고 그 감탄도 짧고 투명할 것입니다. 그런데 감탄은 물음을 차단합니다. 물음 없는 동조(同調)를 살게 할 뿐입니다. 그 글을 좇아, 그 글과 더불어 주장하고 비난하고 칭찬하곤 할 것입니다.

그러한 삶은 실은 내 삶일 수 없습니다. 그것은 비록 내가 참여한 이해를 살아가는 일이고 내가 동조한 주장과 비난과 긍정을 내가 실행하는 것이라 할지라도 이 모든 것이 나로부터 비롯한 것이라고 할 수는 없습니다. 나를 감탄하게 한 주체는 나 아닌 존재니까요. 그래서 어쩌면 그 짧은 글을 좇아 사는 사람은 자기가 없거나 타자에 의해서 확인되는 한에서의 자기를 살아가는 사람은 아닐까 하는 생각이 듭니다.

그런데 감탄에 의한 동조가 아닌, 분석과 판단과 토론과 천착을 거쳐 이른 동조도 있습니다. 그런 동조는 나를 너 안에서 희석시키지 않아도 가능합니다. 나도 너도 살아 있는 동조이기 때문입니다.

군더더기 없이 깔끔한 짧은 글은 바로 그렇기 때문에 생각을 더 잇지 못하도록 하는 글이기도 합니다. 그렇다고 말하고 싶습니다.

내친 더 이어 발언한다면 짧은 글은 생각을 막거나 닫아버리는 글, 생각을 버리게 하는 글, 생각을 무척 비현실적이게 하는 글이지는 않을는지요. 그러니까 생각이 가난한 글, 생각이 끊겨 그 끊긴 그 생각이 만든, 실은 현실보다 아주 좁거나 한쪽만의 현실을 온 현실로 착각하게 하는 글은 아닐는지요. 어쩌면 생각을 더 이을 수 없는 사람, 서둘러 문제를 닫아버리고 싶은 사람이 쓰는 글이 짧은 글은 아닐까 하는 생각도 하게 됩니다. 아니, 더 나아가 어떤 사물이 그렇게 짧고 선명하게 기술될 수 있다면 아예 그것에 대해 굳이 글을 쓸 필요가 있을까 하는 생각조차 하게 됩니다.

그런데 긴 글은 다릅니다. 비록 읽기가 지루하고 힘들고, 그래서 따분해도, 글 쓰는 이의 자리에서 보면 짧은 글로는 도저히 담을 수 없는 생각의 이어짐을 주체할 수 없어 몸부림하는 사이에 글이 스스로 길어진 것이라고 말할 수도 있을 것 같습니다. 더구나 공부하는 일이란 몰라 물어 알고 싶어 사물을 살피는 일인데 어떻게 그런 사정을 기술하는 일이 그리 단순하고 단조롭기만을 기할 수 있느냐고 항변할 것 같습니다.

서술이 필요 없는 오직 선언만으로도 학문하는 일이 완결될 수 있는 것이라면 처음부터 학문의 자리에 들어설 것 없이 시를 쓰면 되지 않았겠느냐는 볼멘소리도 할 수 있을 것입니다. 더구나 그러한 시도 아니면서 깔끔하고 군더더기 없기만을 의도한 짧은 글이어서 결국 시처럼 여운도 없고 여백도 없는 글이라면 그러한 글이란 절대적인 주장, 주어나 목적어를 생략해야 힘을 가지게 되는 명령, 자기를 스스로 배제하면서 빠지게 되는 감탄 그리고 비록 다른 범주에 드는 것이지만 근원적으로 타자의 현존을 부정하거나 그렇게 하고 싶어 내뱉는 욕설밖에 더 있겠느냐는 어쩌면 유치한, 그러나 그래서 질박하다고도 할 수 있을 비난도 하지 못할 것 같지를 않습니다.

내 발언에 이어지는 메아리 없음, 그러니까 어떤 여운도 일게 하지 못함, 사색이란 도저히 담길 수 없음, 이러한 것으로 그릴 수 있는 그러한 정황이 짧은 글이 마련하는 현실이지 않을까 하는 생각도 듭니다.

이런 생각을 하다 보면 긴 글을 읽기가 점점 더 힘들어지면서도 그 긴 글은 제가 차마 내려놓지 못하는 마음의 번거로움으로 제 안에서 이어지고 있다는 제 속내를 드러내놓아야 제 마음이 조금은 가볍고 편해질 것 같기도 합니다.

5

분명히 짧은 글은 무릇 어질고 착하고 지혜로운 분[賢者]의 글임에 틀림없습니다. 그러나, 아주 낡은 투로 말한다면, 그 글은 아무래도 모르는 것이 많아 끝없이 묻고 깊이 살펴 알고자 하는 사람[學者]의 몫은 아닐지도 모르겠다는 생각이 듭니다.

6

그런데 또 생각해 보면 긴 글을 지루해 읽지 못한다든지 짧은 글만을 반겨 읽는다든지 하는 것은 글 자체의 장단(長短)의 문제가 아닐지도 모릅니다. 아예 짧음은 견디면서 긴 것은 감당을 못하는 우리네 마음에서 말미암는 문제가 아닐까 하는 생각이 들기 때문입니다.

공간적으로 기술한다면 짧음은 끝과 끝 사이에 거리가 길지 않은 것을 일컫습니다. 그래서 처음과 끝이 한눈에 들어옵니다. 그것이 짧음입니다. 그 안에는 담지 못한 미진한 그늘이 없습니다. 그러니까 글의 간결성은 글의 완결성과 다르지 않습니다. 그 글의 완결성 안에 담지 못할 어떤 것도 없음을 뜻합니다. 이러한 이유 때문에 간결한 진술은 자기를 열어 놓지 않습니다. 글의 열어놓음은 아직 더 기술할 것이 있다는 것을 뜻합니다. 다시 말하면 그 글에 담지 못한 다 하지 못한 생각이 있음을 전제하는 것입니다. 그러므로 만약 글을 열어놓는다면 그것은 미완의 상태를 스스로 인정하는 것과 다르지 않습니다. 그러한 상황에서는 짧음을 유지할 수 없습니다.

시간적으로 묘사한다면 짧음은 대체로 순간적이라고 묘사할 수 있습니다. 과장한다면 찰나적(刹那的)이라고 해도 좋을지 모르겠습니다. 아니면 순간적이기를 기하는 몸짓이 낳는 것이 짧음이라고 해야 더 옳을 것 같습니다. 지금 여기서 몸이 직접적으로 반응하는 감성, 머뭇거림이 없는 명확한 단정(斷定) 그리고 집착하기도 고착하게 함도 배제하는 증발성(蒸發性)이 짧음의 시간적 속성입니다.

그러므로 짧음은, 적어도 그렇게 경험되는 어떤 것은 그것과 이어져 펴지는 얼개를 전제할 수 없습니다. 실제로 그렇게 이어질 까닭도 없고, 그렇기를 예상하지 않아도 괜찮습니다. 그렇게 할 필요가 없기 때문입니다. 그렇기 때문에 만약 우리가 짧음을 실체개념으로 바꾼다면 그것은 그때 거기에 잠깐 머문 오롯한 개체라고 할 수 있을 그런 실재입니다.

7

이를 짧음과 긴 것에 대한 우리의 의식(意識)의 작용과 연계해서 생각해 보면, 또 다른 흥미로운 사실을 서술할 수 있습니다.

짧음을 감당하는 것은 느낌이라고 하고 싶습니다. 느낌은 짧음이 아니면 반응하지 못합니다. 느낌은 긴 것을 잘 품지 못하는 것 같다는 생각이 들기 때문입니다. 그래서 짧음은 느낌을 자아낸다고 말하고 싶기도 합니다. 그런데 느낌은 내가 힘들여 애써 얻는 것이 아닙니다. 의도하지 않아도 내게 와 닿고, 또 내게서 솟습니다. 그래서 삶의 주체는 언제나 어디서나 사물과의 만남을 느낌에서 비롯합니다.

그런데 느낌은 그저 느낌이 아닙니다. 거기 그때 그 느낌이 아무리 짧아도 그 느낌은 그 느낌이 인 바로 그때 거기서 우리에게 필요한 모든 것을 제공합니다. 모르겠다고 느끼면 그렇게 모르는 대로, 알았다고 느끼면 그렇게 아는 대로, 아프게 느끼면 그렇게 아픈 대로, 성하게 느끼면 그렇게 성한 대로, 분노도 분노대로, 희열도 희열대로 순간 그렇게 느끼고 그렇게 살면 됩니다. 그리고 그 느낌은 곧 지나갑니다. 또 새로운 느낌이 이어질 것인데 이전의 느낌을 고이 간직할 필요가 없습니다. 그렇게 하려 해도 되지 않습니다. 그러니까 느낌입니다.

이러한 느낌을 좇아 살면 삶은 가벼워집니다. 사람은 느낌에 의하여 살아갈 때 삶이 가장 쉬워집니다. 괴로움이 없는 것은 아니지만, 그렇다고 행복이 없는 것도 아니지만, 그 둘이 모두 견디기 쉬워지기 때문입니다. 그래서 사람들은 감각적으로 사는 것을 마다하지 않습니다. 편하고 쉽기 때문입니다. 짧은 것을 좋아할 수밖에 없습니다.

그렇기 때문에 느낌은 역설적으로 매우 귀중합니다. 사실상 느낌이 제공하는 필요한 인식의 내용이 있습니다. 사물을 판단하고 행위의 격률을 마련하는 원천이 곧 느낌이기도 합니다. 느낌도 가치와 보람마저 마련합니다. 그렇다면 우리는 느낌을 결코 소홀하게 다룰 수 없습니다. 느낌만으로도 우리는 삶을 살아갈 수 있습니다. 그것도 쉽고 편하게 이어갈 수 있기 때문입니다. 짧은 글을 선호하는 마음을 미루어 충분히 짐작할 수 있습니다.

그러나 느낌 자체는 순간적이라 할지라도, 느낌은 느낌에서 끝나지 않습니다. 느낌은 느낌 자체가 이어지는 것은 아니지만 느낌은 곧 다른 마음결로 이어집니다. 의도적으로 그 이음을 거절하지 않는 한, 또는 부정하지 않는 한, 느낌은 생각을 낳습니다.

삶은 결코 생각에서 비롯하지 않습니다. 생각은 삶에서 비롯합니다. 그런데 삶에서 생각을 비롯하게 하는 것이 바로 느낌입니다. 느낌이 사물을 지각하면서 그 지각에서부터 사유가 지각을 잇습니다.

느낌과 사유는 아득한 그리스 철학이 철석같이 주장한 이른바 감성과 이성의 이원적 구조에서 일컫는 별개의 실재가 아닙니다. 택일하여 어느 것을 버리고 어느 것을 선택해야 할 그러한 것이 아닙니다. 그리스 철학은 이성에 무게를 두고 감성을 치워버리는 것으로 그 택일을 완성시키고 있지만 도무지 그럴 수 있는 것이 아닙니다. 우리는 그것을 실생활에서 늘 느낍니다. 알고 있다고 해도 좋습니다.

우리 누구나 겪듯이 삶은 온갖 질곡으로 가득 차 있습니다. 누구도 이 현실에서 벗어나 있지 않습니다. 그러니 온갖 생각을 다 하면서 내 삶을 다듬지 않으면 살기가 힘듭니다. 그래서 아무리 쉽고 편해도 느낌만으로 삶을 감당하기에는 삶이란 훨씬 어지럽고 뒤숭숭하고 벅찹니다. 순간 느끼고 지나가지를 않습니다. 그 짧은 찰나적인 반응만으로 다듬기에는 삶이 너무 험하게 벅찹니다. 짧은 공간에 담기지 않는 멀기만 한 미완의 얽힘이 사뭇 이어지기 때문입니다.

부정적인 맥락에서만 이러한 서술이 가능한 것이 아닙니다. 좋은 일이 이어져 간헐적인 괴로움은 아무런 문제될 것이 없다고 여길 때도 삶은 그러합니다. 우리는 그런 때도 느낌만으로 감당할 수 없는, 느낌에서 비롯하는 생각의 펼침을 그치게 할 수가 없습니다. 삶은 생각에 실려 생각을 좇아 이루어지기 마련이기 때문입니다. 그런데 그러한 사색을 낳는 것이 바로 느낌입니다.

그러므로 느낌과 사색은 다르지만 같은 흐름에서 이어져 흐릅니다. 결이 다를 뿐 마음의 일렁임이기는 아무런 차이가 없습니다.

그렇다면 느낌과 사색은 이어진, 그러나 다른 모습을 드러내는, 결이 다른 천과 같습니다. 하지만 어쩌면 이렇게 두루뭉수리로 그 둘을 하나로 만드는 그러한 동질성을 강조하기보다 오히려 느낌 없으면 사색이 비롯할 수 없고, 사색 없으면 느낌도 무의미할 수밖에 없다고 서술하는 것이 옳을지도 모릅니다.

그런데 우리는 느낌에서 비롯한 사색의 이어짐을 느낌처럼 그리 잘 견디지 못합니다. 왜냐하면 사색은 사색을 낳으면서 스스로 자신의 세계를 빚기 때문입니다. 달리 말하면 우리는 사색을 좇아 사는 것이지 사색을 하면서 사는 것은 아니라고 말할 수도 있습니다. 그러니까 사색은 느낌과 달리 지속을 요청하는 것이기도 합니다.

사색은 길이를 가집니다. 그런데 바로 그것이 사람들에게는 견딤의 영역을 넘어서는 것으로 부닥쳐지는지도 모릅니다.

사색의 세계는 그 길이가 마련하는 것이어서 한없이 넓습니다. 뿐만 아니라 바로 그렇기 때문에 이르러 멈춰야 할 곳이 어디인지를 조금도 보여주지 않습니다. 사색을 따라 흐르다 보면 긴가민가한 결말이 아주 보이지 않는 것은 아니지만 겨우 그런 자리에 이르렀다고 '느끼는' 순간 그곳은 다시 열려 사색을 이어갈 수밖에 없는 그러한 자리임을, 사색을 좇아 산 사람들은 누구나 익히 경험합니다.

게다가 삶에 대한 사색은 끝나지 않았는데 삶은 사색과 상관없이 홀로 겅둥거리며 앞서 뛰어가기도 하고 꿈쩍 않고 자신의 무게에 짓눌려 움직이지 않기도 합니다. 그런데 사색은 그러한 삶의 앞으로 나아가 자기를 펴야 할 뿐만 아니라 지내온 뒤안길을 놓칠까 저어하면서 거기서도 자기를 펴야 합니다.

생각을 낳아 이를 좇아 사는 일은 느낌을 사는 것보다 훨씬 힘듭니다. 그러나 그렇다고 해서 생각을 좇아 생각을 하며 사는 삶, 그러니까 느낌보다 생각을 더 무겁게 여기는 삶이 지루하고 힘겹고 그런 것만은 아닙니다. 생각은 삶에 폭을 짓고 깊이를 만듭니다. 여백을 마련하고 여유를 살게 합니다. 길기 때문입니다. 그것은 느낌이 차마 감당하지도 못하는 것들입니다.

그런데 우리는 느낌은 잘 견디지만 사색은 그렇게 하지를 못합니다. 긴 글은 피하고 짧은 글은 찾습니다. 그렇게 쓰기를 실천합니다. 결국 사색을 피하고 느낌만을 살겠다는 의도가 드러난 현상일 텐데, 실은 그것은 '자연스러운' 것은 아닙니다. 적어도 우리가 살핀 바로는 느낌과 사색이 따로 떨어질 수 없는 것이라고 짐작되기 때문입니다. 그렇기 때문에 긴 글을 지루해하면서도 긴 글을 써야만 직성이 풀리는 역설은 언제 어디서나 있습니다. 저만의 사정은 아닌 것 같습니다.

8

그렇다면 우리는 느낌이 아무리 쉽고 편해도 이를 넘어서야 하고, 아무리 사색이 지루하고 힘들어도 이를 견디지 않으면 안 됩니다. 어느 한쪽을 들어 다른 쪽을 지우는 것은 삶의 참모습일 수 없기 때문입니다. 아니, 느낌과 사색은 그렇게 묘사되면 안 되도록 처음부터 함께 있습니다. 그러므로 그렇게 살지 않으면 우리는 사뭇 가볍고 찰나적인 삶 속에서 그윽한 삶의 깊이를 짐작하지 못하기 십상이고, 길고 지루한 사색을 지내면서 그 사색이 비롯한 처음 느낌이 일던 현실을 덮어버릴 수 있습니다. 그렇게 되면 그것은 삶다운 삶일 수 없습니다. 삶이 아닙니다.

그러므로 생각해 보면 우리가 직면한 진정한 문제는 실은 글의 길고 짧음이 아닙니다. 글의 장단(長短)과 이어진 읽음의 문제가 아닙니다. 느낌에 치우친 우리의 편의적인 자세 또는 사색에 기울어진 우리의 짐짓 진지함에 매몰된 관념적 자세일지도 모릅니다. 따라서 긴 느낌이 사색이고, 짧은 사색이 느낌이라는 터득에 이르기 전에는 우리의 긴 글 읽기와 짧은 글 읽기의 갈등이 쉽게 가라앉을 것 같지 않습니다. 그래서 긴 글을 읽으면서도 느낌이 간헐적으로 튀어 행간을 메우고, 짧은 글을 읽으면서도 그것이 낳는 끝없는 사색의 가닥들을 놓치지 않는 경험이 내 삶을 채우고 이끌어갈 수 있어야 비로소 긴 글과 짧은 글이 빚는 갈등에서 우리는 조금은 벗어날 수 있지 않을까 하는 생각을 하게 됩니다.

아주 제 '편견'을 드러낸다면 저는 '간결한 구호'가 넘치는 글쓰기 편하고 쉬운 현실에서, 그래야 읽고 감동하고, 동조하고, 거기서 비롯하는 인식을 살아가는 세상에서, 간결할 수 없는 삶의 현실을 간결하게 다듬기 위해서라도 우리는 "만연체 긴 글을 쓰고 읽어야 하지 않을는지요"라고 발언하고 싶습니다. 다 아니어도 공부하는 사람들만이라도 그래야 하지 않나 싶습니다. 짧은 글 아니면 아예 치워버리는 세상에서요.

짐작하시는 대로 이 글과 이 책에 담긴 글들은 긴 글쓰기의 온갖 치부를 감추거나 드러내고 있는 글들입니다. 논문도 아니고 수필도 아닙니다. 그저 '만연체 글'입니다. '악문'(惡文)의 전형일 법한 글들입니다. 하지만 여기 있는 글들에 대한 어떤 꾸중을 하셔도 저는 행복할 겁니다. 그 꾸중은 읽어주셨다는 사실의 실증일 터이니까요.

9

제 '공범자'가 되어주신 당대의 박미옥 사장님과 심영관 실장님께 염치가 없습니다. 감사합니다. 학문하는 삶의 모습들이 부러운 한국종교문화연구소의 동학들, 늘 새로운 영감으로 낡은 나를 성숙하게 해주는 아산나눔재단의 친구들, 따듯한 정을 넉넉하게 숨쉬게 해주는 울산대학교의 동료 그리고 학생 들에게도 인사를 드리고 싶습니다. 감사합니다.

이제는 고맙다는 인사에 메아리조차 치지 않을 만큼 자기의 세계를 구축하고 거기서 나를 품어주는 창영, 명신, 경영, 지선 그리고 내가 행복한 사람임을 매순간 확인하게 해주는 '소리와의 대화'를 꿈꾸는 상현에게도 사랑한다는 인사를 보냅니다.

"함께 늙는다는 것은/가녀린 두 다리 휘청거리는 낙타 등에 올라타/석양빛 받으며 부서지는/오래된 시간을 함께 보내는 것이다"라고 한 사라에게 '마음놓고' 이 글집을 드립니다.

2015년 10월

소전재(素田齋)에서 글쓴이

차례

3
학문함에 대하여

4
몸과 마음 그리고 신(神)에 대하여

죽 음 에 대 하 여

보람 있는 죽음과의 만남을 위하여

1

죽음은 끝입니다. 죽음 이후에는 삶이 없습니다. 적어도 내 죽음은 이미 어떤 내 삶도 남겨놓지 않습니다.

그런데 보람이란 삶을 살아가는 과정에서만 의미 있는 용어입니다. 죽음 다음에는 도대체 보람을 운위할 수 있는 삶이 없습니다. 그러므로 '보람 있는 삶'이란 잘 어울리는 말이어도 '보람 있는 죽음'이란 그리 자연스럽지 못합니다.

그러나 죽음은 단독적인 현상은 아닙니다. 삶이 홀로 이루어질 수 없듯이 죽음도 그러합니다. 생각해 보십시다. 홀로 살아갈 수 있다고 하는 사람은 아직 삶을 전혀 알지 못하는 철부지입니다. 얽히고설키어 한시도 서로 관계를 맺지 않고는 살아갈 수 없는 것이 삶입니다. 혼자 잘났다고 하면서 오만하기 짝이 없는 사람, 자기밖에 모르는 이기적인 사람의 비극은 바로 삶의 이러한 현실을 식시하지 못하는 데서부터 비롯합니다. 오만과 욕심은 그래서 삶다운 삶을 이룰 수 없는 가장 근본적인 것입니다.

그런데 따지고 보면 죽음도 삶 속에서 일어나는 현상입니다. 살아 있지 않은 것은 아예 죽지 않습니다. 그러나 살아 있는 것은 언젠가는 반드시 죽습니다. 그러므로 죽음은 삶과 반대되는 것이 아니라 삶이 지닌 본연의 모습이기도 합니다. 그러므로 모든 생명은 죽음을 배태하고 있다고 해야 옳습니다. 바로 이러하기 때문에 죽음도 홀로 겪는 자기만의 일일 수 없습니다.

삶이 그렇듯 죽음도 뭇 삶과 얽혀 있습니다. 사고가 일어나 한꺼번에 여럿이 죽는 경우도 있고, 전쟁에서 참혹하게 집단적인 살육이 일어나는 경우도 없지 않습니다. 그러나 죽음은 대체로 나 홀로 맞고 그렇게 나는 죽어갑니다. 그렇지만 그 죽음은 관계 속에서 일어나는 현상입니다. 그렇기 때문에 삶이 그러하듯 죽음도 단일한 홀로의 사건으로 끝나지 않습니다.

죽음은 삶이 그러하듯 살아 있는 관계 모두에게 파장이 미칩니다. 죽음은 결코 죽어 끝나지 않습니다. 죽음 이후에도 죽음은 살아 움직입니다.

그렇다면 사는 동안 우리 삶의 보람, 곧 보람 있는 삶을 이야기하듯이 우리는 죽음에 대해서도 보람 있는 죽음을 이야기할 수 있습니다. 또 보람 있는 삶을 위한 규범을 마련하고 살듯이 보람 있는 죽음을 위한 규범도 마련할 수 있어야 합니다.

다시 말하면 죽음도 삶의 한 모습이라는 전제, 그렇기 때문에 홀로 죽음이란 비현실적이라는 전제, 이 두 전제를 승인하고야 비로소 우리는 보람 있는 죽음을 이야기할 수 있습니다.

2

이러한 자리에서 죽음을 바라보면 뜻밖에도 우리는 염려스러운 죽음을 보게 됩니다. 그것은 마치 어떤 사람들이 살아가는 삶의 모습을 바라보면서 염려스러워지는 것과 조금도 다르지 않습니다. 사람마다 개성이 있고 자기의 생사관이 있기 때문에 한꺼번에 어떤 태도를 어떻다고 단정할 수는 없습니다. 그러나 살다 보면 자로 잰 듯이 정확하게 말하지는 못해도 누구나 삶다운 삶과 그렇지 않은 삶을 분간할 수 있듯이 죽음에 대해서도 그러한 판단을 할 수는 있습니다. 그러한 자리에서 보이는 염려스러운 죽음을 저는 대체로 윤곽지어 네 가지 모습으로 나누어 묘사하고 싶습니다.

하나는, 불쌍한 죽음입니다. 그것은 모든 생명이 죽음에 이른다는 당연하고 자연스러운 사실을 아예 모르거나 전혀 의식하지 않은 채 천년만년 살아갈 듯이 살다가 갑자기 아무 준비도 없이 죽음을 맞으며 당황하고 절망하고 분노하고 안달하는 모습의 죽음맞이입니다.

삶에의 의지를 탓하는 것은 아닙니다. 그러나 그것도 죽음을 자연스러운 것으로 전제하며 이루어지는 삶의 완성과 연결된 것이어야지 무조건 살겠다는 것은 보는 사람으로 하여금 연민의 정만을 가지게 합니다. 그렇게 죽어가는 사람들은 참 불쌍합니다. 이러한 죽음은 피해야 합니다. 그렇게 불쌍하게 죽어서는 안 됩니다. 그것은 보람 있는 죽음이 아닙니다.

둘째로 지적할 수 있는 것은 불안한 죽음입니다. 그러한 표현이 적절한지 모르겠습니다만 사람들의 죽음을 두루 살펴보면 죽기 전부터 아예 죽음이 무섭고 두려워 공포에 찌든 채 죽기도 전에 이미 죽어버린 죽음맞이도 있습니다.

그러한 죽음을 보면 참 불안해집니다. 어떻게 해야 좋을지 알 수가 없습니다. 보는 사람이 안절부절못하게 됩니다. 위로할 말이 없기 때문입니다. 아예 죽을 줄 모르고 사는 모습은 딱하기만 한데, 이 경우에는 죽음을 예감한 공포에 시달리는 것이기 때문에 그저 불쌍하다는 말로 다 설명을 할 수 없습니다. 죽음을 맞기 위한 용기를 가지라고 권할 수도 있고, 죽음 이후를 믿으라고 권고도 하지만 그 성과는 별로 없습니다. 이러한 불안한 죽음을 죽는 것은 참 안된 일입니다. 이렇게 죽을 수는 없습니다. 이것은 보람 있는 죽음이 아닙니다.

셋째로 묘사할 수 있는 것은 부끄러운 죽음입니다. 삶은 언제나 깨끗하고 순수하고 정갈하게 정돈되지 않습니다. 때로는 게을러서, 때로는 세월 탓에, 때로는 정직하지 못해서, 때로는 욕심 때문에 때가 묻고 구겨지고 얼룩이 지고 더럽고 엉망이 됩니다.

그런데 살아 있는 동안에는 이렇게 저렇게 그러한 삶을 덮고 가리고 감추고 그렇지 않은 양 꾸밀 수 있습니다. 그러나 죽으면 그렇게 할 수 없습니다. 그리고 그러한 추하고 더럽고 구겨진 모습이 백일하에 다 드러납니다. 죽은 사람도 부끄럽지만 그와 관계를 맺고 있던 사람들도 부끄러워집니다. 이렇게 죽어서는 안 됩니다. 내가 죽어도 나와 관계된 많은 사람들은 여전히 살아 있습니다. 그들을 나 때문에 부끄럽게 해서는 안 됩니다. 이러한 죽음은 보람 있는 것이 아닙니다.

넷째로, 말씀드리기 죄송하지만 저는 감히 경멸스러운 죽음도 묘사할 수 있음을 지적해야 할 것 같습니다. 때로 어떤 사람들은 죽음을 대수롭지 않게 여기고 있는 것을 봅니다. 그러한 사람들은 사람이 언젠가는 죽는다는 것을 분명히 압니다. 겁내고 무서워할 필요가 없다는 분명한 태도도 가지고 있습니다. 죽음은 그래서 아무것도 아니게 됩니다.

얼핏 보면 대단히 성숙하고 용기 있고 죽음을 다 초극한 모습으로 비추이기도 합니다. 그러나 그러한 사람들은 대체로 죽음을 헐값으로 여기면서 죽음에 대해 진지하지 않습니다. 일종의 자학이 그러한 태도에서 스며납니다. 그런데 가만히 보면 그러한 사람들은 죽음에 대한 태도만 그러한 것이 아닙니다. 삶에 대한 태도 자체가 진지하지 않기 때문에 결국 죽음에 대한 태도도 그렇게 신중하지 않은 것입니다. 신중하지도 않고 진지하지도 않은 채 자학적인 성향 또는 폭력적인 성향의 삶을 살아가는 태도가 죽음에 대한 태도도 그렇게 만드는 것입니다. 이러한 죽음맞이는 경멸을 불러일으킵니다. 많은 사람들을 불쾌하게 합니다. 이른바 '막가파 인생의 죽음'은 죽지 말아야 할 터인데 그러한 모습이 의외로 흔합니다.

보람 있는 죽음을 위해서는 이러한 염려스러운 죽음을 죽지 않아야 합니다. 그것이 죽음을 맞는 우리의 구체적인 규범을 마련하는 척도가 되어야 합니다.

3

이제 우리는 보람 있는 죽음을 위하여 죽음의 윤리라고 말해도 좋은 정리된 죽음관을 이야기해도 좋을 듯합니다. 다시 말하면 염려되는 죽음을 죽지 않기 위한 구체적인 마음다짐과 행동의 원칙을 마련하지 않으면 안 되는 것입니다.

물론 우리 삶의 자리가 다르고 제각기 살아온 과정이 다르고 또 꿈이 다르기 때문에 한결같이 이래라 저래라 하는 행동강령을 만들 수는 없습니다. 그러나 대체적인 틀은 마련할 수 있을 듯합니다.

저는 염려스러운 죽음을 죽지 않으려면, 다시 말해 보람 있는 죽음을 죽으려면 적어도 우리의 삶의 태도가 세 가지 유념해야 할 일이 있다고 생각합니다.

첫째는, 지금 여기서 우리가 해야 할 일을 유예하거나 미루거나 하지 말아야 할 일입니다. 죽음은 당연하게 겪어야 할 우리 삶의 한 모습이기는 해도 언제 어떻게 닥칠지 아무도 모릅니다. 그러므로 준비가 되어 있어야 합니다. 그 준비는 지금 여기서의 내 삶을 완결하는 것을 가장 중요한 내용으로 삼습니다. 언제 어떻게 떠나도 산뜻할 수 있도록 삶을 늘 정리하는 것이 가장 우선해야 하는 일입니다.

둘째는, 이루어지지 않은 자기의 꿈과 이상에 대하여 스스로 너그러울 수 있는 여유를 갖는 일입니다. 지금 여기서의 삶을 완성하자는 주장과 자신에 대하여 너그러워지자는 주장은 서로 모순이 되는 이야기로 들리기도 합니다. 그러나 그렇지 않습니다. 우리는 최선을 다해도 여전히 모자라는 경우를 수없이 겪습니다. 중요한 것은 최선을 다한 삶 자체이지 그렇게 해도 이루어지지 않은 일에 대한 탄식과 슬픔에 빠지거나 계속되는 욕심에 집착하는 일은 아닙니다. 이 둘을 스스로 잘 다스리는 일을 우리는 할 수 있어야 합니다.

셋째로 지적할 수 있는 것은, 죽음을 사랑해야 하는 일입니다. 삶을 잘 사는 사람은 삶의 어떤 긍정적인 면만 골라 그것을 누리며 행복해하는 사람이 아닙니다. 괴로움이나 슬픔마저 의미 있는 것으로 긍정하는 삶이 참으로 보람을 빚는 삶입니다. 삶은 삶 자체를 사랑해야 삶다워집니다.

그렇듯 우리는 죽음을 긍정해야 합니다. 다시 말씀드리면 죽음도 사랑해야 합니다. 사랑하는 사람을 맞듯 따뜻하고 밝게 죽음을 사랑할 수 있어야 비로소 죽음은 보람 있는 죽음, 염려스럽지 않은 죽음이 됩니다.

우리는 이러한 근원적인 주장을 각자 스스로 마련할 죽음윤리의 전제로 제시해도 좋을 듯합니다. 결국 보람 있는 죽음은 보람 있는 삶이 낳는 것입니다. 삶이 보람 있으면 죽음도 보람을 지닙니다.

사실 우리가 죽음을 논의하는 것은 삶을 논의하는 것과 다르지 않습니다. 삶이 귀하듯 죽음도 귀하고, 삶이 아프듯 죽음도 아픕니다. 삶이 아름답듯 죽음도 아름답습니다. 그러니 우리는 삶을 사랑하듯 마땅히 죽음도 사랑해야 합니다.

4

저는 여러분들께서 이 세 가지 일을 놓고 자신의 처지에서 진지하게 그리고 구체적으로 생각해 보아주셨으면 좋겠다고 생각합니다.

첫째, 내가 죽음을 맞기 전에 지금 여기서 다듬고 간추려야 할 일들을 꼼꼼히 나열해 보는 작업을 해보는 것이 좋을 듯합니다. 우리 생각과 삶을 상당히 정리해 줄 것이기 때문입니다.

둘째, 내가 죽음을 맞기 전에 버려야 할 욕심과 꿈과 이상을 곰곰이 생각해 보았으면 좋겠습니다. 그리고 내가 이루지 못한 일들이 나 아닌 누군가에 의해 채워지고 이루어질 수 있으리라고 하는 기대 속에서 바로 그 사람들에 대한 새삼스러운 신뢰를 다짐해 보면 좋겠습니다. 유언을 남겨 또다시 욕심스러운 면을 드러낼 필요는 없습니다. 마음속으로 그러한 생각을 가지면 많은 사람들이 새롭게 귀해 보이고 든든하고 사랑스러워 질 것임에 틀림없습니다.

셋째, 내가 죽음을 맞기 전에 죽음을 사랑할 수 있도록 내 삶 자체를 되추스를 필요가 있습니다. 지금부터 내가 어떤 것을 내 삶 속에 있는 가장 중요한 가치로 여길 수 있을까 하는 문제를 놓고 그 중요한 것들을 나열해 보면서 우선순위를 배열해 보는 일도 좋습니다. 때로 우리는 죽음을 앞두고 이제까지 살던 태도를 근원적으로 바꿔야 할 경우도 있습니다. 죽음이 새로운 애인으로 등장하는 경험은 우리가 성숙한 인간이 되었다는 지표이기도 합니다. 그러한 구체적인 작업을 스스로 해보셨으면 좋겠습니다.

보람 있는 죽음은 보람 있는 삶에서 비롯합니다. 보람 있는 죽음을 위하여 우리가 할 수 있는 마지막 발언은 바로 이것입니다.

삶, 죽음 그리고 영성

1

세상이 많이 달라졌습니다. 새로운 현상은 아닙니다. 세상은 언제나 달라지고 있습니다. 그러므로 변화는 실은 일상입니다. 그럼에도 불구하고 우리는 변화를 일컬을 만큼 정태적입니다. 움직임을 느낄 만큼 멈춤 속에서 살아갑니다. 지극한 역설입니다.

논리적으로 말한다면 변화 속에 있는 주체는 변화를 의식할 수 없어야 그것이 정상입니다. 그런데 변화를 의식한다면 아무래도 무언지 잘못된 것이 분명합니다. 그것은 일상의 일탈적인 현상, 곧 정상적인 것이지 않기 때문입니다. 세상살이 어려운 까닭이 그런 데서 말미암는 것은 아닌가 하는 생각이 가끔 들곤 합니다. 세상은 저만치 달려가는데 사람들은 이를 따라잡지 못한 채 뒤처져 허덕이고 있기 때문입니다. 당혹스럽지 않을 수가 없습니다. 그 당혹스러움의 내용을 짚어보고 싶습니다.

무엇보다도 이전에는 모름이 삶을 힘들게 했습니다. 비람 불고 비 내리는 것에서부터 생명이 어떻게 해서 태어나는지, 왜 미워하고 사랑하는지, 왜 병들고 늙어가는지 그리고 죽는지 등등 모르는 것 천지였습니다. 그래서 알아야겠다고 단단히 다짐을 하고는 알기 위한 온갖 노력을 다했습니다. 알면 문제가 풀리리라 생각했기 때문입니다.

마침내 오늘 우리는 많은 것을 알게 되었습니다. 자연과학의 발전이라고 하는 것의 소산은 엄청납니다. 지금 우리는 자연현상을 거의 모두 설명할 수 있습니다. 생명이 어떻게 태어나는지도 알게 되었습니다. 질병도 노화도 죽음도 설명합니다. 그런데 설명에 머물지 않습니다. 바라는 것을 짓고 빚을 수도 있게 되었고, 예방도 치유도 상당 정도 할 수 있게 되었습니다. 그 결과는 인간의 수명의 연장으로 드러나고 있습니다.

꽤 오래 살게 되었다는 것. 저는 이것을 우리가 겪고 있는 새로운 삶 경험이라고 말하고 싶습니다. 크게 둘러보면 그렇지 않은 경우가 없지 않습니다만 우리의 경우, 이 일은 전에 없던 일입니다. 그런데 이 일은 우리로 하여금 삶의 질에 대한 새로운 각성을 하게 했습니다. '오래 살고 싶다'에서 '오래'가 이루어진 까닭에 이제는 '잘 살고 싶다'의 '잘'에 관심을 집중하게 되었습니다.

하지만 바로 이러한 현상에 깊은 역설이 잠겨 있습니다. '잘'에 대한 관심이 이처럼 간절한 것은 '오래'가 초래한 예상하지 못한 많은 사태들 때문입니다. '연장된 삶'은 실은 '지체된 죽음'을 사는 일이어서 '삶다운 삶'일 수 없다는 사실이 저리게 일고 있습니다. 많은 경우 사람들은 '살아 있되 죽은 삶'이나 '죽었는데 살아 있다고 일컬어지는 삶'의 상태로 노년을 이어갑니다. 이른바 '노인의 집에서의 머묾'은 그 전형입니다.

이것이 오늘 우리가 미처 예상하지 못한 '새로운 삶 경험'입니다. 아무것도 모르던 때는 삶을 커다랗게 울 지어 '신비'의 범주에 넣기도 했습니다. 그러면서 '비일상적인 실재'의 법칙이라든지 뜻이라든지 운명이라든지 하는 것으로 그 신비를 서술하면서 모름이 낳는 궁경을 넘어서며 삶을 지탱했습니다. 하지만 이제는 그럴 수 없게 되었습니다.

아는 것이 너무 많아졌습니다. 생명은 물질현상이라는 것조차 승인하면서 우리의 당혹은 더할 수 없는 지경에 이르렀습니다. 생명을 지을 수도 있게 되었습니다. 그럴 뿐만 아니라 죽어 있는 몸의 일부를 살아 있는 상한 몸을 위해 떼어 옮겨심기도 합니다. 기계가 작동하면 생명이 이어지는 그러한 현실 속에서 신비는 점점 초라해집니다. 어쩔 수 없습니다. 그런데 그러한 삶이 마냥 행복하지를 않습니다. '오래'가 '잘'을 대체할 수는 없다는 한계에 직면하면서 우리는 참으로 '잘 삶'이란 어떤 것인지를 묻지 않을 수 없게 되었습니다.

'앎에 의해 시달리는 삶'이 힘들다고 모름으로 되돌아갈 수는 없습니다. 이전의 모름은 이미 앎이 되어 우리 앞에 현실로 펼쳐지고 있기 때문입니다. 이전의 모름이 스스로 '피난'할 수도 있었던 신비도 이미 제풀에 풀려 더 이상 신비일 수 없게 되었습니다. 뇌의 어느 부분을 자극하면 이른바 '종교적인 희열'이 솟기도 하고, 어느 부분이 손상되면 온갖 기억이 소멸되는 현실을 실증적으로 서술하는 과정에서 절대라든지 초월이라든지 사람다움의 존엄이라든지 하는 것도 모름과 씨름할 때 마련한 막연한 옛 도피처에 불과했던 것이라는 사실이 점점 뚜렷해지기만 할 뿐입니다.

실존적인 의미, 사회적인 보람, 역사적인 책무 등의 의미나 가치를 일컫는 것으로 감당할 수 없는 '몸의 현실'이 이제까지 우리가 살아온 삶에 스며들어 서서히 삶 전체를 물들이면서 우리는 이 '새로운 삶'을 어떻게 살아야 할지 그저 막막해하기만 합니다.

2

삶은 죽음을 담습니다. 죽음은 삶 이후가 아닙니다. 그것은 삶의 현상입니다. 생명이 없는 것은 죽지 않습니다. 그러므로 죽음은 삶의 모습인데 다만 그 끝모습이어서 일상의 삶과 다르게 드러날 뿐입니다.

그런데 죽음이란 그렇게 삶과 더불어 있는 삶의 현실이라는 것을 우리는 누구나 다 압니다. 우리가 죽으리라는 것을 모르는 사람은 아무도 없습니다. 언제 어디서 어떻게 죽을지는 알 수 없습니다. 하지만 그것을 모른다 해서 죽을 줄을 모르는 것은 아닙니다.

그래서 아득한 때부터 우리는 죽음을 준비하는 삶을 살아왔습니다. 죽기 싫고, 죽음이 두렵고, 이미 겪은 타인의 죽음이 내게 준 상처가 새삼 아파 그런 고통을 다른 사람에게 주기 싫다 해도 여전히 우리는 그 모든 것을 안고 죽을 수밖에 없습니다. 그래서 삶을 곱게 추스르기도 하고, 정갈하게 다듬기도 합니다. 죽음 이후를 꿈꾸기도 하고, 삶의 못다 산 한을 그곳에서 보상받으리라는 기대도 합니다. 별리의 아픔이 그곳에서 이루어질 해후에 의해 가셔지리라는 기원도 놓지 않습니다. 최선의 경우, 우리는 그렇게 죽음을 '살아'갑니다.

그런데 달라진 세상은 끊임없이 삶의 지속 가능성을 보여줍니다. 죽음을 유예할 수 있다는 현실적인 조치를 취하도록 강요합니다. 그리고 그러한 일은 실제로 일어납니다. 이전에는 비현실적인 기적이던 것이 이제는 현실적인 치유로 구체화됩니다. 살고 싶은 욕망은 환상이 아닙니다. 현실적인 기대입니다. 두루 마음을 쓰고, 돈을 쓰고, 이런저런 조건을 갖추면 죽음은 아직 먼 사건일 수 있습니다.

그래서 오늘 우리의 죽음맞이는 삶에의 희구가 절정에 도달하는 계기와 무관하지 않습니다. 그렇다고 하는 것은 죽을 줄 모르다가 죽는 것과 다르지 않습니다. 죽음을 준비할 겨를이 없습니다. 겨우 마음 다스려 이제는 삶을 아름답게 마무리해야겠다고 느끼는 순간 이어지는 삶의 가능성이 스멀스멀 내 의식 안에 기어듭니다. 그래서 다시 살고 싶은 기대에 들뜹니다. 차라리 죽음과 직면하면서 속절없이 일던 좌절이나 절망의 마디에서는 신비를 향한, 설명할 수 없는 어떤 힘에 대한 의존이 불가능하지 않았습니다. 그것만으로도 죽음 견디기의 여력은 넉넉했습니다. 그러나 이제는 그러한 것은 없습니다. 의학의 발전에 대한 신뢰는 어떤 신앙보다 짙습니다.

전통적인 혈연의 의미는 무산(霧散)된 지 오래입니다. 삶의 과정에서도 그렇거니와 죽음자리에서는 더욱 그러합니다. 임종환자의 돌봄이라는 기능은 하나의 직업군으로 자리 잡고 있습니다. 고독은 불가피한 임종의 현실입니다. 그런데 오늘 우리가 부닥치는 죽음현상에서 더 당혹스러운 것은 어쩌면 '죽음의 실종'이라고 해도 좋을 죽음계기의 부재입니다. 살아 있는데 죽었다고 판단하고, 죽었는데 살았다고 판단하는 이른바 뇌사의 딜레마는 죽음현상 자체를 기술하는 일조차 힘들게 합니다. 어디까지가 삶이고 어디서부터 죽음인지를 결정하는 어떤 '권위'도 없습니다. 어쩌면 죽음의 판정은 다수결에 의해 결정되는 것이 마땅하다고 해야 할지도 모릅니다. 당혹스러운 일입니다.

그런데 우리는 여전히 죽습니다. 그리고 살아 있는 사람에게는 죽어가는 사람이, 죽음이, 그래서 주검이, 모두 서둘러 정리해야 할 일이 됩니다. 어서 끝나 잊어야 하고, 깨끗이 치워야 하고, 없던 일로 여기고 지금 여기를 다시 살아야 합니다. 장례는 간소해야 하고 장지는 없는 것이 당연히 좋습니다. 제례는 편리해야 하고, 지속되는 것은 아니어야 합니다. 죽음은 그것 자체로 소멸일 때 가장 의미 있는 사건으로 삶 속에 안깁니다. 우리는 이렇게 새로운 죽음을 겪습니다.

3

사람들이 잘 삶과 잘 죽음을 거의 시끄러울 정도로 이야기합니다. 그런데 앞에서 살펴본 새로운 삶 경험과 새로운 죽음 경험을 유념해 보면 그 까닭을 짐작하는 일이 어렵지 않습니다. 극도로 혼란스럽기 때문입니다. 불가피하게 점점 오래 살게 되는데 그에 따라 불가피하게 삶과 죽음이 모호해지면서 결국 사는 것도 죽는 것도 힘들게 되기 때문입니다.

이 소용돌이 속에서 사람들은 무척 현명한 태도를 모색합니다. 다행한 일입니다. 유예되든 지체되든 죽음은 필지의 사실이고, 그렇다면 죽는 순간까지는 그 모습이 어떻든 살아 있을 것인데, 단단히 마음잡고 언제 어떻게 어디서 죽어도 여한 없이 사는 것이 삶도 죽음도 온전하게 견디는 일이라고 다짐하려 그처럼 잘 삶과 잘 죽음을 이야기하고 있는 것입니다.

이때 잘 삶은 다른 것이 아닙니다. 죽음자리에서 삶을 조망하면서 죽음계기가 삶이 완성되는 극점이 되도록 하는 일입니다. 삶의 자리에서 죽음을 향해 다가간다고 생각하면 온갖 좌절과 회한이 사라지지 않습니다. 오히려 좌절과 절망을 향해 그러한 것들이 차곡차곡 쌓일 뿐입니다. 그러나 아예 죽음자리에 서면 삶은 차근차근 다듬어 곱게 손질하여 아름답게 마무리해야 하는 것으로 안깁니다.

하지만 모든 사람들이 이러한 생각을 하는 것은 아닙니다. 삶의 끝이 죽음이라는 사실은, 그런데 그 죽음이 모든 것의 종언(終焉)이라는 사실은, 삶이 모호하고 그래서 죽음조차 모호한 삶 속에서 사람들로 하여금 당혹스럽고 괴로운 삶을 서둘러 스스로 마무리하는 것이 최선일 수 있다는 충동을 일게 합니다. 그래서 스스로 죽습니다.

그러한 죽음을 선택할 수 있는 권리가 있다고 주장합니다. 적어도 그러한 죽음은 자신의 문제는 물론 자신과 더불어 끊을 수 없는 관계의 엮음 안에 사는 모든 사람들의 문제도 다 풀어줄 수 있다고 주장합니다. 젊음에게는 그러한 죽음충동이 무리한 것이기도 하고 잘못된 것이기도 하지만 죽음에 임박한 노년에게나 죽음이 곧 이루어질 것이라는 예상이 뚜렷한 경우에는 불가피한 '선의 실천'이라는 주장까지도 펼칩니다. 잘 삶과 잘 죽음이 이렇게 매듭지어지는 것은 어쩌면 오늘의 현실에서, 그러니까 새로운 삶과 새로운 죽음을 겪는 소용돌이 안에서는 새로운 도덕일 수도 있다고 하는 데서 이러한 태도는 그 극에 이릅니다.

수명이 늘어나면서 낯선 삶과 죽음에 직면하면서, 이러한 주장에 대한 공감이 점차 늘어간다는 사실, 그런데 이에 대한 반론은 아직 새로운 삶이나 죽음 이전의 자리에서 형성된 개념과 논리로만 발언되고 있을 뿐, 이러한 변화된 세태에 적절한 언어를 마련하고 있지 못하다고 하는 사실은 우리에게 잘 삶과 잘 죽음의 논의를 새삼 되살피게 합니다. 어쩌면 그 논의들이 안고 있는 일련의 내용들이 자칫 오늘의 문제를 실은 직면하기보다 가리고 있는 것은 아닐까, 아니면 적어도 부적절한 내용으로 차 있어 어떤 현실 적합성도 발휘하지 못하고 있는 것은 아닌가 하는 생각을 하지 않을 수 없기 때문입니다.

4

신비가 온통 다 사라진 것은 아닙니다. 아직도 그에 대한 향수(鄕愁)는 사람들의 마음바닥에서 지워지지 않았습니다. 고향을 그리듯이 사람들은 그곳으로 고개를 돌립니다. 그러나 모든 고향이 귀향을 실망시키듯 그 신비도 다르지 않습니다. 모름의 당혹을 다독거려 주던 신비는 앎이 빚은 당혹 속에서 스스로 차디찬 발언으로 자기 몫을 다했다고 여기는 듯합니다. 대체로 그 신비들은 우리의 당혹을 향해 "생명은 신비다"라고 말합니다. 그것 이상도 이하도 발언하지 않습니다. "스스로 죽을 권리는 인간에게 없다"고 단언합니다. 그리고 그것 이상도 이하도 발언하지 않습니다. 우리가 몸부림치며 절규하는 '상황의 아픔'은 근원적인 태도가 잘못된 탓이라고 하는 말을 그 단정적인 선언에 담습니다.

안타깝게도 오늘 여기의 현실에서 신비의 발언은 뜻밖에 친절하지 않습니다. 우리는 그 발언의 동기가 자기 권위를 지탱하고자 하는 자리를 위한 태도에서 비롯한 것이라고 읽을 수밖에 없습니다. 근본주의적 선언은 언제나 자기를 위한 편의주의에서 비롯하지, 자기와 만난 타자에 대한 배려에서는 불가능한 것입니다.

점차 사람들은 신비를 향수의 의식에서조차 지우지 않으면 안 되겠다는 생각을 하기 시작했습니다. 그것은 '다른 생각의 비롯함'과 다르지 않습니다. 지금 여기의 현실을 진단하고 설명하고 넘어설 수 있는 길은 이제까지의 우리 경험을 '변화를 좇는 일'이 아니라 '변화에 실어' 그 상황에 적합성을 유지하는 일로 다듬지 않으면 안 되리라는 판단을 하기 시작한 것입니다. 그리고 그러한 다듬은 '언어의 교체' 또는 새로운 언어의 출산으로 구체화됩니다. 어쩌면 '영성'은 그때, 그런 까닭에서 말미암은 것인지도 모릅니다. 새로운 신비, 모름에서 비롯한 신비가 아니라 앎에서 비롯한 신비가 요청되는 아쉬움이 낳은 '다른 언어'라고 해도 좋을지 모르겠습니다.

때로 사람들은 '영성'을 잊힌, 그리고 폐기된 종교에의 귀환을 드러낸 새로운 조짐이라고 이해합니다. 그러한 이해의 자리에 서면 영성은 점차 '구원'에 이르는, '깨달음'에 이르는 디딤돌을 마련하는 것이고, 그것은 종내 종교의 찬란한 복권을 이뤄낼 것이라고 말하기조차 합니다. 하지만 영성은 '열린 함축'입니다. 그것은 닫힌 실재개념이 아닙니다. 그것은 바야흐로 우리의 낯선 삶과 죽음 경험이 절규하는 고뇌를 담는, 아니면 담아보고자 하는 빈 그릇일 뿐입니다. 그것을 같은 내용물을 담은 다른 그릇이라든지 이미 있는 것으로 서둘러 채우려 한다면 그것은 지금 여기를 살아가면서 삶과 죽음을 새삼 고뇌하는 우리 모두를 배신하는 일일 수도 있습니다.

짐작건대 오늘 여기의 삶에서 스스로 삶을 마감하는 일의 개연성을 온전히 부정하고 신비의 이름으로 이를 제어하면서 영성을 일컫는 일은 점점 어려워질지도 모릅니다. 적어도 그 신비가 근본주의적 입장을 고수하는 한 더더욱 그러리라 생각됩니다.

그렇다면 영성은 '닫힌 해답'을 부여하는 투의 '출구'일 수 없습니다. "영성을 지니게 되면 삶도 죽음도 모두 풀린다"는 투의 익숙한 향수 어린 해답으로 영성을 신비에로 환원해서는 안 된다고 말하고 싶습니다. 영성은 '열린 가능성'입니다. 그 안에는 물음주체도 해답주체도 따로 있지 않습니다. 영성은 그렇습니다. 내처 비약한다면 영성은 죽음도 삶도 떼어놓지 않습니다. '역의 합일'이라는 신비의 범주에 드는 언어를 새삼 구사하려는 것이 아닙니다. 자살의도자와 자살방지자도 나뉘어 있지 않습니다. 그것이 영성입니다.

그러나 우리는 너무 고상합니다. 너무 완벽합니다. 너무 훌륭하다고 해도 좋을 듯합니다. 빠르게 옳고 그름을 선언합니다. 쉽게 근원적인 자리에 서서 원칙을 선포합니다. 나도 너를 다 안다고 하는 온전한 자리에 편하게 자기를 앉힙니다. 내 말을 따라야 한다는 친절 속에 그렇게 하지 않으면 너는 잘될 수 없다는 저주를 담을 만큼 잘났습니다. 이제까지의 신비가 그렇게 해왔습니다. 모름에서는 그렇게 해도 괜찮았습니다. 하지만 지금은 너무 압니다. 물론 그 앎의 한계가 얼마나 뚜렷한데 그런 판단을 단정적으로 하느냐고 이견을 제시할 수 있습니다.

하지만 이전의 모름이 앎으로 변한 사실은 분명합니다. 그리고 우리는 그 앎의 문제에 부닥치고 있는 것입니다. 새 물음에 헌 대답을 할 수는 없는 일입니다. 영성은 그 정황에 대한 인식에서 비롯한 '모색되는 출구'

의 낌새입니다. 그뿐입니다. 불가불 그렇기 때문에 영성은 아직 가녀릴 수 밖에 없습니다. 영성을 서술하는 우리의 발언은 어눌할 수밖에 없습니다. 그럼에도 불구하고 이러한 언어의 출현, 이 언어의 출산은 다행스러운 결실입니다.

5

다시 말씀드리지만 삶은 바뀝니다. 지금 여기가 내일 저기서는 어떻게 바뀔지 모릅니다. 살아 있는 주체들도 이미 우리는 아닐 것입니다. 그렇다면 매우 조심스러운 발언을 하고 싶어집니다. 우리가 발언하는 모든 '인식의 언어'란 아예 보편적일 수 없을지도 모릅니다. 비록 그것이 이른바 '실증'에 의거한 진실이라고 해도 그렇습니다. 그래도 우리는 우리의 발언을 할 수 있습니다. 삶의 겪음을 이야기할 수 있는 것입니다. 그런데 그 이야기란 자신이 하는 자신의 이야기입니다. 소통을 의도한다지만 실은 내 발언이 소통을 결정하는 것은 아닙니다. 그것은 화자(話者)의 몫이기도 하지만 종국적으로는 청자(聽者)의 몫입니다. 그렇다면 우리의 모든 발언은 어쩌면 근원적으로 독백일지도 모릅니다.

그런데 더 중요한 것은 우리가 겪지 않은 일조차 우리는 우리의 이야기에 담습니다. 이를테면 죽음담론이 그렇습니다. 죽은 사람이 발언해야 할 것을 산 사람이 하고 있습니다. 그것이 죽음담론의 실상입니다. 그러나 우리는 그러한 사실조차 이야기할 수 있습니다. 실증할 수 없는 일, 실증이 필요하지 않은 일들이 있기 때문입니다. 죽음에 대한 이야기가 그러합니다. 분명히 우리의 죽음발언은 인식의 언어가 아닙니다. 하지만 그것은 그렇다고 하는 '고백의 발언'일 수는 있습니다. 그리고 고백은 객관적인 실증이 그 발언의 정당성을 판단하는 것이 아니라 자기 자신에게 자기 발언이 얼마나 정직한가 하는 것이 그 정당성을 판단합니다.

저는 "삶, 죽음 그리고 영성"의 주제에 대한 제 이야기를 펴면서 전혀 이 커다란 모임이 갖는 학문성을 유지한 발언을 할 수가 없었습니다. 제가 천착한 주제가 아니기 때문입니다. 그래서 그저 제가 저 자신에게 하고 싶은 이야기를 그대로 담았습니다. 그런데 이를 굳이 변명한다면 삶이란, 그래서 죽음이란 그리고 영성이란, 고백의 언어에 실을 수밖에 없는 것 아닌가 하는 생각이 듭니다. 마치 사랑을 고백해야 하듯이요. 사랑은 인식이 빚는 현실이 아닙니다. 고백이 만드는 실재이지요.

죽음과 죽어감에 대하여

1

삶은 죽습니다. 죽어 끝납니다. 이 당연한 귀결을 모르는 사람은 하나도 없습니다. 누가 가르쳐주어 알게 되는 것이 아닙니다. 매우 다듬어지지 않은 용어이지만 그대로 쓴다면 살아 있는 존재는 거의 '본능적'으로 자신이 죽는다는 것을 알고 있습니다. 이를테면 두려움이란 바로 그러한 죽음에 대한 인식에서 비롯한 정서입니다. 다칠까 봐, 실패할까 봐, 괴로울까 봐 두렵다고 말하지만 실은 그 두려움은 그 깊은 뿌리를 죽음에 두고 있습니다. 그러니까 다쳐 죽을까 봐 두렵고, 고통하다 종내 죽음에 이를 것이 두려운 것입니다. 그러므로 온갖 두려움은 알고 보면 죽음에 대한 두려움의 변주(變奏)일 뿐입니다.

그러므로 엄밀하게 말하면 생명의 탄생은 죽음의 탄생과 다르지 않습니다. 생명의 탄생은 그 찬란하고 힘찬 생명의 고동 속에 비장한 죽음의 진혼곡을 감추고 있습니다. 생명은 생명으로 자신을 지속하지 못합니다. 생명은 스스로 자기를 해체하면서 자신을 죽음으로 변화시킵니다. 그것이 생명현상입니다. 그것이 생명의 운명입니다. 따라서 삶의 지속, 곧 '살아감'은 달리 말하면 '죽어감'입니다. 직접적으로 말하면 인간은 태어나면서부터 죽어갑니다. 이것이 생명현상의 실제입니다.

2

그러나 인간은 스스로 죽어간다고 생각하면서 살지 않습니다. 삶의 현실은, 그러니까 생명현상은 그 약동하는 현실성 때문에 그것이 곧 죽음에 이르는 현상이라는 것을 알지 못하게 합니다. 그렇다는 것을 안다 하더라도 그러한 앎을 훨씬 넘어서는 삶의 삶다운 모습이 죽음을 부정해도 넉넉할 만큼 두드러지기 때문입니다.

삶은 살아 있는 동안 삶의 주체에게 즐거움을 줍니다. 그것은 오로지 삶만이 겪고 지니는 가치이고 의미입니다. 내재해 있는 죽음조차도 그것이 삶을 뒤덮지 않는 한, 이 즐거움을 지울 수 없습니다. 희망이라는 것, 행복이라는 것, 사랑이라는 것, 가치라는 것, 보람이라는 것은 모두 생명만이 누리는 특권입니다. 그런데 그러한 긍정적인 내용만이 그렇지 않습니다. 슬픔이라는 것, 아픔이라는 것, 괴로움이라는 것, 심지어 분노와 미움과 살의(殺意)라는 부정적인 내용조차도 삶을 삶답게 하는 데 없어서는 안 되는 삶의 모습입니다. 죽음은 그런 것조차 담지 못합니다. 생명이 아니기 때문입니다.

그러므로 사람은 이 모든 것을 안고 살아갑니다. 죽어간다는 자의식을 깊숙이 묻어 가립니다. 그렇게 감추려 의도적으로 애쓰지 않아도 그렇게 됩니다. 삶은 그처럼 강하고 그렇듯 현실적입니다. 그렇기 때문에 태어남이 죽어감의 비롯함이라고 하는 당연한 '실증적'인 사실이 분명한데도 인간은 살기 위해 살아가지 죽기 위해 살아가지는 않습니다.

죽음은 인간의 의식(意識) 안에 들 수도 없는 것처럼 여깁니다. 그렇게 여기는 것이 아니라 죽음을 전혀 생각지 않고 살아갑니다. 그저 살아갈 뿐입니다. 지금 여기와 어제 거기와 내일 그곳을 부닥치며 되돌아보고 내다보면서 삶 자체를 완성하려 합니다. 오직 삶에의 의지, 그것만이 인간을 존엄하게 한다는 신념을 가지고 꿋꿋하게 살아갑니다.

그렇기 때문에 때로 죽음과 부닥치지 않는 것도 아니고, 죽음을 곁에서 겪지 않는 것도 아닌데도 인간은 죽음이 느껴지면 불쾌해집니다. 만나서는 안 될 것을 만난 것 같은 '뜻밖의 사태'를 느낍니다. 재수가 없다고 반응하기도 하고, 나와는 아무런 현실적인 관계가 없는 '타인의 일'이라고 애써 피하기도 합니다. 당연히 그럴수록 삶이 귀해지고 아껴지고 그 안에 오래 머물 수 있기를 바랍니다. 그렇기 위한 온갖 노력을 다 쏟습니다. 부유함도, 명예로움도, 어진 너그러움도, 지혜도, 건강도 그러한 노력의 간절한 모습으로 자리를 잡습니다. 인간은 이처럼 살아갑니다. 삶이 좋습니다. 살아 있다는 것이 감격스럽기만 합니다.

그런데 그럴수록 죽음이 내 의식의 전면에 등장할까 봐 겁이 납니다. 그러고 보면 죽음을 잊을 수 있을 만큼 열심히 살려고 하는 노력도 삶 자체의 완성보다는 죽음을 잊기 위한 몸부림일지도 모른다고 판단하고 싶을 만큼, 인간은 삶에 대한 애착에 집착하면서 죽음을 간과하려 합니다. 그렇게 살아갑니다. 실은 '살아간다'고 착각하면서 '죽어간다'고 해야 옳을 텐데 그렇게 살지 않습니다. 분명히 죽어가는데도 스스로 살아간다고 절규하면서 삽니다.

3

그렇다면 인간의 삶은 '죽어감'도 아니고 '살아감'도 아닙니다. 죽어감인데도 살아감이고, 살아감인데도 죽어감입니다. 인간은 이 역설의 구조 속에 있습니다. 그래서 삶을 의식하면서 죽음을 간과하고 싶은데도 그렇게만 되지 않습니다. 죽음은 삶의 그림자처럼 그렇게 삶과 떼어놓을 수 없게 함께 있습니다. 역도 다르지 않습니다. 죽음을 의식하면서 삶을 간과하고 싶은 생각, 우울하고 어두운 삶을 아예 단절하고 싶은 충동을 한 번도 느끼지 않은 사람은 거의 없는데도 그렇게만 살아간다든지 그렇게 살아갈 수는 없습니다.

그런데 그렇다고 해서 삶이 이 역설의 여울만 흐르는 것은 아닙니다. 더 알 수 없는 것은 인간은 때로 문득문득 "삶이란 무엇인가?" 하고 묻는다는 사실입니다. 그리고 그 물음은 동시에 "죽음은 무엇인가?" 하고 묻는 물음과 다르지 않습니다.

많은 경우, 그러한 물음은 삶이 칙칙해질 때 솟습니다. 절망이나 마음의 아픔이나 몸의 한계를 느낄 때 특별히 그러합니다. 그러한 계기는 갑자기 삶의 흐름을 끊을 듯 문득 멈추게 합니다. 그때 이는 사물에 대한 생각이나 의미에 대한 물음은 삶의 거죽에서 배회하지 않습니다. 나를 더 깊은 자리로, 더 근원적인 자리로 나도 모르게 향하게 합니다. 그래서 그 자리에 이르면 어떻게 하면 절망과 고통을 면할 수 있을까 하는 차원을 넘어 도대체 절망이나 고통이 무어냐고 묻게 되고, 그러다 보면 자연스레 산다는 것 자체를 묻지 않을 수 없습니다. 삶이 안고 있는 죽음 또한 묻지 않을 수 없습니다.

바야흐로 '존재 자체'를 묻는 것입니다. 그런데 인간에게 있어서 존재에 대한 물음이란 다른 것이 아닙니다. 앞서 말씀드린 바와 같이 "삶이란 무엇인가? 죽음이란 무엇인가?" 하는 데 대한 물음입니다. 삶과 죽음이 따로 떨어져 있지 않은 실체임을 새삼 저리게 느끼기 때문입니다.

살아감이 곧 죽어감이라는 인식이 뚜렷해지면서, 다시 말하면 이제는 살아감이 죽어감을 간과해도 좋을 그 나름의 오롯한 의미가 있는 것이라는 인식이 한계에 부닥치면서, 인간은 삶을 묻는 물음을 던지게 되고, 마침내 죽음을 '직면'하게 됩니다. 죽음을 묻게 되는 것입니다.

4

그런데 그때 만약 죽음이 절망이고, 소멸이고, 종말이고, 불가항력적인 단절로 이해되면 삶은 살아가되 죽음을 향해 가는, 되돌아가 말하면 삶은 절망과 소멸과 종말과 단절을 향해 가는 철저하게 무의미한 과정이 됩니다. 그리고 그렇게 되면 허무하기 짝이 없는 것이 삶입니다. 살아간다는 것은 죽지 못해 사는 힘겹고 지루하고 고달픈 것이 됩니다. 삶은 그런 것이라고 여기게 됩니다. 사랑도 허망합니다. 보람도 공연한 소모의 결과일 뿐입니다. 진지한 고뇌를 통해 삶을 다듬고자 했던 것도 허무한 사치입니다. 도대체 긍정할 것이 하나도 없습니다. 자연도, 타인도, 나도, 그 어떤 것도 깨지는 물거품처럼 그렇게 어처구니가 없습니다. 다만 죽기가 두려워 스스로 죽음을 결행할 수 없을 뿐인데, 때로 어떤 사람들은 이러한 죽음인식을 지닌 채 스스로 죽기도 합니다.

그런데 다른 죽음이해도 있습니다. 죽음을 향해 온 긴 과정이 삶이지만, 그래서 언젠가는 죽을 수밖에 없는 것이 인간이지만, 만약 그것이 분명한 사실이라면, 끝은 절망이 아니라 살아온 과정의 '마무리'가 이루어지는 계기여야 한다고 이해합니다. 흠도, 상처도, 구겨진 기억도, 사랑하지 못한 얼룩도 다 고치고 치료하고 펴고 지워서 온전하게 하는 것이 죽음을 향해 가는 인간이 살아가는 삶의 모습이어야 한다고 생각합니다. 죽음은 삶을 완성하는 계기, 그것을 확인하는 오히려 축복의 순간이라고 믿기 때문입니다.

그런 삶의 주인들은 사는 것이 분명히 죽어가는 것임을 모르지 않지만 그것이 온전함을 향한 과정임을 알기 때문에 매순간이 허무하지 않습니다. 새날은 죽음에 한 발 다가간 절망의 늪이 깊어지는 날들이 아니라 새로운 가능성으로 가득 차 있는 날이어서 그것을 통해 무엇이든지 할 수 있다는 기대와 흥분이 이는 행복한 날입니다. 그 내일이 내 죽음의 날일 수도 있습니다. 어제의 상흔이 내일을 그렇듯 밝고 환하게 해주지 않는 경우도 있습니다. 그러나 그러한 것들이 그리 절대적이지는 않습니다. 근원적인 긍정이 내 삶을, 내 죽어감을 채색하고 있기 때문입니다. 따라서 살아가는 매일매일이 행복할 수 있습니다.

그렇다면 우리는 이렇게 말할 수 있을 듯합니다. 죽음이 무언지 분명해지면 삶도 무언지 분명해지고, 그래서 죽음이 무언지 삶이 무언지 결정되는 데 따라 '죽어감'은 '살아감'이 될 수도 있고, '살아감'이 '죽어감'이 될 수도 있다고.

5

그러나 이것은 어쩌면 참 한가한 생각이고 비현실적인 이야기인지도 모릅니다. 실제로 '죽음'과 '죽어감'이 내 현실로 적나라하게 드러나는 것은 '임종의 침상'입니다. 굳이 임종환자의 병실을 떠올리지 않아도 좋습니다. 이제는 예사로운 일이 되어 곧 우리의 내일도 저렇게 되리라 확언할 수 있는 노인요양원의 실태를 그려보기만 해도 넉넉합니다.

그곳에 가면 모든 노인들이 '죽어가고' 있습니다. 그러나 아직 '죽지는 않았'습니다. 그러므로 그분들은 모두 살아 있습니다. 그런데 차마 살아 있다고 말할 수가 없습니다. 그렇다고 죽었다고 묘사할 수도 없습니다.

이렇듯 '죽음'을 직면한 '죽어감'의 과정을 우리는 누구나 '살아야' 합니다. 그곳에서는 삶도 죽음도 제구실을 못합니다. 삶이 죽음을 다스리고 있지도 않거니와 죽음이 삶을 지배하고 있는 것도 아니기 때문입니다. 그러니 사람도 사람구실을 못합니다. 살아 있는데 죽은 사람과 다르지 않고, 죽어 있는데 산 사람과 다르지 않습니다. 그것은 사람일 수 없습니다. 그런데 우리는 대부분 이러한 삶을 겪어야 합니다.

이 세기는 심각하게 인간에게 다가옵니다. "내가 이제는 돌이킬 수 없는 죽어감의 과정에 들어섰다"고 스스로 판단하고 이에 대처하여 내 죽음이해와 삶의 이해를 '발휘'할 수 있을 때는 실은 아직 죽어감의 과정에 들어선 것이 아닌지도 모릅니다. 우리가 직면한 죽음현실은 훨씬 '잔인'합니다. 그 의식을 다 다듬었다고 스스로 여긴 다음 곧 죽음이 오지 않습니다. 그렇게 하고 나서도 참 긴 세월을 흔히 우리는 그 의식조차 상실한 채 죽음의 침상에서 머물러야 합니다.

'삶'이기를 그만둔 채 '죽어가기'를 내 의도와는 상관없이 지속하는 '죽어가는 삶'으로 살아야 하는 것입니다.

'죽음과 죽어감'의 문제가 진정으로 등장하는 것은 바로 이 경우에서인 것 같습니다. 죽어야 할 터인데 죽지 않는 죽어감, 죽지 않는 죽어감을 살아가는 삶, 이것은 인간이 직면한 새로운 사태입니다. 살아감을 철저하게 차단하고 이루어지는 '죽어감만의 삶'은 낯선 현상입니다.

그런데 오늘 우리는 그것을 죽음현실로 맞고 있습니다. 의료의 발달은 이 현상을 더욱 짙게 부추기고 있습니다. 슬프고 당혹스럽습니다. 그러면서도 어쩔 수 없이 수용해야 하는 죽음, 그래서 아예 내가 서둘러 내 죽음을 존엄사라는 범주에 넣어 논의해야 할 처지에 이르게 되었습니다.

6

그렇다고 해서 앞에서 말씀드린 이런저런 생각들이 이런 현실 앞에서 아무런 의미도 없는 거냐 하면 그렇지 않습니다. 역설적으로 말하면 바로 이러한 것이 우리의 현실이기 때문에 우리는 새삼 '죽어감'과 '살아감'이 떼어놓을 수 없는 하나라는 사실을 유념해야 합니다. 그리고 죽음을 삶의 온전한 마무리라고 이해하면서 죽음을 직면할 수 있도록 '살아가고' 또 '죽어가야' 합니다.

무릇 생명은 신비입니다. 존재하는 모든 것이 그렇습니다. 죽음 또한 그렇습니다. 신비는 알 수 없는 것입니다. 그러나 무의미한 것은 아닙니다.

그것은 그 앞에서 우리가 겸허할 수밖에 없는 어떤 '위엄'으로 우리에게 다가옵니다. 우리는 언제나 그러한 어떤 '위엄' 앞에 있습니다. 그러므로 우리에게 남아 있는 마지막 할 일은 다른 것이 아닙니다. 겸허해야 하는 일입니다. 죽음이 무어라고 단정적인 선언을 함부로 해서도 안 되고, 삶이 어떤 것이라고 당당하게 가르치려 하는 것도 조심스러운 일입니다. 언어에 담기에는 너무 어마어마한 신비 앞에서 우리는 우리의 삶을 영위해 오고 있습니다.

담담하게 타인의 죽음을 수용하면서 따듯하게 아파해 주고, 담담하게 내 죽음을 안으면서 맑게 겸허해지는 그런 죽어감과 죽음이 내 죽음 그리고 우리의 죽음 문화가 되었으면 좋겠습니다. 그렇게 살다 죽었으면 좋겠습니다. 그렇게 살고 싶습니다.

생명사랑과 인간의 존엄성

1

지난겨울은 무척 추웠습니다. 우리가 다 겪은 일입니다. 제가 출근하기 위해 전철역까지 가는 길은 10분이 채 안 됩니다. 그 짧은 시간이 얼마나 시렸는지요. 그런데 결코 녹지 않을 것 같은 보도에 쌓였던 눈도 다 녹고 서서히 봄의 내음이 묻어나기 시작했습니다. 이제는 어깨를 좀 펼 것 같았습니다. 참 좋았습니다.

그랬던 어느 날, 저는 그 길을 가다 보도블록 틈에 피어 있는 세 송이의 들꽃을 보았습니다. 얼핏 스친 것이었는데 반갑고 감동스러워 가던 길을 멈추고 꽃 옆에 쪼그리고 앉아 한참이나 들여다보았습니다. 활짝 핀 보라색 제비꽃이었습니다. 일어나 다시 길을 걸으면서 저는 그 꽃들이 길가에 이어 피어 있을 거라고 생각했습니다. 그러나 반 마장도 안 되긴 했지만, 더 이상 꽃을 만나지 못했습니다.

갑자기 아까 보았던 그 꽃이 얼마나 강인하게 겨울을 견뎠으면 그렇게 일찍 봄을 스스로 당겨 맞고 있을까 하는 생각이 나서 저는 오던 길을 되돌아 다시 제비꽃 앞에 섰습니다. 좀 과장한다면 저는 그 꽃 앞에서 옷깃을 여미는 자세로 그 납작한 꽃에 경의를 표하고 싶었습니다. '생명'과의 만남을, 그 신비스러운 힘과의 만남을, 그런 모습으로 제 마음에 지니고 싶었습니다.

글쎄요. 생명을 무어라 해야 좋을지 모르겠습니다. 다양한 묘사가 가능할 거고, 그만큼 많은 여러 정의도 가능할 것입니다. 그런데 저는 생명을 겨울이 지난 길가에 핀, 봄을 서둔 제비꽃이라고 말하고 싶습니다.

무엇보다도 놀라웠습니다. 거기 그렇게 척박한 돌 틈에서 꽃이 피어오르리라고는 전혀 생각지 못했습니다. 그런데 거기 꽃이 있었습니다. 그렇다고 하는 사실은 놀라움 자체였습니다.

무릇 생명은 놀라운 현상입니다. 달리 말하면 생명은 예사로운 것이 아닙니다. 생명의 탄생은, 그래서 생명의 현존은, 실은 경이로움에 대한 감탄만을 자아낼 뿐 설명할 수 있는 것이 아닐지도 모릅니다. 이렇게 저렇게 생명을 설명하는 진술들이 한없이 축적되어 있습니다만, 그리고 그러한 설명들은 모두 정확적인 타당성을 지니고 있습니다만, 아무래도 하나의 설명이 생명을 모두 다 아우르지 못한다면 아예 제비꽃을 빌려 그와의 만남을 스스로 놀라는 정서 속에 그 생명을 담아두는 것이 오히려 더 설득력을 가질지도 모른다는 생각을 하게 됩니다.

그런데 아름다웠습니다. 물론 그 아름다움은 보도의 회색 빛깔과 그 옆에 있는 조금은 검은 돌 색깔과 어우러진 초록 잎 사이에 있는 보랏빛깔이어서 더욱 그럴 수 있습니다. 그러나 그것만으로 제비꽃의 아름다움을 서술하는 것은 그 꽃에 대한 결례일지도 모릅니다. 아름다움은 색깔 탓만이 아니었습니다. 그 꽃의 현존 자체가 그대로 어떤 것과도 견줄 수 없는 황홀함이었습니다. 생명은 아무래도 그렇다고 말해야 옳은 것 아닌가 싶습니다.

당연히 모양이 있고, 꾸밈이 있고, 색깔이 있는 것이 생명이지만 그것 때문에 아름다운 것이 아니라, 그저 있어, 그 있음으로 인해 그대로 아름다운 존재, 그것을 일컬어 우리는 생명이라고 하는 것 아닌가 하는 생각이 듭니다.

생명은 아름답습니다. 아름답지 않은 생명은 없습니다. 만약 어떤 사물이 아름답지 않다고 한다면 그것은 이미 생명일 수 없습니다. 그러므로 생명으로 현존하는 것은 모두 아름답습니다. 그것의 현존이 우리로 하여금 황홀감을 겪으며 그것을 지니게 하기 때문입니다.

그런데 그 제비꽃을 되찾아 돌아가 그 자리에 다시 서게 한 것은 그 꽃과의 만남이 내게 남긴 어떤 감동이 있었기 때문입니다. 그것은 그 꽃이 겨울 전에는 있었던, 그런데 겨울에는 없었던, 그러다 다시 지금 돋은 그런 것이라는 사실에서 말미암은 감동인데, 달리 말하면, 이를 "죽어 되산 생명과의 만남"이라고 해도 좋을지 모르겠습니다.

저는 이 만남에서 이는 감동을 신비와의 만남에서 비롯하는 것이라고 묘사하고 싶습니다. 신비란 그저 알 수 없음을 고상하게 묘사하기 위한 표현이 아닙니다. 그것은 어떤 사물에 대한 알 수 없음과 그 사물과의 만남이 빚는 외경의 염(念)이 아우르는 감동에서 비롯하는 자기의 정서가 그 사물에 대하여 발언하는 그 발언의 내용입니다.

그러므로 신비는 사물에 대한 객관적인 진술이 아닙니다. 그것은 내가 나 자신에게 가장 정직한 순간에 내가 만난 사물의 경험을 묘사하는 언어입니다.

그러므로 신비는 내가 내 존재를 다 기울여 승인한 사물의 현존을 불가항력적으로 수용하는 자세가 낳는 언어입니다.

생명이 그러합니다. 생명은 나로 하여금 내가 내 전(全)존재를 다 기울여 만나게 하는 실재, 그럴 수밖에 없도록 하는 실재입니다. 만약 우리가 만난 것이 생명이 아니라면 우리는 그것과의 관계를 부분적으로 이을 수도 있고, 일시적으로 맺을 수도 있습니다. 그러나 생명과의 관계는 그럴 수 없습니다. 나 자신이 그대로 하나의 단위가 되어 부닥치는 사물이기 때문입니다.

제비꽃과의 만남에 대한 서술이 지나치게 과장되었습니다. 그러나 그 꽃과의 만남을 저는 경이로움, 아름다움, 신비스러움으로 묘사하면서 생명이란 다른 것이 아니고 바로 그렇게 만나 그렇게 반응할 수밖에 없는 실재를 일컫는 거라고 말씀드리고 싶습니다.

그리고 감히 이어 말씀드린다면 그런 실재와의 만남은 필연적으로 우리로 하여금 그 실재를 사랑하지 않으면 안 되게 한다는 것을 첨언하고 싶습니다.

우리 모두 자신의 사랑의 경험을 되살펴보십시다. 비록 묘사언어의 차이는 있어도 우리는 경이와 아름다움과 신비가 한꺼번에 이는 그런 감동 속에서 내가 사랑하는 사람을 만납니다. 아니, 그런 감동을 내 안에서 일게 한 사람을 내가 사랑하는 것입니다. 그런 감동에도 불구하고 내가 그 사람을 사랑하지 않는다면 나는 바보이거나 그 감동이 거짓일 수밖에 없습니다. 그런데 생명이 그러하다면 우리는 생명과의 만남에서 그 생명을 사랑해야 합니다. 우리가 만나는 모든 실재는 사실은 그러한 생명들입니다. 그 실재 중에는 나도 포함됩니다. 그렇다면 우리는 존재하는 모든 것, 생명 있는 모든 것, 그러니까 생명 그것 자체를 마땅히 사랑해야 합니다.

그렇다면 '생명사랑'이란 대단한 도덕도 아니고 특별한 규범도 아닙니다. 하나의 생명으로 살아가는 내가 지녀야 하는 당연하고 자연스러운 태도입니다. 적어도 어떤 사물에서 경이와 아름다움과 신비를 묘사할 수밖에 없다면 그와의 관계는 사랑일 수밖에 없습니다. 내 전존재의 투척을 통해 그 관계가 바로 그러한 경탄과 아름다움과 신비의 속성을 지니고 지속되도록 해야 합니다. 그것이 삶입니다. 사람살이란 무릇 그런 것입니다. 그렇게 살아야 합니다.

2

앞에서 저는 생명을 사랑하면서 '그렇게 살아야 한다'는 말로 제 말의 첫 절을 마감했습니다. 그런데 생명을 사랑한다는 것은 자연스러운 일이라는 것을 전제한 맥락에서 이루어진 이러한 발언은 자연스럽지 않습니다. 자연스러움을 굳이 당위적인 것으로 다짐하는 것은 그야말로 자연스럽지 않기 때문입니다. 하지만 그렇게 발언했습니다. 그렇다면 실은 이는 의도된 발언입니다. 다시 말하면 그것은 무척 가슴 아픈 경험을 전제한 발언입니다. 까닭인즉 그 자연스러움을 거스르는 '생명을 사랑하지 않는 사례'가 우리네 삶 속에 지나치게 넓게 산재하기 때문입니다.

이 글을 쓰는 아침에 저는 참 아픈 기사를 신문에서 읽었습니다. 제호만을 보고도 기사를 읽는 것이 지레 겁이 날 정도로 아팠습니다. 내용은 이러했습니다. 성적이 아주 우수한 고등학교 학생이 기숙사에서 생활하다 주말에 집에 가서 토요일에는 아버지와, 일요일에는 어머니와 등산을 다녀오기도 했는데, 귀교한 월요일에 학교를 나와 자기 집 옆에 있는 아파트 옥상에서 투신해 죽었다는 겁니다. 그 학생은 죽기 전에 어머니에게 카카오 톡으로 문자를 보내 자기의 죽음을 알렸다고 합니다. 그 문자는 이러했습니다. "제 머리가 심장을 갉아먹는데 이제 더 이상 못 버티겠어요. 안녕히 계세요. 죄송해요."

그 학생은 정서행동특성 검사에서도 아무 문제점이 발견되지 않았고, 평소 주변에 힘든 내색도 하지 않았으며, 우울증 증세도 없었다고 합니다. 성적은 1등을 한 적도 있고요. 20층 옥상에 자기의 옷과 신발과 휴대폰을 나란히 놓고 뛰어내렸다는 기사를 읽으면서 저는 그가 그 마지막을 그렇게 준비하며 왜 무엇을 어떻게 생각했을까를 그리며 가슴이 먹먹했습니다.

그의 부모에 생각이 미치자, 저도 자식을 키운 사람인데, 그 마음이 지금 어떠할까 생각하니 아침을 먹을 수가 없었습니다. 드러나게, 아니면 드러나지 않게 전문가들이 부지런히 그 사인(死因)을 규명하고 설명할 것입니다. 그 학생의 인성, 부모의 자식양육 태도, 학교의 지도, 친구들 그리고 사회구조에서부터 교육정책에 이르는 모든 부문에 대한 치밀하고 엄정한 분석과 질책과 대책이 늘 그렇듯이, 또 쏟아질 것입니다. 그래야 하겠지요. 당연히 그렇게 해야 합니다. 그리고 이 일을 거론하는 저도 지금 그러한 흐름의 대열에 끼는 것이겠지요.

그런데 생각해 보면 그 죽음 앞에서 이 모든 일은 민망할 따름입니다. 앞으로 또 일어날 비극을 방지하기 위한 거라고 하는 것을 모르지 않습니다만 죽은 아이와는 실은 무관한 일들입니다. 이미 그 아이는 죽었기 때문입니다. 오히려 이러한 일을 겪을 때마다 더 세상이 조용해지고, 소리 없는 자성(自省)이 사람들 마음 안에 조용히 흘러, 그 고요가 배태하는 '지금과는 다른 어떤 새로움'을 고즈넉이 간직할 수 있다면 얼마나 좋을까 하는 생각도 듭니다. 하지만 그것은 너무 이상적인 기대일지도 모릅니다. 바로 그러한 자성을 위해서라도, 비록 소음에 또 다른 소음을 더하는 결과를 초래할지라도, 우리는 무언지 발언해야 할 것 같습니다. 그렇게 하지 않으면 숨이 막힐 것 같은걸요.

까닭인즉 분명합니다. 생명의 소멸, 그것도 자기 스스로 자기를 지워버리는 일은 우리의 삶에서 경이로움이 찢기고, 아름다움이 얼룩지고, 신비가 구겨지는 일인데, 결국 그것은 우리 삶의 자리에서 사랑이 사라졌다는 것과 다르지 않기 때문입니다. 사람살이가 다 붕괴된 것입니다. 이 상황 속에서는 그 누구도 사람임을 그러니까 자기가 한 생명임을, 그리고 더불어 사는 우리 모두가 또한 생명들임을 주장할 수조차 없습니다. 생명이 생명일 수 있는 기반이 다 무너진 것과 다르지 않기 때문입니다

그래서 억지로라도 이 사태를 조금 더 기술해 보기로 하겠습니다. 앞에서도 누누이 말씀드렸습니다만 이 일은 가슴 아픈 일입니다. 이 아픔은 그 사태에 대한 설명 이전입니다. 기사를 읽는 독자도 아프고, 그의 친구들도 아프고, 선생님도 아프고, 분명하게 어디까지 포함해야 할지 몰라도 관계된 당사자들도 모두 아프고, 부모는 더할 수 없이 아픕니다. 모두 아픕니다. 우리는 그 아픔에 공감하고 동조할 수 있습니다. 좀 시간이 흐르고, 사태에 대한 이런저런 설명이 끝나면 그 아픔의 공감이 탄식으로, 분노로, 질책으로 바뀔지도 모릅니다. 당연합니다. 이미 그렇고, 또 그

래야 합니다. 그러나 우선하는 것은 '그 죽음에 대한 아픔의 공감이고 공유'입니다.

그런데 이러한 공감의 계기에서 우리가 참으로 잘하지 못하는 일이 있습니다. 그것은 '죽음에 대한 아픔'은 공감하면서도 '죽은 이의 아픔'을 공유하는 것은 잘하지 못하는 일이 그것입니다. 물론 그 소식을 듣고 가슴이 아픈 것은 바로 그 죽은 이에 대한 연민 때문일 것입니다. 그렇다면 이러한 서술이 옳지 않습니다. 그런데 그러한 연민으로 표현되는 그 아픔이 그 죽은 이가 충분히 공감할 수 있는 것일까 하는 생각이 드는 것입니다. 다음과 같은 사실이 그러한 정황에서 일어나는 일상적인 일이기 때문입니다.

스스로 목숨을 끊는 일을 만나는 경우, 우리는 흔히 두 가지 다른 태도로 죽은 사람의 아픔을 공유합니다. '오죽하면 스스로 죽었을까…' 하는 태도가 그 하나입니다. 그러한 태도는 그의 죽음을 변호할 수도 있고 변명할 수도 있을 만큼 죽은 이의 아픔을 공유하는 것으로 보입니다. 하지만 엄밀하게 말한다면 그것은 그의 죽음에 공감하는 것이지 그의 아픔에 공감하는 것은 아닙니다. 물론 이미 죽었는데 그 죽은 자와 아픔을 공유할 수는 없습니다. 따라서 죽음에 공감해 주는 것만으로도 죽은 이에게는 위로가 될지도 모릅니다. 하지만 이러한 위로는 아무런 현실성도 없습니다. 바로 그렇기 때문에 이러한 태도는 실은 '아픔의 공유'가 아니라 '죽음에 공감하는' 태도입니다.

그렇다면 이러한 태도는 그의 죽음을 마땅하다고 승인하는 것과 크게 다르지 않다고 말할 수 있습니다. 그리고 만약 이것이 사실이라면 그러한 태도는 차마 지닐 수 없는 것이기도 합니다. 연민의 따듯함이기보다 냉정한 사실판단만으로 이루어진 반응이기 때문입니다. 그런데도 우리는 그러한 반응을 죽은 이에 대한 진정한 공감으로 일컫습니다.

그런데 이러한 일련의 모습을 되살펴보면 어쩌면 우리의 이러한 반응의 저변에는 그 죽음에 대해 자기는 아무런 책임이 없다는 자기면책을 꾀하는 구차한 의도가 깔려 있는 것은 아닐까 하는 생각조차 할 수 있습니다. 왜냐하면 선의를 왜곡하는 그른 태도일지도 모르겠습니다만 좀 지나치게 마저 말씀드린다면, 그러한 태도, 곧 '오죽하면…' 하는 죽음 공감에는 '죽는 게 낫지… 잘 죽었어…' 하는 숨겨진 이해가 포함되어 있다고 해야 정직한 것 아닐까 하는 생각마저 들기 때문입니다.

또 다른 반응, 곧 그 죽음과의 아픔 공유의 태도는 "죽을 결심을 했을 정도로 의지가 강했다면 그 강한 의지를 가지고 더 당당하게 살 생각을 해야지 왜 죽어?" 하는 물음으로 다듬을 수 있습니다. 비록 질책의 색깔이 짙다 할지라도 이러한 태도는 앞엣것과 달리 '죽음에의 공감'이 아니라 죽음에 이를 수밖에 없었던 '삶의 아픔에 대한 공감'입니다. 따라서 이러한 질책성 공감은 죽은 이를 존중하는 태도가 그 기저에 깔려 있다고 할 수 있습니다. 무릇 질책은 책임주체에게 가해졌을 때 비로소 현실성을 갖는 것이라는 것을 유념한다면 이러한 태도는 죽은 이의 자존심을 아끼는 태도라고 할 수 있기 때문입니다.

하지만 '죽음조차 마다하지 않는 결단'이라는 그 서술이 가지는 '조건절'은 역설적이게도 모든 것이 불가능하다면 최종적으로 죽음을 선택하는 것이 문제의 해결이라는 것에 대한 근원적인 승인을 함축한 것이기도 합니다. 물론 살다 보면 우리가 직면하는 온갖 문제들의 해결방안 중에서 죽음이 하나의 선택지로 떠오르기도 합니다. 우리는 누구나 그러한 순간을 겪습니다. 하지만 죽음을 문제해결의 한 방법으로 선택하는 것은 '문제의 해결'이 아니라 '문제주체의 소멸'이라는 사실, 그래서 죽으면 문제는 사라지지만 문제가 없어진 해결된 상황을 살 삶의 주체도 사라진다는 사실을 이러한 태도는 간과하고 있습니다.

그렇다면 이러한 태도는 어쩌면 "못난 사람. 그렇게 의지가 약해 어떻게 살아. 그러니 죽지…" 하면서 그 죽음을 불가피한 필연으로 여기는 이른바 '승자의 도덕'이 지니는 오만을 발휘하는 것일지도 모릅니다. 그렇지 않을까 하는 생각이 듭니다. 그러한 발언은 고통 속에서 견디고 견디다 스스로 자지러질 수밖에 없는 '패자를 위한 윤리'에서 비롯한 것으로 여겨지는데, 그렇게 삶에서 승자와 패자를 나누는 것이 옳은 일인지, 아니면 그것이 현실이니 그렇게 죽은 사람에 대한 연민을 승자의 도덕에 입각한 배려라고 여겨야 할 것인지 잘 모르겠습니다.

이러한 사실을 감안하면 스스로 목숨을 끊는 문제와 직면해서 우리가 지녀야 할 태도는 그 죽음 자체를 공감하거나 공유하는 것도 아니고 죽음에 이르도록 한 특정한 고통을 공유하는 것도 아닌 것 같습니다. 물론 그러한 일에 아픔을 지니는 것은 당연한 일입니다. 당연히 그러한 공감을 지녀야 하겠지만 거기서 끝날 수 없다는 말씀을 드리고 싶습니다.

이때 우리에게서 드러나야 할 아픔의 공감은 특정한 죽은 사람에게 한한 것이 아니라 모든 살아 있는 사람들이 지니고 있을 아픔에의 공감으로 이어지지 않으면 안 됩니다. 다시 말하면 모든 생명에 대한 경이로움과 모든 생명의 아름다움과 그 생명의 신비로움을 새삼 되새기면서 그래야만 하는 생명이 그렇지 못하게 되었다는 사실을 새삼 살피고, 나아가 또 누구나 그렇게 될 수도 있는 '삶의 어두운 징후'를 내 일상 속에서 간과하지 않는 감성을 우리 서로 지니는 일입니다. 다시 말하면 사람들은 홀로 떨어져 사는 것이 아니라 서로 이어져 살아간다고 하는 사실을 주목해야 합니다.

다시 말하면 더불어 사는 생명인 '온 인간과의 이어짐'을 사랑을 준거로 하여 되살피는 일입니다. 그리고 그 이음이 찾아지지 않는다면 서둘러 그렇게 내가 뭇사람들과, 그들의 아픔과, 그들의 죽음과 이어져 있지 않다는 사실에 대한 자기 자신의 자책이 내 속에서 일어야 합니다. 그 '자책의 아픔'을 지녀야 하는 것입니다. 바로 이 아픔이 그러한 사건과 직면하는 아픔이 도달하는 마지막 아픔이 되도록 하지 않으면 안 됩니다. 그것이 우리가 해야 할 일입니다.

3

그런데 또 다른 말씀을 이 이야기에 이어 드리고자 합니다. 몇 주 전 일입니다. 제가 잘 아는 친구가 자기의 다른 친구 이야기를 들려주었습니다. 상처한 지 몇 달 지나지 않은 그 친구는 외아들을 분가시키고 나서 홀로 지낸 지 두어 주 뒤에 목욕탕에서 스스로 목숨을 끊었다고 합니다. 나이 일흔일곱입니다. 공부도 많이 했고, 이른바 출세도 했고, 자식들도 잘되고, 경제적으로도 어렵지 않고, 사람 됨됨이도 늘 긍정적이고 밝아서 친구들이 좋아했고, 스스로 자기 목숨을 끊을 아무런 이유가 없는 사람이었다는 것이 그 친구의 죽은 친구 평입니다. 유서도 없었다는데, 자기 일상의 이런저런 허드레는 물론 집 안을 말끔히 치워놓은 것이 그 친구의 유서인 것 같다고 제 친구는 말했습니다.

자식이 아버지의 그러한 죽음에 어떻게 반응했는지는 잘 모르겠습니다. 그런데 그 일을 제게 전해 준 제 친구가 한 말이 지금까지도 귀에 쟁쟁합니다. "참 부러운 친구야. 살아 있는 동안에도 친구들 부러움을 샀는데 죽는 것도 그렇게 부럽게 죽었지 뭐야. 나도 그렇게 죽어야 할 텐데…."

알 수 없는 일입니다. 피어나는 젊은이의 죽음은 견딜 수 없는 아픔이었는데 제 친구의 이야기를 들으면서, 비록 놀랍고 당혹스럽고 딱한 일이라는 생각이 들지 않은 것은 아니지만, 저는 그의 친구의 죽음이 앞의 중학생의 자살처럼 그리 아프게 다가오지 않았습니다.

늙으면 죽는다는 것이 당연하기 때문에 그랬을 수도 있습니다. 그러나 그는 '늙어 죽은 것'이 아닙니다. 곧 닥칠 늙어 죽는 죽음을 기다리지 못한 채 '스스로 목숨을 끊은 것'입니다. 그렇다면 앞의 젊은이의 죽음과 결과적으로 다를 것이 없습니다. 스스로 죽은 죽음이기 때문입니다. 그렇다면 제 아픔이 이 노인의 죽음에 대해서도 젊은이의 죽음에 대한 아픔과 다르지 않아야 할 텐데도 그리 아프지 않았다고 제가 말씀드리는 것은 아무래도 자연스럽지 않습니다.

그런데 곰곰이 생각해 보면 그럴 수 있는 까닭이 제게 없지 않습니다. 다른 것이 아닙니다. 그의 죽음을 부럽다고 말한 제 친구의 발언에 저도 은근히 공감했다고 한 사실이 그것입니다.

그렇습니다. 저는, 비록 말로 공감한다고 응대한 것은 아닙니다만, 제 친구의 발언에 가볍지 않은 공감을 했었습니다. "별 흠이 없이 늘그막까지 잘살다가 남에게 짐이 될 즈음해서 스스로 목숨을 끊는 일"이야말로 제가 선택해야 할 죽음이 아닌가 하는 생각이 든 것입니다. 그런 생각을 요즘 자주 하게 됩니다. 무엇보다도 지금 여기서 우리가 겪는 이런저런 죽음의 현실이 그러한 생각을 하도록 저를 몰아갑니다. 기막힌 역설입니다만 이를 '의학의 발달이 초래한 재앙'이라 해도 좋을지 모르겠습니다.

아무튼 오늘 우리가 부닥치는 죽음현실은 예상외로 '심각'합니다. 이를테면 심폐소생술에서 장기이식에 이르기까지 이런저런 치유기술을 통해 죽음은 상당 기간 유예될 수 있습니다. 그런데 문제는 그 죽음유예 기간이 삶다운 삶일 수 없다는 데 있습니다. '죽었으면 좋았을 시점'에서부터 이어지는 삶은 몸의 특정 기관의 기능 상실, 몸 전체의 거동 불능, 치매, 의식의 잃음 등 온통 망가진 몸의 현실을 펼칩니다. 그런데 죽었으면 좋았을 시점 이전에 이러한 죽음유예가 자기에게 가해지지 않도록 하지 않으면 그 시점을 넘어서는 순간부터는 아무런 일도 스스로 결정할 수 없습니다.

그러므로 내 몸이 그 지경이 되면 나를 보살펴야 하는 '의무를 지닌 사람들'에게 나는 말도 못할 견딜 수 없는 짐이 됩니다. 그들의 삶이 내가 아직 죽지 않고 살아 있다는 사실 때문에 온통 구겨지고 찢깁니다. 사랑하는 배우자나 혈연이 우선 그런 사람들이고, 그 밖에도 수많은 사람들이 있습니다. 그런데 이런 일은 일어나지 말았어야 할 일입니다. 그들을 사랑했고 그들을 위한 삶을 살아온 것이 내 삶이었는데 내 마지막이 이제까지 쌓아온 모든 것을 다 허물 수는 없습니다.

그러나 '죽어야 할 좋은 시점'을 알 수가 없습니다. 그렇다면 그런 일이 벌어지기 전에 스스로 죽는 것이 상책입니다. 그러니 어차피 죽을 삶인데 죽음을 스스로 결정하는 것은 가장 삶다운 삶을 사는 의연한 모습일지도 모른다는 생각을 하지 않을 수 없습니다. 아니, 그렇기 때문에 스스로 죽어야 마땅합니다. 그것이 '늙음의 도덕'일지도 모릅니다.

그런데 노년의 죽음 두려움은 이러한 몸의 현실만이 아닙니다. "홀로 살 수밖에 없는, 그래서 독거노인이기를 강요받는 구조"가 오늘 우리 사회의 현실입니다. 벗어나고자 해도 헤어날 수 없는 족쇄처럼 우리는 그 틀 안에서 늙어갑니다. 다행히 그 상황은 사뭇 어둡기만 하지는 않습니다. 이를테면 노인요양원은 죽어가는 노년들에게 따듯한 보살핌을 베풀어줍니다. 그러나 노인들이 그곳에 '모셔지는지' 아니면 '버려지는지'를 가름하는 일은 참으로 판단하기 어렵습니다. 그렇게 그러한 기관들은 오늘 우리 사회 안에서 자리 잡고 있습니다. 그것이 우리의 사회구조라면, 그리고 결국 무용한 생명, 그래서 어떻게 수식하든 결국 '버려지는 삶의 주체'로 간주되는 것이 노년의 삶이라면, 그러한 '모심'이나 '버림'을 결정하는 계기가 불가항력적인 다른 힘에 의해 내게 벌어지기 전에 나 스스로 자기를 '처리'하는 것이 바른 선택일 수도 있습니다.

이래저래 노인의 자리에서 보면 노인자살이 아프기만 하거나 질책하기만 해야 할 것으로만 만나지지 않습니다. 무언지 설명할 수 없는 어떤 공감이 내 안 깊은 곳에서부터 솟는 것을 스스로 가리지 못합니다. 이토록 삶은, 노년의 마지막 삶은 잔인합니다.

4

그러나 이러한 죽음에 대한 '부러움'이라는 공감은, 비록 현실적으로 수긍할 수 있을 만큼 오늘 우리의 죽음현실에서 일면의 진실성을 가진다 하더라도, 이를 마냥 승인할 수는 없습니다. 개개인의 경우에 따라 다 다르겠지만 결국 이 문제는 "내 죽음을 나 스스로 결정할 수 있는 것인가?" 하는 죽음의 자기결정권의 논의로 이어집니다. 안락사나 존엄사의 문제도 이 맥락에서 벗어나 있지 않습니다. 그래서 이 문제를 '근원적인 자리'에서 '총체적'으로 다루면서도 '현실성'을 잊지 않는 진지한 논의들이 일고 있습니다.

의학에서도, 사회복지의 차원에서도, 법률적으로도, 윤리나 철학에서도 그리고 종교에서도 모두 진지합니다. 고마운 일입니다. 이에 관해 긴말씀을 이 자리에서 드릴 수는 없습니다. 그런데 대체로 그 논의의 결론은 '극히 예외적인 경우'를 제외하고는 죽음의 자기결정권이 허용되어서는 안 된다는 주장이 주류를 이루는 데 이르고 있습니다. 하지만 그 '예외' 조차 구체적인 사태를 정할 수는 없다고 하는 입장들이고 보면, 그 진지한 논의조차 실은 고뇌의 단면을 드러낼 뿐 문제의 현실적인 해결을 보여주는 것은 아닙니다.

그렇다면 우리는 이 문제를 좀 다른 측면에서 살폈으면 좋겠습니다. 즉 만약 자기의 죽음과 관련하여 자기결정권이 허용된다면 삶의 현실에서 어떤 일이 벌어질지 생각해 보는 그러한 시각에서 다가갈 필요가 있습니다. 하나의 예를 들어보십시다. 외국의 경우이기도 하고 또 근본적으로 적절한 비유가 아닐 수도 있겠습니다만, 우리는 자기방어권을 구실로 제정된 무기의 자유로운 소유를 허용한 법이 결과적으로는 본래 의도하지 않았던 폐해를 초래하고 있다는 사실을 유념해 볼 수 있습니다. 곧 무기소지를 통한 자기방어권의 확보가 역설적으로 그 법을 통해 '살인의 개연성'을 구축한 것과 다르지 않은 데 이른 것입니다.

이를 근거로 추리한다면 어쩌면 젊은이든 노인이든 무릇 인간의 자기 죽음 결정권의 존중은 거기서 머물지 않으리라는 것을 예상할 수 있습니다. 이른바 그러한 권리의 승인은 의도하지 않더라도 인간은 자기만이 아니라 나 아닌 타자의 죽음도 결정할 수 있다는, 다시 말하면 "인간은 인간의 죽음을 결정할 수 있다"는 풍토를 우리 문화 안에서 일게 할지도 모른다는 예상을 할 수 있는 것입니다. 굳이 풀이할 필요가 없습니다만 결국 그러한 풍토는 인간으로 하여금 자기를 포함한 어떤 생명이라도 '작위적으로 다룰 수 있다'는 태도를 거침없이 지닐 수 있는 정당성의 근거를 마련하도록 할 것입니다.

죽음이 인간의 삶의 종국인 줄 알기 때문에 사람들은 이를 두려워하고 불안해합니다. 또 그래서 억지로 죽음을 외면하고 회피하고 폄하고 심지어 저주조차 망설이지 않습니다. 그런데도 죽음은 끝이기 때문에 견디기 힘든 문제에 자기의 삶이 직면하면 '죽여버리'든가 '죽어버리면' 모든 문제는 끝나리라고 생각합니다. 이러한 오늘의 죽음문화의 풍토를 유념하면, 죽음결정권이 인권이라는 이름으로 승인될 때 어떤 사태가 벌어질 것인가 하는 것을 예상하면 끔찍합니다. 예사로 스스로 죽고 서로 죽이고 할 것이기 때문입니다. 그러한 사태는 죽음만을 황폐하게 하는 것이 아닙니다. 죽음만이 아니라 죽음을 포함한 삶 전체를 황폐하게 할 것이기 때문입니다.

그러고 보면, 스스로 자기죽음을 결정하고 실행한 제 친구의 친구분께는 무척 죄송한 말씀입니다만, 그러한 결정의 바탕에는 그가 인간의 삶에 대한 충분한 배려를 결하고 있었거나, 아니면 우리가 공감할 수 있는 아픔만이 아니라 공감할 수 없는 다른 어떤 정서가 깔려 있었던 것이 아닐까 하는 것을 생각해 볼 수 있습니다. 억지로라도 그것이 어떤 것인지를 짐작해 보고 싶습니다.

친구의 평에 의하면 그 친구는 참 좋은 분입니다. 그런데 생각해 보면 흔히 자신을 말끔히 추스르는 사람들이 가지고 있는 몇 가지 특성을 그도 가지고 있었던 것 아닌가 하는 생각이 듭니다.

하나는, 자신을 깨끗하고 단정하게 유지하려는 그런 마음가짐이 두드러졌던 것 같습니다. 늙음은 이러한 생각을 누구나 가지게 합니다. 죽음 이후의 자기 삶의 자리가 지저분하지 않기를 바랍니다. 해오던 일을 잘 마무리하고 싶고, 못한 일을 부탁하고 싶고, 사람들과의 관계도 풀어 맺힌 것이 없게 하고 싶고, 방도 치우고, 몸도 깨끗하기를 바랍니다. 그런데 이러한 일은 실은 죽음을 앞둔 사람들, 특별히 늙은이들이 단단히 마음을 먹고 해야 할 마땅한 일들입니다. 이런 일을 제대로 하지 못하면 내 죽음 뒤에도 여전히 살아 있는 많은 사람들에게 나는 뜻하지 않은 힘든 짐을 지게 할 수 있습니다. 그러므로 그렇게 하지 못하는 것을 우리는 염려하고, 서로 지적하고, 서둘도록 해야 합니다. 죽음을 준비할 수 있도록 해야 하는 것입니다.

하지만 치우고 정리할 것이 아무리 많다 해도 이런 일은 '죽기 전에' 할 생각을 해야지 '죽음으로' 그 모든 것을 치우고 정리해야 한다고 생각한다면 그것은 건강한 것일 수 없습니다. 따라서 이러한 태도는 개인의 성격적인 특성이 아니라 그 개인이 죽음에 대한 성숙한 이해를 하지 못하고 있었다는 것을 보여주는 징후라고 할 수 있는 그러한 것입니다.

이와 아울러 짐작할 수 있는 것은, 그가 삶 자체를 쫓기듯 초조하게 살아왔을 것 같다는 사실입니다. 이 또한 늙음에 이르면 당연하게 자신의 속 깊은 데서부터 이는 정서이기 때문에 그가 지닌 개인적 특성이라고 할 수는 없습니다. 언제인지는 몰라도 '임박한 죽음'이 내 삶의 현실일 때 초조함을 느끼지 않는다면 그것도 자연스럽지 않은 일입니다. 그러나 초조함이 문제를 해결해 주지는 않습니다. '할 수 있는 데까지 하는 것'이 초조함을 극복하는 일이지 모두 '다 해야겠다는 다짐'이 초조함을 해결해 주지 않습니다. 어차피 내 삶은 내가 벌려놓은 것이니까 내가 수습을 해야 한다고 할 수 있지만 내 삶이란 것이 그렇게 나에 의해서만 이루어진 것은 아닙니다. 우리는 무수한 연계 속에서 형성된 틀 안에서 자기 역할을 해왔습니다. 따라서 내 온전하지 못함을 채워줄 사람도 있고, 나와 더불어 책임을 공유할 사람들도 있습니다.

그렇다면 초조와 쫓김은 건강한 책임감에서 비롯한 것이라기보다 스스로 올연하고자 하는 왜곡된 긍지가 마련한 건강하지 않은 고독의 징표이기도 합니다. 그러므로 스스로 죽어버리면 그 초조로부터 벗어날 수 있으리라는 판단은 실은 충분히 사람살이의 틀을 인식하지 못한 미성숙한 모습일 수도 있습니다. 그것은 의연한 모습이 결코 아닙니다.

누구나 짐작할 수 있는 일입니다만 이처럼 결벽해야겠다는 강박관념이나 초조함에 쫓기게 되면 자연히 우리는 비현실적이게 됩니다. 이루어질 수 없는 일들이 내 삶의 현실로 내 앞에 펼쳐지고 있다는 것을 실감하면서 그것을 넘어설 수 없다는 속수무책(束手無策)감을 느낄 때 우리는 현실로부터의 일탈을 꿈꾸게 되는 것입니다. 눈을 감아버리고 싶고, 귀를 막고 싶습니다. 더 이상 사색하기 싫고, 더 이상 행동하기 싫습니다. 이미 충분히 그렇게 해왔는데도 내 삶은 아무런 출구도 마련하지 못했다는 절망감이 나를 짓누를 뿐입니다.

이 모든 것을 한꺼번에 풀어줄 유일한 수단으로 죽음을 생각하게 되는 것도 어쩌면 자연스러운 일입니다. 죽음은 끝이기 때문입니다. 그래서 어차피 죽을 것인데 아예 '서둘러 죽으면' 더 이상 어떤 좌절도 경험하지 않게 되리라는 기대, 이제는 무한히 펼쳐지는 평안과 위로 속에서 내 삶이 이어지리라는 희구를 갖습니다.

마침내 죽음은 '삶을 위한 가장 편리한 수단'이 됩니다. 죽음을 통해 내 삶을 온통 지워버리면 아무런 염려 없이 삶을 마감할 수 있으리라 판단하는 것입니다. 그렇습니다. 삶은 그렇게 끝납니다.

그러나 죽으면 더 이상 삶은 지속하지 않습니다. '문제가 없는 삶'이 죽음 뒤에 펼쳐지고 그 속에서 내 지금 여기의 삶이 지속하리라는 기대는 비현실적입니다. 내가 없기 때문입니다. 뿐만 아니라 나는 없어도 내 삶의 흔적은 내가 죽은 다음에도 남습니다. 적어도 나를 기억하는 사람이 살아 있는 한에서 그렇습니다. 따라서 내 삶의 자취를 내가 내 죽음을 서두른다고 해서 지울 수 있는 것도 아닙니다.

아무래도 제 친구의 친구의 죽음은 그가 착하고 귀한 마음을 가진 사람임에도 불구하고 어쩌면 '편리한 환상'에 빠졌던 것은 아닌가 하는 생각을 하지 않을 수 없습니다. 그렇게 깨끗하기를 바라고, 그렇게 죽음을 서두를 정도로 삶을 온전하게 하고 싶었다면, 거듭 말씀드립니다만 젊은 이들과는 달라서 스스로 죽음을 선택하지 않아도 곧 죽을 텐데, 그렇게 죽는 일말고 다른 선택지는 없었을까 하는 생각을 하지 않을 수 없는 것입니다.

이런 사례가 '배부른 이야기'로 들릴 경우도 없지 않습니다. 다른 것 다 그만두고 오직 배고프고 추워서 스스로 죽는 노인도 한둘이 아닙니다. 아무도 돌보는 이가 없는 채 수족을 움직이지 못하는 상황에서 홀로 죽도록 방치되어 마치 '스스로 죽었다'고 묘사될 수밖에 없는 그러한 노인의 죽음도 적지 않습니다. 우리는 앞에 든 예와 더불어 이러한 죽음들을 한데 넣어 '노인의 자살' 문제라고 범주화합니다. 그런데 이렇게 범주화하는 것은 아무래도 무리가 있습니다. 그러므로 당연히 이러한 여러 다른 양태의 노인들의 죽음과 관련한 대책도 다르게 마련되어야 합니다.

개인이 할 일이 있고 공동체가 할 일이 있습니다. 가정에서 할 일이 있고 국가가 할 일이 있습니다. 이 모든 기능들을 조화로운 일새이게 하면서 인간의 삶의 질을 유념한 죽음문화를 형성해야 하는 공동체 구성원 모두의 일이 있습니다. 그런데 다행히 바야흐로 복지사회를 운위하면서 이를 위한 여러 일들이 진지하게 다루어지고 있습니다. 고마운 일입니다.

5

문제는 죽음주체인 우리 개개인의 실존적 태도입니다. 이미 벌어진 일을 진지하게 성찰하는 것도 좋습니다. 그러나 그것만으로는 모자랍니다. 옳거니 그르거니, 무엇을 했어야 했느니, 그 책임은 누구에게 있느니 하는 무성한 논의들이 다 쓸데없다는 말씀을 드리는 것은 아닙니다. 하지만 결과적으로 '구실 찾아 책임 미루기' 투의 귀결에 이르는 그러한 논의보다 우리 제각기 자기와의 정직한 대화를 통해 내 죽음을, 그래서 임박한 죽음을 사는 내 삶을 스스로 살펴보았으면 좋겠습니다. 공허한 말이 될 것 같아 두렵습니다만 감히 말씀드린다면 저는 다음과 같은 생각을 해보고 싶습니다.

깨끗하게 '치우는' 일도 해야 하지만 아울러 내가 살아온 마디마디, 이런저런 일, 만난 그 많은 사람들을 회상하면서 그 고비마다 깃들인 의미를 짚어보았으면 좋겠습니다. 부끄럽고 못난 일도 있고, 자랑스럽고 떳떳한 일도 있습니다. 미움과 시샘에 시달린 적도 있고 진심으로 사랑하고 나를 희생한 일도 있습니다. 얼룩진 추한 기억도 있고 환하게 아름다운 추억도 있습니다. 하지만 좋은 것은 취하고 좋지 않은 것은 버리는 것이 아니라 그 어느 것도 그대로 내 삶의 의미로 지니는 일은 불가능할까 하는 생각이 듭니다. 그 모두가 한데 어울려서 내 삶을 이룬 것이기 때문입니다.

얼마 남지 않은 삶이 분명한데 삶을 서두르는 것을 마다할 필요는 조금도 없습니다. 오히려 그렇게 서둘러야 합니다. 그러나 만약 우리가 내 삶을 의미 있는 것으로 여길 수 있다면 그 서두름보다는 조금은 느린 호흡으로 이것저것 놓치지 않기를 바라면서 내 삶의 마디마디에 깃들인 모든 사람들에게, 온갖 일들에다 '작별인사'를 하는 것이 더 서둘러야 하는 일이 아닐까 하는 생각도 듭니다. 물론 찾아갈 수도 없고, 일을 마무리하기도 어렵습니다. 그렇기 때문에 작별인사란 실제적으로 비현실적인 꿈일 수 있습니다. 대체로 그러합니다.

그러나 나 스스로 마음에 품는 그 모든 것에 대한 고마움만으로도 우리 작별인사는 충분합니다. 죽음을 서둘기보다 그런 고마움으로 내 삶을 채우는 일을 조금은 더 서둘러야 할 것 같습니다. 고마움은 존재하는 모든 것을 긍정하는 일인데, 그렇게 할 수 있다면 나 자신에게도 죽기 전에 고맙다고 해야 하고, 죽음에게도 고맙다고 해야 합니다. 그것이 서둘 일이지 죽음을 스스로 죽는 일을 서두를 필요는 없습니다.

그렇다면 임박한 죽음 앞에서 그저 담담했으면 좋겠습니다. 죽음이 별난 일도 아니고, 나 혼자 당하는 일도 아니고, 생명이면 지닌 삶의 현상이라면, 비록 그 과정이 때로 견딜 수 없이 괴롭기도 하지만, 호들갑을 떨며 '소란'을 일으킬 까닭은 없습니다. 조금은 더 조용하고, 깊고, 그윽하고, 고요했으면 좋겠습니다. 삶이 의미로 가득 찬 것임을 회고할 수 있다면, 그래서 온통 겪은 모든 것이 감사할 것뿐이라는 생각이 든다면, 그래서 이미 죽음맞이가 평안하다면, 담담함은 그때 우리가 지녀야 하는 마땅한 삶의 모습입니다.

물론 우리가 이렇게 담담할 수 있는 한계가 있습니다. 치매에 걸리기 전에 내 삶이 그래야 하고, 의식을 잃기 전에 그렇게 살아야 합니다. 혈연에게 짐이 되기 전에 그렇게 살아야 하고, 노인의 집에 옮겨가기 전에 그렇게 해야 하며, 호스피스 병동에 가기 전에 그럴 수 있어야 합니다. 그 시점을 놓치면 담담할 수 있는 삶을 살 수 있는 기회를 영 놓칩니다. 다른 사람 신세지지 않고 죽어야 한다는 귀한 생각을 폄할 생각은 조금도 없습니다. 하지만 담담함 속에서 그런 생각을 한다면 그 생각은 틀림없이 삶의 의미를 긍정하고 모든 존재를 긍정하는 감사로 이어질 것입니다. 그렇지 않으면 오히려 그런 마음이 때로는 오만, 독선, 오히려 타인에 대한 배려 없음 등으로 채색될 수 있다는 사실을 잊어서는 안 됩니다. 무릇 사람살이는 서로 신세지고 살기 마련입니다.

회복 불가능하다는 판정을 받을 때까지는 담담하게 살아야 합니다. 그리고 그러한 판단이 내려지면 연명치료가 아니라 통증완화 치료를 바라는 사전의향서를 의사에게 그리고 자손들이나 돌보는 사람에게 담담하게 작성해 주면 됩니다. 스스로 죽어버리는 내 죽음 때문에 살아 있는 삶의 공동체가 생명을 값싸게 여기는 풍토를 지니는 데 호리라도 보탬이 되는 일을 저질러서는 안 됩니다.

오늘 우리의 죽음맞이는 유예되는 죽음을 현실화하면서 내 죽음순간에 내가 참여할 수 없는 타율적인 죽음을 죽을 수밖에 없게 하고 있습니다. 그것이 견딜 수 없이 괴로워 지레 스스로 죽는 죽음을 선택할 수도 있습니다. 하지만 임박한 죽음을 살아가는 동안에 좀더 적극적으로 자기 삶의 의미를 찾고, 감사하며 담담하게 죽음을 만나면서, 삶을 스스로 죽어 마무리함으로써 생명 자체를 폄하는 위험한 일은 삼가야 하는 것이 노년에 이르기까지 살아온 의연한 삶의 모습이어야 하지 않을까 하는 말씀을 강조하고 싶습니다. 우리의 그러한 담담함을 내 곁에 있는 사람들이 확인할 때 우리는 불가피하게 그들에게 지게 하는 '나를 보살피는 짐'의 무게를 조금이라도 덜 수 있으리라 생각합니다.

6

생명은 경이로운 것입니다. 이른 봄 제비꽃처럼 그렇습니다. 생명은 아름다운 것입니다. 마찬가지로 제비꽃처럼 그러합니다. 그래서 우리는 그 앞에서 옷깃을 여밀 수밖에 없습니다. 신비스럽기 때문입니다. 그 감동을 살아가는 것이 사랑입니다. 그러므로 생명은 마침내 사랑에서 그 온전함을 드러냅니다.

사람은 생명을 가진 존재입니다. 그렇기 때문에 인간은 경이로운 존재입니다. 아름답습니다. 그리고 신비스럽습니다. 갓난아기도 그렇고, 젊은이도 그렇습니다. 보람을 쌓는 장년도 그렇고, 쇠잔해 가면서 곧 죽음에 이를 노년도 다르지 않습니다. 경이롭고 아름답고 신비스럽습니다. 그런데 그 경이로움과 아름다움 그리고 그 신비스러움조차 때로는 훼손될 수 있습니다. 사랑이 사라지면 그렇게 됩니다. 결국 사랑의 결핍은 생명의 경이로움과 아름다움, 그 신비스러움을 부정하는 일과 다르지 않습니다.

그러한 현상은 삶의 현실이 무의미하다고 판단될 때 생겨납니다. 갓난아기도, 젊은이도, 장년도, 노년도 다르지 않습니다. 그렇기 때문에 삶이 총체적으로 긍정적일 수 없을 때 사랑은 사라집니다. 감사하다는 태도가 내 실존을 수식하지 못하면 삶은 공허해지고 죽고 싶은 충동을 억제하지 못합니다. 삶을 살고 싶어지지 않습니다. 그러므로 의미와 감사함으로부터 비롯하는 담담함, 곧 마음의 평정이 이루어지지 않으면 생명은 지탱할 수 없습니다. '죽여버리고' 싶고, '죽어버리고' 싶은 충동만이 삶의 기저를 이룹니다. 사랑을 경험하지 못하기 때문입니다.

그런데 사랑을 말하면 갑자기 소란해집니다. 어떤 돌출하는 사건의 연속인 것처럼 생각합니다. 그래야 사랑이 실천되는 것으로 여깁니다. 하지만 사랑은 '뜨겁게 요동하는' 소용돌이가 아닙니다. 그것은 서로 '모두가 모두와 이어져 있다'고 하는 것을 확인하면서 사는 삶이 누리는 어쩌면 '고요'입니다. 그것이 담담함이라고 말하고 싶습니다.

그러므로 우리는 사랑하고 살아야 합니다. 생명은 본연적으로 존엄한 것임에 틀림없습니다. 하지만 사랑하는 관계, 곧 의미와 감사로 이어진 담담함 속에 깃들이지 않으면 생명의 존엄은 현실적으로 없습니다. 내가 스쳐지났다면 이른봄 보라색 제비꽃은 있지만 없었을 것입니다. 그러나 되돌아가 그 앞에서 옷깃을 여민 탓에 그 꽃은 고요하게 제 안에 여전히 피어 있습니다. 꽃은 져도 내 안에서 영원히 시들지 않을 것입니다. 죽음에 임박한 노인들을 사람들이 그렇게 만나주었으면 좋겠고 노인의 자살도 그렇게 만나주었으면 좋겠습니다. 저의 죽음도 제가 그렇게 살면 좋겠습니다.

젊은이들을 철저하게 '타락'시켜야 한다

1

젊은이들이 좌절에 빠져 있다고들 합니다. 사실입니다. 젊은이들을 만나 보면 금방 이를 확연히 알 수 있습니다. '무엇을' '어떻게' 하면서 '앞으로' 살아가야 할지 막막하다고 말합니다. 하고 싶은 것은 있지만 그것을 할 수 있는 기회는 없다고 말합니다. 이를테면 '좋은 직장'에 취업을 한다든지, 자기 '소질을 살려' 자유롭게 이를 구현하면서 살아간다든지 하는 일이 전혀 불가능하다는 겁니다. 현실이 철저하게 닫혀 있어 앞으로 나아갈 여백이 하나도 없는데 삶의 목적이나 그것을 이루기 위한 방법들이 있을 까닭이 없다는 겁니다. 그러고 보면 좌절은 젊은이들의 일상이고, 이로부터 비롯하는 실의는 그들의 일상을 채우는 내용이 되어버렸다고 해도 좋을지 모르겠습니다. 이것이 우리 젊은이들의 실상입니다.

젊음이 이렇게 좌절과 실의로 묘사된다는 것은 예사로운 일이 아닙니다. 두려운 일입니다. 어렵게 생각할 것 없습니다. 한창 꿈에 젖어 현실 속에서 더없이 역동적인 삶을 살아야 할 '다 큰 자식'이 좌절과 실의에 빠져 집 안에만 박혀 있다면 어느 부모인들 속이 상하지 않겠습니까? 심한 말이 되겠습니다만 자식들이 이렇듯 시들어가는 집안에 '내일'이 있을 까닭이 없기 때문입니다.

그렇다면 '어른'들이 이 사태를 풀어주어야 합니다. 젊은이들이 실의를 딛고 일어나 좌절을 넘어서도록 해야 합니다. 왜냐하면 '지금 여기'를 그토록 '닫힌 시공(時空)'이게 한 것은 바로 어른들이기 때문입니다. 어른들은 젊은이들을 낳았습니다. 그리고 젊은이들보다 먼저 삶을 살아왔습니다. 그러므로 누가 무어라 해도 지금 여기의 젊은이들의 삶의 자리를 마련한 것은 어른들입니다. 물론 어른들도 '우리도 죽을 지경'이라고 말할 수 있습니다. 그것도 엄연한 현실이니까요. 하지만 그것으로 어른들이 지금 젊음이 직면한 실의와 좌절에서 면책될 수는 없습니다.

바로 그것이 이른바 '기성세대'의 책임입니다. 그러한 책임의식도 없이 세월을 사는 어른이 있다면 그는 '어른'이 아닙니다. 아직도 삶의 공동체 안에서 자기의 몫이 무언지 모르는 사람입니다. 그런데도 그러한 어른이 우리의 지금 여기의 사회현실에서 제법 힘을 발휘할 수 있는 '층위'에 들어서 있다면 그는 '무임승객'이나 다름이 없습니다. 그런 사람은 차에서 내리게 해야 합니다. 우리 알다시피 의무는 다하지 않고 권리만을 누리려는 사람의 폐해가 얼마나 큰지 굳이 설명할 필요조차 없는 일이기 때문입니다.

2

하지만 다행히 오늘 우리 사회를 보면 젊음을 아끼는 사람들이 참 많습니다. 고마운 일입니다. 이를테면 "아프니까 청춘이다"라고 하면서 온갖 따듯한 위로로 젊은이들을 격려하는 이른바 '치유적 접근'을 하는 어른들의 경우를 우선 들 수 있습니다. 감격스러운 일입니다. 이러한 어른들의 위로를 통하여 젊은이들은 좌절에 의한 상처, 실의에 의한 멍든 삶을 상당한 정도 치유받을 수 있습니다. 이러한 어른들의 따듯함과 직면하면서 우리는 우리가 어쩌면 이토록 젊음에 대한 애정 어린 공감을 하지 못했나 하는 부끄러운 생각이 듭니다. 진작 젊음을 따듯하게 다독거려야 했었는데 너무 늦었다는 후회가 젊음 앞에서 얼굴을 들 수 없게 합니다. 그러고 보면 이러한 태도로 어른들이 젊은이들에게 다가가는 것은 참으로 고무적인 일입니다.

그러나 마냥 이렇게 젊은이들에게 다가갈 수는 없습니다. 젊음의 아픔에 대한 위로가 그들의 공감을 불러일으키는 것은 당연합니다. 그러한 위로는 그들의 상처를 어루만져 줄 수 있기 때문입니다. 무릇 따듯한 위로는 젊은이들에게만 아니라 모든 인간들에게, 곧 좌절과 실의에 빠진 사람들에게 더 이상 삶이 시린 것만은 아니라는 새로운 경험을 할 수 있게 합니다.

하지만 주목할 것은 '위로받음'이 곧 '새로운 삶'은 아니라는 사실입니다. 밖에서 주어지는 위로와 공감은 좌절하고 실의에 빠진 사람에게 자기를 회복할 수 있게 하는 '계기'를 마련해 주기는 하지만 그것이 곧 '바뀐 삶'을 지어주지는 않습니다. 위로는 따듯함이 수행하는 거지만, 삶의 구현은 그것과는 다른 냉엄한 판단과 의연한 의지가 수행하는 것입니다. 위로해야 한다는 당위가 그것 자체로 긍정적인 것과는 다르게 위로를 받는 경우, 그에게 주어지는 위로는 그의 자율을 상당 정도 불가피하게 훼손합니다. 아늑하고 따듯한 의존의 안위를 경험한다는 것은 "여기에 머무는 것이 가장 행복한 것"이라는 생각을 가지게 하고, 그러한 의도를 스스로 귀하게 여기게 합니다. 그러므로 위로는 위로하는 자에게는 더없이 귀한 덕이지만 위로받는 자에게는 늘 그럴 수 없는 위험이 있습니다. '의존적'이라는 것은 성숙을 위해 가장 저어해야 할 태도이기 때문입니다.

따라서 위로받는 주체의 '일어섬의 의지'와 위로한 사람의 '실제적인 부추김'이 지속될 때 비로소 그것은 '위로가 희구하는 현실'을 이룩할 수 있습니다. 그렇지 않으면 위로받는 사람은 그 위로를 통해 자기가 이미 자기의 현실에서 벗어났다는 착각을 하게 되고, 위로한 사람은 그 위로로 자기의 할 일을 모두 완수했다고 여기면서 자기도 모르는 '기만적인 만족'에 도취됩니다.

더구나 "아프니까 청춘이다"라는 명제는, 비록 그것이 젊은이들을 주목하게 하여 그들에게 진정으로 들려주고 싶은 발언을 하기 위한 수사(修辭)라 할지라도, 상당한 오도(誤導)의 위험이 있습니다. 하나의 문제에 직면했을 때 우리는 이를 총체적인 맥락을 조망하면서 그 어디에 그 문제를 자리 잡게 할 것인지를 살펴야 합니다. 전체의 상(像)을 간과한 채 하나의 문제를 따로 떼어 그것만을 외톨이의 문제로 여기는 것은 정직한 인식을 그르치는 일입니다.

우리가 결코 지나치지 말아야 할 것은 아픈 것은 젊음뿐이지 않다고 하는 사실입니다. 다시 말하면 인간의 실존 자체가 실은 아픔입니다. 그렇기 때문에 젊음도 아픔입니다. 다만 젊음의 아픔이 노년이나 장년의 아픔과 결이 다를 뿐입니다. 앞의 수사는 자칫 이러한 사실을 간과하도록 할 수 있습니다. 비록 젊음을 대상으로 하는 발언이라 할지라도 그 발언이 젊음을 삶으로부터 예외적인 것으로 떼어놓고 생각하게 할 수도 있다면 그것은 결과적으로 젊은이들로 하여금 '인간의 삶'에 대한 바른 인식을 그르치게 할 수 있기 때문입니다.

3

이와 비슷한 맥락이지만 조금 다르게 좌절과 실의에 빠진 젊음에게 다가가는 태도가 있습니다. 실의와 좌절을 넘어서도록 하기 위해 '젊음의 삶'을 어떻게든 긍정적으로 승인하고자 하는 어른들의 태도가 그것입니다. 이러한 어른들은 젊은이들이 아무리 질식할 것 같은 삶을 산다고 해도 그들이 아직도 '살아 있는 젊은이들'이라는 사실을 주목합니다. 비록 당장은 초라하지만 그들은 잠재적인 가능성의 덩어리들이라는 것을 전제합니다.

그래서 그들이 하는 어떤 것에서든 그들이 스스로 자기네들 나름대로 겪는 '나락'에서 벗어날 수 있는 밧줄의 끝머리를 그들로 하여금 찾아 쥘 수 있도록 도와줘야겠다고 다짐합니다. 이미 도전했기에 부닥친 좌절을 초래한 그 처음의 도전 그리고 이미 희구했기에 빠질 수밖에 없었던 실의를 초래한 그 희구 자체를 되살펴 바로 그 처음의 노선과 희구를 다시 자극한다면 젊음이 다시 '일어설' 수 있으리라고 믿는 것입니다.

이 어른들은 젊은이들의 삶 구석구석을 뒤져 긍정적인 측면을 찾아 이를 확대하고, 그렇게 나타난 새로운 긍정적인 이미지로 젊음이 다시 자신을 스스로 추스를 수 있도록 합니다. "칭찬은 코끼리도 춤추게 한다"는 말은 그러한 어른들이 즐겨하는 발언입니다. 그렇게 믿기 때문입니다. 칭찬을 통해 그들을 승인하고, 수용하고, 격려합니다. 이 또한 감격스러운 일이 아닐 수 없습니다. 실의와 좌절을 치유하기 위한 직접적인 방안은 '자존감의 회복'보다 달리 더 좋은 것이 없기 때문입니다.

그러나 이 또한 불안한 그늘이 없지 않습니다. 자존감의 회복을 위한 방법으로 선택된 '칭찬이라는 긍정'이 그리 소박할 까닭은 없겠지만 많은 경우 칭찬을 위한 칭찬, 곧 '방법으로서의 칭찬'은 현실인식을 그르치기 쉽습니다. 칭찬을 받는 사람은 자기가 정말 언제나 어디서나 무엇을 하든 긍정적이기만 한 존재라고 여기게 되기 때문입니다.

긍정이란 그리 쉽게 얻어지는 것이 아닙니다. 자기가 긍정의 주체인 경우도 그렇고, 자기가 긍정의 대상이 되는 경우도 그렇습니다. 어느 경우든 긍정의 경험은 아무 조건 없이 이루어지는 것이 아닙니다. 긍정은 무수한 부정의 현실을 겪고 넘어선 자리에서 이루어지는 '성취'를 승인하는 것입니다. 그러므로 젊은이들의 '미완이나 채워지지 않음'에 대한 '총체적인 지적'이 가해지기 전에 '방법으로서의 칭찬'을 당위적인 것으로 여겨 흩뿌리는 것은 앞에서 말씀드린 바와 같이 때로 젊은이들로 하여금 자기를 기만하는 자리에 이르도록 할 수 있습니다.

그렇기 때문에 경험이 축적되지 않은 어린아이들의 경우가 아니라면 무릇 칭찬하는 일은 질책보다 더한 상당한 긴장을 수반하는 일임을 잊지 말아야 합니다. 질책은 비록 그것이 당장은 불편해도 자기를 새삼 들여다보게 하지만 칭찬은 마냥 편해서 자기를 자칫 부풀려 이해하게 하기 때문입니다. 그러므로 젊은이들에 대한 칭찬은 어린아이에 대한 칭찬과 달라야 합니다. 뿐만 아니라 어른들이 하나의 방법으로 행하는 칭찬이 아니라 진심으로 젊음을 신뢰하기 때문에 하는 칭찬조차도 거기에는 상당한 긴장이 요청됩니다. 왜냐하면 현실적으로 '늘 칭찬을 받을 수 있다'는 것은 비현실적이기 때문입니다.

무조건적인 젊음에 대한 신뢰를 그들에 대한 칭찬으로 구현하는 경우, 더 이상 지속할 수 없는 칭찬의 계기에 부닥치며, 칭찬의 주체인 어른들은 심각하게 이른바 '젊은이들의 배신'에 직면하곤 합니다. 사람이란, 특히 젊음이란 늘 칭찬만 받으며 살 수 있는 것이 아니기 때문입니다. 그런데 만약 칭찬의 지속이 단절되는 경험을 이처럼 '배신'이라고 개념화한다면 배신을 함축하지 않은 신뢰란 실은 없습니다. 그러므로 칭찬은 배신의 가능성을 미리 인정하고 행해야 합니다. 그렇지 않으면 그러한 일로 칭찬의 주체는 어쩔 수 없이 상처를 받습니다. 따라서 그럴 경우 젊은이들은 자기도 모르게 어른들에 대한 배신의 주체가 될 수밖에 없습니다. 자기를 긍정해 준 어른들에게 상처를 주게 됩니다.

자존감을 유지하는 일은 그리 쉬운 일이 아닙니다. 아무리 자기가 신뢰의 대상으로 일컬어진다는 사실을 젊은이들이 의식하고 있다 할지라도 과오의 가능성은 언제나 그에게 있습니다. 다시 말하면 그럴 경우조차 좌절과 실의의 경험, 곧 오히려 칭찬으로 밀미암은 실의와 좌절은 늘 젊은이들과 함께 있습니다. 삶이 그러합니다. 그러므로 칭찬을 하는 사람이든 칭찬을 받는 사람이든 칭찬에 취해서는 안 됩니다.

그런데도 칭찬은 '좋은 것'이기 때문에 우리는 칭찬을 조심하지 않습니다. '긴장한 칭찬'을 하지 못합니다. 칭찬은 분명히 젊음을 고무시킵니다. 하지만 마냥 그런 것은 아닙니다. 또한 칭찬은 칭찬의 주체인 어른들이 자칫 자기가 짐짓 젊은이들에게 꽤 너그럽고 따듯한 사람임을 드러내기 위해 '의도'되는 경우도 없지 않습니다.

앞에서 말씀드린 어른들의 두 가지 태도는 젊은이들을 위로하고 격려하는 지극한 사랑을 보여줍니다. 비록 그런 태도에 적지 않게 염려스러운 점이 들어 있다 해도 그것은 조심하려니까 겨우 보이는 것이지 젊은이들을 그저 질타만 하던 자리에서 보면 실은 우리가 놓치고 있는 참으로 귀한 태도입니다. 우리는 젊은이들을 '위로'하고 '칭찬'하는 일을 잊지 않도록 해야 합니다.

4

이 둘을 반드시 소극적인 태도라고 할 수는 없지만, 이보다 더 적극적으로 젊은이들에게 다가가는 어른들이 있습니다. 아예 젊음은 무릇 이러저러해야 한다고 말하면서 '젊은이의 상'을 구체적으로 제시하는 것이 그런 경우입니다. 우리는 이를 대체로 세 가지로 나누어볼 수 있습니다.

우선, 젊은이들은 '사회를 혁정(革正)하는 젊은이'가 되어야 한다는 주장이 그 하나입니다. 그러한 주장을 하는 어른들은 젊음은 순수하고 정열적이어서 당면한 삶에 대한 적응보다는 그 정황에 대한 근원적인 본질을 묻고, 그러한 인식의 자리에서 현실에 대한 냉엄한 비판을 할 수 있는 주체라고 전제합니다.

옳습니다. 나이를 먹고 오랜 사람살이의 경험을 한 장년의 자리에서 보면 지나간 젊음과 더불어 스스로 상실한 순수에의 아픈 회한이 솟는 것을 누구나 느낍니다. 젊음은 그래서 늘 기려졌습니다. '역사의 창조'라는, 실은 곰곰이 생각하면 생각할수록 기막히게 드높아 결국 모호한 개념이라고 느껴지기도 하는 이상(理想)을 아직도 인간이 소중하게 지니고 있는 한, 그 주체는 오직 젊은이고 그들의 비판의식과 정열뿐이라고 하는 주장은 참으로 옳습니다. 젊음은 마땅히 그렇게 있어야 합니다. 그래야 '더 나은 미래'가 약속됩니다. 그래서 젊음이 젊음다울 때 우리는 그들의 힘, 곧 순수와 정열의 힘에 의지해 지금 여기를 넘어설 수 있는 꿈과 가능성을 확인할 수 있습니다.

그러기 위해서는 젊음은 모름지기 '분노할 줄 아는 주체'가 되어야 합니다. '기존의 질서'는 그것이 현존한다는 사실 자체 때문에 부정해야 할 대상으로 설정되어야 합니다. 젊음은 현실에 함몰되는 주체이어서는 안 됩니다. 더구나 젊음의 좌절과 실의가 이른바 '현존하는 구조' 때문이라는 뚜렷한 까닭'이 있어 빚어진 것이라면 그것을 '부수는 일'이야말로 젊음이 지닌 지엄한 과제가 아닐 수 없습니다.

하지만 현실을 혁정하기 위한 분노의 분출이 그대로 그 젊음주체의 비판적 인식이 지닌 기대와 꿈을 실현하는 것은 아닙니다. 만약 '부수면 세워지고', 그래서 창조적 혁정이라는 이름의 '분노의 분출'이 이를 위한 구체적인 행동이라고 한다면 이러한 청년상의 제시는 의도하지 않은 '위험'을 내장하지 않을 수 없습니다.

많은 경우 우리는 그릇된 것을 깨트리면[破邪] 그 깨트림이 그대로 옳음을 세우는 일[顯正]이 되리라고 판단합니다. 그러나 그것은 잘못된 이해이고 그른 신념입니다. 파사를 하려면 용기가 그 격률이 되어야 합니다.

분노는 그 용기의 한 형태일 수 있습니다. 하지만 현정을 위해서는 용기와는 범주론적으로 다른 지혜가 그 격률이 되어야 합니다. 그 둘은 논리적으로는 연계가 되지만 현실적으로는 전혀 다른 범주의 다른 규범을 통해 이루어지는 일입니다. 그러므로 현정을 함축한 용기를 부추기지 않고 파사를 위한 용기만을 부추긴다거나 파사를 간과한 현정만을 규범적으로 요청한다거나 하는 일은 어느 것도 제시할 만한 '젊은이 상'이 될 수 없습니다.

그런데 젊음은 용기라는 이름의 분노에 민감하게 반응합니다. 순수하기 때문입니다. 그리하여 자칫 이러한 청년상을 이상적인 것으로 전제하는 경우, 젊음은 아무데도 이르지 못한 채 '길거리 위에서 소진되는 분노'로 화하고 맙니다.

우리가 이 계기에서 유념할 것은 젊음이 정태적인 현상이 아니라는 사실입니다. 젊음이라는 개념은 항존하지만 젊음주체는 시간을 따라 젊음을 거쳐 갑니다. 젊음은 살아 있는 동태적인 주체입니다. 그러므로 이를 분노의 화신으로 고정시키는 것은 잘못된 것입니다. 실제로도 비현실적인 일입니다. 최선의 경우, 우리는 그 분노가 지혜로 성장하도록 새로운 성장의 지평을 마련해 주어야 합니다. 그것이 어른의 할 일입니다.

그러나 젊음을 그렇게 분노하는 인간상으로 묶어두려는 어른의 문화가 있습니다. "너희 젊음을 제물로 삼아 스스로 사르지 않으면 역사는 발전되지 않는다"는 선언에 이르면 문제는 심각합니다. 비록 그렇게 불타 사라지지 않는다 하더라도 분노의 덩이로 화석화된 채 사회혁정을 주장하는 '이상스러운 역사창조의 주체'들이 양산되기 때문입니다. 게다가 그러한 젊음 상을 주장하고 제시하는 어른들은 그 '젊음의 소모'를 담보로 자기의 이상을 이루려는 '힘의 주체'들로 현존합니다. 만약 우리가 그렇다고 하는 것을 간과할 수 없다면 이러한 청년상이 제시되는 현실에서 우리가 만나는 것은 좌절과 실의를 넘어서는 젊은이가 아니라 오히려 무수한 '아큐'(阿Q)의 출현일 뿐입니다.

5

이와 다른 또 하나의 '젊은이 상'이 제시되고 있습니다. 어쩌면 앞의 접근과는 서로 닿을 수 없는 대척점에 있다고 해야 좋을 이 주장은 젊은이들로 하여금 현실에 철저하게 '순응하는 젊은이'가 되어야 한다고 말합니다.

젊음은 아직 온전한 인간이지 않다는 사실을 전제하면서 이러한 청년상을 제시하는 어른들은 젊음이 해야 할 일이란 '역사를 포함한 기존의 세계'가 전해 주고 가르치는 '모든 것'을 존중해야 하는 것이라고 말합니다. 비록 젊음이 직면한 세계가 승인하고 수용할 수 없다고 판단되는 상당한 문제를 가지고 있다 할지라도 중요한 것은 그것을 부정하는 것이 아니라 그렇게 판단되는 현실에서 어떤 의미를 찾아내어 현존하는 질서를 더 보완하고 개선해야 할 것인가를 고뇌해야 하는 일이라고 말합니다. 그렇기 때문에 이들이 제시하는 젊음이 지녀야 할 덕목은 무엇보다도 주어진 의무에 대한 성실함이고, 갖추어야 할 것은 이를 수행할 수 있는 충분한 지식과 효율적인 기능입니다.

이러한 주장이나 태도는 조금도 그르지 않습니다. 역사로부터의 탈출이 실현 불가능한 꿈꾸기여서 비현실적인 이념일 뿐이라면 현존하는 질서에 대한 분노에 바탕을 두고 행해지는 현실혁정감이란 실은 일종의 자학일 수밖에 없습니다. 그렇다면 오히려 노력해서 얻어지는 만족스러운 삶, 그로부터 비롯하는 화목한 가정, 궁핍이 없는 넉넉함을 자기가 누리는 그윽한 덕목으로 확산하는 일, 질서가 유지되는 평화로운 공동체를 이루기 위해 현실적으로 자기를 던지는 일이 젊음의 사명이고 특권이고 의무입니다. 그것은 오랜 생활을 통해 때 묻고 낡고 퇴색한 무기력한 기성세대가 할 일이 못됩니다. 정직하고 성실하고 신뢰받을 만하고 능력 있는 젊은이들만이 이루는 현실입니다. 기존의 세대는 이러한 젊음에 의하여 수혈될 때 비로소 지금 여기의 현존을 의미 있는 것으로 지속할 수 있습니다.

'순응'은 이 모든 덕목들이 조화를 이룬 인성을 뜻합니다. 이러한 어른들은 그래서 순응하는 젊은이 상을 제시합니다. 그렇게 되어야 한다고 역설합니다. 사실입니다. 이것은 우리가 그리는 따듯한 삶의 모습임에 틀림없습니다.

그러나 젊음이 불가피하게 좌절이나 실의에 빠질 수밖에 없는 현실에서 이처럼 순응을 주장하는 것은 그렇게 곱게만 보이지 않습니다. 왜냐하면 이러한 주장은 실은 '기존의 힘'이 자신들의 기득권을 유지하고 지탱하기 위해 자기에게 적합한 젊음을 거르는 틀을 마련하는 일과 다르지 않다고 보이기 때문입니다. 다시 말하면 젊은이들이 좌절하는 것은 그 좌절 이전에 도전이 있었기 때문입니다. 또한 실의에 빠지는 것은 그 실의 이전에 스스로 품었던 희구가 있었기 때문입니다.

그렇다면 그 좌절이나 실의는 그들의 살려는 의지를 자연스럽게 표출하는 도전이나 스스로 바라는 삶을 희구하는 그들의 꿈을 허용하지 않는 거대하고 굳은 벽이 막아섰기 때문인데 지금 순응을 요청하는 그 주체가 바로 그 벽이라는 사실이 분명하기 때문입니다.

사정이 이러하다면 기존의 어른들이 해야 할 일은 순응의 덕목을 익히기를 요청하기 이전에 이른바 기성의 세대가 어떤 모습으로 있었는지를 스스로 되살피는 일이어야 합니다. 그렇다면 '순응하는 젊은이 상'을 젊음의 상으로 제시하는 것은 젊음을 위한 것이 아니라 오히려 철저하게 젊음을 자기들을 위한 도구로 여기면서 아예 평가 절하하는 태도에서 비롯한 것이라고 하지 않을 수 없습니다. 온전하지 못한 존재가 젊음이라는 전제에 이미 함축되어 있듯이 그들은 젊음을 창조적인 주체로 승인하지 않습니다. 길들여야 할 야생의 짐승처럼 여깁니다. 그리고 마침내 젊음은 그렇게 순응하는 존재가 되어 기존의 세계에 기여할 수 있는 도구로 물화(物化)될 때 젊음의 가치는 극대화된다고 판단합니다.

그래서 이를테면 순응하는 젊은이 상은 이른바 대기업의 '~맨'으로 정착하고 '~시험 합격자'로 자리를 잡습니다. 그것이 이루어지지 않을 때, 다시 말해 그 틀에 순응하지 못한 젊음은 '쓸모가 없는 것'으로 폐기되고, 젊음 스스로도 자신을 무용하다고 여기는 자기부정의 늪에 빠져버립니다. 사태가 이러한데도 그러한 인간상을 제시하는 어른들은 대학교육조차 그러한 '순응'을 위해 모든 교육과정이 바뀌어야 한다고 역설합니다. 그것이 진정으로 젊음을 위한 것이라고 주장합니다.

그러나 주목할 것은 이러한 공동체 문화 안에는 아예 젊음이 없다고 하는 사실입니다. 가능성의 샘도 없고, 순수와 정열도 없습니다. 비판적 인식도 없고 창조에의 지향도 없습니다. 성실함도 실은 없습니다. 순응은 성실함과 같지 않습니다. 지식도 효율적인 기능도 없습니다. 그런 것이 있다 해도 그것은 이미 기계적인 것이어서 그 틀 안에는 인간이 없습니다. 그 틀에서 얻는 행복은 실은 일시적이고 기만적이고 자학적인 것인데 그렇지 않고 영속적인 것이고 정직한 것이며 자기를 실현하는 것이라고 길들여진 의식에 의해서 스스로 자기를 속이는 것과 다르지 않습니다.

문제는 그 안에 있는 개체로서의 실존적 주체가 아닙니다. 그러한 공동체는 스스로 닫혀 구조적으로 질식공간이 될 수밖에 없다고 하는 사실입니다. 그 안에 있는 모든 인간들은 질식을 경험할 수밖에 없게 됩니다. 미래가 없기 때문입니다. 공동체의 점진적인 형해화를 자초하는 비극을 그러한 인간상의 제시는 스스로 내장하고 있습니다.

6

또 다른 '젊은이 상'도 제시되고 있습니다. 이른바 '성공한 젊은이 상'입니다. '성공신화'라는 말은 오늘 우리에게 전혀 낯설지 않습니다. 그리고 우리는 '그 사람들' 특히 '그 사람들의 젊음'을 전해 주는 많은 이야기를 듣습니다. 그들은 모두 좌절과 실의를 겪었다고 말합니다. 그런데 그것이 오히려 힘이 되었다고 말합니다. 이러한 이야기들은 개념도 아니고 논리도 아닙니다. 그대로 현실을 전해 주는 이야기입니다. 그렇다고 하는 것을 그 주역들이 증언하고 있습니다. 그래서 고난과 고통의 과정을 겪어 마침내 도달한 이른바 '성공'의 내용은 누구도 거절할 수 없고 부정할 수 없는 감동을 전해 줍니다.

어른들은 이러한 성공신화를 읊으면서 젊음이란 마땅히 이러해야 한다고 말합니다. 꿈을 지닐 것, 꿈을 실현하기 위한 노력을 경주할 것, 그 과정에서 부닥치는 모든 어려움을 긍정적인 가치로 변화시킬 것, 끊임없이 상상력을 발휘하여 없던 것을 빚어내는 창조적인 태도를 지닐 것, 마침내 이른 '정점'에서 비로소 삶을 회상하며 자신을 누리고, 나누고, 행복할 것. 성공이 초래하는 높이와 폭과 깊이와 길이의 장엄하고 아름답고 그윽한 내용들이 그대로 드러나는 이러한 '사례'를 부정할 수 있는 사람은 없습니다. 흥분과 감동을 감출 수 없습니다. 그러한 삶이 참으로 삶다운 삶이기 때문입니다.

그리고 어른들은 이 이야기를 들려주면서 한 가지를 더 첨가합니다. "너희도 그렇게 될 수 있다!" 옳습니다. 가능성은 누구에게나 있다고 말할 때 비로소 그 가능성은 현실성으로 승인되고 수용됩니다.

그러나 분명하게 말하지만 누구나 그렇게 되는 것은 아닙니다. 실상 그러한 성공신화는 '예외적인 사건'입니다. 성공한 개인을 운위하면서 당연히 등장해야 하는 역사·문화·사회의 구조적 요인들을 이러한 신화가 흔히 포함하지 않는다는 것을 지적하려는 것이 아닙니다. 그러한 이야기는 식상하도록 들은 이야기입니다. 그러한 이야기가 아니더라도 우리는 성공신화와 관련하여 더 많은 다른 이야기를 할 수 있습니다. 그 이야기를 하려는 것입니다.

생각해 보면 성공신화가 제시하는 것보다 더 고무적이고 현실적인 '젊은이 상'이 있을 수 없습니다. 감동을 주기 때문입니다. 그 감동조차 참으로 실제적이어서 그 설득력은 대단합니다. 그러므로 그 신화와 접한 젊은이들은 그 인간상을 본으로 하여 새로운 삶을 살 수 있다는, 곧 좌절과 실의에서 벗어난 삶을 살 수 있다는 흥분을 지녀야 하고 그렇게 살아가야 합니다. 그렇습니다. 그러한 젊은이들이 분명히 있습니다. '위인전의 효용'은 교육 일반에서 결코 제거할 수 없는 필수 불가결한 요소입니다.

그런데도 그러한 인간상과 마주하면 많은 경우 젊은이들은 자기도 모르게 주눅이 듭니다. 젊은이들이 못나서가 아닙니다. 등장한 성공주역의 이른바 성공이 사뭇 구체적이라는 사실이 그 하나의 원인입니다. 비교척도가 구체적일수록 우리는 누구나 우열이 분명해지는 것을 경험하기 때문입니다.

이를테면 도덕적 덕목이 개념으로 주어질 때는 그 당위성을 자기 나름대로 승인하면서 자기의 주어진 현실 속에서 스스로 그 개념이 함축한 의미를 실천하면 됩니다. 그러나 정직이나 희생이 구체적인 사례로 주어지면 자기 실천의 영역이 극히 한정됩니다. 성공한 사람의 실천수준이 명확하게 제시되기 때문입니다. 그래서 자기의 실천은 때론 상대적으로 비현실적이게 되기도 하고 때론 너무 작아서 무의미해지기도 합니다. 거기에서 머물지 않습니다. 그 주눅 듦의 폭은 무척 큽니다. "나도 가난하지만 시대나 사회가 달라서…"라든지 "나는 부모님이 계셔서 고난을 겪지 않고 살았기 때문에…"에 이르기까지 어처구니없는 이유들로 우리는 성공신화 앞에서 스스로 기를 펴지 못합니다.

이 또한 진부한 이야기입니다만 '성공'이란 그리 확연하게 실증되는 실체가 아닙니다. 오늘 우리의 현실에서 '성공이라는 용어'의 용례를 보면 그것은 대체로 '힘의 지배구조'에서 정의됩니다. 그것이 부든 권력이든 명예든 인기든 그 영역에서 확인되는 '힘'의 확보, 힘의 누림이 성공을 대변합니다. 자연히 성공은 '규모'를 준거로 하여 판단되곤 합니다. 크고 많고 비싸고 높고 길면 성공이라고 일컬어지지만 작고 적고 싸고 낮고 짧으면 실패라고 일컬어집니다.

게다가 '타자'가 승인하는 한에서 성공은 일컬어집니다. 달리 말하면 상품화되지 않으면 어떤 것도 성공이라고 일컬어지지 않습니다. '알아주지 않으면' 성공한 것이 아닙니다. 아무리 스스로 만족해도 '알아줌'의 풍토에 들지 못하면 아예 스스로의 삶을 만족할 수조차 없습니다. 성공도 자기를 상품화할 수 있을 때 비로소 확인됩니다.

그렇다면 우리는 '성공'이라는 개념의 역사성을 조금은 성찰할 필요가 있습니다. 그것은 '열린 사회'에서 비롯한 것이 아니잖은가 하는 회의를 감출 수 없습니다. 일정한 규범이 준거가 되어 요새같이 견고한 공동체의 집을 구축하고 있을 때 그 건축의 어느 기둥을 일컬어 '성공'이라고 했던 흔적이 뚜렷하게 보이기 때문입니다.

그러나 우리가 살고 있는 이른바 민주화된 세계, 시민의 사회, 개체적 실존이 우선하거나 적어도 그 실존의 유기적 통합이 전제되는 사회에서는 그렇게 힘이나 규모나 타자의 승인 여부에 의해서 구축되는 '성공'이란 실은 있을 수 없습니다. 누구나 자기 꿈을 가지고 자기 척도에 의해서 자기 삶을 살아간다면, 그리고 그러한 개체가 타자와 유기적인 관계를 맺고 그 안에서 자기 역할을 수행할 수 있다면, 그것을 굳이 전통적인 개념으로 말한다면 성공이라고 할 수는 있을지언정 이것 이외의 다른 척도가 성공을 판단할 수는 없습니다. 그러므로 더불어 삶을 누리는 삶은 성공적인 삶이지만 이를 실천하지 못한다면 그것은 철저하게 실패한 삶이라고 할 수 있습니다.

그렇다면 바람직한 인간상을 설정하기 위한 '성공신화'를 이야기하는 것은 아무래도 적합성의 문제를 함축합니다. 지금 이 자리에서 보면 '성공신화' 투의 이야기에서 말하는 '성공'은 어서 지워야 할 '낡은 흔적'일지도 모릅니다. 다만 그렇게 불리는 삶의 모습을 우리가 여전히 이야기하고 있을 뿐인데, 굳이 성공이라는 어휘를 아직도 사용해야 한다면 우리는 제각기 자기 성공의 척도와 내용을 스스로 지니고 있다고 해야 하고, 또 그렇게 되어야 옳습니다. 그리고 그 삶이 연대성을 구축하고 있는가 여부가 중요한 척도이어야 합니다. 지금 이야기되듯 정형화된 성공이 강요되면 젊음은 질식하고 맙니다. 성공신화는 그 좋은 의도와 달리 뜻밖에 젊은이들을 억죄는 억압기제일 수 있습니다.

게다가 이러한 성공담론은 젊은이들의 좌절과 실의를 순전히 젊은이들의 책임으로 돌릴 수 있는 논거를 마련합니다. 어른들은 이를 빙자하여 젊은이들을 일정한 틀에 넣고는 그들의 좌절과 실의에 관한 한 기성세대들은 전혀 책임지지 않아도 된다는 '면책의 안도감'을 누립니다. 젊음의 문제는 순전히 젊음을 살아가는 주체들에게 귀착되는 것이라는 판단이 설득력을 얻기 때문입니다.

그렇다면 어쩌면 기성세대가 성공신화라는 담론을 끊임없이 생산하면서 이를 도덕적인 규범으로 만들어 당위적인 것으로 젊음에게 전해 주는 것은, 그 선한 의도에도 불구하고 실은 편리한 면책사유를 만드는 일과 크게 다르지 않다는 비판에서 그리 자유로울 수 없습니다.

7

중요한 것은 오늘 우리 젊은이들이 현실적으로 좌절과 실의를 살고 있다는 사실입니다. 또한 그러한 처지에 있는 젊은이들에게 어른들의 따뜻한 위로와 격려가 주어지고 있다는 것 그리고 그러한 기성세대는 각기 적절하다고 스스로 주장하는 '젊은이의 상'을 '분노'로, '순응'으로, '성공'으로 제시하고 있다는 사실입니다. 이 상황에서 우리가 주목해야 할 더 중요한 것은 바로 이러한 여러 태도와 상의 제시가 어떤 경우에는 젊은이들의 좌절과 실의를 낫게 하기도 하지만 또 어떤 경우에는 젊은이들에게 더 깊고 큰 좌절과 실의를 낳게 하기도 한다는 사실입니다.

달리 말하면 어른들의 이러한 태도나 상(像)의 제시는 그것이 근원적으로 긍정적인 것이고 실제로 그렇게 기여한다 할지라도 각기 그 나름의 한계를 지니고 있습니다. 적어도 이 모든 것이 젊은이들의 좌절과 실의를 치유하기 위한 어른들의 '방법'인 한 그 한계를 벗어날 수가 없습니다. 사실상 그러한 기성의 태도는 오히려 의존적이고 타율적인 젊은이들을 양산하고 있는 것과 다르지 않습니다.

그렇다면 젊음의 좌절과 실의라는 문제가 마지막 봉착하는 근원적인 문제는 다른 것이 아닙니다. 젊은이들로 하여금 스스로 삶의 주인일 수 있는 의식을 어떻게 하면 가지게 할 수 있을까 하는 일입니다. 그래야 자신에게 다가오는 이러한 태도와 제시되는 상들을 주체적이고 비판적인 인식과 판단을 통하여 비로소 '자기의 것'으로 만들 수 있을 것이기 때문입니다.

바로 이 계기에서 우리는 오늘의 젊은이들이 무엇 때문에 그렇게 좌절과 실의에 빠지게 된 것인지 되살펴볼 필요가 있습니다. 이때 우리는 그들의 좌절과 실의가 "무엇을 하고 살 것인가" 그리고 "어떻게 살아야 할 것인가" 하는 문제에 직면하면서 생긴 것이라는 사실을 뚜렷하게 확인할 필요가 있습니다. 그리고 어른들이 젊음과 만나 반응하는 것도 바로 그러한 문제, 곧 "이러저러한 일을 하면서 살아야 한다"거나 "이렇게 저렇게 살아야 한다"거나 하는 것과 관련되어 발언되고 있음을 알 수 있습니다. 만약 이러한 진단이 인정될 수 있다면 이 계기에서 진정으로 젊은이들에게 물어야 할 것이 무언지 비로소 확연하게 떠오릅니다.

그것은 다른 것이 아닙니다. 이제까지 '무엇'이나 '어떻게'의 물음에 가려 묻지 않았던, 아니면 직면하지 못했던, 그것도 아니라면 의도적으로 회피했던 마지막 물음, 곧 '왜'를 물어야 하는 일이 그것입니다. "도대체 왜 사느냐?"고 하는 물음을 젊은이들에게 물어야 합니다. 이것은 분명히 잔인한 일입니다. 부도덕하고 무례한 일입니다. 새파랗게 살아가는 젊은이에게 "도대체 너는 왜 사느냐?" 하고 묻는 것은 차마 할 수 없는 일임에 틀림없습니다. 왜냐하면 "살아야 할 까닭이 분명하지 않다면 아예 살지 않는 것이 너 자신한테 정직한 거야!" 하는 함축을 담고 있는 물음이기 때문입니다.

그런데 그렇게 해야 할 것만 같습니다. 좌절을 거쳐 마지막 물음에 이르고, 실의를 거쳐 인간이 발할 수 있는 마지막 물음을 발언해야 하는 데까지 이르지 않는다면 어떤 '무엇'이든, 어떤 '어떻게'든, 그것은 자기를 속이는 얄팍한 꼼수에 지나지 않다고 생각되기 때문입니다. 제법 좌절한 것 같아도 그렇게 말할 수 있는 좌절이란 진정한 좌절에는 이르지 못한 채 좌절했다고 하는 구차한 변명일 수 있고, 아프게 실의에 빠져 고통스럽다고 하면서도 그렇게 말할 수 있는 실의는 진정한 실의에 빠져 절망적인 늪에서 허덕인 경험도 없으면서 그렇다고 절규하는 엄살일 수 있기 때문입니다.

"왜 사느냐?" 하는 물음에 대한 대답이 발언되면 "무엇을 해야 할 것인가?" 하는 물음이나 "어떻게 해야 할 것인가?" 하는 물음은 문제가 되지 않습니다. '무엇'과 '어떻게'는 실은 지엽적인 문제입니다. '왜'가 분명하면 아예 그것은 문제가 되지 않습니다. 이미 '왜'는 '무엇'과 '어떻게'를 자기 안에 품고 있기 때문입니다. 남은 것은 '하면' 됩니다. 그 안에 혹 좌절과 실의로 묘사될 수 있는 과정이 없지는 않을 것입니다. 하지만 그러한 것들은 현실적으로 오히려 '왜'를 성취하는 길의 디딤돌 같은 것으로 간주될 수 있습니다. '왜'를 발언할 수 있는 자리에서 보면 실제로 그렇기 때문입니다.

그렇다면 젊은이들에게 제시하여 그들을 스스로 주인이도록 동기화할 수 있는 일은 위로도 아니고 격려도 아니며, 분노하는 인간상도 아니고 순응하는 인간상도 아닙니다. 성공신화를 통하여 그들을 감동시키는 일도 아닙니다. 어쩌면 오히려 역설적으로 젊은이들로 하여금 더욱 철저하게 좌절하고 더욱 철저하게 실의에 빠지도록 해야 하는 것일지도 모릅니다.

'무엇'을 왜 묻느냐고 묻고, '어떻게'를 왜 묻느냐고 물어야 합니다. 젊은이들이 "무엇을 하고 살아야 하나?" 하는 물음을 묻는다든가 "어떻게 살아야 하나?" 하는 물음을 묻는다든가 하는 것을 그저 존중하고 귀하게 여기고 나아가 성숙한 의식 있는 물음이라고 여길 것이 아니라 그 물음을 묻는 그 물음 자체를 되물어 철저하게 좌절과 실의에 빠지게 해야 합니다.

8

소크라테스는 사형언도를 받고 독배를 마시고 죽었습니다. 그의 죄목은 두 가지였습니다. 거칠게 말하면 신을 믿지 않은 죄 그리고 젊은이들을 타락시킨 죄였습니다. 두번째 죄목이 많은 것을 생각하게 합니다. 어쩌면 젊은이들을 '위로'했더라면, 그들을 칭찬하면서 '격려'했더라면 그리고 젊은이들에게 '분노'의 화신이 되어야 한다고 말했더라면, '순응'하는 인간이 되라고 말했다면 그리고 '성공'신화의 주인공이 되라고 했더라면, 그는 죽지 않을 수 있었을지도 모릅니다. 아마 그랬을 것입니다. 존경받는 어른으로 영화를 누렸을 거라고 상상할 수 있습니다.

그러나 그는 그렇게 살지 못했습니다. 젊은이들에게 끊임없이 "왜 사느냐?"고 묻고 또 "너는 누구냐?"고 묻고 또 되물으면서 젊은이들로 하여금 마지막 물음을 묻고, 스스로 그 물음에 대한 답변을 하도록 몰아쳤습니다. 결국 그를 만난 젊은이들은 '당혹'에 빠지고 '좌절'에 빠지고 '실의'에 빠질 수밖에 없었습니다. 무기력해졌고, 용기를 잃었고, 현명하게 성공하는 삶을 살지 못했습니다. 결국 그는 죄인일 수밖에 없었습니다. '젊은이들을 타락시켰기 때문'입니다.

그런데 "젊은이들을 참으로 젊은이들처럼, 그래서 마침내 참으로 인간처럼 살게 한 것"은 소크라테스였지, 그를 죽인 사람들은 아니었습니다. '직종'(職種)도 이야기 하지 않았고, '방법'(方法)도 제시하지 않았습니다. 그저 "네가 누구냐?"고 물었고 "왜 사느냐?"고 물었고, 마침내 "너 자신을 알라!"고 권했을 뿐입니다. 그 지극한 비현실성, 그 지극한 몰지각성, 그 지극한 비교육성, 그 지극한 무책임성을 우리는 얼마든지 일컬을 수 있습니다. 어른이 그럴 수는 없는 일입니다. 그것은 도대체 어른구실일 수 없습니다. 그러나 바로 그러한 태도가 젊음을 살렸습니다. 인류의 역사는 그가 옳았지 그를 죽인 사람들이 옳았던 것이 아니라는 사실을 증언하고 있습니다.

그렇다면 우리가 오늘 우리 젊은이들을 위해 할 일은 오직 하나밖에 없습니다. "네가 누구냐?"고 물어 젊은이들을 당혹하게 해야 합니다. "무엇을 하고 살 거냐?"고 물을 것이 아니라, 그래서 "어떻게 살 거냐?"고 물을 것이 아니라 "왜 사느냐?"고 물어 그들을 끝없는 좌절과 실의에 빠지게 해야 합니다. 철저하게 젊은이들을 '타락'시키는 일입니다.

그러나 오늘의 우리 어른들 누구도 그 일을 하려 하지 않습니다. 까닭인즉 분명합니다. 죽기 싫기 때문입니다. 저도 예외가 아닙니다. 아니, 그런 물음을 받아보지 않은 채 어른이 되었기 때문에 그 물음을 물어야 한다는 문제의식 자체가 없는지도 모릅니다. '슬픈 역사'는 이렇게 지속

됩니다.

아직 늦지 않았습니다. 이제라도 어른들은 스스로 "내가 왜 사나?" 하는 물음을 자신에게 물어야 합니다. 그리고 그 여운이 가시기 전에 용기를 내어 이번에는 젊은이들을 향해 "너희는 왜 사느냐?"는 물음을 물어야 합니다. 아무리, 아무리 생각해도 젊은이들을 좌절과 실의에서 건져낼 길은 이것밖에 없을 것 같습니다.

자녀와의 만남

1

세상 살아가려면 부닥치는 일이 한둘이 아닙니다. 그래서 흐름이 예사롭지 않습니다. 굽이를 돌아 흐르기도 하고 벼랑에서 떨어지기도 합니다. 소용돌이를 지나는가 하면 협곡의 울퉁불퉁한 바닥을 마냥 덜커덩거리며 흐르기도 해야 합니다. 사는 것 쉽지 않습니다.

늘 그런 것만은 아닙니다. 어려운 일도 있지만 쉬운 일도 있습니다. 슬픈 일도 있지만 즐거운 일도 있습니다. 답답한 일도 있지만 속이 뻥 뚫리는 것 같은 시원한 일도 있습니다. 그러나 그러한 것을 다 감안하더라도 세상살이, 이래저래 졸졸거리는 시냇물처럼 그렇게 곱게 한결같지 않습니다.

그래서 우리는 할 수 있는 한, 내 삶의 흐름이 넉넉하게 비옥한 들판을 만들기도 하고 우거진 숲을 가꾸기도 하면서 마침내 드넓은 바다에 이르러 내 삶이 완성되는 그러한 삶을 살고 싶은 온갖 노력을 다합니다. 공부도 하고 돈도 법니다. 다른 사람들이 우러러보는 사람이 되고자 스스로 자신을 살피고 가꾸기도 하며, 힘이 센 사람이 되어 얽힌 세상을 다스리고 사람들을 섬기는 보람을 누리고자 하기도 합니다. 그렇게 애써 살다 보면 삶의 그늘들이 양지로 바뀌면서 사는 것이 그윽해지고 가벼워지고 보람 있게 되리라 믿기 때문입니다. 행복해지고 싶은 겁니다.

우리는 그렇게 살아야 합니다. 그렇게 믿고 살아야 하고, 그렇기를 최선을 다해 노력해야 합니다. 그것이 사람 사는 모습입니다. 그런데 그래야 한다는 것을 모르지 않는데, 그래서 그렇게 최선을 다하는 데도, 뜻밖에도 삶이 그렇게 흐르지 않습니다. 참 알 수 없는 일입니다. 이 세상에는 설명할 수 없는 일이 너무 많습니다. 도무지 이해할 수 없는 일이 한둘이 아닙니다. 선한 의도가 직면하는 좌절, 성실함이 부닥치는 실패의 함정, 정직함 때문에 빠지는 늪, 신뢰에 그림자처럼 따라붙는 배신 등이 그러합니다.

세상은 내가 바라는 대로 나를 맞지 않습니다. 그렇다고 세상이 바라는 대로 내가 살 수도 없습니다. 마음에 들지 않아 그렇기도 하고, 힘이 모자라 그렇기도 합니다. 그런데 무엇보다도 힘든 것은 나 아닌 다른 사람들과 더불어 살아가면서 부닥치는 나와 다른 생각을 가진 사람, 내가 받아들이기 힘든 다른 행동을 하는 사람, 살아가는 목표가 나와 다른 사람들과 어울리는 일입니다. 그런데 우리는 그러한 사람들과 더불어 살아갑니다. 사람은 혼자 살아가지 않기 때문입니다. 그래서 가능하면 나와 어울리는 좋은 사람을 만나고 싶고, 서로 마음이 맞는 사람과 지내고 싶습니다. 싫은 사람은 만나지 않았으면 좋겠고 부닥치는 일이 없기를 바랍니다.

하지만 문제는 그렇게 되지 않는다는 데 있습니다. 좋은 사람도 싫은 사람도 내가 살아가면서 불가피하게 늘 만나지 않으면 안 될 사람들 속에 있지 그 울 밖에 있지 않기 때문입니다. 관계가 없다면 좋고 싫을 일이 아예 있을 까닭이 없습니다. 그러나 서로 끊을 수 없는 관계 속에 있기 때문에 좋고 싫음이 끊이질 않고 일게 됩니다. 만날 수밖에 없기 때문입니다. 그래서 더없이 뜨겁게 사랑도 하고, 더없이 모질게 미워하기도 합니다. 헤어지기도 하고, 타협하기도 하고, 화해하기도 합니다. 삶은 늘 이러합니다. 힘들고 괴롭기 마련입니다.

2

이런 일이 이른바 '사랑의 공동체'라고 하는 가정 안에서도 일어납니다. 남남이 합친 부부간에서는 말할 것도 없거니와 혈연인 부모와 자식 간에도 예외가 아닙니다. 결코 그러한 일이 일어나리라 생각할 수 없는 관계가 혈연인데 바로 그 관계 속에서도 이러한 일이 일어납니다. 이러한 일은 사람들을 무척 아프게 합니다.

제가 좀 과장을 하고 있는지도 모릅니다. 그랬기를 바랍니다. 그러나 부모가 되어 자식을 키우면서 겪는 '혼란'은 누구에게나 없지 않을 뿐만 아니라 견디기 또한 쉽지 않습니다. 자식은 내 마음대로 되지 않습니다. 따라와 주지 않습니다. 때로는 저항도 합니다. 속이 상합니다.

이런 경우에 대한 이런저런 가르침을 베풀고 있는 많은 충고들이 있습니다. 어진 성현들의 가르침이나 선배들이나 전문가들이 말하는 것을 들으면 어떻게 대처해야겠다는 것을 배울 수도 있고 마음을 다지면서 이를 실천해야겠다는 생각도 듭니다. 그런데 그런 모든 것들을 알면서도 막상 사태와 부닥치면 배운 대로 되지 않습니다. 그래서 이론과 현실이 다르다고 하기도 하고, 내 경우는 다르다느니 내 아이는 예외라든지 하는 판단을 하면서 '뜻대로 되지 않는 현실'을 정당화하곤 합니다. 참 괴로운 일입니다.

모든 부모가 다 이렇게 자식과의 관계가 답답하고 아프기만 한 것은 아닙니다. 자식들을 보란 듯이 잘 키우고 있는 부모들도 있습니다. 속을 들여다보면 어떤지 몰라도 적어도 내가 아는 한 부모 속을 썩이지 않고 잘 커주는 자식들이 적지 않다는 것을 확인할 수 있습니다. 그런 때면 아주 절망적이게 되기도 합니다.

그런데 이것은 사실입니다. 내 인간관계가 다 그른 것은 아니듯이, 그래서 내가 좋아하고 사랑하듯 나를 좋아하고 사랑하는 사람이 있듯이, 부모와 자식이 더없이 따듯하고 둥글고 그윽한 관계를 잇고 사는 경우는 얼마든지 있습니다. 아니, 그것이 정상이고 그렇지 않다면 그것은 비정상적이라고 해야 옳습니다.

그렇다면 이러한 현실 속에서 자식 때문에 힘이 들고 속이 상한다는 자의식을 가진 부모는 두 가지 사실을 인정할 필요가 있습니다. 하나는, 자식을 '훌륭하게 키우는 부모'가 있다는 사실을 승인하는 일입니다. '자식 키우면서 속 썩이지 않는 부모는 없다'고 생각하면서 모든 부모는 자기처럼 다 아프게 자식을 키우고 있다는 판단을 해서는 안 된다는 것을 지적하고 싶습니다.

사람들은 이상하게도 자기의 부정적인 경험을 일반화하면서 스스로 위로를 받고 싶어할 뿐만 아니라 그렇게 해서 실제로 위로를 받기도 합니다. 그러나 그것은 자기를 속이는 일입니다. 내 문제가 모든 사람의 문제라고 해서 내 문제가 문제 아니게 되는 것은 아닙니다. 세상에서 가장 딱한 사람은 남한테 속는 사람이 아니라 자기가 자기한테 속는 사람입니다. 그러한 태도는 눈만 감으면 이제까지 보였던 문제가 사라진다고 생각하는 것과 다르지 않은 어리석은 태도입니다. 그런데도 그러한 사람들은 흔히 자신이 출구를 닫아버렸음에도 불구하고 남이 문을 닫아버려 나갈 수 없다는 투로 자기를 정당화합니다. 이럴 수는 없습니다.

또 하나는, 인간이 지닌 무엇을 할 수 있는 능력은 대체로 보편적이라는 사실을 승인하는 일입니다. 자식을 잘 키워 행복한 부모가 있다면 그럴 수 있는 능력은 나에게도 있기 마련이라는 사실을 확인해야 합니다. 물론 사람은 모두 같지 않습니다. 처한 삶의 조건도 일치하지 않고 타고난 몸도, 성격도, 만나고 어울리는 사람들도, 꿈도 다릅니다. 사람마다 능력의 차이가 있을 수밖에 없습니다. 하지만 능력의 차이란 '능력의 수준의 차이'라기보다 '능력을 발휘하는 방법'의 차이입니다.

나 나름대로 내 처지에서 내 방법으로 자식을 잘 키울 수 있습니다. 그 능력을 가지고 있다는 사실을 확실하게 승인해야 합니다. 그러므로 '똑같이 되어야 한다'고 생각한다면 그것은 착각입니다. 억지로라도 평등을 실현하는 것이 참으로 인간다운 삶을 이루는 것이라고 하던 이념이 그 작위성(作爲性) 때문에 자멸했다는 사실을 우리는 유념할 필요가 있습니다. 우리는 서로 다르게 삶을 살아갑니다. 그렇게 되어야 그것이 자연스러운 것입니다. 그렇게 다름이 서로 어우러지는 것이 조화이고 평화입니다. 그것이 사람살이입니다. 그러므로 나는 '나답게' 살아가야지 '남답게' 살 수는 없습니다.

3

그렇다면 어떻게 하면 속을 썩이지 않으면서 자식을 훌륭하게 키우는 부모가 될 수 있을까요. 정답은 없습니다. 아니, 없다기보다 이미 부모님 삶 안에 답이 담겨 있다고 해야 옳을지 모릅니다. 뿐만 아니라 이미 충분히 그리고 익히 많은 분들이 아주 다양하고 많은 답을 마련해 주셨습니다. 그러니 제가 또 다른 이야기를 보탠다는 것은 아무런 현실성을 갖지 못합니다. 그래도 감히 다음과 같은 사실을 커다란 전제로 삼아보면 어떨까 하는 말씀을 드리고 싶습니다. 규범을 제시하려는 것이 아니라 이러면 어떨까 하는 의견을 말씀드리고 싶은 것입니다.

다른 것이 아닙니다. 자식과의 '만남'을 커다란 전제로 설정하고 이를 철저하게 지키면 좋을 것 같다는 말씀을 드리고 싶은 것입니다. 만나지 않는 부모와 자식의 관계가 어디 있느냐고 하시겠지만 '만남'을 다음과 같이 설명하면 조금 더 이해에 도움을 드릴 수 있을 것 같습니다.

이를테면 만남은 '마주섬'입니다. 안아주는 것이 아닙니다. 품에 품는 것도 아닙니다. 그렇다고 해서 떼어놓는 것도 아니고 밀쳐버리는 것도 아닙니다. 내 안에 있는 것을 만난다고 할 수는 없습니다. 내 밖에 멀리 있어 나와 상관없는 것을 만난다고 할 수도 없습니다. 만남은 서로 마주보면서 눈빛을 읽을 수 있고, 호흡을 느낄 수 있는 그리고 작은 소리도 들을 수 있고, 손을 뻗으면 언제나 잡을 수 있는, 그러나 잡고 있지는 않은 그러한 '거리'에서 서로 상대방과 더불어 사는 것을 일컫습니다.

그러므로 만남은 높낮이를 반드시 의식하지 않습니다. 부모와 자식 간의 관계에서 현실적인 높낮이가 없지 않습니다. 하지만 그것이 그 관계의 모든 것을 결정하지 않는 그런 삶이 만남입니다. 높낮이가 절대적으로 전제된 삶은 위를 준거로 말한다면 지배이고 아래를 준거로 한다면 예속입니다. 지배하는 자와 예속당하는 자가 짓는 관계는 만남이 아닙니다. 이러한 관계에서는 상대방을 서로 자기를 위한 도구로 삼습니다. 상대방을 위한 내가 아니라 나를 위한 상대방만 있을 뿐인데, 그러면서도 서로 "나는 너를 위해 있다"고 하는 말로 '지배하는 나'와 '예속된 나'를 설명합니다.

배려라는 이름의 지배, 순종이라는 이름의 굴종이 그 관계 안에서는 도덕이 됩니다. 그것은 만남의 도덕이 아닙니다. 그렇게 생각해 보면 부모와 자식 간에 흔히 일컬어지는 '희생'이라는 덕목도 우리는 진지하게 되살필 필요가 있습니다.

따라서 만남은 관계주체가 스스로 설 수 있을 때 가능합니다. 의존적이지만 독립적이고, 독립해 있지만 의존하는 그러한 삶의 모습이 만남입니다. 자기를 스스로 추스르는 자아가 분명하게 서지 않은 사람은 다른 사람과의 관계에서 의존적일 수조차 없습니다. 의존하는 순간 의존대상 속에 나를 다 바치고 나는 사라질 것이기 때문입니다. 그러니 스스로 자아가 확립된 사람은 의존하되 자기를 잃지 않습니다. 그러므로 일방적인 의존이 아니라 상호 의존적인 관계를 짓습니다. 사람이 더불어 산다는 것은 이러한 관계를 일컫습니다. "홀로, 그러나 더불어. 그리고 더불어, 그러나 홀로"라는 관계를 구축해야 비로소 삶은 삶다워집니다. 이를 이루는 것이 다름 아닌 만남입니다.

부모와 자식 간의 관계를 하필 이러한 만남의 개념으로 다듬는 것은 어색할 수도 있습니다. 부모는 자식을 낳은 존재이고, 그렇기 때문에 마주설 수 없는 존재이며, 당연하게 높은 자리에서 배려와 희생을 해야 하는 존재이고, 의존이나 자립 이전에 이미 그러한 관계를 내장하고 있는 존재라고 판단하기 때문입니다.

그러나 그것은 부모가 이해하는 부모의 자리이고, 부모가 이해하는 자식과의 관계에 대한 판단입니다. 자식이 이해하는 부모는 반드시 그렇지 않습니다. 자식이 스스로 이해하는 자기 자신과 부모가 이해하는 자식으로서의 자기는 같지 않습니다. 이를 부모의 자기인식과 자식이해는 '자연'이지만 자식의 부모이해와 자기인식은 '문화'라는 말로 묘사할 수도 있습니다.

4

중요한 것은 자식을 '만나'지 않거나 못하면 이른바 '문제'가 생긴다는 사실입니다. 아니, 문제가 생기는 것이 아니라 부모는 자식이 문제라고 생각하게 됩니다. 그런데 문제 자체를 살피기 전에 해야 할 일이 있습니다. 어떤 일을 문제라고 판단할 때 우리에게 필요한 것은 그 일이 그것 자체로 문제인지, 아니면 내가 그 일을 문제라고 생각하기 때문에 문제인지를 살피는 일입니다. 우리는 때로 문제 아닌 것을 문제라고 판단하기도 하고 문제를 문제 아닌 것으로 판단하기도 하기 때문입니다.

이를 살피는 방법은 어렵지 않습니다. 우선 내가 어떤 일을 문제로 여길 때 그 일을 바라보는 시간과 장소를 바꾸어서 보면 됩니다. 보는 시각을 앞으로, 뒤로, 옆으로 달리해 보고, 어제의 자리에서 또는 내일의 자리에서 오늘의 문제를 바라보는 것이 그러한 일입니다. 그런데도 여전히 문제의 문제다움이 바뀌지 않는다면 우리는 긴장할 필요가 있습니다. 그러나 그렇지 않고 다른 모습이 보인다면 그것이 과연 문제일까 하는 물음을 물어볼 필요가 있습니다.

이러한 살핌 끝에 마침내 문제가 아닌 것을 내가 공연히 문제로 여겼구나 하고 느끼게 된다면 그 일을 문제로 여긴 내 판단은 그릇된 것일 수밖에 없습니다. 그 순간 많은 경우 우리가 문제라고 고뇌한 사실이 문제가 아니게 됩니다. 그러므로 어떤 일이 문제라고 판단될 때 우리는 문제의식을 가진 나를 먼저 되돌아보아야 합니다.

자식이 걱정되고 안쓰러워 '문제'라고 느끼는 부모들이 가져야 할 태도도 다르지 않습니다. 직설적으로 말한다면 당연히 우리는 내가 염려하는 자식의 문제가 왜 문제인지 살펴야 합니다. 그러나 더 우선해야 하는 것은 과연 그것이 자식의 문제인지 아니면 내 문제인지를 곰곰이 살피는 일입니다. 우리는 그 둘을 착각할 때가 흔하기 때문입니다.

그런데 이 일이 쉽지 않습니다. 나는 자식을 위해서 살고 있는데 자식에게 문제가 있다고 한다면 당연히 자식을 위한 염려이지 어떻게 나를 위한 염려일 수 있느냐는 생각이 근본적으로 부모의 마음에 깔려 있기 때문입니다.

그럴 수밖에 없습니다. 부모에게 자식은 나로부터 말미암은 생명입니다. 그러므로 이유 없이 자식은 내가 무한책임을 져야 하는 존재입니다.

아주 못된 예외적인 경우가 없지 않습니다만, 부모들은 자식을 위해 자기를 바칩니다. 그러한 태도는 배워서 되는 것이 아닙니다. 본능적이라고 해도 좋을 만큼 자식을 먹이고 입히고 재우고 가르치고 지키는 것을 온갖 고통을 무릅쓰고 실천합니다. 자식 보살핌을 제대로 하지 못하면 죄의식조차 느낍니다. 그러므로 자식사랑을 '자연'이라고 하는 것은 옳은 표현입니다.

바로 이러한 이유 때문에 부모들은 무의식적으로 자기가 자식에게 하는 말이나 태도나 관심이나 모든 것이 자식을 위한 것이고 그것은 자식에게 당연한 '선'이라는 생각을 합니다. 내가 낳은 내 자식인데 그 자식을 위해 나처럼 관심을 가지고 대해 줄 사람이 세상에 어디 있느냐는 생각을 가집니다. 그렇습니다. 그것은 사실입니다. 하지만 부모들은 뜻밖에 이러한 마음을 받아들이지 않는 자식의 반응과 부닥칩니다. 말을 듣지 않고, 반항하고, 자기 마음대로 하려 하고, 할 수만 있으면 내 품에서 벗어나려 합니다. 자식에 대한 부모로서의 자신의 태도가 자식을 위한 '선의'라는 사실을 한번도 의심하지 않았던 터에 자식의 이러한 반응과 부닥치면 심한 배신감을 느낄 수밖에 없습니다.

자식 때문에 속을 썩이는 부모의 아픔은 비록 여러 무늬로 나타나지만 결국 '배신'으로 정리할 수 있는 그런 것입니다. 무릇 배신처럼 사람의 마음에 깊은 상처를 주는 일은 없습니다. 그런데 그런 느낌을 자식에게서 받게 되면 그 괴로움은 어떤 괴로움보다 더 아픕니다. 자식은 내 분신이고, 내가 사랑한 대상이고, 내가 온전하게 믿는 존재이며, 나는 그 자식을 위해 내 모든 삶을 소진하고 있는 존재이기 때문입니다. 자식의 불순종, 자식의 저항, 자식의 나로부터의 일탈, 나에 대한 자식의 무관심은 견딜 수 없는 일일 수밖에 없습니다. 그렇다고 하는 것을 느낄 때 우리는 문제의 심각성을 깨닫습니다.

5

바로 이때, 부모는 어른다워야 합니다. 나 자신을 살펴야 하는 것입니다. 내가 자식을 위해 산다고 하지만 그것이 정직하게 자식을 위한 것인지 나를 위한 것인지를 살펴야 합니다. 그러기 위해 자식의 말을 경청할 수 있어야 합니다. 자식과 만나야 하는 것입니다.

자식을 내가 낳은 것은 분명합니다. 그러나 그렇다고 해서 내가 자식인 것은 아닙니다. 자식이 나일 수도 없습니다. 나를 닮았고, 나와 같이 살고 있고, '우리'라는 울 속에서 더불어 살아가지만 자식은 내가 아닙니다. 혈연이라는 생물학적인 개념이 부모와 자식의 관계를 모두 설명하는 것도 아니고 그 관계를 절대적으로 결정하는 것도 아닙니다. 부모와 자식은 불가피하게 서로 '타자'일 수밖에 없습니다. 그러므로 '하나'일 수 없습니다. 다릅니다. 세상살이를 보는 눈도 다르고, 생각도 다르고, 판단도 다르고, 행동의 격률도 다릅니다. 당연하게 꿈도 다르고, 가치관도 다릅니다. 지금은 함께 살지만 불원간 자식은 나 없는 자기들만의 세계를 살아갈 사람입니다.

이렇게 생각해 보면 부모의 자식돌봄에는 분명한 한계가 있습니다. 어쩌면 스스로 걷고, 말하기 시작할 때부터 부모의 할 일은 끝났는지도 모릅니다. 그 단계를 명확히 하는 일은 전문가들의 몫입니다. 생리적으로, 심리적으로 그리고 사회적으로 결정될 것입니다. 그러나 어떻든 '부모의 한계'가 있다는 사실은 분명합니다.

그런데 많은 경우, 부모는 이 한계를 승인하지 않습니다. 아니, 하지 못합니다. 우리가 주목하고 싶은 것은 바로 이 점입니다. 앞에서 부모가 자식을 키우면서 부닥치는 문제가 자녀의 문제인지 부모의 문제인지를 밝힐 필요가 있다는 말씀을 드렸습니다. 그런데 이 문제를 지금 우리의 맥락에서 다시 정리한다면 과연 부모들은 자식과의 관계에서 자기한계를 얼마나 뚜렷하게 인정하고 있는지 여부의 문제라고 말할 수 있습니다.

부모가 자식에 대해 자기가 할 수 있는 일의 한계가 있다고 여기게 되면 그 부모는 자식을 자기가 '생산한 어떤 것'으로 생각하지 않습니다. 그래서 자식을 자기 마음대로 다루려 하지 못합니다. 당연히 자식을 지배하려 하지 않습니다. 자식이 자기에게 예속된 존재라는 생각도 하지 않습니다. 자기 욕구의 성취를 위한 도구로 여기지도 못합니다. 그런 대상이 아니라는 사실이 분명하기 때문입니다. 그런 의식 이전에 자기는 그렇게 자기 자식을 자기 마음대로 할 수 있는 '무한하고 절대적인 존재'가 아니라는 사실을 스스로 터득하는 것입니다.

우리가 나 아닌 다른 사람을 내 마음대로 할 수 없는 것은 그 '타자'가 나와 다르거나 나를 이해하지 못하고 나에게 저항하는 '그릇된' 태도를 가지고 있기 때문이라는 생각을 흔히 합니다. 그럴 수 있습니다. 그러나 그렇지 않습니다. 진정한 까닭은 나 자신이 할 수 있는 한계가 있고 타자가 할 수 있는 일이 있기 때문입니다. 처음부터 그 한계를 나 스스로 잘 알고 있었다면 다른 사람이 내 마음대로 되어야 한다는 생각을 아예 하지 않았을 수도 있습니다. 그러한 생각은 내 욕심이라는 것을 알았어야 하기 때문입니다. 그렇다면 내 마음대로 하려 하기보다 다른 방법을 통해 그와 더불어 내가 하고 싶은 일을 할 수 있는 길을 모색했을 것입니다.

자식과의 관계도 그러합니다. 자식은 나 아닌 다른 인간, 곧 다른 인격의 주체입니다. 그렇다면 그의 삶이 따로 있습니다. 물론 나와 단절된 것일 수는 없습니다. 그렇지만 사사건건 내 뜻으로 자식의 삶을 이끌 수는 없습니다. 나는 내가 지닌 한계가 있고 자식은 자신이 가진 자기 삶의 몫이 있기 때문입니다. 그것을 내가 부모라는 이름이나 권위로 간섭할 수는 없습니다. 부모가 그 한계를 잘 지혜롭게 지키면 자식은 자기 몫의 삶을 스스로 주인이 되어 누리지만 부모가 그렇게 하지 않으면 자식은 자기의 영토를 모두 빼앗긴 초라한 존재, 그래서 거역하고 반항하거나 체념하고 굴종하는 일그러진 삶을 살 수밖에 없게 됩니다.

6

이러한 사실은 이해하기 어려운 일이 아닙니다. 자식들의 말을 들이보고 행동을 살펴보면 압니다. 나는 너를 위해 하는 일이라는 부모의 설명에 자식은 많은 경우 그것은 나와 상관없는, 실은 부모들 자신의 꿈과 욕망을 충족하고 싶어하는 일이라는 반응을 보인다는 사실을 유념하면 됩니다. 물론 자식이 한껏 순종적인 경우도 없지 않습니다. 그래서 나를 전혀 힘들게 하지 않아 행복한 경우가 없지 않습니다. 대부분의 부모는 실은 그렇다고 느끼고, 사실이 그러하다고 믿고 삽니다. 그러나 그럴 때조차 우리는 그 자식의 '침묵의 발언'을 들을 수 있어야 합니다. 그래야 어른입니다. "들리는 소리가 모두이고, 보이는 것이 다"라는 태도는 아직 한참 성숙해야 할 유치한 태도입니다. 소리가 없어도 들어야 하고, 보이지 않아도 보아야 합니다.

자식의 속마음을 들여다보아야지 겉으로 드러난 것만을 가지고 판단하면 속는다고 하는 경고가 아닙니다. 온갖 사물은 속속들이 겹쌓여 있습니다. 사람마음도 그러합니다. 속이려 감추는 것이 아닙니다. 마음이란 그리 쉽게 전부 드러나는 것도 아니고 명확하게 드러낼 수 있는 것도 아닙니다. 그렇기 때문에 사물은 늘 깊고 넓게 살펴 알아야 하고 사람마음도 그렇게 헤아릴 수 있어야 어른이고 사람다운 사람입니다.

그런데 부모가 이러한 경청과 살핌, 곧 자식에 대한 헤아림을 할 수 없게 하는 것이 있습니다. 다른 것이 아닙니다. 되풀이하는 말이 됩니다만, 나는 자식이 무엇이 필요한지, 어떻게 살아가야 잘사는 것인지, 무엇이 되어야 하는지 이미 다 알고 있기 때문에, 그리고 나 자신보다 자식을 더 사랑하기 때문에 굳이 그러한 헤아림을 펼 필요가 없다고 하는 생각입니다. 그러한 생각이 참으로 순수하고 정직한 판단이라면 나를 그렇게 되살필 필요가 없다는 발언을 자신 있게 할 수도 있습니다. 또 그렇게 살아가면 지금 여기의 '문제'도 머지않아 잘 풀릴 수 있으리라는 신념을 가질 수도 있습니다. 마땅히 우리는 그렇게 살아야 합니다. 그러나 만약 자식이 염려되고 어떤 문제가 있다고 생각되는 것이 지금 여기의 현실이라면 그렇게 단정하는 것은 아무래도 조심스럽습니다.

그렇다면 이 계기에서 잠깐 멈추어 서서 조금 다른 생각을 해보는 것이 좋을 듯합니다. 내 성장기를 회상해 보는 일이 그것입니다. 비록 내가 지금은 부모이지만 옛날에는 자식이었습니다. 이 사실을 새삼 확인할 필요가 있습니다. 물론 세상이 달라져서 옛날의 '자식'이 지금의 '자식'과 일치하는 개념을 갖는 것은 아닙니다. 하지만 내가 어렸을 적에 부모와의 관계 속에서 겪었던 일들을 회상해 보면 우리는 부모만으로 자기를 확인하는 것이 아니라 옛날에는 자식이었고 지금은 자식의 부모인 나, 곧 '중첩된 자기'를 새롭게 발견하게 됩니다.

바로 그러한 자기발견은 뜻밖에도 자식에 대한 두 가지 새로운 생각을 하게 합니다. 하나는 자식이 내가 아니라는 사실이고, 또 하나는 그러므로 나는 자식을 내가 나를 알 수 있듯이 알 수는 없다는 사실을 승인하게 되는 일입니다.

사람이 회상할 수 있는 능력을 가지고 있다는 사실은 축복입니다. 회상은 단순하게 지난일의 기억을 되살리는 것이 아닙니다. 회상은 자기를 바라볼 수 있는 거리를 내 마음 안에 만들어줍니다. 그래서 지난 세월 속에서 내가 무슨 생각을 했고 어떤 행동을 했는지, 그리고 그것이 나와 더불어 살던 관계주체들에게 어떤 영향을 주었는지를 먼 거리를 두고 그 전체 상을 그릴 수 있게 됩니다. 나아가 지금 내가 여기서 살아가면서 내 삶을 그때 경험을 거울삼아 제대로 잘 꾸려가고 있는지도 짐작하게 해줍니다. 회상에서 솟는 중첩된 자아는 망각했던 사실, 곧 내가 자식이었다는 사실을 부모의 자의식 속에 새로운 현실로 자리 잡게 해줍니다.

그러므로 회상은 지금 여기의 삶을 다듬는 지렛대가 됩니다. 자기가 할 수 있는 일과 자기가 할 수 없는 일을 구분할 줄 알게 합니다. 자식과의 관계를 새롭게 보게 하는 것입니다.

그렇다고 해서 회상이 나를 판단하는 절대적인 척도는 아닙니다. 회상은 기억을 여과합니다. 그래서 많은 경우 회상은 현실을 미화합니다. 우리는 과거를 회상하면서 그윽한 향수에 빠집니다. 향수는 상실 때문에 아프지만 되살아나는 것이어서 아름답습니다. 지난세월을 되돌아보면서 맺힌 한을 되씹는 경우도 없지 않지만 대체로 사람들은 즐거운 기억들을 되새깁니다. 그러므로 내가 자식이었을 때의 회상은 나를 살피게 하기도 하지만 자칫 나를 정당화하는 기반으로 작동하기도 합니다.

"우리 때는 지금처럼 이렇지 않았다"는 지난세대의 상투적인 발언에서 드러나는 지금 여기의 현실에 대한 부정적인 판단의 준거가 결국은 자기는 옳았다는 주장을 정당화하기 위한 것과 다르지 않다는 사실이 이를 보여줍니다. 그러므로 나도 자식이었다는 사실에 대한 회상은 새롭게 내 자식을 이해하게 되는 계기를 마련하기도 하지만 동시에 자기가 옳았다는 것을 주장하면서 자식들에 대한 내 태도, 곧 부모의 태도를 무조건 강화하는 계기를 마련하기도 합니다.

그렇다면 회상은 필요이면서도 저어하지 않으면 안 되는 조심스러운 작업입니다. 회상을 포기해서도 안 되지만 마냥 고집해서도 안 됩니다. 중요한 것은 회상을 어떻게 하면 '회상다운 회상'이게 하느냐 하는 일입니다. 이때 우리는 '역사'라는 개념을 유념할 필요가 있습니다. 부모인 우리 자신을 이해하기 위해서는, 곧 부모가 자식을 위해 할 수 있는 일의 한계가 있다는 것을 승인하기 위해서는 내가 부모 앞에서 자식이었고 또 지금은 내가 낳은 자식 앞에서 부모라는 사실을 '역사화'할 수 있어야 합니다. 그윽한 향수 안에만 머물면 안 됩니다.

역사화한다는 일은 다른 것이 아닙니다. 하나는, 겪은 사실을 잊히지 않는 정서적 공감을 통해 내 안에 담는 것이 아니라, 그래야 비로소 지난 일이 내게 의미 있는 것이 된다고 여겨지는 그 일을 과감하게 내 기억에서 벗어나게 하여 나와 그 사실 사이에 인식을 위한 거리를 두는 일입니다. 그 거리를 두지 않으면, 그러니까 역사화하지 않으면, 우리는 그 일이 내 울 안에서만 머물러 내게는 의미 있는 절대적인 것이지만 다른 사람들과 더불어 사는 얼개 속에서도 과연 내가 부여한 것과 같은 그러한 의미가 자리 잡을 것인지 여부를 판단할 길이 없습니다. 홀로 만족하는 주관적인 신념에 바탕을 둔 인식은 실은 인식이 아닙니다. 그것은 배타적인 고집이나 독선과 다르지 않습니다. 역사화는 이 함정에서 우리를 벗어나게 합니다.

역사화가 우리에게 주는 또 다른 것은 우리가 우리의 삶을 변화의 맥락에다 놓고 살필 수 있게 한다는 사실입니다. 삶은 변화를 흐릅니다. 변화하지 않는 것은 존재하지 않습니다. 존재는 변하기 마련입니다. 우리는 변합니다. 가정도, 사회도, 국가도 끊임없이 바뀝니다. 정치도, 경제도, 과학도, 예술도, 심지어 종교도 변합니다. 가치도, 의미도, 보람도 다르지 않습니다. 생각의 틀도 바뀝니다. 언어도 달라집니다.

물론 그래도 불변하는 절대적인 진리가 있는데 그렇게 가볍게 삶을 묘사할 수는 없는 일이라는 반론을 제기할 수도 있습니다. 그러나 그러한 것이 있다 할지라도 그것을 어떻게 현실에서 의미가 살아 있는 것으로 있게 할 수 있을 것인가 하는 문제가 남습니다. 그 절대적인 것을 현실 적합성이 있는 것으로 다듬지 않으면 그 진리는 아무 쓸모도 없습니다. 진리는 살아 있어야 합니다. 그래야 제구실을 합니다. 절대적인 것조차 적어도 적응을 위해 스스로 변화할 수밖에 없습니다. 그렇다면 우리가 내 경험을 준거로 자식들에게 이래라저래라 하는 규범적 당위를 요청하는 것은 할 수 없는 일을 하는 것과 다르지 않습니다.

자식들은 부모가 꿈도 꾸지 못하는 미래를 살 사람들입니다. 그러므로 우리가 자식들에게 부모로서 해줄 수 있는 일이 있다면 그것은 '가르침'이 아니라 자신이 살아온 삶에 대한 '증언'밖에는 없습니다. 그 증언조차 받아들임을 결정하는 것은 부모가 아니라 자식들입니다.

7

부모 노릇 하기 쉽지 않습니다. 잘한다고 해도 잘되지 않는데, 그 잘한다는 일이 때로는 잘못하는 일로 지탄받기 십상입니다. 참 억울한 일입니다. 게다가 자식들은 부모의 선의를 아예 외면하곤 할 뿐만 아니라 아예 그 선의를 구실삼아 반항조차 마다하지 않습니다.

그러나 생각해 보면 부모가 일컫는 자식의 문제는 아무리 생각해도 자식으로부터 비롯한 것은 아닙니다. 자식의 문제가 아니라 부모의 문제입니다. 이제까지 우리는 바로 그 부모의 문제란 것이 무언지를 이리저리 살펴보았습니다. 한마디로 말하면 그 문제는 다른 것이 아니라 부모라는 자의식에서 생기는 자식에 대한 '집착'이라고 할 수 있습니다. 좀더 풀어 말하면 '나는 너를 무한히 책임진다'는 생각, '나 없으면 너는 없다'는 생각, '너에 대한 내 배려와 관심은 너를 위한 최선의 것'이라는 생각, 그러므로 '네가 할 일은 나에게 순종하고 나로부터 떠나지 않는 것'이라는 생각 등에서 벗어나지 못하는 것이 그것입니다. 거기에다 '나는 너를 위해서 내 모든 것을 희생했다'는 데 이르면 그 집착은 건강하지 못한 징후를 그대로 드러냅니다.

자식이 잘 자라 부모가 되면, 그리고 비록 부모가 되지 않더라도 일정한 성숙의 단계에 이르면 부모의 몫이라는 것, 자녀의 몫이라는 것이 무언지, 그 상호간의 관계가 어떠해야 하는지 스스로 판단하게 됩니다. 그래서 이른바 '효'의 질서가 자리를 잡고 집안이 화목하게 되면서, 거창하게 말하면 사회와 국가의 질서조차 반듯해집니다.

그러나 아무리 자식이 성숙해서 그러한 현실이 이루어진다 해도 부모가 자식에게 한 몫을 자식이 부모에게 되갚을 수는 없습니다. 대하는 태도의 기본적인 정서가 같을 수 없기 때문입니다. 자식의 부모에 대한 태도는 자연이 아니라 배워 익힌 가치의 실현, 곧 문화라고 하는 주장은 이를 뜻합니다. 그러므로 부모가 자식에게서 무언가 되받기를 기대한다면 그것은 불가능할 뿐만 아니라 비현실적인 욕심입니다. 부모 노릇을 하려면 이 기대에서도 벗어나야 합니다.

봉숭아는 꽃이 피었다 지면 꽃이 진 자리에 커다란 씨방이 생깁니다. 얼마 지나면 그 씨방이 딱딱하게 굳어 마릅니다. 그러다가 어느 날 그 씨방은 스스로 터져 품고 있던 씨들을 주변에 퍼뜨립니다. 어떤 씨앗은 봉숭아 그늘에 떨어지기도 하고, 어떤 씨앗은 훌쩍 먼 곳에 떨어지기도 합니다. 그때 봉숭아는 가장 멀리 튀어나간 씨앗을 향해 이렇게 말한답니다. “네가 내 자식이다.” 어렸을 적에 할머니한테서 들은 이야기입니다.

어차피 그렇게 떨어져 나갈 자식들인데 그때까지는 철저하게 내 안에 품어야 하지 않겠느냐고 할 수도 있습니다. 그렇습니다. 옳은 말입니다. 그러나 품에 안고 있을 때조차 우리는 자식들이 그렇게 떨어져 나가야 할 존재인데 다만 지금 여기 내 품에 안겨 있는 존재라는 생각을 하고 있어야 합니다. 만약 그러한 생각을 하고 자식을 품고 있다면 자식을 대하는 태도가, 그저 떠날 때 떠나더라도 지금은 내 안에 있는 존재니까 내 것이라고 하면서 품고 있는 태도와는 다를 겁니다. 내 것이라고 여기면 우리는 자식과 만날 수 없습니다.

그러나 나 아닌 타자인데 내가 지금 품고 있다고 여기면, 품고 있으면서도 우리는 자식과 만날 수 있을 것입니다. 부모와 자식의 만남은 부모와 자식의 만남이 아니라 사람과 사람의 만남입니다. 그렇게 사람과 사람이 만나는 것인데 우연히 그 관계가 부모와 자식이 된 것이라는 사실을 부모는 알고 있어야 합니다. '우연히'라고 말했지만 그것은 신비입니다. 몰라 설명할 수 없어 신비라는 것이 아니라 감히 설명할 수 없어 그 앞에서 나도 모르게 두 손을 모으고 경건해질 수밖에 없는 그런 관계이기 때문에 신비라고 말하고 싶은 것입니다.

그렇다면 누구나 자식을 잘 키우고 싶은데 그 해답은 의외로 소박합니다. 부모와 자식의 관계를 신비 앞에서 경건해지는 태도로 살아가면 되는 것이라고 생각되기 때문입니다.

기업을 하시는 분들께

1

사람은 제각기 다릅니다. 생긴 모습만 그렇지 않습니다. 생각하는 틀도 다르고, 느낌을 표출하는 태도도 다르며, 성격도 같지 않고, 스스로 이루려는 꿈도 일치하지 않으며, 무언가를 하는 능력에도 차이가 있고, 사는 처지도 다릅니다. 게다가 겪은 일에 대한 기억들도 다릅니다. 그래서 '사람'이기에는 서로 다름이 있을 수 없지만 '사람살이'로 보면 사람들은 모두 한결같은 삶을 사는 것이 아닙니다. 그럴 수가 없습니다.

그 다름이 가장 구체적으로 드러나는 것은 "무엇을 하며 어떻게 사느냐" 하는 것입니다. 삶은 구체적이고 직접적이어서 무엇이든 '해야' 삽니다. 그것을 크게 울 지어 '생업'이라고 할 수도 있겠고 '직업'이라 할 수도 있겠는데, 아무튼 살아가기 위해 무엇을 어떻게 하느냐 하는 데서 사람살이는 뚜렷하게 그 다름을 드러냅니다.

이런 면에서 보면 아득한 힌두 선동에서 일컫던, 그러다가 불교에 이르러 잘 다듬어진, 이른바 결과를 초래하는 원인이 되는 행위라는 업(業, karma)의 개념과 이를 이어 살펴보는 것도 흥미로운 일입니다. 이는 결국 무엇을 행하느냐 하는 것이 사람다움을 결정한다는 설명과 다르지 않기 때문입니다. 그런가 하면 근대의 사회학자 막스 베버(Max Weber)가 사람이 살기 위해 행하는 자기 나름의 일을 행위주체가 선택하기 이전에 이미 초월적인 존재에 의해 그 일을 하도록 불림을 받은 것(Beruf)으로 설명한 내용을 이와 아울러 유념해도 흥미로울 것 같습니다.

이러한 주장들은 사람이 무언가를 하고 사는 이른바 생업을, 비록 신비스러운 인과의 사슬로 서술하거나 초월적인 신의 뜻으로 기술하거나 하는 문화-역사적인 맥락의 차이는 있어도, 지금 여기서 그가 무엇을 어떻게 하고 사느냐 하는 데 따라 결과적으로 사람다움을 달리한다는 것을 뚜렷하게 보여주기 때문입니다.

그렇다고 해서 특정한 직업을 일컬으면서 그 일을 하는 사람은 삶의 모습이 바람직하다든지 어떤 일을 생업으로 하고 사는 사람들은 불가피하게 천한 삶을 살게 된다든지 하면서 이른바 '직(職)의 귀천'을 주장하려는 것은 아닙니다. 생업이란 귀천이라는 가치판단 이전에 근원적으로 '살기 위한 몸짓'이라는 데서 어떤 일도 예외일 수가 없기 때문입니다.

2

사람은 어떻게 해서든 꿈지럭거리며 먹이를 찾아 먹어야 삽니다. 살아 있는 모든 것이 그러합니다. 그것이 생명현상입니다. 그렇게 살아온 사람살이의 자취를 살펴보면 경탄을 금할 수 없습니다. 아득한 때의 사람살이를 묘사한 '수렵채취'(狩獵採取)란 표현은 먹이를 구해 짐승을 잡으려 뛰고, 먹을 수 있는 열매나 뿌리를 찾기 위해 헤매는 사람의 삶을 적절하게 그리고 있습니다. 그것만으로도 사람은 대단하다는 생각을 하지 않을 수 없습니다. 자기보다 어떤 면에서는 더 우월한 짐승들을 포획할 수 있고,

먹을 수 있는 식물과 그렇지 않은 식물을 구분하는 지혜와 능력을 스스로 계발했을 것이기 때문입니다. 사람은 거기서 머물지 않았습니다. 수렵 채취 시대를 거쳐 짐승을 사육하고 식물을 재배하는 농경시대에 이른 저간의 이른바 문명의 진전을 살펴보면 사람들이 자기네 삶을 얼마나 놀랍게 발전시켰는지 찬탄하지 않을 수 없습니다.

그런데 이제는 '짐승을 재배하듯' 하고 '식물을 사육하듯' 하는 데 이르렀습니다. 결과적으로 먹이가 넉넉해졌고 수고도 그만큼 덜어졌습니다. 사람은 대단한 존재임에 틀림없습니다. 이와 더불어 사는 모습도 많이 달라졌습니다. 자기에게 모자라는 것을 스스로 채워 살던 자급자족의 때를 거쳐 서로 모자라는 것을 채워주며 사는 '교환의 질서'를 삶의 틀로 마련한 시대로 옮겨왔습니다. 그것도 물물교환을 넘어 화폐를 매개로 한 '시장'을 마련하면서 삶은 상상도 할 수 없이 편해졌습니다.

그런데 알 수 없습니다. 사람들이 이룬 넉넉함과 편리함이 사람살이를 문제가 없는 행복한 것으로 바꿔놓았을 법한데, 지금 우리가 사는 세상은 그렇지 않습니다. 먹고살기 위한 '노력'이 아니라 그러기 위한 '다툼'이 그 노력을 훨씬 넘어서고 있습니다.

그 까닭을 살피는 일이 새삼스럽지는 않습니다. 실은 아득한 때부터 먹고사는 일에 끼어드는, 먹고사는 일 이외의 '어떤 것' 때문에 사람살이가 구겨지고 찢기고 상하는 것을 익숙하게 겪었기 때문입니다. 그러면서 사람들은 그것을 '필요 이상의 필요를 좇는 태도'라고 이르면서 흔히 우리가 일컫는 '욕망'이라고 이름 했습니다.

그런데 이렇게 그 까닭을 서술한다 할지라도 여전히 그 서술이 우리 삶의 역설을 투명하게 밝혀주는 것은 아닙니다. '필요'와 '필요 이상의 필요'를 금 긋는 일이 쉽지 않기 때문입니다. 달리 말하면 '필요의 충족'이 '더 나아간 필요의 추구를 불가피하게 한다'든지 '필요 이상의 필요'가 '충족된 필요를 초라하게 여기게 한다'든지 하는 일은 서로 중첩되면서 모호하기 그지없는 상황을 빚을 뿐만 아니라 이른바 편의를 보편적이게 한 교환의 질서가 이러한 현상의 전개와 더불어 수반하는 이른바 '잉여'도 그것의 누림과 효용, 그것으로 인한 소외와 자괴를 사람들로 하여금 겪게 하면서 삶의 현실을 마구 혼란스럽게 하기 때문입니다.

마침내 사람들은 먹고살기 위해 스스로 마련해 온 지혜로운 삶의 틀에 대한 이런저런 고뇌를 '살기 위한 몸짓'에 더하지 않을 수 없었습니다. 이른바 더 나은 삶을 위한 '이념'이 그러한 것입니다. 지향하는 가치와 그것을 구현하기 위한 삶의 틀을 구체적으로 마련하기 위해 온갖 지혜를 다 쏟아 이를 실현하고자 갖은 일을 다 했습니다. 그런데 참으로 역설이지만 그 이념의 다름이 낳는 갈등은 혁명으로, 살육으로, 전쟁으로 드러나기도 했습니다. 하지만 사람살이가 끊임없는 '과정'임을 유념한다면 어떤 이념을 '종국적인 해답'이라고 주장하는 것 자체가 실은 '부정직한 신념'일 수밖에 없습니다. 그것은 환상과 다르지 않습니다. 자기기만의 모습이 그러합니다.

그러나 이러한 사실을 미루어보면 우리가 먹고살기 위해 무언가를 한다고 했을 때, 그러니까 생업을 가지고 살아갈 때, 막연하게 나를 위해 다른 것을 '잡아먹거나 따먹는 일'이나 나를 위해 서로 '바꿔 갖거나 채워주는 일'만으로는 그 행위가 충분하지 않다는 사실은 분명합니다. 내가 사람답기를 위해서는 생업을 하고 살아가면서 어떻게 살아야 하나 하는 것을 단단히 되살필 필요가 있지 않은가 하는 생각을 하지 않을 수 없습니다. 기존의 이념들을 되살피는 것도 이를 위해 현실적인 방법일 수 있습니다. 그러나 아쉽게도 그것들은 상처투성이[滿身瘡痍]가 된 지 오래입니다.

그래서 더 소박하게 이 문제에 다가갈 길을 찾아보고 싶습니다. 뜻밖에도 우리는 이를 '역사'에서가 아니라 '신화'에서 그 낌새를 발견합니다.

3

신화는 기구하게 자기의 생존을 지탱한 드문 '문화'입니다. 아득한 때는 '사실'을 진술하는 이야기라고 했는데 한동안은 역사가 사실이지 신화는 온통 '허구'라고 질타를 당했습니다. 이런저런 고비를 넘기면서 지금은 신화란 '역사가 쓴 시(詩)'라고 하는 데까지 이르렀습니다. 그래서 그것은 과거의 범주에 속한 이야기가 아니라 지금도 지어지는 이야기라고 말합니다. 경험이 실증을 틀로 하여 여과되면 역사가 됩니다. 그런데 경험이 상상에 의해 여과되면 그것이 시가 됩니다. 당연히 우리는 역사적 진실을 일컬어야 하지만 삶을 이야기하면서 시적 진실도 빼놓을 수 없습니다. 이런 이해의 자리에서 '먹고사는 이야기'를 주제로 한 신화를 살펴보면 무척 흥미로운 사실들을 추출해 낼 수 있습니다.

우선 지적할 수 있는 것은 먹는 일과 관련된 거의 모든 신화들이 '먹이'란 '주검'이라고 진술하고 있다는 사실입니다. 먹이는 죽은 생명입니다.

그러니까 생명을 죽이지 않으면 우리는 먹이를 확보할 수 없습니다. 죽여야 삽니다. 사람이 하는 먹고살기 위한 몸짓은 살육의 몸짓과 다르지 않습니다. 그렇다면 생업은, 직업은, 그것이 어떤 일을 하는 것이든 근원적으로 나 아닌 너를 '죽이는 일'입니다. 그 일을 효율적으로 수행할 때 내 업은 성공합니다. 더 많은 잉여를 누릴 수 있습니다. 그러나 이에서 멈추지 않습니다. 사람은 더불어 삽니다. 나 아닌 너도 나를 죽여 잡아먹을 것이기 때문입니다.

그러므로 산다는 것은 잡혀먹히지 않으려는 투쟁이기도 합니다. 생업이나 직업은 그러한 몸짓이기도 합니다. 그 일을 하지 않으면 살아남을 수가 없습니다. 먹고산다는 것은 이렇습니다. '먹이란 주검'이라는 신화는 바로 이러한 삶의 처절함을 이야기해 줍니다.

그러나 신화는 이러한 삶의 경험을 이야기하는 것으로 끝나지 않습니다. 이에서 비롯하는 다른 삶을 읊습니다. 서로 죽이는 삶의 현실이 도달할 종국은 총체적인 소멸일 수밖에 없는데 이를 넘어설 수 있는 다른 가능성을 '상상'합니다. 그런데 그 상상은 경험 자체를 새롭게 경험하게 하면서 닫힌 현실에 열린 출구를 마련합니다.

다른 것이 아닙니다. 먹이가 주검이라는 사실은 살기 위해 다른 생명을 죽여야 한다는 진실만을 가진 것이 아니라 다른 사람을 살리기 위해서는 내가 그를 위한 주검이 되어야 한다는 것도 담고 있다는 것을 겪게 한다는 사실이 그것입니다. 그러므로 먹이는 주검이라는 신화담론은 살기 위해서는 죽여야 한다는 것을 이야기하는 것이 아닙니다. 실은 살기 위해서는 죽어야 한다는 것을 발언하고 있는 것입니다. 역사를 여과하는 신화적 상상력의 깊이를 새삼 짐작하게 합니다.

그런데 먹이신화는 또 다른 두 요소를 두드러지게 보여주고 있습니다. 어쩌면 앞의 근원적인 이야기가 요청하는 내용을 어떻게 실천할 수 있을 것인가 하는 것을 암시하고 있는 것이라고 해도 좋을 그러한 것입니다.

하나는, 필요 이상으로 쌓아놓은 먹이는 반드시 상한다는 것을 이야기하고 있다는 사실입니다. 어쩌면 이러한 신화적 담론은 신화를 격하시킬 수밖에 없게 하는 비현실성을 드러내는 전형적인 것이라고 말할 수도 있을 것입니다. 예비, 저축, 여유 등이 함축하는 현실적인 효용을 우리는 모르지 않기 때문입니다.

그러나 우리가 주목할 것은 그러한 이른바 '덕목'으로 정당화되는 '욕망의 그늘'입니다. 주목할 것은, 잉여는 잉여의 재생산을 추구하지 필요의 충족을 지향하지는 않는다고 하는 사실입니다. 앞에서 든 신화의 근원적인 먹이 모티브와 연결시켜 보면 '남는 먹이'의 축적은 '주검의 저장량'을 확대하는 것과 다르지 않고, 그것은 '혁혁한 살생'을 과시하는 것과 다르지 않습니다. 먹이를 저장하는 것은 '죽여야 산다'만을 실천할 뿐 '죽여야 산다'는 것과는 무관한 삶의 태도에서 비롯하는 것입니다.

그런데 신화는 아예 그러한 삶을 '지탱할 수 없는 삶'이라고 단정합니다. 남겨 저장한 먹이는 썩어버린다는 사실을 진술하고 있는 것입니다. 이 계기에서 우리는 현대문화의 부패방지 기술을 유념하면서 이 신화의 부적절함을 지적할 수도 있습니다. 그러나 그보다 현대 식문화의 변혁을 초래한 '냉장고의 존재론'을 다시 기술해 보아도 좋을 것 같습니다. 그것은 '식품의 보존'이기보다 '잉여의 독점'이기도 하기 때문입니다.

이와 더불어 신화가 담고 있는 또 하나의 먹이담론의 내용은, 먹는 행위란 단독자의 일일 수 없다는 사실의 지적입니다. 먹는 일은 혼자 하는 일이 아니라고 신화는 이야기합니다. 역으로 말하면 혼자 먹는 사람의 삶은 가장 딱한 삶입니다. 그렇게 살아서는 안 되는 삶을 그렇게 살아가는 것이기 때문입니다. 이러한 주장도 신화의 비현실성을 보여주는 예라고 할 수 있습니다. '잔치의 비현실성'은 어제오늘 이야기된 것이 아니기 때문입니다. 그것은 '잉여가 낳는 산업'쯤으로 읽어야 하는 현실이 된 것이 오늘 우리의 현실에서 '더불어 먹는 삶'의 모습이기 때문입니다.

그러나 먹는 일이란 '더불어 즐기는 축제'여야 한다는 것만을 신화가 담고 있는 것은 아닙니다. 신화는 어떤 것을 먹든 먹기 전에 '고마움의 고백'이 선행되지 않으면 안 된다는 사실을 지적합니다. 그러면서 그 고마움의 대상은 '우주적'이라고 진술합니다. 우리가 흔히 말하는 생산의 장에서 소비의 식탁에 이르는 과정에 포함된 온갖 노동주체들에 대한 고마움과 함께하는 것은 물론이려니와 이와 관련된 자연 그리고 외경의 염으로 만날 수밖에 없는 '신비'에 대한 고마움도 포함합니다. 그러한 의미에서 먹이를 먹는 일은 단독자가 누리는 일이 아닙니다. 나와 네가, 우리와 너희가, 그래서 온 누리가 함께 '향유'해야 하는 일입니다.

4

사람은 제각기 먹고살기 위해 자기 할 일을 하면서 살아갑니다. 생업을 가지기 마련입니다. '기업'도 다르지 않습니다. 그런 업 중의 하나입니다.

먹고살려고 하는 일입니다. 그런데 기업은 다른 업과 달리 '돈을 버는 일'이 본디 일입니다. 그러므로 기업을 하면서 삶을 살아가겠다고 다짐을 했다면 돈을 많이 벌어야 합니다. 그렇다고 돈을 거저 모으는 일이 기업은 아닙니다. 노동의 대가로, 다른 사람들의 필요를 충족시켜 주는 일을 한 대가로 돈을 벌어들입니다. 그렇게 돈이 생기면 보람 있는 일을 하리라는 따듯함이 기업을 하도록 충동한 것일 수도 있습니다. 그러므로 그런 꿈도 반드시 이룰 만큼 돈을 벌어야 기업가입니다.

먹고살다 보면 어려운 일도 없지 않습니다. 생업도, 기업도 그러합니다. 물 흐르듯 졸졸거리며 마른 대지를 비옥한 들판으로 만들면서 끊임없이 흘렀으면 좋겠는데 그것이 뜻대로 이루어지지 않는 경우가 적지 않습니다. 기업가는 이런 것도 마주할 수 있어야 합니다. 피한다고 될 일이 아닙니다.

흔히 기업가정신을 도전과 창조라고 말합니다. 그저 하기 좋은 이야기가 아닙니다. 도전해야 하는 현실, 창조해야 하는 현실을 짐작해 보면 그런 태도가 요청되는 정황이란 두려울 만큼 암울한 정황이기도 합니다. 그런데 그런 자리에 뛰어드는 삶을 선택한 것이 기업가의 삶입니다. '먹고살기 위한 업'이라고 표현하는 것만으로는 아직 부족한 더 큰 차원의 꿈이 서려 있음에 틀림없습니다. 그 '뜻'이 무언지 다른 사람들은 짐작하기 쉽지 않습니다. 그 뜻을 기업가는 반드시 성취해야 합니다.

그럼에도 기업을 하시는, 또는 기업을 하고자 하시는 분들께 감히 드리고 싶은 부탁이 있습니다. 그 뜻을 이루기 위해 앞에서 서술한 먹이문화와 관련된 신화의 이야기를 마음에 담아주시면 좋겠다는 기대가 그것입니다. 앞에서 진술한 내용을 역순으로 말하면 먹이는 혼자 먹는 것이 아니라는 사실, 먹이는 남겨 쌓아두면 반드시 썩는다는 사실 그리고 먹이는 주검이어서 내가 살려면 남을 반드시 죽여야 하는데 그렇다고 하는 것은 남을 살리려면 내가 죽어야 한다는 사실도 포함한다는 이러한 것들을 기억해 주셨으면 하는 희구입니다.

만약 우리가 '먹이는 주검'이라는 신화적 진실을 반추하면서 기업을 일군다면, 그래서 모든 기업가가 그렇게 살아간다면 세상이 지금 여기와는 다르게 바뀔 것입니다. 구체적인 모습을 그릴 수는 없습니다. 하지만 틀림없이 더 나은 삶을 누리게 될 것이라는 것은 단언할 수 있습니다. 그리고 이렇게 다른 직(職)보다도 돈을 버는 일에 삶을 던지신 기업가들에게 더 큰 기대를 갖는 것은 그분들이 누구보다도 직접적으로 구체적으로 삶을 빚으시는 분들이기 때문입니다. 너나없이, 어떤 생업을 가지고 살든 사람다움을 결정하는 것은 결국 나 자신입니다. 기업가의 자존심을 신뢰하고 싶습니다.

신의 방식과 인간의 방식

1

어린아이가 호두를 한 소쿠리 안고 현자 나스레딘에게 찾아왔습니다. 그리고 이 호두를 친구들에게 나누어달라고 말했습니다. 그러자 현자가 말했습니다.

"신의 방식으로 나누어줄까? 인간의 방식으로 나누어줄까?"

그러자 어린아이가 말했습니다.

"신의 방식으로 나누어주세요."

현자는 어린아이의 친구들을 다 불러모았습니다. 그리고는 어떤 아이에게는 한 움큼을, 어느 아이에게는 그보다 더 많이, 다른 아이에게는 그보다 더 적게 그리고 또 어떤 아이에게는 한 개도 주지 않았습니다.

그러잖아도 고르게 나누어주려 해도 서로 더 많이 가지려 할 것을 염려해 현자에게 분배를 요청했던 어린아이는, 그래서 현자가 신의 분배방식을 선택할 것인지 인간의 분배방식을 선택할 것인지 물었을 때 주저 없이 신의 방식을 선택했던 어린아이는 적잖이 실망할 수밖에 없었습니다. 그래서 어린아이가 물었습니다.

"호자(현자)님, 신의 방식은 균등하리라고 예상했는데요."

그러자 나스레딘은 이렇게 말했습니다.

"그것은 인간의 분배방식이지. 신은 균등한 분배를 하지 않아. 그것이 인간을 사랑하는 신의 방식이야!"

이란 출신의 현자인 나스레딘의 언행을 모아놓은 『나스레딘 호자(현자 나스레딘)의 이야기』에 나오는 이야기입니다. 이야기는 더 나아가지 않습니다. 어린아이가 무어라 다시 물었는지 우리는 알 길이 없습니다. 정직하게 말씀드리자면 나누어주었다는 사실의 기술에서 이 이야기는 끝납니다. 그 뒤의 어린아이의 심정과 물음 그리고 그에 대한 현자의 대답은 실은 제가 만들어 첨가한 것입니다. 읽은 이야기에 이어 뒷이야기를 나름대로 풀어 덧붙이는 것이 이른바 '현자의 말씀'을 듣고 읽은 사람들이 해야 할 마땅한 일이 아닐까 하고 생각했기 때문입니다. 그렇다면 내처 저도 이 이야기를 더 이어가도 괜찮을 것 같습니다. 읽었고, 생각이 일었고, 그 여운이 아직 가시지 않기 때문입니다.

그런데 그렇기 때문에 제 글을 읽으시는 분은 바로 여기서부터 제 글을 이제는 더 읽지 않으셔도 됩니다. 호자 나스레딘의 이야기가 끝났기 때문입니다. 하지만 그 대신에 당신 자신의 글이나 이야기를 저처럼 이제부터 이어 쓰거나 이어 이야기해 나아가시는 것이 좋을 듯합니다. 왜냐하면 이미 당신도 호자의 이야기를 읽으셨기 때문입니다. 그래도 조금 여유가 있으시다면 감히 여쭙건대 제가 이어가는 이야기를 그저 웃으며 눈여기셔도 고맙겠습니다. 우리는 더불어 살기 때문입니다. 어차피 우리에게 전해진 이야기도, 또 우리가 듣고 되잇는 이야기도 순전히 '개인적'인 것은 아니니까요. 게다가 우리가 읽은 호자의 이야기도 실은 더불어 사는 삶에 관한 이야기니까요. 호자의 이야기를 제 이야기에 담아 이를 이어가겠습니다.

2

어린아이가 호자에게 물었습니다.

"저는 알 수가 없어요. 신은 우리가 모두 고르게 살기를 바라고 계시지 않을까요? 그런데 왜 그렇게 많이 주기도 하고 적게 주기도 하고 하나도 주지 않기도 하셨어요? 왜 불균등한 분배가 신의 방법이라고 호자님은 판단하고 계신 거죠?"

현자가 말했습니다.

"맞아! 신은 틀림없이 네 친구들이 모두 고르게 호두를 갖기를 원하고 계신단다. 그래서 나는 신의 뜻대로 호두를 그렇게 네 친구들에게 나누어준 거야."

어린아이는 나스레딘의 설명을 이해할 수가 없었습니다. 그분은 균배와 고른 삶을 전혀 무관한 다른 것으로 여기고 있다는 생각이 들었습니다. 그것은 우리가 사용하는 언어의 개념을 흐리게 할 뿐만 아니라 서술의 논리도 얽히게 하는 것이라고 판단했습니다. 그것만이 아닙니다. 어린아이는 현자가 우리 친구들이 함께 살아가며 겪는 현실이 어떤지를 잘 모르고 계신 것은 아닌가 하는 생각도 했습니다.

그래서 어린아이는 말했습니다.

"현자님, 현자님은 우리를 너무 모르세요. 우리하고 너무 멀리 떨어져 계셔서 그런지도 모르지만요. 어쩌면 너무 노인이시라 그런지도 모르고요. 아무튼 우리 친구들은 잘 지내다가도 가끔 싸우곤 해요. 왜냐하면 이를테면 호두를 많이 가진 아이도 있고 또 적게 가진 아이도 있어서 그래요. 친구들 사이가 고르지 못하면 늘 서로 티격태격하게 마련이에요. 제가 호자님께 어떻게 나누면 될까 하고 여쭈어본 것도 이러한 다툼을 피하고 싶었기 때문이에요."

"그래. 내가 너희들한테서 멀리 떨어져 있는 것은 사실이야. 하지만 나도 너만한 때가 있었단다. 네가 사는 모습이 아득하지만 생생해! 그리고 이제까지 살아오면서 너보다 훨씬 많은 사람들과 어울리며 부닥치고, 얽히며 쓰다듬고, 때리고 안으면서 살아왔단다. 그러면서 사람은 다 같다는 것도, 그렇게 같으니까 똑같이 대접을 받아야 한다는 것도 저리게 느꼈지. 그렇기 위해서는 무엇보다도 개개인이 가진 것은 모두 같아야 한다는 것도 거듭거듭 확인했고. 그래서 소유의 균배란 그저 꿈이 아니라 내게는 꺾을 수 없는 신념이 되었단다. 그리고 세상이 그렇게 되기를 위해 나는 내 온 힘을 기울여 무척 노력했단다. 때로는 생명의 위험조차 감내하지 않으면 안 되는 일도 적지 않았지. 소유의 균배를 싫어하는 사람들은 대체로 많은 것을 가지고 있는데 그들은 그것뿐만 아니라 아울러 힘도 더 많이 가지고 있었기 때문이야. 그래, 네 말이 옳아. 우리는 다툼을 피하고 모두 같은 대접을 받고 사람답게 살아야 해. 그런데 그렇게 하려면 모든 사람들이 모든 것을 고루 가져야 해. 누구는 많고 누구는 적게 들쑥날쑥해서는 안 돼! 그래서 신의 방식을 따라 그렇게 네가 가지고 온 호두를 네 친구들에게 나눠준 거야!"

어린아이는 나스레딘에게 슬그머니 화가 났습니다. 자기의 말을 알아듣는 것 같으면서도 사실은 당신이 하고 싶은 말만 하고 계시다는 생각이 들었기 때문입니다. 그렇다고 마구 화를 낼 수도 없었습니다. 호자 나스레딘은 누구나 일컫는 함부로 하지 못할 위엄을 지닌 '어른'이셨기 때문입니다. 그러나 또 한편 그분이 딱하다는 생각도 들었습니다. 아무래도 세상이 얼마나 달라졌는지 호자는 파악하지 못하고 있는 것 같았기 때문입니다.

집에 계신 할아버지께서도 가끔 젊은이들이 전혀 이해할 수 없는 말씀을 사뭇 진지하고 근엄하게 하시지만 가만히 살펴보면 그것이 할아버지께서 젊은이들이 살아가는 세상을 이해하지 못하신 채 당신이 사시던 때의 자리에서 하시는 말씀인 경우가 많았습니다. 그럴 때면 어린아이는 할아버지의 당치도 않은 말씀에 화가 나다가도 오히려 늙고 낡아가는 할아버지가 측은해지기도 했기 때문입니다.

그래도 어린아이는 물러설 수 없었습니다. 그래서 이렇게 말했습니다.

"호자께서 실천하신 방법은 제가 생각하기에는 인간의 방식이에요. 그런데 바야흐로 인간은 그러한 방식이 얼마나 그릇된 것인가를 알게 되면서 신의 방법은 정의롭고 공평한 것이리라 기대하면서 그 인간의 방식을 벗어나고 싶었던 것인데, 그래서 신의 방식을 따라 나누어주십사고 당신께 부탁드린 것인데, 실제로 일어난 일은 인간이 스스로 버리려고 애쓰고 있는 낡은 인간의 방법을 적용한 것이었어요. 도대체 호자께서는 왜 이리 혼란스럽게 우리의 선의를 뒤집어버리시는 건가요?"

호자 나스레딘의 얼굴에 순간 난감한 표정이 흘렀습니다. 그러나 그 표정이 오래 이어지지는 않았습니다.

"그래야 너희들이 호두를 고르게 잘 나눠먹으며 즐길 수 있으니까!"

현자의 대답은 분명하고 투명했습니다.

어린아이는 소리를 치고 싶었습니다.

"그렇게 나누면, 아니 그렇게 나누니까, 어차피 우리는 호두 때문에 서로 싸우고 미워할 수밖에 없잖아요!"

그러나 어린아이는 이 말을 스스로 꿀꺽 삼켜버렸습니다. 아무래도 자기가 놓치고 있는 어떤 것이 현자의 말씀 속에 깃들여 있는 것 같았기 때문입니다. 그렇지 않다면 나스레딘의 말씀이 저처럼 당당할 수가 없으리라는 데 생각이 미쳤기 때문입니다.

'그래야…라니. 그러니까 균배하지 않아야… 호두를 친구들 모두 고르게 나눠먹을 수 있는 거라는 말씀인데… 그래야 삶이 즐거울 수 있을 거라는 말씀인데….'

그렇게 어린아이는 속으로 중얼거렸습니다.

3

그때 호자의 말씀이 이어졌습니다. 꽤 긴 침묵이 흘렀던 거라고 생각했는데 쉼이 그리 길었던 것 같지는 않았습니다.

"서로 싸운다는 것, 너 그 상태를 조금 더 이야기해 줄 수 있겠니?"

어린아이가 말했습니다.

"그럼요, 어렵지 않아요. 적게 가진 친구는 많이 가진 친구한테 내게 더 내놓으라고 하죠. 하지만 많이 가진 친구는 그렇게 하지 않죠. 오히려 더 가지려 해요. 그러면 빼앗고 빼앗기지 않으려는 다툼이 일죠. 당연하지 않아요? 그리고는 온통 소리를 치며 자기가 정당하다는 논리를 펴요.

너는 게으르다든지, 너는 도둑질을 했다든지, 너는 게걸스러운 욕심쟁이라든지, 너는 비겁하게 남의 탓만 하는 못난이라든지. 그러다가 서로 너는 존재해야 할 가치도 없다느니 하다가 마침내 너 죽고 나 죽자 하는 데까지 이르죠."

나스레딘의 얼굴에 작은 미소가 흘렀습니다. 그것은 마치 이제야 네가 내 말을 알아듣기 시작하는구나 하는 표정과 같다고 할 수 있는 그런 것이었습니다. 호자는 말을 이었습니다.

"그래서?"

"그래서 저는 소유를 고르게 나눌 제도를 만들고 싶은 겁니다. 누구나 고르게 지니고 살 수 있는 제도를요. 하지만 그것을 다시 사람들의 힘에 의존해 만든다면 그것 자체가 또 다른 다툼을 만들지도 모른다는 불안한 생각이 들었습니다. 힘도 소유의 한 형태인데 제도를 만드는 힘과 그렇지 못한 힘이 나뉘면 또 다른 다툼을 일게 할 것이 분명하기 때문입니다. 그래서 하늘 위에 계신 신이 이를 맡아 다스리신다면 아무런 문제가 일어나지 않을 거라는 생각을 했습니다. 호자님, 신은 인간을 누구나 같은 그러한 존재로 지으신 바로 그 창조주이지 않습니까? 그분의 평등에 기대어 고른 분배가 가능한 제도를 영위하면 문제가 없겠나고 판단한 겁니다. 그래서 당신이 어느 방식을 선택하겠느냐고 물으셨을 때 저는 당연히 신의 방식을 선택하겠다고 말씀드린 거구요. 기대와는 다르게 당혹스러운 결과가 나왔습니다만…."

"훌륭한 생각이야!" 나스레딘이 말씀하셨습니다.

"신이 지원하는 제도화된 균배가 실현되는 사회에서는 다툼이 없겠구나!"

"그럼요!"

어린아이는 마침내 호자의 동의를 얻어냈다는 생각에 들뜬 기분으로 공감을 발언했습니다.

"빼앗으려는 폭력도 없고, 빼앗길까 험악해지는 일도 없겠구나."

"그럼요!"

"게으른 친구니 게걸스러운 친구니 하는 비난도 없어지고, 너 같은 친구는 아예 없는 게 나아 하는 저주도 사라지고, 너 죽고 나 죽자는 자학도 아예 상상조차 할 수 없겠구나!"

"그럼요, 당연하죠. 그렇게 되기를 바라서 하려는 것이 균배의 제도화인데요. 그것이 신의 뜻을 실현하는 거고요."

"좋구나. 그렇게 되면 참 좋겠다. 그런데…."

호자 나스레딘은 잠깐 숨을 고르기 위해 말을 그쳤습니다. 어린아이는 마음이 놓였습니다. 이제 겨우 현자가 자기의 이야기를 알아듣는다고 생각되었기 때문입니다. 그때 호자가 말을 다시 이었습니다.

"그러니까 그렇게 되면 남에게 달라는 이야기도 하지 않게 되겠지?"

"그럼요, 그럴 필요가 이제는 없으니까요."

"그러니까 그렇게 되면 남에게 주는 일도 없겠지?"

"말씀하실 필요도 없습니다. 줄 일이 생기지 않겠죠. 모두 이미 고르게 가졌으니까요."

"그렇구나! 그러면 주고 싶은 마음도 없어지겠지?"

어린아이는 "그럼요"라고 말하려다 자기도 모르게 멈칫했습니다. 무언지 뚜렷하지는 않지만 마음에 걸리는 것이 있는 것 같았기 때문입니다. '줄 일?' '주고 싶은 마음?' 그 둘의 언저리를 에두르고 있는데 현자의 말이 이어졌습니다.

"다른 친구한테 아예 관심도 가질 필요가 없겠지? 사는 것 참 편하겠다."

"……."

"그래, 맞아! 그렇구나. 도와줄 일도 없을 거고, 도움을 받을 일도 없을 거야. 그건 모두 관심 이후의 일인데 관심이 사라졌으니까."

"……."

"시샘할 일도 없겠구나. 미워할 일도 당연히 없고. 그런 마음이 아예 생길 까닭이 없는 거지."

"……."

현자의 말씀은 거침없이 이어졌습니다.

"세상이 맑아지겠다. 숨쉬기가 아주 편해질 거야. 귀찮은 것은 아무것도 없을 거야. 활갯짓도 마음껏 자유로울 거야. 거칠 것이 없으니까. 나 하나만 건사하면 되는데 힘든 것이 있을 까닭이 없지, 아무렴. 틀림없이 그럴 거야!"

"……."

어린아이는 갑자기 가슴이 먹먹해지는 것을 느꼈습니다. 무언가 발언하고 싶었습니다. 그런데 그것이 현자의 말씀에 대한 공감일지 아니면 이견일지 스스로 짐작이 되지 않았습니다. 그래도 무언지 발언하지 않으면 숨이 막힐 것 같았습니다. "호자님, 그만하세요. 왠지 숨이 막힐 것 같아요. 조금 쉬어요." 그렇게 말하고 싶었지만 어느 틈에 나스레딘이 말을 잇고 계셨습니다.

"연민도 없어지겠네. 자비도 필요 없겠네. 사랑도 사라졌겠네."

"아니, 잠깐만요. 현자님 그게요…."

어린아이는 서둘러 나섰습니다. 그러나 더 자기의 말을 잇지 못했습니다. 나스레딘이 말을 이어갔기 때문입니다.

"너는 옳은 선택을 한 거야. 그리고 나는 신의 방식으로 호두를 나누어준 거고. 이제는 그 호두를 가지고 서로 재미있게 놀며 지내는 거야. 그것이 너희들이 할 몫이지."

어린아이는 아직도 자기의 말을 발언하지 못하고 있었습니다. 무언지 이야기해야 할 것 같은데 되지를 않았습니다. 그런데 호자의 말은 여전히 이어졌습니다.

"균배는 신의 몫이 아니야. 그것은 인간의 몫이지!"

저는 이 이야기를 더 이을 수가 없습니다. 평소의 말더듬이 버릇이 다시 도졌나 봅니다. 이 글을 읽으신 분이 계시다면 혹 이 이야기를 이어 이야기해 주실 분 안 계십니까? 이미 이어가고 계시다고요? 그렇다면 언제 제가 꼭 읽거나 들을 수 있도록 해주십시오.

우리 사회는 왜 '해체'되어 가고 있는가

1

사람의 행위가 동일하게 반복될 수 있다고 하는 사실은 많은 흥미로운 의미를 함축합니다. 이를테면 그것을 '버릇'이라고 하든 아니면 습관이라고 하든, 그 반복하는 몸짓은 사람됨을 결정합니다. 그렇기 때문에 그 관성적 행위의 반복이 긍정적인 경우에는 '저절로' 이른바 '사람다운 사람'이 되도록 하기도 하지만 그것이 부정적인 경우에는 그 행위주체를 필연적으로 파멸에 이르게 하기도 합니다. 그래서 몸짓의 길들이기, 일정한 행위를 저절로 되풀이하게 하기는 교육의 중요한 핵을 이루고 있습니다.

그러나 또 다른 경우도 있습니다. 되풀이하는 일정한 행위는 그 몸짓을 있게 한 어떤 동기와는 다른 몸짓 나름의 의미를 배태하기도 합니다. 이를테면 우리는 매끼니 밥을 먹습니다. 먹는 행위를 우리는 늘 되풀이하고 있습니다. 그런데 이러한 행위를 하게 한 것은 몸입니다. 그것을 우리는 시장기 때문이라고 할 수도 있고 생존을 위한 본능의 당연한 요청이라고 할 수도 있습니다. 그러나 이른바 '식사'(食事)가 되풀이되고 그것을 스스로 되풀이하고 있다는 자의식조차 잊게 되면 그것은 관성적인 행위가 되어 내 삶을 지탱하는 불가결한 '몸짓'으로 자리를 잡습니다.

이렇게 정착한 행위는 본능하고는 상당히 다른 면을 보여줍니다. 관례화된 식사는 이미 몸이 충동한 것과는 다릅니다. 그것은 타자와의 만남의 계기를 짓기 위한 것이기도 하고, 우리라는 공동체의 결집을 빚기 위한 것이기도 하며, 허기가 아니어도 내 삶의 어떤 결핍을 채워주는 그윽한 만족과 그로부터 비롯하는 행복을 누리게도 해줍니다. 마침내 먹는다는 행위는 시장기가 없어도 요청되고, 배고프지 않아도 베풀게 됩니다. 관례화된 식사는 식사를 충동한 본래적인 몸의 동기와는 아무런 상관없이 자신을 '반복의 연쇄' 속에서 지속합니다.

2

그렇다면 우리는 다음과 같은 사실을 서술할 수 있습니다. 우리는 살아가면서 여러 일들을 만납니다. 그럴 때마다 우리는 그 일에 일정한 반응을 합니다. 그 반응은 하나의 '몸짓'으로 드러나면서 이러한 일이 반복되면 그 몸짓이 관행적으로 되풀이되면서 '습관'을 이룹니다. 그 습관이 우리 자신을 짓습니다.

그런데 우리가 만나는 어떤 일들은 아주 드물게 돌출적으로 일어나기도 하고 어떤 일들은 늘 끊이지 않고 되풀이되어 일어나기도 합니다. 전자의 경우는 아예 우리가 살아가는 동안 단 한번 일어나기도 하고, 잦다 해도 일생을 통해 겨우 몇 번 만날 수 있는 그러한 일이기도 합니다. 그렇기 때문에 그러한 일에 대한 반응은 반복의 틀 안에 담을 수 없는 단회(單回)적인 것입니다.

당연히 그러한 반응이 내게 습관으로 지녀질 수는 없습니다. 되풀이한다 해도 그러한 일들은 '주기적인 기억' 속에서 그 반응을 '다른 몸짓'으로 반추할 뿐입니다. 어쩌면 사실로서가 아니라 의미로서 반응한다고 해도 좋을지 모르겠습니다. 그러므로 그러한 반추는 반복이 아닙니다. 그 일을 이미 예외적인 일로 겪었을 뿐, 그래서 그것에서 도출된 추상화된 어떤 이미지를 재구성할 수는 있을지언정 다시 되풀이하지는 않습니다. 또 그렇게 되풀이할 수도 없습니다. 그러한 일이 이어 일어나는 것은 아니기 때문입니다. 그 일에 대한 반응을 해야 한다면 그 일이 재연되어야 할 텐데 그 일은 그럴 수 있는 것이 아닙니다.

이러한 '드문 일들'을 제외한 많은 삶의 몸짓들은 대체로 되풀이할 수밖에 없는 일들입니다. 어제 한 일을 오늘도 하고, 오늘 한 일을 내일도 합니다. 생존의 모습이 그러합니다. 먹고 마시고 잠자고 일하는 것이 그것입니다. 거기에다 삶 속에서 일어나는 온갖 일들을 끊임없이 되풀이하면서 가꾸고 다듬고 거두고 마련하고 꾸미고 엮습니다. 이러한 일의 재연은 멈추지를 않습니다. 때로 새로 짓는 일이 우리의 몸짓 안에서 일게 되는 경우가 없지 않지만 그것을 새로 여기기보다는 일상의 되풀이가 짓는 변용쯤으로 여길 수밖에 없도록 그 새로움은 곧 되풀이의 여운 속에 묻힙니다.

사물과의 만남만이 그러하지 않습니다. 사람을 만나는 것도 다르지 않습니다. 매일 만나는 이러저러한 사람들과의 관계가 얼핏 늘 새로운 것 같아도 실은 내 몸짓의 재연이라고 하는 것이 적합한 그러한 되풀이의 틀 안에서 이루어지는 일입니다. 그렇지 않다면 사람과의 만남에서 서로 상대방을 '알아보는' 이런 사람이라든지 저런 사람이라든지 하는 '이해나 판단'이 이루어질 수 없을 것입니다.

기대하는 꿈도 다르지 않습니다. 그것을 되풀이해서 꾸지 않는 한 꿈이 꿈일 까닭이 없습니다. 우리는 그러한 사실들과 끊임없이 만나고 이러한 만남에서 드러내는 일정한 행동을 조금도 단절 없이 거듭합니다. 그렇게 같은 몸짓을 거듭하면서 삶을 이어나아갑니다.

우리는 앞에서 나눈 이 둘을 뚜렷하게 구분합니다. 거친 대로 이를 다듬는다면 드물게 일어나는 일과 만나 짓는 내 몸짓이 반응하는 일을 '사건'이라고 범주화하고, 늘 일어나는 것이어서 끊임없이 되풀이하여 만나 짓는 내 몸짓이 반응하는 일을 '일상'이라고 범주화해도 좋을 듯합니다.

3

그러나 우리가 생각해 보고 싶은 것은 이러한 구분이 현실적이지 않은 경우를 만나는 경우가 적지 않다고 하는 사실입니다. 물론 앞에서 진술한 '현상의 분류'가 짓는 오류를 간과한 채 그 분류체계가 현실 적합성을 가진다고 판단하는 성급한 자기정당화의 태도 때문에 당연한 일을 부자연스러운 것으로 여겨 당혹해하는 것이 문제일 수 있습니다. 그러나 반드시 그러한 자성(自省)에만 머물 수 없는 심각한 사태가 그 현상의 구조 안에서 일고 있다는 사실을 우리는 주목하지 않을 수 없습니다.

조나단 스미스라고 하는 종교학자는 자기의 책 『종교 상상하기』에서 흥미로운 두 가지 사례를 들어 종교의례에 관한 자신의 견해를 서술하고 있습니다(장석만 옮김, 2014 청년사, 141쪽). 그의 주장에 동조하는 것은 아니지만 그가 든 사례는 제 생각을 펴는 데 무척 도움이 되는 좋은 자료

일 것 같아 여기에서 인용해 보겠습니다.

사례 하나: 어느 날 여러 마리의 표범이 사원 안에 들어와 희생제의용 잔에 든 물을 마셔버렸다. 이런 일은 후에도 계속해서 일어났다. 그래서 이제는 일정한 때가 되면 으레 표범이 와서 물을 마실 것으로 기대하게 되었다. 마침내 그것은 의식(儀式)의 한 부분을 이루게 되었다.

사례 둘: 노새로 성스러운 그릇을 사원에 운반해 온 이가 아테네의 여사제로 있던 리시마케에게 혹시 물을 좀 마실 수 있겠냐고 청을 하였다. 이에 리시마케는 이렇게 대답하였다. "안 되오. 한번 그걸 허용하면 제의에 포함될지도 모르니까 말이오."

저자가 카프카에서 인용한 것이라고 밝히고 있는 앞의 이야기는 '사건'에 관한 것입니다. 그것은 표범이 사원에 뛰어들어 제의용(祭儀用) 잔에서 물을 마셔버린 돌발적으로 일어난 일, 예사롭지 않은 일을 이야기하고 있습니다. 그것은 다시 일어나서는 아니 될 일입니다. 신성모독이기 때문입니다. 하지만 그 일이 간헐적으로 되풀이되자 그것은 마땅히 되풀이되어야 할 일로, 아마도 서서히 자리를 잡습니다. 그리고 마침내 거듭 그 일이 일어나도록 아예 일정한 틀 안에 넣어 그 일을 그 틀을 이루는 구성요소의 하나이게 하고 있습니다. 한번 일어나는 것으로도 버거운 일이 되풀이되어야만 하는 의례의 일부가 된 것입니다. 사건은 이제 사건이기를 그만두고 일상이 되었습니다.

그런데 『플루타르크』에서 뽑아온 것이라고 저자가 말하고 있는 두번째 경우는 다릅니다. 힘든 노동 끝에 갈증을 해갈하기 위해 물을 마시는 일은 당연하게 우리 일상에서 되풀이되어야 하는 일입니다. 그러나 여사제는 사원에서 사용하기 위해 성스러운 그릇을 노새에 싣고 긴 길을 거쳐 도착한 지친 사람이 갈증이 일어 물을 마시게 해달라고 하는 청을 거절했습니다. 그가 청한 일은 자연스럽게 누구나 되풀이하며 살아가는 당연한 일입니다. 그러나 여사제는 그 청을 들어주는 것은 그 행위를 규범적으로 반복적인 것이 되도록 하는 것이므로 이를 허용할 수 없다고 말합니다. 일상을 거절한 것입니다. 그런데 흥미로운 것은 그 요청이 지닌 일상이 마땅히 거듭해야 할 일이 일상을 손상시킬 수도 있을 것으로 여겨졌다는 사실입니다. 일상이 사건으로 인식되면서 일상은 일상을 위해 거절된 것입니다.

물론 이 두 이야기를 이렇게 단순화할 수는 없습니다. 그 이야기가 펼쳐지는 맥락이, 비록 드러난 모습은 다르지만, 그 구조는 일컬어 사람들이 겪는 '초월과의 관계'를 틀로 삼는 '제의'이기 때문입니다. 그러나 그렇다고 하더라도, 우리는 오히려 그렇기 때문에 초월적이고 신성한 분위기에서조차 우리의 '거듭하는 몸짓의 어떤 역설'이 그대로 드러나고 있음을 확인하게 됩니다. 따라서 우리는 그 이야기를 통해 그 역설의 현실적 의미를 살펴볼 수도 있습니다.

다시 말하면 첫번째 이야기는 우리의 몸짓, 곧 되풀이를 어떤 속성처럼 지니고 있는 우리의 행위가 사건을 사건으로 여기기보다 그것을 일상화하여 되풀이하는 속성을 가지고 있다는 것을 보여주고 있고, 두번째 이야기는 우리의 행위가 마땅히 되풀이해야 하는 일상을 때로는 일상에 두기보다 그것을 떼어내 사건화하여 이를 되풀이되는 범주에 잡아두지 않으려는 속성이 있음을 보여주고 있습니다. 결과론적으로 말하면 우리의 습관은 그러한 역설적인 속성을 지니고 있는 것입니다.

4

그런데 이러한 사태는 논리적으로 일컫는 역설 이상으로 심각한 현실성을 갖습니다. 그 역설의 실제는 우리가 예상하는 것보다 훨씬 더 커다란 충격을 우리의 삶의 지평 안에서 펼치기 때문입니다. '사건의 일상화'는 일상을 모두 사건이 빚는 예외성, 그것이 지니는 긴장 안에 담습니다.

긍정적인 경우, 그것은 없던 희열일 수도 있고, 주기적으로 재연해야 할 일로 기리기도 하고, 새로움의 기반으로 여겨 그렇게 그것이 주는 울림을 일상에서 호흡할 수 있습니다. 그러나 바로 그렇기 때문에 실은 그 희열도 기림도 새로움도 곧 일상화되어 덤덤한 것이 되어버립니다. 사건으로서의 의미가 희석되면서 그 사건은 일상의 그늘에서 스러집니다.

부정적인 경우, 대체로 행위주체들은 그 사건에서 비롯하는 불안에 휩싸입니다. 예외성은 언제나 일상을 찢습니다. 그러한 균열이 일상 안에서 출렁입니다. 그래서 우리는 끊임없이 돌출적인 사태, 그것의 위협, 그래서 이는 초조와 당혹을 되풀이하지 않으면 안 됩니다. 사건의 일상화는 일상의 삶을 '사는 것이 사는 것이 아니라'고 느끼게 합니다. 하지만 그것을 일상의 역동성이라고 묘사하고 그러한 사태를 되풀이하는 것을 앞서 나아가는 것이라고 지칭하기도 합니다. 아니면 창조적인 도전이라는 말로 이를 수식하기조차 합니다.

그러나 어떤 모습으로 그것이 현실화하든 그것은 근원적으로 그리고 결과적으로 "표범의 신성모독을 의례에 수용하는 일"과 다르지 않습니다. 일상의 파괴를 일상화하는 일과 다르지 않습니다. 물론 표범은 자기가 마신 물이 희생제의용 물이라는 사실을 알 까닭이 없습니다. 질서를 파괴하는 주역이라는 자의식을 가지지 않습니다. 사실은 그래서 그것은 사건입니다. 그러나 표범의 그 행위를 만나는 사람은 그것이 금기의 파괴라는 것을 모르지 않습니다. 이미 알고 있습니다.

우리가 단단히 주목할 것은 그럼에도 불구하고 그것이 되풀이될 때, 다시 말하면 사건이 일상 속에서 끊임없이 되풀이될 때, 이것이 금기의 파괴라고 하는 인식을 계속 유지할 수 있는 능력을 사람들이 더 이상 지속적으로 지닐 수 없다고 하는 사실입니다. 결국 그렇게 반복되는 '표범의 행위'를 반복되는 일상으로 수용할 때, 그 수용주체의 일상은 이미 일상이지 않게 될 수밖에 없습니다. 우리의 습관적인 행위, 되풀이하는 몸짓의 관성적 작용은 나도 모르게 이처럼 사건의 일상화를 무감각하게 당연한 것으로 받아들입니다.

일상의 사건화도 다르지 않습니다. 일상은 몸의 충동에서 비롯한 그 나름의 근원적인 의미를 이미 간과할 만큼 우리 삶을 지탱하는 망(網)이 되어 있습니다. 그러므로 일상을 살아간다고 하는 것은 몸의 충동을 되살아가는 것이 아니라 그것이 낳은 '반복의 연쇄'가 지닌 '의미'를 살아가는 것을 뜻합니다. 그 의미의 망이 되풀이되면서 몸을 충동한 근원적인 필요도 충족되어 나아갑니다.

그때 비로소 삶은 이를테면 "먹기 위해서 사는 것이 아니라 살기 위해서 먹는 삶"이 됩니다. 그렇지 않다면 삶은 몸의 충동과 그 충동에 반응하는 것으로만 이루어진 것, 그런데 그것을 일컬어 온전한 삶이라고 하는 것이 될 터인데 그것은 사람을 '의미의 차원'에서 그 의미를 구조적으로 배제하는 '사실의 차원'에 머물게 하는 것과 다르지 않습니다.

그러므로 일상을 사건화한다고 하는 서술은 이렇게 이루어지는 삶의 해체를 일컫습니다. 삶은 먹이를 발견하는 사건이어야 하고, 아니면 먹이를 확보하지 못하는 비극이어야 합니다. 그래서 사건으로 해체된 일상은 되풀이되어서는 안 되는 재앙으로 인지되기도 하고, 아니면 삶이란 오로지 스스로 생존을 위한 염려를 불식시킬 수 있는 사건의 연쇄를 통해 이루어지는 것으로만 일컫게 되기도 합니다. 그렇게 하는 과정 속에서 사소한 일상의 되풀이는 그야말로 사소한 것으로 치부됩니다. 사건에 어울리는 '일상이 추상화된 개념적 실재'만이 삶을 채우는 것으로 여깁니다.

그러나 실은 그러한 사건의 반복이 그리 흔한 것은 아닙니다. 그러므로 일상의 사건화는 삶이란 끊임없이 사건을 저질러야 하는 것이라고 주장하는 것과 다르지 않습니다. 삶은 갈등과 투쟁과 '전도(顚倒)의 메커니즘'으로 점철되는 것이 되어버립니다. 아니면 과장과 의도적인 놀람과 억지로 빚는 희열이 되풀이되는 소용돌이가 됩니다. 이른바 자연스러운 되풀이란 없습니다. 따라서 근원적인 충동을 되풀이하면서 그 습관 속에 그윽이 담기던 의미도 현존할 수 없고 그것이 낳는 '망의 현실'도 없습니다. 그런 것이 있다면 그것은 기만적인 것으로 치부됩니다. 그래서 일상의 사건화만이 진실하고 정직한 인식을 드러내는 것이라고 역설합니다.

담담한 일상의 요청은 단 한번 허용하는 것만으로도 삶을 속물적인 것으로 바꿔버릴 거라는 경각심을 가지고 일상을 살아가도록 하는 것입니다. 일상 모두를 자기기만의 틀 안에 담는 결과를 초래해서는 아니 되리라고 생각하기 때문입니다. 그러므로 일상을 사건화하지 않는 것은 진정한 현실을 되풀이의 관성 안에다 은폐하는 것과 다르지 않다고 여깁니다. 물을 마실 수 있게 해달라는 일상의 반복을 거절한 여사제의 태도는, 그래서 그 간청을 되풀이되어서는 안 되는 사건으로 치부해 버린 여사제의 판단은 더 이상 정직할 수 없는 투명한 인식을 담고 있다고 여기는 것입니다.

어차피 인간이 늘 새로운 것만을 짓고 살아가지는 못합니다. 이미 했던 어떤 '짓'을 되풀이하며 살아갑니다. 그러나 사건을 사건으로 되풀이하지 못하고 그 사건을 일상화하여 되풀이한다든지, 일상을 일상으로 되풀이하지 못하고 그것을 사건화하여 되풀이한다든지 한다면 그 역설적인 정황은 결과적으로 사건도 일상도 일그러트리거나 깨트리고 맙니다. 그것은 삶의 해체현상과 다르지 않습니다.

5

요즘 우리의 현실이 이러한 역설을 살고 있는 것은 아닌가 하는 생각이 듭니다. 잘 설명이 되지 않는 우리의 현실을 이러한 시각에서 바라보면 무언가 설명할 수 있을 것 같은 느낌이 들기 때문입니다. 이를테면 정치인들은 누구나 '정치적으로' 열심입니다. 정치를 무어라 말해야 할지 모르겠습니다만, 우리의 정치인들보다 정치를 하기 위해 '정열적인 사람'들도 흔하지 않을 것 같습니다. 그런데 사람들은 점점 정치에 시달리고 지치고 염증을 내고 급기야 무관심해지고 있습니다. 그 까닭을 짚어내는 일이 쉽지 않습니다. 그저 참으로 역설적인 정황이라고 말하는 것 외에는 딱히 운운할 것이 거의 없습니다.

그런데 우리의 정치현실을, 사건을 일상화하고 일상을 사건화하는 되풀이되는 행태로만 전개되고 있다고 묘사하면서 그 역설을 설명할 수는 없겠는지요. 정치의 행위양태, 곧 습관이나 관행이 그런 것 같습니다. 그러나 정치만이 그렇지 않습니다. 경제현실에서 벌어지는 일들도 그렇게 묘사할 때 무언가 할 수 있을 것 같다는 생각이 듭니다. 있음이나 없음은 그것이 어떤 것이든 사건화되든가 일상화되는 역설 속에서 다루어지고 있습니다. 그래서 일상적인 있음이나 없음도 없고 사건으로서의 있음이나 없음도 없습니다. 있는 것은 사건화된 일상의 있음이거나 없음, 아니면 일상화된 사건으로서의 있음이나 없음뿐입니다. 언론도 그런 역설 속에서 스스로 정론을 펴고 있다고 주장하고 있고, 교육도 다르지 않습니다. 학계도, 문화계도 나아가 종교계조차 그렇게 기술해야 비로소 그 실상이 드러난다고 해야 옳을 것 같습니다.

그래서 사건을 사건이라고 말하면 의식 없는 사람이 됩니다. 일상을 일상이라고 말하고 이를 되풀이 살고자 하면 그것은 속물이 되어버립니다. 일상을 사건화할 수 있어야 그것이 제대로 삶을 드높게 사는 사람입니다.

이러한 사태는, 달리 말하면 우리의 삶이 총체적으로 구조적인 역설 속에서 해체되어 가는데도 이를 우리가 당연하고 규범적인 가치의 언어로 온통 수식하고 있는 것과 다르지 않습니다. 달리 말하면 해체되어 간다는 불안의 그림자가 읽히는 현실 속에서, 짐작되는 그 해체의 원인을 이제 겨우 서술할 수 있게 된 것이기도 합니다.

그러나 이 역설의 구조가 마냥 폐쇄적인 것은 아니라는 생각도 듭니다. 이 역설에서의 출구가 없지는 않을 거라고 믿어지기 때문입니다. 그런 출구가 없다면 이러한 역설의 구조가 우리의 삶을 마구 해체하고 있다는 낌새조차 알지 못했어야 합니다. 그런데 우리는 이렇게 이러한 역설의 구조가 우리를 마구 흩어버리고 있다는 사실을 제법 이야기하고 있습니다. 문제는 역설적으로 뒤엉킨 이 구조 속에서 형성된 우리의 습관입니다. 이미 몸의 작용으로 관성이 되어버린 우리의 사유의 한계입니다.

그렇다면 지나치게 소박한, 그래서 무의미하기조차 한 방법일지는 모르겠습니다만 내 몸짓이 "표범이 희생제의용 잔에서 물을 마신 일"은 일상이 아니라 사건이라는 사실에 대하여 조금이라도 반응을 하도록 그 현실과 만나게 하는 노력을 기울여야 합니다. 공허하지 말아야 하는 것이지요. 마찬가지로 갈증에 시달린 사람이 물을 마시게 해달라고 하는 것은 사건이 아니라 일상이라고 하는 것도 듣고 생각하고 판단하고 하는 차원에서 만나는 것이 아니라 몸으로 부닥쳐 그 사실이 얼마나 일상적인 일인지를 알게 해야 합니다. 비현실적인 차원에서 노닐면서 그것을 실재라고 여기는 어리석음을 몸으로 제어할 수 있어야 하는 거지요.

그런데 그 공허함이나 어리석음은 실은 신념에서 비롯합니다. 그런 것들은 신념이 지적 인식이나 윤리적 판단이나 심미적 감성을 모두 차단할 때 비로소 이루어지는 사태를 묘사하는 것이기 때문입니다. 앞에서 든 두 사태를 이 계기에서 다시 면밀히 되살필 필요가 있습니다. 이때 우리가 새삼 발견하는 것은 첫번째 사례도, 두번째 사례도 그러한 사건의 일상화나 일상의 사건화가 모두 이른바 '신성이나 초월'을 전제한 맥락에서 이루어진 판단에 그 뿌리를 두고 있다는 사실입니다. 달리 말하면 그러한 역설은 현실에 대한 인식을, 초월을 매개로 하는 굴절현상에서 비롯한다고 하는 사실의 발견입니다. 바로 그것이 이른바 '신념의 간섭'입니다.

결국 역설을 낳는 태도가 결하고 있는 것은 사태를 투명하게 만나려는 '정직한 인식'입니다. 누구나 자기를 절대화하는 신념을 우선하지 않는다면 사건의 일상화 현상이나 일상의 사건화 현상은 현실화될 수 없습니다.

그러고 보면 우리의 삶의 현실이 바른 반복을 수행하지 못한 채 역설적인 어떤 습관이나 관행에 의해 서서히 해체되어 가고 있는 까닭은 정직한 자기성찰의 결여, 정직한 인식의 결여라고 말할 수 있습니다. 달리 서술한다면 그것이 가능할 수 없도록 하는 신념의 과잉, 이념의 사치스럽고 부정직한 범람 때문이라고 해도 좋을 것 같습니다.

사건을 분출하고 사건과 부닥치면서도 그 사건에 휘말리지 않을 수 있고, 일상을 만끽하고 일상에서 벗어나지 않으려 하면서도 그 일상에 매몰되지 않을 수 있는 그런 '좋은 버릇'이 조용히 이어지는 열린 사회에서 살아가고 싶습니다.

학문함에 대하여

의미의 고갈

1

'의미의 고갈'이라는 명제를 가지고 그저 생각나는 대로 이러저러한 말씀을 드리고 싶습니다. 그런데 이를 위해 '의미'를 규정하는 일을 전제하고 싶지는 않습니다. 그것은 결국 하나의 에티몰로지(etymology)에 이를 것인데, 그러한 작업은 대단한 '현학적인 진리'에 다가갈 수는 있을지언정 '삶의 진실'에서 비롯하는 것이기에는 한참 거리가 있을 것 같다는 두려움이 일기 때문입니다.

왜 이런 두려움을 가지는지는 저 자신도 명확하지 않습니다. '학문적임'과 '삶다움'이 나뉠 수 없는 것일 터인데 그 둘 사이의 간극을 전제한 이러한 두려움은 아무래도 '성숙한 사유'에서 비롯한 것일 수는 없다는 생각이 듭니다. 그러나 성숙한 생각이란 무엇인지 다시 물어야 한다면 그러한 물음의 연쇄에 나를 맡겨 내 스스로 지닌 물음을 유보하기보다 아예 성숙 여부는 그러한 판단을 하고자 하는 분들의 뜻에 맡기고 지는 저 자신의 물음에 스스로 정직하기로 다짐하는 것이 옳지 않나 하는 생각도 듭니다. 그런데 이렇게 말씀을 드리다 보니 어느 틈에 왜 제가 그 '간극'을 저어하는지 설명을 한 것은 아닌지 모르겠습니다.

'임금님의 새 옷'이라고 하기도 하고 '벌거벗은 임금님'으로 불리기도 하는 안데르센의 동화가 가끔 생각납니다. 모두들 자신들이 '부정직하다는 것'을 들킬까 봐 아무것도 입지 않은 왕의 모습을 보며 그 옷의 아름다움을 칭송할 때 어린아이가 나서서 임금님은 아무것도 입지 않은 벌거벗은 모습이라고 '정직하게' 외쳤다는 그 이야기 말입니다. 저는 "임금님은 벌거벗었다"는 말을 제대로 발언하지 못하고 사는 제 삶이 늘 부끄러웠습니다. 그래서 그 아이의 순수와 용기가 부러웠습니다. '새 옷'을 찾는 허영의 실체는 지금 여기 우리의 삶 안에 있는 모든 '힘의 현실'인데 이에 대한 아무런 발언을 하지 못하고 있다는 것은 철저한 자기기만이라는 사실을 감출 수가 없었기 때문입니다.

그런데 언제부터인지 이 동화를 읽는 제 생각이 '삐뚤어지기' 시작했습니다. 어쩌면 그 아이의 외침은 임금님의 허위를 지적했다기보다 임금님의 허영을 이용하여 자기 잇속을 차린 재봉사의 속임수에 대한 고발일지도 모른다는 생각이 들었기 때문입니다.

이야기의 본디 줄거리를 좇아간다면 이러한 생각은 공연한 것임에 틀림없습니다. 이야기의 본디 뜻이 그렇지 않을 뿐만 아니라 처음부터 재봉사는 임금을 괜찮은 먹잇감으로 삼았기 때문입니다. 그러나 이 이야기의 '상황'을 좀 채색해 보면 우리는 조금 다른 그림을 그려볼 수도 있습니다.

"온전하지 못한 삶의 고발과 질책을 통한 잇속 차리기"가 현실적으로 가능한 세상이라는 것이 그때 확인되는 또 하나의 정경으로 드러나기 때문입니다. '선을 빙자한 악의 규탄'이 그 악보다 더 악한 '사악한 선'에서 비롯할 수 있다는 사실이 보이기 때문입니다. 아니, 그러한 사실이 엄연한 또 하나의 우리의 삶의 단면이라는 사실이 보이면서 그 아이의 절규는 임금을 향한 것이 아니라 오히려 임금을 속인 재봉사를 향한 것이 아니었을까 하는 엉뚱한 생각을 해보게 된 것입니다.

사실 생각해 보면 '임금의 허영'은 이래저래 드러나기 마련입니다. 그에 대한 질책이나 저항은 은폐되거나 유보될 수 있다 할지라도 그 칙칙한 그늘이 사람들에 의해 인식되지 않을 까닭이 없습니다. 그러한 일은 '이미 고발된, 그러나 잠재된 저항'으로 언제나 상황적인 조건을 기다려 마침내 '치워져야 할 것'으로 지속할 뿐입니다. 그러므로 권력이 봉사기능을 저버리고 허영을 통해 자기 확장이나 지속만을 의도할 때 스스로 자기의 묘혈을 파는 것은 '정도'(定道)입니다.

그러나 이 '소용돌이'에서 이른바 '부패한 권력에 대한 심판과 제거'를 주창하면서 그보다 더한 '권력에의 허영'이 창궐한다는 사실을 우리는 흔히 주목하지 못합니다. 만약 그러한 낌새를 느끼면서 이에 대한 발언을 한다 할지라도 그 발언은 그대로 선에 대한 저항으로 판단되면서 바름의 이름으로 침묵이 강요될 것입니다. '재봉사의 기만'도 엄연한 힘의 실재이기 때문입니다.

저는 그러한 의미에서의 어린아이의 발언을 하지 못한 데 대한 아쉬움, 그것을 발언하지 못하는 비겁함이 늘 후회스러운데, 여전히 그러한 절규를 하지 못하고 있습니다. 저는 이를 현학적인 진리와 삶의 진실 간의 간극이 낳는 '머뭇거림[躊躇]의 생리'라고 하고 싶은데 '의미의 고갈'이라는 주제를 생각하려는 처음 자리에서 갑자기 그런 생각이 문득 떠올랐습니다.

2

의미를 규정하는 일을 위한 이른바 '학문적인 노작'의 과정을 억지로 비켜가면서도 여전히 그것이 무언지를 언급하지 않을 수 없는 것은 적어도 이 글이 독백이 아닌 이상 불가피한 일임에는 틀림없습니다. 독백은 때로 오만합니다. 소통을 의도하지 않기 때문입니다. 그러나 독백이지 않기를 바란다면 가능한 한 겸손해질 수밖에 없습니다.

그래서 저는 이렇게 말하고 싶습니다. 실재가 곧 의미입니다. 존재하는 것은 의미를 가지지 않은 것이 없습니다. 다시 말하면 모든 실재는 자기가 자기이면서 자기를 넘어서는 잉여를 지닙니다. 그것이 의미라고 말하고 싶습니다. 그러므로 실재가 실재이지 않기까지 의미는 실재합니다. 따라서 실재를 전제한 의미의 소멸이란 기술 불가능한 일입니다. 이러한 자리에서 이야기를 시작하고 싶습니다.

이어 말씀드리면, 하지만 실재하는 것이 모두 의미이지만, 그렇다고 하는 사실이 모든 실재가 의미로 온전하게 충전(充塡)되어 있다고 하는 것은 아닙니다. 무릇 실재는 홀로 있지 않습니다. 어떤 실재도 다른 실재와 연계된 그물을 짓고 있습니다. 그런데 관계는 불가피하게 시공을 준거로 한 원근이 있고, 공감과 이견에 의한 중첩과 소원(疏遠)함이 있습니다.

그러므로 의미는 이에 따라 짙고 옅음의 차이를 갖습니다. 꽉 채워져 있음과 느슨하게 비워져 있음이라고 해도 좋을지 모르겠습니다. 그래서 의미는 실(實)한 것도 있고 허(虛)한 것도 있습니다. 간과해도 좋을 실재가 있고, 그래서는 안 될 실재도 있습니다. 그런데 이를 결정하는 것은 관계입니다. 그렇기 때문에 관계의 조정과 관리는 모든 실재의 '생존원리'이고, 그래서 '규범'입니다.

그렇다고 하는 것은 의미란 관계의 틀 안에서 빚어지는 것이라는 서술조차 가능하게 합니다. 이러한 주장은 상당한 비약입니다. 왜냐하면 실재가 의미라고 한 것을 전제한다면 의미는 실재의 발견과 일치하는 것일 수밖에 없고, 그렇다면 의미란 발견하는 것이라고 해야 옳을 것이기 때문입니다. 하지만 발견은 만남을 수반하는 것이라는 것을 유념하고, 그것이 곧 관계 지음이라는 것을 주목한다면 관계의 틀 안에서 이루어지는 의미의 발견이란, 다시 말하면 이제까지 없던 실재와의 관계가 낳는 새로운 지평, 곧 없던 의미의 출현과 다를 것이 없습니다. 그렇다면 우리는 의미란 발견과 더불어 우리가 빚어내는 것이라는 서술이 비현실적인 묘사일 수 없다고 주장해도 좋을 듯합니다.

만약 우리가 이러한 주장에 공감한다면 우리는 이전에 언급한 '의미의 현존'의 모습을 다시 서술할 수 있습니다. 의미의 짙고 옅음, 가득한 의미와 모자라는 의미, 실한 의미와 허한 의미, 간과해도 괜찮은 의미와 주목해야 하는 의미란 주어지는 것이 아니라 빚어내는 것이라는 사실을 일컬을 수 있는 것입니다. 그런데 이러한 서술에는 이미 충분한 가치판단이 담겨 있습니다. 긍정과 부정의 이원적 대립항을 전제한 서술이기 때문입니다.

그런데 그것은 불가피합니다. 현실적으로 그렇습니다. 어떤 전제된 규범적인 가치나 인식론적인 필연에 의해서가 아니라 짙은 의미는 옅은 의미보다 당연하게 내 삶의 경험을 다독여주기 때문입니다. 아니면 옅은 의미는 늘 채워지지 않는 아쉬움을 겪게 한다고 말할 수도 있습니다. 이러한 경험은 어떤 것이 의미라든지, 그래서 어떤 것이 실재라든지 하는 명료한 제시를 달가워하지 않습니다. 의미란 빚어내는 것이라는 사실이, 그러한 '권위'에 의하여 제한되고 억제되고 관리된다는 사실이 설명 이전에 몸으로 느껴지기 때문입니다.

그렇기 때문에 의미는 언제나 어디서나 누구에게나 스스로 자기로부터 말미암는 끊임없는 '이야기'에 실립니다. 그렇다고 해서 의미라는 실재가 있어 그것이 이야기 안에 스며들어 자기 자리를 차지한다고 주장하는 것이 아닙니다. 제가 말씀드리려는 것은 의미를 빚는 행위가 이야기를 낳으면서 이야기와 더불어 의미 짓기를 이어간다는 것을 서술하고 싶다는 것입니다. 의미는 우리에게 이렇게 있습니다. 그것은 우리의 일상적인 삶의 모습입니다.

3

이제 우리는 '의미의 고갈'이라는 주제에 관한 발언을 해도 좋을 것 같습니다. 전제는 분명합니다. 의미가 줄어들고 메말라가는 일이 있어서는 안 된다는 주장을 하고 싶은 건데, 다시 말하면 실재와 만나 살면서 의미 짓기를 하는 일이 쉽지 않게 되든가 그 일이 드물어진다는 경험을 발언하고 싶은 건데, 문제는 그러한 일이 왜 일어나는가 하는 것입니다.

앞에서도 언급했듯이 의미가 '빚어지는 것'이라고 한다면 그것은 삶의 주체에게 귀속되는 일입니다. 그러므로 누구나 스스로 자기의 의미를 내 삶의 관계구조 안에서 무수하고 다양한 실재들과 만나 '자기 이야기'에 담을 수 있어야 하는데 그 일이 점점 어렵게 된다면 우리는 그 까닭을 짚어내야 하지 않겠는가 하는 것입니다.

잠깐 언급한 바 있듯이, 흥미로운 것은 의미 자체를 실재화하는 일련의 거대한 흐름이 있습니다. 저는 그것을 '현학적인 진리'라고 말하면서 '삶의 진실'과 나란히 마주 놓아보고 싶은 것입니다.

그런데 앞의 '진리'는 대체로 뒤의 '진실'이 발언하는 이야기를 견디지 못합니다. 전자는 후자가 소박하다 못해 아예 다듬어지지조차 않은 이런저런 일들을 마냥 만연체(蔓衍體)로 읊조리면서 끝없는 과정을 이어나아가는 일이 종내 아무런 '귀결'에도 이르지 못할 거라는 사실을 몹시 불안해합니다. 그 지루한 이야기는 사실을 기술하는 것도 아니고, 사실을 다듬어 인식하는 것도 아니고, 어떤 판단의 기반도 제공해 주지 못하기 때문에 실천을 위한 기반도 마련하지 못한다고 판단합니다. 그러므로 그러한 이야기는 실재하는 의미를 담지 못하고 실재와의 만남에서 빚어지는 자기변모의 경험을 원칙 없이 서술하면서 그 경험의 마디들을 의미의 빚음으로 일컫는 그릇된 상상을 펼칠 뿐이라고 판단합니다.

그래서 앞의 자리의 '진리'는 뒤의 자리에서 일컫는 '진실'과 상관없이 스스로 자신의 주장을 폅니다. 이러한 자리에서 일어나는 사태가 어떠하리라는 것을 우리는 충분히 짐작할 수 있습니다. 무엇보다도 그 자리에서는 사실을 간소화합니다. 얽히고설킨 일들을 말끔하게 다듬습니다. 사물을 보는 시점(視點)을 분명하게 제시하고, 거기서 보이는 것만이 사실이라고 주장합니다. 그 주장을 그 자리에서는 스스로 실증의 논리에 실어 발언한 것이라고 설명합니다.

그 논리를 좇아 모든 사실은 전제된 어떤 원초성에 수렴되면서 그 인(因)에서 비롯한 변주된 현상들로 체계화됩니다. 마침내 인식을 위한 법칙을 마련하고, 그 법칙의 적용을 통해 사물을 묘사합니다. '언어의 오용'을 저어하면서 '개념의 명료성'을 강요합니다. 이윽고 이 자리에서는 그렇게 서술된 사실, 그 사실이 담는 의미, 그것만이 사실이고 의미라고 주장합니다. 그리고 더 나아가 의미란 그러한 서술과정을 거쳐 이른 '실재'라고 주장합니다. 그러므로 사실은 의미가 낳는 것이지 의미가 사실에서 비롯하는 것은 아니라는 데 이릅니다.

하지만 뒤의 자리에서는 이러한 앞의 자리를 견디지 못합니다. 그러한 일련의 서술과 만나면 자기가 경험한 사실이 그 주장의 발언 속에서 증발되고 있음을 경험합니다. 어색하고 불편한데 항변할 길이 없습니다. 논리와 개념이 낯설기 때문입니다. 스스로 '겪은 사실'이 엄연한데도 그 사실을 지우면서 '주어진 사실'을 수용해야 하는 것이 규범적인 당위라고 하는 주장과 부닥치면 이를 감내하기가 무척 힘듭니다. 자기 나름으로 겪어 지녀 새로운 사태와 직면하면서 괜찮다고 여기게 된 이른바 '의미의 창출'이 '사실에 대한 해석'이란 이름으로 부정해야 할 것으로 지적될 때면 삶 자체가 혼란스러워집니다.

게다가 과(課)해진 해석을 제외하고는 아무런 해석도 승인받을 수 없다는 사실과 직면하게 되면 아예 해석이라는 이름의 해석부재를 경험합니다. 무언지 단단히 속는 것 같은데 무엇이 어떻게 속고 있는지 판단하기가 쉽지 않습니다. 결국 뒤의 자리에서는 앞의 자리와 만나 서서히 '실재의 줄어듦'을 겪습니다. 자기 삶이 넉넉해지기보다 살아갈수록 초라해지는 것을 절감합니다. 남는 것은 주어진 그리고 과해진, 거대한 '의미의 실재'들인데, 그 실재가 빚는 사실들인데 그리고 그렇게 만들어진 사실들에 대한 솜씨 좋은 해석들인데, 그것이 그럴수록 뒷자리의 사람들이 겪는 삶은 점점 가난해질 수밖에 없습니다. 의미를 빚는 자기 이야기를 발언할 수 없게 되기 때문입니다. 의미의 고갈현상은 이렇게 이루어집니다.

4

그렇다면 의미가 고갈되면서 삶이 가난해지는 이 초라한 현실을 넘어설 수 있는 길은 없는지요. 그 길이 없지는 않은 것 같습니다. 다른 것이 아닙니다. 지금 우리 삶의 현실 속에서 일고 있는 '힘의 횡포'를 직시하면서 이와 마주서는 일입니다. 그러면서 우리가 보고 듣고 만진 그대로 우리의 이야기에 그 사실을 담아 이야기를 풀어가면 됩니다. "임금님은 벌거벗었다!"고 발언하면 됩니다.

그런데 이보다 더 중요한 것이 있습니다. 그것은 "부정직한 사람에게는 보이지 않는다"고 발하는 그 '진제의 지엄함'입니다. 우리는 권력의 횡포에 대한 두려움보다 실은 그 횡포를 고발하는 '진리'의 지엄함에 주눅이 들어 실은 아무 말도 못하고 그들의 말을 되뇌고 있다는 사실을 직시하는 일입니다.

그 규범은 '진실'을 침묵시키면서 '진리'의 독점을 감히 누구도 저항할 수 없는 힘의 실체로 다져 나아갑니다. 그렇다고 하는 사실을 우리가 간과하지 않는다면, 그래서 권력의 허영을 질타하는 옳고 바르고 드높은 발언에 주목하면서 그러한 발언들이 실은 사악함을 질책한다는 지엄한 자기정당화를 구실로 자기의 사악한 이익을 추구하고 있을지도 모른다는 사실을 우리가 짐작할 수 있다면, 우리가 고갈된 의미를 다시 채우는 일이 불가능하지는 않으리라고 생각하고 싶습니다.

그럴 수 있으리라고 하는 것을 확인하는 일은 그리 어렵지 않습니다. 아주 구체적으로 만약 어떤 사람이 '사실에서 비롯한 의미의 논의'가 아니라 전제된 하나의 실재인 '의미로부터 비롯한 사실의 해석에 근거한 논의'를 펼칠 때 우리는 그 발언을 단단히 되살필 필요가 있습니다. 그런 주장은 자의성(恣意性)을 전제하지 않고는 이루어질 수 없는 것이기 때문입니다.

어차피 사실은 해석 의존적이라는 주장을 거침없이 발언할 때도 그렇습니다. 우리는 그 발언에서 오만의 표정을 놓치지 말아야 합니다. '실재로서의 의미'를 자기만이 전유(專有)하고 있다는 주장도 앞의 그러한 자리의 변용입니다. 요청하지 않았는데도 스스로 심판자로 내 삶 안에 들어서면서 연민과 배려와, 때로는 사랑의 구실로 내 이야기의 읊음을 정지시키거나 중단하면서 그 옳고 그름을 정하려 할 때도 우리는 그 몸짓과 발언을 주목할 필요가 있습니다. 공범의식(共犯意識)이 없는 용서는 힘의 자기만족이기 때문입니다.

그의 발언을 듣고 있노라면 갑자기 사물이 확연하게 단순해지고 명료해질 때도 우리는 스스로 긴장할 필요가 있습니다. 어떤 단순화도 기만성(欺瞞性)과 그리 먼 거리에 있지 않습니다. 결단과 선택이 지극한 고뇌라는 수식을 통해 그 단순성에 근거한 결연함을 드러낼 때도 우리는 그 '극적 구조'를 주목할 필요가 있습니다.

'진리'의 주장이 '되지 못한' '진실'의 이야기에는 의미가 풀어져 흐르면서 극적인 구조를 낳지, 의미를 낳기 위한 극적 구조를 미리 마련하지는 않는다는 사실도 잊지 말아야 합니다. 때로 단순하고 명료하고 결연한 결정은 감동을 일게 합니다. 그리고 그 감동은 행위를 촉발합니다. 우리는 그러한 현실에서 지극한 '진리의 구현'을 목도합니다. 그러나 담담한 이야기는 진리의 구현이 아니라 사실의 구축, 굳이 말한다면 의미 있는 사실의 구현이라는 사실도 유념해야 합니다.

어차피 삶은 뒤숭숭합니다. 권력은 언제나 허영에 빠져 있습니다. 사람들은 그것을 모르지 않습니다. 그래도 사람들은 자기 이야기들을 하고 삽니다. 여전히 고갈되지 않는 의미를 짓고 있기 때문입니다. 그 의미가 차고 넘치면 허상은 제거되기 마련입니다.

그런데 심각한 것은 사람들의 의미를 고갈시키는 일련의 동기와 구조와 힘의 실체가 현존한다는 사실입니다. 불행히도 저는 그것을 '현학적인 진리'라고 불렀습니다. 사악한 힘을 제거하기 위한 선함이 명분의 정당성 때문에 스스로 사악해도 좋다는 자의식을 가지고 있는 한, 그것은 삶의 진실과 상관없으리라는 판단 때문입니다. 그러한 자리는 자기 스스로 의미의 생산자이고 공급자라는 자기탐닉에 빠져 철저하게 소박한 삶을 해체하고 의미를 고갈시킵니다.

그러나 의미의 고갈은 가능해도 의미의 소멸은 불가능합니다. 만약 우리가 어린아이의 절규, 곧 "임금님은 벌거벗었다!"를 외칠 수 있다면 그렇습니다. 안데르센의 의도를 거슬러 말한다면 "임금님은 새 옷만 좋아하는 허영덩어리인데 사기꾼들에 의해 벌거벗겨졌다!"라고 절규할 수 있다면 그렇습니다.

삶이 가난해지는 것은, 그러니까 의미가 고갈되는 것은 이 중첩된 기만의 구조 때문입니다. 왠지 이런 말씀을 드리고 싶었습니다.

저는 연대기를 견디지 못합니다

1

저는 연대기(年代記)를 견디지 못합니다. 어떤 계기들이 숫자로 바뀌어야 비로소 실재하게 되는 것이라고 이해하는 '숫자놀음'을 제 정서는 감당할 수가 없습니다. 이른바 연대기에 대한 이러한 '천박한' 이해는 지탄받아 마땅하다는 것을 저도 모르지 않습니다. 하지만 저는 이러한 제 '의식'의 굴레를 벗어나지 못하고 있습니다.

그렇기에 저는 제가 사랑한 여인을 처음 만난 날을 전혀 기억하지 못합니다. 다만 그때 불던 바람의 감촉과 하늘의 빛깔 그리고 그 여인의 눈빛을 기억합니다. 그리고 제가 처음으로 두근거렸던 황홀함도 잊지 못합니다. 그러나 그날과 달과 해를 기억하지 못합니다. 꽤 오래전 일이었다고 느낄 뿐입니다.

저는 제가 기억력이 나쁘다고 생각하지 않습니다. 하지만 분명히 제 기억력은 일그러진 것임에 틀림없습니다. 나른 것은 다 기억하는데 언대는 까맣게 잊고 살기 때문입니다. 아예 관심이 없습니다. 그래서 때로는 이른바 학자로서는 해서 안 될 '거창한 과오'마저 범하기도 합니다. 이를테면 어느 학회에서 시대구분의 논쟁이 한창 뜨겁게 달아오를 즈음 저는 "도대체 그것이 무어 그리 대단한 문제냐"고 하는 발언을 농담 아닌 진담으로 한 경우가 그러합니다. 어차피 녹피(鹿皮)에 가로 왈(曰) 자가 연대기 논쟁이 아니냐면서 말입니다. 나아가 결혼기념일을 남편이 기억해 주지 않는다고 울분을 토해 내는 옛날 여학생 제자에게 "결혼했다는 사실은 기억하지? 그러면 더 무얼 바라니!"라고 하는 경우도 그러합니다. 종교문화를 살펴보겠다는 제 학문이 끝내 종교사 쪽으로 가지 못하고 종교현상학에 머물고 만 것도 설명할 수 없는 제 연대기 기피증 탓이라고 여겨집니다.

그런데 요즘 또 다른 한 가지 사실이 저를 무척 불편하게 합니다. '실증'이라는 언어입니다. 그것이 함축하는 의미나 그것이 활용되는 기능적 현실이나 그것을 규범으로 삼는 삶의 자리들을 한결같이 견딜 수가 없습니다. 실증될 수 없는 것은 '사실'이 아닐 뿐 아니라 '실재'하지도 않는 것이라는 일종의 격률이 온통 삶의 자리 곳곳에 자리를 잡고 있습니다. 과학은 그렇다고 하더라도, 법의 자리에서는 그렇다고 하더라도, 종교의 자리에서도, 사랑의 자리에서도 그러한 것은 납득이 되지 않습니다. 이를테면 종교가 '창조'를 설명하면서 그것이 과학적으로도 실증되니 참이라고 하는 주장을 들은 적이 있습니다.

그때 제 생각은 간단했습니다. '어쩌다 종교마저 저 지경이 되었나?' 하는 것이었습니다. 요전에는 어떤 남학생이 그러더군요. 여학생과의 오랜 사귐 끝에 모처럼 마음을 다듬고 다듬어 "너를 사랑한다"고 했더니 눈을 동그랗게 뜨고 빤히 쳐다보면서 "왜? 왜 사랑하는지 이유를 대봐!" 하더라고요. 제가 그 일을 당했다면 저는 틀림없이 당장 돌아서 버렸을 것입니다.

실증은 오늘날의 도덕이고 윤리고 지엄한 가치고 절대적인 의미가 되어버렸습니다. 그런데 엄밀하게 말하면 실증은 오직 '실험실' 안에서만 가능합니다. 온갖 조건을 통제한 '만들어진 자리'에서 '일정한 목표'를 설정하고 이루어지는 것이 실증입니다. 아니면 '법정'에서 요청하는 것이 실증입니다. 일정한 행위가 기존의 규범에 저촉되는지 그렇지 않은지 판단하기 위한 자료가 실증입니다. 사실상 법정도 그 '구조'가 근원적으로 실험실과 다르지 않습니다.

그런데 삶은 실험실 안의 현실도 아니고 마냥 법정의 현실도 아닙니다. 통제할 수 있는 삶이란 사실상 불가능할 뿐만 아니라, 바로 그렇기 때문에 통제된 조건들 속에서 이루어지는 이른바 '실증적인 판단'이란 매우 제한적일 수밖에 없습니다. 그것의 개연성을 절대적인 것으로 주장하는 것은 비현실적입니다.

2

제가 처음부터 잘못된 판단을 하고 있어 그런지 몰라도 '실험실 안에서 착한 흰 쥐처럼' 머물고 싶지는 않습니다. 또한 기소된 특정한 사건만 제 삶의 모두라고 여기고 싶지도 않습니다. 법정 안에서 심판을 받는 기분으로 제 삶의 무죄를 실증하면서 살고 싶지 않은 것입니다. 매일매일의 삶이 달라지는 조건에 따라 다른 반응을 보일 수밖에 없는 그러한 삶을 살면서, 조건 지어진 그리고 한정된 사건에만 연루된 그러한 삶을 제 삶의 전부라고 할 수는 없을 듯합니다. 그래서 요즘은 '연대기'라든지 '실증'이라는 말만 들어도 꼭 숨이 막힐 것 같습니다.

그러고 보면 아직도 "논리를 질식하게 하는 시라는 멍한 넋두리"가 있고 "언어를 침묵하게 하는 춤이라는 꿈틀거리는 몸짓"이 있고 "온갖 거짓말로 사실을 가지고 노는 소설"이 있고 "진짜는 팽개치고 가짜만으로 삶을 고집하는 연극"이 있고 "사물을 몽땅 선과 색깔과 생김새로 바꾸어 빨아들이고 다시 내뱉는 미술"이라는 것이 있고 "빤한 소리를 서로 오르내리게 하거나 짧게나 길게 하면서 사람마음마냥 흔들어버리는 음악이라는 것"이 있다는 것 등이 제게는 얼마나 다행한지 모릅니다. 게다가 아직도 "너를 사랑해!" 하면서 가슴이 두근거리고, 그 발언 앞에서 "나도~" 하면서 세상이 뽀얗게 지워지며 단둘의 세계를 호흡하는 사람들이 있다는 소문은 저를 얼마나 살맛나게 해주는지 모릅니다. 이런 것을 생각하면 '연대기'가, 또는 '실증'이 아무리 저를 짓눌러도 아직 저는 숨쉴 틈새를 넉넉히 숨겨놓은 것 같은 짜릿한 흥분조차 느낍니다.

하기야 이 모든 것들도 어느 틈에 연대기로 날줄을 삼고 실증으로 씨줄을 삼아 자신들을 가두고 묶기에 여념이 없습니다. 학문이라는 이름이 철저하게 그런 '짓'을 도맡아 하고 있습니다. 그리고 학문은 그 모든 것을 그렇게 연대기와 실증을 준거로 해체하는 그 해체의 정밀함에 의하여 자신의 값을 올리기도 합니다. 그럴 수밖에 없습니다. 학문이란 바로 연대기와 실증을 준거로 하지 않으면 스스로 설 수 없는 실은 매우 '취약한 존재'이기 때문입니다. 그런데도 앞의 그러한 '숨통 트인 삶'들조차 그 학문에 목을 매고 그것에 의하여 인정을 받고 싶어 애를 태우기도 합니다.

윤리나 도덕의 이름으로 그러한 '호흡'을 질식시키는 일도 없지 않습니다. 마실 공기의 청탁은 가리지 않습니다. 숨쉬는 주체가 얼마나 절박한 질식상태에 빠져 있는지도 상관하지 않습니다. 도덕은 한사코 숨을 쉴 때와 자리를 엄격하게 정해 줍니다. 도저히 숨을 쉴 수 없는 대기를 확인하는데도 불구하고 마땅히 심호흡을 해야 한다고 강요하기도 하고, 곧 호흡을 하지 않으면 아니 되는데도 지금 거기서 숨을 쉬면 죽는다고 협박을 하기도 합니다. 겨우 남몰래 마련한 '틈새'를 지탱하기란 쉽지 않습니다.

그렇다고 해서 제가 연대기를 부정하는 것은 아닙니다. 때로 그것을 거절하고 싶고, 또 그렇게 하는 것은 사실입니다. 그러나 그것을 부정하는 일은 부정직한 짓이라는 것을 잘 알고 있습니다. 우리 모두 시간 안의 존재인 것을 부정할 수 없다면 연대기를 부정하는 것은 더할 수 없는 부정직입니다. 우리네 생멸(生滅)이 시간의 마디에서 일어나는 일인데 연대기를 어찌 외면할 수 있겠습니까? 실증도 다르지 않습니다. 실증의 효용은 아무리 강조해도 모자랍니다. 실증이 제시되지 않았더라면 범했을 과오를 상상해 보기만 해도 그 일이 얼마나 고마운 일인지 분명하게 확인할 수 있습니다.

삶은 마구 빈둥거리면서 걸어도 괜찮은 그런 들판이 아닙니다. 활갯짓하며 아무데나 거침없이 달려도 좋지만, 그래야 하지만, 어느 구석에 파인 웅덩이가 풀숲에 가려 있는지도 소심스레 살필 줄 알아야 합니다. 실증이 모두는 아니지만 실증을 부정하는 것은 삶에 대한 진지한 태도가 아닙니다. 다른 사람과의 관계가 삶의 조건인 것은 자명한 일인데, 이를 유념하면 실증이란 그 관계를 고이 이어갈 수 있도록 하는 최소한의 규범인지도 모릅니다. 사실을 혼란스럽게 하면서 의미를 이야기한다는 것은 철부지나 할 짓입니다.

그러나 제가 이러한 말씀을 드리는 것이 '연대기와 실증'을 한편에 두고 그 맞은편에 있는 '비연대기적 기억과 실증 이전이나 이후의 소박한 승인과 수용' 간에 일정한 균형을 유지해야 한다는 주장을 펴려는 것은 아닙니다. 아직은 연대기나 실증에서 느끼는 지극한 거북함을 살고 있지는 않지만 차츰 '균형감각'이라는 개념도 저를 서서히 역겹게 합니다. 그러니 제가 그러한 의도로 말씀드릴 까닭이 없습니다. 그런데도 양쪽을 모두 유념하지 않으면 아니 되리라고 제가 주장하는 것은 양자간의 균형이 아니라 다만 양자의 '그 나름의 그 ~다움'에 대한 새로운 성찰을 모색하고 싶기 때문입니다.

얼마 전에 저명한 서양사학자 한 분을 뵙고 즐거운 환담을 나눈 적이 있습니다. 『로마인 이야기』를 읽어보셨느냐는 물음에 그분은 이렇게 말씀하셨습니다. "읽어봤지! 대단한 거짓말이드구만. 그런데 감동을 받았어!" 이 노학자님의 말씀이 그 이야기가 '거짓말이어서 감동스러웠다'는 것이 아님을 우리는 다 압니다.

생각해 보십시다. 분명한 사실에서 우리는 얼마든지 감동을 받을 수 있습니다. 연대기로 다듬어진 실증의 언어가 메마른 사실만을 전해 주는 것은 아닙니다. 그것도 무한한 감동의 샘이 됩니다. 그 감동이 그 사실의 진술을 무산시킬 수는 없습니다. 역도 다르지 않습니다. 감동은 사실이 아니어도 가능합니다. 우리는 얼마나 많은 허구에서 진실을 경험하는지 모릅니다. 그렇다고 해서 감동이 그 일을 연대기적으로 정확하고 실증적인 것이게 하는 것은 아닙니다.

그런데 우리는 흔히 '사실이므로 감동해야 한다'든지 '감동했으므로 그것은 사실이다'라든지 하는 판단을 하는 경우가 없지 않습니다. 사실과 감동이 교차하지 않는 것은 아니지만 사실과 감동의 관계를 필연적인 것으로 구조화하는 것은 옳지 않습니다. 범주론적인 과오를 범하는 것이기 때문입니다.

이에 이르면 우리는 '인식의 언어'와 '고백의 언어'라고 주제화할 수 있는 새로운 담론을 펼 수도 있으리라 여겨집니다. 다르게 표현한다면 '사물과의 관계에서 발언되는 언어'와 '나 자신과의 관계에서 발언되는 언어'를 분간할 줄 알아야 하는 것 아닌가 하는 생각을 하게 되는 것입니다.

3

우리의 경험은 늘 총체적입니다. 그것은 파편화된 실재들도 아니고 그 집합도 아닙니다. 설명할 수 없는 하나의 단위입니다. 삶은 그러합니다. 그러므로 그 경험이 발언하는 언어를 '인식의 언어'와 '고백의 언어'로 구분한다는 것도 바른 일은 못 됩니다. 하지만 '서술을 위한 편의'라는 것을 전제한다면 그러한 구분이 무의미하지는 않습니다. 우리의 실제 경험이 이 둘의 다름을 확연하게 드러내 보여주기 때문입니다.

이를테면 '인식의 언어'는 그 언어가 지칭하는 사물이 그 발언을 통해 분명해질수록 진실해집니다. 인식의 언어'다워지는' 것입니다. 그러나 '고백의 언어'는 자신에게 정직할수록 진실해집니다. 고백의 언어'다워지는' 것입니다. 그러므로 극단적으로 말하면 전자는 자신을 배제할수록 참되고 후자는 객체를 제거할수록 참됩니다. 주관적인 판단이 전자의 과오라면 객관적인 판단은 후자의 과오입니다. 그래서 전자는 까닭을 물어 그것을 샅샅이 밝혀내는 것이 우선하는 일이지만, 후자는 조건 없이 승인하고 수용하는 것이 우선하는 일입니다. '거리 두기'는 전자의 규범이고 '거리 없애기'는 후자의 규범입니다.

이처럼 둘은 다릅니다. 두 발언은 다른 경험에서 비롯한 것이고, 다른 지향을 지닙니다. 자연히 우리는 실제 삶 속에서 그 둘의 효용이 같지 않다는 것을 익히 경험하고 있습니다. 그러므로 이 다름을 준거로 두 발언은 각기 자기 나름의 몫을 해낸다는 사실도 우리는 잘 알고 있습니다. 그 둘은 스스로 자신의 존재의미를 갖고 있음을 우리는 누구나 다 인정하고 있는 셈입니다.

하지만 앞에서도 잠깐 지적했듯이 삶은 이렇게 분리되지 않습니다. 인식과 고백이, 자기와 사물이, 다른 두 언어가 칼로 자른 듯이 그렇게 구분되지를 않습니다. 게다가 우리의 의식이 그 둘을 뚜렷하게 구분하여 사용하지 않습니다. 의식이 온전하지 못하고 모자라 그런지 아니면 사람이 고약해 의도적인 것인지는 몰라도, 또 이 둘이 혼란스럽게 섞여 있겠지만, 실제 생활에서 보면 이 둘의 중첩과 섞임과 혼란스러운 조합이 오히려 우리 언어의 실제를 이루고 있습니다.

인식의 언어와 고백의 언어를 구분하는 것은 분명한 앎인데도 불구하고 그야말로 편의를 위한 가설일 뿐입니다.

그렇다고 해서 이러한 '편의를 위한 구분 가능성'을 완전히 간과할 수는 없습니다. 그렇게 구분되지 않을 수 없는 다름을 더 분명하게 승인하지 않으면 안 됩니다. 그리고 현실적으로 보면 그 구분을 존중하는 것이 실은 삶을 다듬어 삶답게 하는 데 매우 의미 있는 일이기도 합니다. 다시 말하면 삶은 두루뭉수리인 것 같아도 그 총체성이란 엄연하게 질서를 지니고 있는 것입니다. 혼돈은 결코 그 스스로 자신을 지탱하지 못합니다. 그것은 반드시 질서를 요청하는 실체입니다. 그리고 질서는 분간을 통해 이루어지는 인식이 마련하는 하나의 틀입니다.

그러므로 이때 이루어지는 사물에 대한 자상한 구분과 분류는 결코 삶을 해체하는 것이 아닙니다. 삶을 유기적인 하나이게 하기 위해서 수행하는 당연한 일입니다. 바로 이러한 '질서의 추구와 실현'에서 우리는 규범, 그것도 행위규범을 스스로 요청하지 않을 수 없게 되는 것입니다.

따라서 우리는 아무리 인식의 언어와 고백의 언어가 혼란스럽게 중첩되고 혼재한다 하더라도 그 둘을 구분하여 발언하는 규범에 대한 진지한 반응을 하지 않으면 안 됩니다. 의도적으로, 매우 조심스럽게 그 둘을 구분하여 발언하려는 진지한 노력을 기울이지 않으면 안 되는 것입니다.

4

그렇다면 이 계기에서 우리가 부닥치는 가장 현실적인 문제는 다른 것이 아닙니다. 인식의 발언이 요청되는 상황에서 고백의 발언을 한다든지, 고백의 발언이 절실한 상황에서 인식의 발언을 한다든지 하는 일입니다. 더 나아가 고백의 발언이 불가피한 상황에서조차 인식의 발언을 하지 않으면 견딜 수 없다든지, 인식의 발언이 마땅한 자리에서조차 고백의 발언을 하지 않으면 마음이 놓이지 않는다든지 하는 '언어의 질병현상'이 문제입니다. 아주 거칠게 말한다면 어느 한쪽의 발언만이 절대적으로 타당하고 참되다고 하는 발언을 겁 없이 해대는 것이 오늘 우리가 겪는, 그리고 제가 심각하게 앓고 있는 질병이리라고 진단할 수밖에 없는 심각한 징후가 문제입니다.

치유의 길이 없지는 않습니다. 어느 분이 말씀하신 것처럼 죽음에 이르는 병은 절망밖에 없습니다. 우리가 성숙하면 됩니다. 앞에서 말씀드린 바와 같이 '의도적으로, 조심스럽게 진지한 노력을 다하여' 둘을 구분하면서 적절하게 이를 사용하면 됩니다. 바로 그러한 태도를 우리는 '성숙한 태도'라고 말할 수 있습니다. 실은 이 일은 조금도 어렵지 않습니다. 조금만 겸손하면 됩니다. 인식의 한계와 고백의 한계를 승인하면 됩니다.

성숙은 다른 것이 아니라 자신의 판단과 태도에 대해 절대성을 부여하지 않는 모습입니다. 보이는 것이 모두라고 여기면 우리는 겸손할 수 없습니다. 그러나 보이는 것에 가려 보이지 않는 것이 있으리라고 짐작하게 되면 우리는 스스로 겸손해질 수 있는데, 그렇게 되면 갑자기 보이지 않던 것이 보이는 것을 뚫고 드러납니다. 이때 우리는 철이 납니다. 성숙한 사람이 되는 것입니다. 지난해 보지 못하고 듣지 못했던 것을 올해 보고 들을 수 있는 사람, 우리는 그 사람을 "나이를 제대로 먹는 사람, 잘 늙어가는 사람, 철이 드는 사람"이라고 말합니다. 그러나 그렇지 못하고 평생 스무 살로 사는 사람이나 마흔에서 성장이 멈춘 사람은 우리가 결코 성숙한 사람이라고 말하지 못합니다.

그러고 보면 우리는 인식의 언어와 고백의 언어를 분간하고, 이를 발언하는 자리와 때를 구분하는 것도 중요하지만, 오히려 고백의 언어 속에 인식의 언어를 담고, 인식의 언어 속에 고백의 언어를 담아야 비로소 우리의 언어가 언어다워지고, 우리는 성숙한 사람이 되는 것이 아닐까 하는 생각을 하게 됩니다.

이것도 실은 어려운 일이 아닙니다. 잘 살펴보면 우리 모두 그러한 경험을 안고 살아갑니다. 사랑하는 애인이 "미스코리아보다 예쁘지 않다는 것을 알지만 내 애인이 이 세상의 어느 여인보다 아름답다"고 하는 사람은 성숙한 사람입니다. 우리는 모두 그렇게 살아갑니다. "내 애인은 어느 여인보다 아름답다. 따라서 미스코리아도 내 애인보다는 당연히 예쁘지 않다"고 주장하는 것은 아직 어린 발언이고 철없는 사랑입니다. 어느 학자는 이런 이야기를 한 적이 있습니다. "모든 학문의 배후에는 학문의 언어로 서술할 수 없는 인간적인 동기가 자리하고 있는 법이다"라고 말입니다.

그런데 이러한 이야기를 이렇게 진술하면서도 여전히 저는 '연대기와 증언'에 대한 기피증 또는 혐오증에서 벗어나지 못하고 있습니다. 제 질병이 위중하여 의식이 일그러졌든지 아니면 이런 저 나름의 발언이라도 해야 오늘 우리가 직면한 거대한 '힘'이 실은 '우상'이라는 사실을 밝힐 수 있을 것 같아 하는 강박관념 때문인지 잘 모르겠습니다.

그러나 분명한 사실이 있습니다. 간헐적인 성상파괴(聖像破壞)는 '신의 생존'을 위해 불가피한 것이었습니다. 그러므로 그것은 또한 '인간의 생존'을 위해서도 불가피한 것입니다. 그리고 감히 말씀드리건대 이것은 제 인식에 담긴 고백이고, 고백에 담긴 인식입니다.

조금은 진부하지만 인문학 이야기 다시하기

1

우리 사회가 '인문학의 필요성'을 심각하게 논의한 지 꽤 오랜 세월이 흘렀습니다. 적어도 10여 년은 훨씬 더되는 것 같습니다. 그 필요를 어떻게 구체화할 것인가 하는 문제도 진지하게 논의되었고, 다양한 형태로 이미 대학을 중심으로 교육과정을 통해 일정한 프로그램들이 실현되고 있습니다.

이제는 '인문학의 결손'이 초래한 '대학의 빈곤'도 적어도 제도적으로는 상당히 가셔지고 있을 뿐만 아니라 우리 사회의 지적 풍토, 나아가 '교양 있는 시민'을 양성하기 위한 시민교육 등도 기존의 이러저러한 프로그램에 인문학이 보태지면서 새롭게 풍요로워진다는 판단이 일고 있습니다. 또한 이로부터 비롯하는 '성숙한 인성'에의 밝은 기대는 인문학에의 관심과 강조가 우리 사회의 풍토를 일신한 근래 보기 드문 '사건'으로 기술되어도 좋겠다는 긍정적인 반응들조차 일고 있습니다.

흔한 표현을 빌린다면 인문학의 수혈을 통해 '문화의 치유'를 우리가 경험하고 있다고 해도 좋을 것입니다.

뿐만 아니라 인문학에 대한 관심이 고조되는 것과 더불어 일고 있는 갑작스러운 현상들이 있습니다. 이를테면 '고전의 범람'이 그러합니다. 종교의 범주에 드는 경전을 비롯하여 동서양 철학의 고대로부터 현대에 이르는 과정에서 상당한 '무게'를 지닌다고 판단된 저작들 그리고 긴 기간을 거치면서 일정한 목록으로 전승되는 이른바 '필독도서'로서의 문학작품들에 이르기까지, 수많은 '인문학서적'들이 본래의 모습으로, 아니면 간추리고 다듬은 형태로 엮이어 바야흐로 '시장'(市場)을 확보하고 있습니다. 이전에 없던 현상입니다.

그런가 하면 경제나 정치나 자연과학을 다룬 지적 영역이나 실천적 영역에서 그리고 심지어 예술이나 종교에서조차, 인문학은 그 주제들을 수식하고 있습니다. 그래서 '인문학적이라는 것'의 첨가는 마치 그것이 당해 주제, 곧 경제나 정치나 예술이나 과학이나 종교의 '건강'을 지탱하게 하는 새로운 파나케이아(panacea)로 인정받고 있는 것 같습니다. 따라서 이런저런 '인문강좌' 또는 '인문학강좌'도 철철 넘치고 있습니다.

인문학으로 수식되든 아니면 인문학과 손을 잡든, 형태는 어떻든 어떤 삶의 영역도 이제는 인문학을 간과하고는 자기 모습을 다듬을 수 없게 되었습니다.

이러한 일은 '인문학의 자리'에서 보면 회심의 미소를 짓게 하는 현상이기도 합니다. 인문학이 주변에서 중심으로, 기억에서 현실로, 지류(支流)에서 주류(主流)로 자리가 바뀌고 있음을 보여주고 있기 때문입니다. 실용(實用)의 척도에 의해 무용(無用)하다고 판단된 인문학이 이제 그 '쓸모없음의 쓸모 있음'[無用之用]을 확인받는 일이 벌어지고 있기 때문입니다. 이 일은 오랜 동안 다만 '인문학이라는 이유 때문에' 소외를 경험한 인문학도들에게는 새삼 '자존심의 회복'을 겪는 일과도 다르지 않습니다.

그러나 인문학의 숙성(熟成)이 저절로 이루어지는 것은 아닙니다. 또한 그 필요와 요청이 당위적인 것이라는 이유로 그것이 저절로 우리의 현실 안에서 긍정적인 현상이게 되는 것도 아닙니다. 왜냐하면 당위가 작위적으로 실천될 때 오히려 역설적으로 그 필요와 기대와 실천은 그에 상응하는 '억지'를 낳을 수도 있기 때문입니다. 따라서 이 현상이 초래할 그늘을 우리는 놓칠 수 없습니다.

소박하게 말한다면 무엇보다도 우선 지적할 수 있는 것은 '인문학의 물화(物化)현상'이라고 부를 수 있는 그러한 현상입니다. 물론 엄밀하게 말한다면 인문학도 하나의 '실재'(實在)입니다. 그 개념의 범주 안에 드는 '자료'가 있습니다. 그것을 탐구하고 가르치고 배우고 실천하는 '주체'들이 있습니다. 더구나 명명(命名)된 어떤 사실은 결과적으로 하나의 실재일 수밖에 없다는 사실을 유념하면 인문학이 실재라는 사실은 자명한 일이기도 합니다. 그렇다면 그것이 새삼 물화되었다는 판단은 옳지 않습니다. 하나의 실재인 한, 그것은 이미 하나의 사물이기 때문입니다.

인문학이 하나의 실재라는 서술이 이루어지면 곧 제기되는 물음이 있습니다. "인문학이란 과연 무엇인가" 하는 물음이 그것입니다. 그런데 인문학이 하나의 실재라는 주장이 곧 인문학이 무엇인가 하는 물음에 대한 대답을 함축하고 있는 것은 아닙니다. 그래서 인문학이 일컬어지는 처음부터 "인문학이란 무엇인가" 하는 물음은 이를 발언한 주체들은 물론이고 이를 하나의 실재로 직면하는 사람들에 의하여 끊임없이 제기되어 왔습니다.

하지만 사물의 본질을 규명한다는 것은 결코 쉬운 일이 아닙니다. 그래서 대체로 그러한 규명이 가능했다는 경우를 살펴보면 그 사물의 소이

연(所以然)이 실증적으로 밝혀졌다기보다 오히려 그 사물에 대한 인식주체 나름대로의 형이상학적 전제를 스스로 승인했다고 하는 편이 옳을 그러한 판단을 인문학의 본질이라고 주장하는 경우가 대부분입니다. 아니면 그 사물에 대한 논의를 펼치기 위해 마련한 '작업가설적인 정의'를 결국 그 사물의 본질이라고 일컫기도 합니다.

본질을 규명한다고 하는 것은 그것에 대한 물음이 자연스럽듯이 그렇게 이루어지지 않습니다. 그러나 그렇다고 해서 그 물음이 가시는 것도 아닙니다. 우리는 어떻게 해서든 그 물음에 대한 대답을 마련해야 합니다.

만약 우리가 '물음형식'을 조금 바꿔보면 사태는 전혀 다르게 전개됩니다. 이를테면 "인문학이란 무엇인가?" 하는 물음을 "사람들이 무엇을 인문학이라고 일컫는가?" 하는 물음으로 바꾸어보면 그렇습니다. 우리는 그 물음의 변화가 어떤 서로 다른 귀결을 초래하는지 곧 짐작할 수 있습니다. 다시 말하면 전자의 물음은 본질의 규명 여부에 집착하여 끊임없는 논의를 이끌어갈 터이지만, 후자의 물음은 이른바 '본질과 상관없이' 지금 여기서 사람들이 직면하는 '사물의 사물 됨' 자체에 대한 논의를 전개할 수 있을 것이기 때문입니다.

그렇다면 우리는 앞에서 언급한 '인문학 범람의 그늘'에 대한 서술을 인문학의 본질에 관한 문제와 잇기보다 그와 상관없이 사람들의 경험내용에서부터 추론해 다듬어가며 이야기를 이어갈 수도 있으리라는 기대를 할 수 있게 됩니다. 그리고 되돌아간다면, 그렇게 할 때 우리는 우리가 앞에서 언급한 '인문학의 사물화'란 바로 그때 드러나는 사람들의 인문학 경험이 우리에게 전해 주는 그들의 '인문학 이해에 담긴 현실'이라고 하는 것을 승인하면서 인문학에 대한 우리의 논의를 펼칠 수 있게 됩니다. 다시 말하면 '인문학의 사물화'가 인문학의 현존을 묘사하는 직접적인 현실로 등장하는 것입니다.

그런데 '물화현상'(materialization)은 실은 뜻, 얼, 이념의 구체화(incarnation)라고 할 수도 있습니다. 그러나 이곳에서 물화라는 용어를 그러한 개념으로 사용하고 있는 것은 아닙니다.

고전의 범람이나 인문강좌의 성업(盛業)이 인문학의 사물화를 초래한다고 하는 진단은, 달리 말하면 인문학이 이제는 '재화'(財貨)가 되었다는 말을 담기 위해 선택한 것입니다. 달리 말하면 이제는 인문학이 '구매 가능한 소유물'이면서 '판매하여 이윤을 낳을 수 있는 상품'이게 되었다는 사실을 발언하고자 하는 것입니다. 그것이 곧 '물화(物化)된 인문학'의 출현을 우리가 확인하고 있다는 발언의 내용입니다.

2

생각해 보면 인간의 삶은 필요가 충족되어야 할 만큼 모자랍니다. 그리고 모든 사물은 그 나름의 가치를 갖습니다. 그렇다고 하는 사실은 사람들로 하여금 서로 필요한 것을 채워주는 교환행위를 하도록 합니다. 삶의 얼개는 그렇게 엮이어 있어 서로 더불어 살 수 있게 됩니다. 그런데 교환행위는 상호간의 필요를 충족하는 데서 멈추지 않습니다. 불안 탓이든 욕심 탓이든 인간은 여분의 축적을 의도하게 됩니다. '축적된 여분'은 삶을 편하게 해준다는 것을 경험을 통해 익혔기 때문입니다. 따라서 필요가 충족되었는데도 사람들은 일정한 교환행위를 이어나아갑니다. 이러한 과정이 결과적으로 '이윤'을 낳습니다.

이것이 현대의 삶의 구조라고 한다면 우리는 그러한 '삶의 얼개 안에서 이루어지는 매매행위의 질서'를 간과할 수 없습니다. '이윤의 추구'는 당연한 것이기 때문입니다. 이것이 '지금 여기의 우리 삶'의 본연입니다. 그러므로 인문학의 현존양식에 대한 불안은 비현실적인 우려일 수도 있습니다. 그럼에도 불구하고 우리는 이 현상에 대한 일정한 불안을 앞에서 드러낸 바 있습니다. 그렇다면 그 불안의 현실성을 살피기 위해 우리 이야기를 조금 에둘러 나아가다 다시 돌아와 이어도 좋을 것 같습니다.

우리는 우선 인문학이 '구매'될 수 있다는 사실에 유념하고 싶습니다. 달리 말하면 인문학이 '사서 지닐 수 있는 소유물'이 될 수 있다는 것, 그러니까 '소유된 인문학'에 대한 논의를 펼 수 있다는 사실에 주목하고 싶습니다. 우리가 지금 여기서 직면하는 인문학의 현존은 그렇게 서술될 수 있습니다. 인문학은 구매할 만한 가치가 있는 물건, 그러므로 '더 나은 삶'이나 '더 나은 공동체'를 원한다면 할 수 있는 한 반드시 사서 지녀야 할 것으로 '광고'되고 있습니다. 그래서 실제로 그렇게 합니다.

앞에서 우리는 인문학이 수식하는 삶의 현장들, 곧 경제라든가 정치라든가 과학이라든가 하는 것들을 예거했었습니다. 그것을 조금 더 부연한다면 이를 다음과 같이 말할 수도 있습니다. "인문학은 기술에 사랑을 실어주고, 경제에 나눔을 살도록 해주며, 정치에 정의를 세우게 해주고, 종교에 겸손을 호흡하게 하고, 예술에 상상의 공간을 무한히 확장하도록 해준다고 일컬을 수 있는 그런 것이다." 이어 다음과 같이 말할 수도 있습니다. "그러므로 인문학은 기술도, 경제도, 정치도, 예술이나 종교도 완전한 것이 되도록 하는 불가결한 것이다."

인문학을 지니고 정치를 하면 정치가 온전하게 되고, 기술도 마찬가지로 그렇게 된다고 주장하는 것입니다. 그렇다면 우리는 인문학을 마땅히 '사서 지녀야' 합니다. 그것을 가지지 못하면 삶이 온전해지지 않기 때문입니다. 그런데 다행히 인문학은 구매 가능한 사물로 우리의 삶 속에 현존하고 있습니다.

인문학을 이렇게 서술하는 것은 결국 인문학이란 그것이 무엇이든, 그것이 어떤 내용의 것이든, 인문학을 현실적으로 경험하는 자리에서 보면 그것은 다른 것이 아니고 삶을 풍요롭게 할 수 있도록 하는 '도구'임을 주장하는 것과 다르지 않습니다.

이러한 현실은 이른바 '소유의 속성(屬性)'을 유념한다면 그리 낯선 일이 아닙니다. 왜냐하면 근원적으로 소유는 삶의 편의를 위한 수단이기 때문입니다. 일정량의 소유가 확보되지 않으면 생존 자체가 위협을 받습니다. 그러므로 소유의 곤궁(困窮)은 삶을 비참하게 합니다. 이와 달리 넉넉한 소유는 삶을 그만큼 안락하게 합니다.

소유는 삶을 위한 불가결한 도구입니다. 그러나 그렇다고 해서 소유가 삶의 목적이지는 않습니다. 인간이 희구하는 가치는 뜻밖에도 소유만으로는 이루어지지 않는 다른 차원을 지닙니다. 따라서 소유는 불가결하지만 그것 자체가 목표일 수는 없습니다. 소유는 그것이 어떤 것이든 '소유로 인식되는 한' 철저히 도구적입니다. 달리 말하면 어떤 사물이 소유로 개념화되어 인식되고 승인된다면 그것은 도구로서의 가치를 지닙니다.

그런데 '도구적 가치'란 현실적인 한계를 지닙니다. 그것은 일정한 시공(時空) 그리고 일정한 목표에서의 유용성이 지니는 한계 안에 있습니다. 이를테면 기술이, 경제가, 정치와 종교가 그리고 예술이 스스로 웬만큼 자신을 이루었다고 여기는 순간, 그것들은 인문학을 자신을 수식하던 자리에서 치우고, 이제는 자기 홀로서기를 이루겠노라고 말합니다. 왜냐하면 인문학은 아직 자신이 유치한 단계에서 성숙을 지향하는 계기에 절실하게 필요한 좋은 자양분이었던 것이지만, 곧 성숙을 위한 필수적인 수단이었지만, 그렇다고 해서 삶의 어느 경우에나 또는 어느 단계에서나 인문학과 더불어 가는 것은 조금은 감상적(感傷的)이거나 조금은 사치스러운 것이라고 판단합니다. 모자라거나 넘치는 것으로 여기는 것입니다.

그렇다면 '소유되는 인문학' 또는 '사서 지닐 수 있는 인문학'은 그것이 지닌 효용성의 지속기간 안에서만 그것이 기려지는 것이라고 말할 수 있습니다. 달리 말하면 '아직 성숙한 자아가 되기' 위해서는 불가결한 것, 그러나 '이미 성숙한 자아'를 위해서는 불필요한 것이 인문학입니다. 따라서 성숙을 확인하는 계기에서는 인문학은 충분히 자기의 역할을 다했다는 판단에서 그것은 이제 버려도 좋을 거라고 생각합니다.

무릇 도구의 운명은 그러합니다. 인문학을 '기초교양 과목'으로 '만들어' 대학의 저학년 교과과정 안에 자리 잡게 한다든지, '피곤을 추스르는 자료'로 여겨 '재충전의 기회'나 심신을 되추스르는 이른바 '힐링'을 위한 것으로 자리 잡게 한다든지 하는 것은 인문학이 오늘 우리의 현실에서 얼마나 어떻게 도구화되어 있는지를 보여주는 실증적인 사실입니다.

물론 우리는 인문학의 물화현상, 인문학의 도구화현상을 부정적으로 평가할 수만은 없습니다. 사물로 현존하는 인문학과 삶의 연계는 현실적으로 그렇게 이루어질 수밖에 없습니다. 인문학의 범주에 드는 고전을 읽고 배우고 그것을 '내 것으로' 만들어야 합니다. 그래야 그것을 '가지고' 나는 내 삶을 건사할 수 있습니다. 그렇다면 불가불 "인문학은 내게 도구였다"고 하는 서술이 그를 수가 없습니다. 만약 누군가가 '인문학 자체'를 살아간다고 말한다든지 인문학의 학습이나 그것의 기림 자체를 삶의 목표로 삼아야 한다고 주장한다면, 그것은 바른 진술도 아니고 정직한 발언도 아닙니다. 전혀 현실성이 없는 일이기 때문입니다.

그러나 인문학이 구매 가능한 소유로 전제되면서 그것이 수단화되어 우리의 현실 속에 자리 잡고 있다는 현실은 앞에서도 잠깐 언급했습니다만 상당히 주목할 만한 우려를 함축하고 있습니다. 왜냐하면 '인문학의 요청이라는 당위성 안에 잠재되어 있는 인문학의 효용 한계성' 또는 '인문학의 폐기 가능성'을 우리가 간과할 수 없기 때문입니다. 다시 말하면 인문학은 '어느 시기'에 이르면 쓸모가 없어지기 때문에 불가피하게 폐기할 수밖에 없다는 주장이 지니는 현실성을 우리는 주목하지 않을 수 없는 것입니다.

물론 인문학은 또는 인문학적인 소양은, 비록 그것이 아무런 직접성을 나와 더불어 지니고 있지 않다 할지라도 지금 여기의 나를 지탱하는 '기반'으로 있다고 말할 수도 있고, 나를 지지해 주는 '힘'이라고 말할 수도 있습니다. 또 그렇게 되기를 희구하면서 인문학을 요청하고 있는 것이라고 말할 수 있습니다. 그러나 이러한 자리에서조차 우리가 확인할 수 있는 것은 인문학이 여전히 소유될 수 있는 것이어서 도구적 가치를 지닌 것으로 기려지고 있는 한, 그것의 폐기 가능성은 언제나 현실성을 갖는다는 사실입니다.

이러한 사실은 뜻밖의 현상을 우리로 하여금 들여다보게 해줍니다. 인문학에의 절실한 기대 또는 인문학의 르네상스를 주창하는 오늘 여기서의 일련의 '문화'가 '인문학의 상존(常存)'에 대한 '은폐된 거절'을 담고 있다는 사실이 그것입니다. 인문학의 '필요'는 주창하지만 인문학의 '천착'(穿鑿)은 저어합니다. 인문학적인 내용의 정보화, 지식화는 승인하고 이를 활용하는 일은 장려하지만 그것을 통한 사유의 구축, 태도의 변화는 그러한 변화가 초래할 수도 있다고 판단되는 '비현설성'이나 '비효율성' 때문에 의도하지 않습니다. 달리 말한다면 인문학에의 몰입이나 인문학에 사로잡히는 일은 바람직한 일이 아니라는 판단을 하고 있습니다. 이를 우리는 인문학의 체화(體化)에 대한 불안이라고 할 수도 있습니다.

이러한 맥락에서 본다면 '교양으로서의 인문학'은 인문학의 필요성에 대한 승인, 그런데 인문학의 상존에 대한 드러내지 않는 불안, 이 역설을 극복하려는 의도가 구체화된 것과 다르지 않습니다. 달리 말하면 교양으로서의 인문학은 인문학의 수단적 가치에 대한 긍정이면서 인문학의 상존에 대한 불안을 지양하는 구체적인 '장치'이기 때문입니다. 인문학의 필요와 인문학의 상존에 대한 불안이 지니는 역설이 '교양으로서의 인문학'이라는 이름으로 지양(止揚)되는 것이라고 할 수 있습니다.

그렇다면 우리가 그러한 이름으로 인문학을 '지닌다'고 하는 것은 현실적으로 다행한 일이라고 말해야 옳을 것 같습니다. 인문학에 빠지지 않으면서도 인문학적인 효용을 넉넉히 누릴 수 있을 것이기 때문입니다.

3

그러나 우리가 지금 여기서 누리는 '인문학의 문화'는 실은 이보다 '더 깊은' 또는 '다른 문제'를 지니고 있습니다. 그것은 오늘의 인문학이 실은 그것의 물화나 도구화를 의식하지 못한 채 '활용'되고 있다고 하는 사실입니다. 따라서 이제까지 우리가 서술한 그러한 '문제의식'이 오늘 우리의 인문학의 현장에서는 드러나지 않고 있습니다. 뿐만 아니라 인문학의 폐기 가능성이나 그것의 상존이 무의식중에 불안으로 함축되고 있다는 사실도 의식되지 않고 있습니다.

인문학의 자의식은 그리고 인문학에의 기대는, 인문학이 우리가 직면한 '오늘의 문제'를 온전하게 치유할 수 있으리라고 하는 소박한 '신념'뿐입니다. 인문학을 파나케이아(panacea)로 여기는 풍토(ethos)가 하나의 '문화적 유행'(cultural fashion)이 되어 오늘 우리의 현실을 짙게 채색하고 있을 뿐입니다.

인문학의 실조(失調)를 염려한 데서 비롯한 인문학의 강조는 당연합니다. 그러나 그것이 모든 질병을 치유할 수 있다는 기대로 채워진다면 그것은 상당히 불안한 일입니다. 무엇보다도 그것이 물화되고 도구화되는 현실에서 그러한 신뢰가 솟아나고 확산된다는 것은, 그리고 그렇다고 하는 사실에 대한 아무런 의식도 가지지 않은 채 벌어지는 다만 '그러한 신뢰의 확산'이라면, 그 불안은 더욱 심각합니다.

그런데도 '인문학에 대한 그러한 신뢰'에 대한 물음이 인문학에 의해서 제기되지 않고 있습니다. 왜냐하면 그것은 '인문학에 대한 절대적 신뢰'를 기반으로 하여 이루어지는 일이기 때문입니다. 다시 말하면 신뢰란 되물음을 하지 않는 데서 비롯하는 것, 신뢰를 묻는다는 것은 신뢰주체뿐만 아니라 신뢰객체의 자존(自尊)을 훼손하는 일이라고 인문학이 판단하기 때문입니다.

그런데 그러한 태도는 실은 결과적으로 인문학을 반역하는 것과 다르지 않습니다. 까닭인즉 분명합니다. 이제까지 펼친 우리의 논의를 맥락으로 다시 정리한다면 우선 지적할 수 있는 것은 그러한 신뢰가 '소유의 한계'를 간과하고 있다는 사실 때문입니다.

무한한 소유 또는 온전한 소유란 불가능합니다. 그런가 하면 소유는 훼손과 변질과 상실의 가능성 앞에 늘 노출되어 있습니다. '소유의 지속적인 유지'란 비현실적입니다. 그러므로 인문학이 소유로 개념화되는 현실 속에서 그것에 대한 절대적인 신뢰를 기울이는 일은 불완전함, 훼손가능성, 변질 가능성 그리고 손실 가능성에 대한 신뢰와 다르지 않습니다. 그렇다면 우리는 그 신뢰에서 "그릇된 인식을 기반으로 한 판단과 실천이 범하는 오류"가 낳는 귀결과 다르지 않은 결과를 예상하게 됩니다.

다음으로 지적할 수 있는 것은, 그러한 신뢰가 '도구의 상대성'을 간과하고 있다는 사실입니다. 도구는 최다최선(最多最善)의 효율적 적합성을 준거로 하여 언제나 가변적입니다. 그러므로 유일하고 절대적인 수단이나 도구는 없습니다. 뿐만 아니라 도구나 수단은 결과를 제한합니다. 그러므로 수단이나 도구의 선택은 동기와 목표 사이의 현실에 의존적일 수밖에 없습니다.

그러나 동기나 목표는 결코 정태적이지 않습니다. 그것은 상황적 유동성을 가집니다. 따라서 특정한 수단이나 도구에 의존적인 태도는 그 상황을 열어놓지 못합니다. 결과적으로 도구에 대한 절대적 신뢰는 "도구의 한계 안에서 상황의 설정이 빚는 현실"을 현실로 수용함으로써 실제로 만나는 현실을 작위적으로 왜곡할 수밖에 없다는 사실을 예상하게 합니다.

그럼에도 불구하고 우리는 소유나 수단으로 개념화된 인문학에 대한 신뢰를 가지고 이를 우리가 직면한 현실의 문제에 대한 파나케이아로 여깁니다. 문제는 그러한 신뢰가 소유나 도구로서의 인문학에 대한 비판적 성찰을 결하고 있다는 사실에서 비롯하고 있다는 점입니다. 그런데 그렇게 될 수밖에 없는 까닭이 있습니다.

그것은 우리가 '인문학의 자리'에서 현실과 만나는 것이 아니라 '현실의 필요의 자리'에서 인문학과 만나기 때문입니다. 다시 부연한다면 전자의 자리에서는 인문학 스스로 내가 오늘의 현실을 위해 무엇을 어떻게 해야 할 것인가를 물으면서 그 과정에서 인문학 자체에 대한 성찰을 수행합니다. 그러나 후자의 자리에서는 인문학이 우리의 결손을 채워주리라는 기대에 의거하여 인문학 수용만을 지향함으로써 현실적으로 인문학에 대한 비판적 성찰의 기회를 스스로 봉쇄합니다. 다만 기대의 충족을 위한 신뢰만을 강화합니다.

이러한 사정 때문에 인문학에의 기대는 인문학에의 절대적인 신뢰로 화하고, 더 나아가 그 신뢰는 그것이 절대적 파나케이아라는 신념으로 공고화(鞏固化)됩니다. 그리고 인문학도 그러한 요청에 고무된 채 스스로 신뢰의 절대성을 요청하면서 자기를 스스로 절대적인 해답으로 고착화하면서 어떤 '인문적인 과정'도 열어놓지 않습니다. 자신을 다만 소유 가능한 사물로 매매하고 있을 뿐입니다.

그러나 인문학은 어떤 사물에 대한 '신뢰'(닫힘)가 아닙니다. 그것은 '성찰'(열림)입니다. 생명의 지속과 더불어 진행하는 끝나지 않는 과정입니다. 그러므로 인문학은 "신뢰의 지속적인 거절을 통한 신뢰의 지속적인 구축"이라고 할 수 있는 그러한 것입니다. 그렇기 때문에 인문학과 신념의 유착은 인문학의 붕괴이면서 동시에 신념의 상실이기도 합니다. 인문학은 성찰을 잃고 신념은 맹목을 기반으로 삼게 되기 때문입니다. 따라서 인문학에의 기대를 신념에 의해서 구축하는 일은 오늘의 인문학을 심각하게 반(反)인문학적이게 하는, 그러나 감지되지 않는 함정입니다.

그렇다면 우리가 이제까지 인식해 온 이른바 '인문학의 결핍'이라는 문제도 실은 인문학의 결핍 자체가 아니라 "신념에 대한 인문학적인 접근이 이루어지지 않았기 때문에 일게 된 것"이 아닌가 하는 문제의식을 가지지 않을 수 없습니다. 이 문제의 심각성을 직접적으로 드러내는 것이, 되돌아가 말한다면 오늘 우리가 살고 있는 '인문학에의 기대의 절대성' 또는 '인문학이 스스로 세상을 치유할 수 있다고 판단하는 자신에 대한 절대적 신뢰'에서 드러나고 있는 것이라고 할 수 있습니다.

오늘 여기의 '인문학의 현상'을 어떻게 기술하든 간에 중요한 것은 '근원적인 물음의 상실 또는 실종'이라는 맥락에서 요청되는 인문학의 필요를 부정할 수 없다는 사실입니다. 그렇다면 우리는 여전히 그리고 진지하게 인문학을 가르쳐야 하고 배워야 하고 살아야 합니다.

이를 위하여 인문학과 관련한 이제까지 서술한 이러한 문제의식을 가지고 우리의 삶을 사유, 상상, 실천, 신념, 미로와 출구에의 물음 등으로 항목화하여 서술하면서 오늘 우리가 인문학에의 기대를 어떻게 '가져야' 할 것인가를 살펴보고자 합니다. 다시 말하면 성찰로서의 인문학의 당위적 필요, 그것을 가르치고 배울 수 있다는 가능성과 현실성, 소유와 수단으로서의 인문학의 한계, 그 한계를 간과하게 한 인문학에 대한 절대적 신뢰가 낳는 문제 그리고 인문학을 반인문학적이게 하는 '오늘의 인문학의 현존구조'로 지적하고 싶은 인문학과 신념의 유착의 문제를 다루고 싶은 것입니다.

4

사람은 생각하는 존재입니다. 그렇다고 하는 것을 사람의 사람다움이라고 단언해야 할지는 모르겠습니다. 하지만 우리는 그렇다고 하는 사실에서 사람으로서의 긍지를 지탱해 왔습니다. 그리고 그것은 사실인 듯합니다. 이른바 '사려 없음'의 참상을 직접적으로 겪기 때문입니다. 아니면 이른바 '지혜로움'이 빚는 가치를 직접적으로 살아가기 때문이라고 해도 좋을 듯합니다.

그러나 모든 사유가 사유일 수 없다는 데 문제가 있습니다. 깊은 생각도 있고 얕은 생각도 있습니다. 이를테면 조금 더 생각해 보면 그리 대단한 생각일 수도 없는 생각에 매달리는 경우가 그러합니다. '어떻게'의 문제는 '무엇'에 대한 생각이 뚜렷해지면 뜻밖에 쉽게 풀립니다. 그런데 '무엇'에 대한 생각은 '왜'에 대한 생각이 명료해지면 그리 어렵지 않습니다.

그때 '왜'에 대한 생각을 우리는 '존재에의 물음'이라고 할 수 있습니다. 그러한 생각을 우리는 '근원적인 사유'라고 말합니다.

생각은 다 같은 차원에 있지 않습니다. 좁은 생각도 있고 넓은 생각도 있습니다. 사물의 한 단면만을 생각하면서 전체 상을 생각해 보지 않는 경우, 보이는 것만을 전부라고 생각한다든지 지금 여기의 현실만이 모두라고 생각한다든지 하는 경우, 이를 우리는 좁은 생각이라고 말합니다. 그러나 다른 면도 아울러 살피면서 전체 상을 그려보고자 하는 생각도 있습니다. 생각이 사물에 의하여 단절되는 것이 아니라 모든 사물들이 생각에 포용됩니다. 그래서 사물을 분석할 수도 있고, 분석된 사물의 체계적 통합도 가능해집니다. 근원적인 생각에 이어 우리는 이를 '분석적인 사유'라고 일컫습니다.

생각을 되생각하는 생각도 있습니다. 생각은 그것이 근원적인 사유나 분석적인 사유에 이르렀다고 해서 그것 자체로 자족적이거나 완결적인 것은 아닙니다. 생각은 삶의 주체가 지닌 기능입니다. 그리고 삶은 정태적이지 않습니다. 사유주체는 끊임없는 새로운 사태와 직면합니다. 사유도 그렇게 새로운 사태와의 직면을 피할 수 없습니다. 그러므로 하나의 사유는 그 사유 자체를 되사유하는 일을 자신의 과세로 지닐 수밖에 없습니다. 이제까지 한 일을 되돌아보는 일은 이전의 생각을 되생각하는 일입니다. 이전의 결단을 다시 살피는 일도 그 생각을 다시 생각하는 일입니다.

그러나 그렇지 않은 경우도 많습니다. 하나의 인식에서 머물러 그것을 그대로 지탱하거나 하나의 결단을 그것 자체로 완결적인 것으로 여길 때, 그래서 생각을 되생각하지 않을 때, 생각은 더 이상 스스로 사고하지 못하게 됩니다. 그러나 사고의 주체는 여전히 자신이 사고한다고 생각합니다.

그렇다면 생각하는 것 모두가 생각이라고 소박하게 말할 수 없는 한계에 우리는 늘 직면합니다. 그 한계를 살아가는 것이 삶의 현실이기도 합니다. 그렇다면 인간이 '사유하는 존재'라는 말로 자신의 존엄을 충분히 서술했다고 하는 것은 커다란 과오입니다. 만약 생각하며 산다고 하면서 내가 왜 존재하는지 그 까닭을 스스로 밝혀 말할 수 없다면, 그리고 사물에 대한 폭넓은 문제의식을 가지고 모든 앎 앞에서 겸허한 태도를 지닐 수 없다면, 그리고 자신이 얼마나 근원적인 물음을 묻고 있는지, 얼마나 폭넓은 인식을 향해 자기를 열어놓고 있는지 끊임없이 자기의 생각을 되묻지 않는다면 그는 진정으로 생각하는 존재, 더 이상 사람일 수 있는 존재가 아니라고 말할 수 있습니다. 그러므로 근원적이고 분석적이고 성찰하는 생각을 살아가지 않는 한, 우리는 사람으로서의 긍지를 지닐 수 없습니다.

5

그런데 얕은 생각에서 깊은 생각으로, 좁은 생각에서 넓은 생각으로, 생각에서 생각을 되생각하는 데로 사유를 '옮기도록' 하는 것은 우리가 그 고비마다 일정한 '문제'에 직면하기 때문입니다. 달리 말하면 '사유의 벽'에 부닥쳤기 때문입니다. 직면한 현상에 대한 설명 불능의 사태에 직면한 것이라고 말할 수도 있습니다. 앎에의 희구 또는 인식에의 지향이란 이러한 계기에서의 '생각의 태도'를 일컫습니다.

사유의 벽은 모름입니다. 무지라고 해도 좋고, 미망이라 해도 좋습니다. 미지일 수도 있고 잘못된 앎일 수도 있습니다. 물음은 사유의 벽에서 사유가 스스로 자신을 확장하려는 몸짓입니다. 사유가 늘 모름 안에 있었던 것은 아닙니다. 일정한 얕고 좁은 사유로도 삶을 무난하게 누릴 수 있습니다. 오히려 깊은 사유나 분석적이지 않은 소박한 사유가 삶을 편하게 해줄 수도 있습니다. 그 편안함 속에서 안주할 수 있었던 것은 달리 말하면 모든 것을 '알 수 있었기' 때문입니다. 그런데 어떤 계기에서든 그 앎이, 그때까지의 사유의 지평이 갑작스러운 벽에 직면하는 경우가 있습니다. 그래서 묻습니다. 인식을 의도하고 사유의 지평을 한껏 확장하려 합니다. 해답을 추구하고 싶기 때문입니다.

그러므로 물음은 닫힌 지평의 개방이면서 동시에 불가피한 안주의 거절이기도 합니다. 삶이 뒤흔들린다고 해도 좋을지 모르겠습니다. 그런데 그 계기가 이제까지 지탱해 오던 사유로는 이루어지지 않습니다. 새로운 물음을 물어야 하고, 새로운 해답을 찾기 위해서는 이제까지의 사유를 넘어서야 합니다. 사유의 지속을 사유 스스로 거절하지 않으면 사유가 이어질 수가 없습니다.

그때 인간은 전통적으로 사유의 범주에 들지 못하는 다른 '사유'를 하게 됩니다. '상상'이 그것입니다. 다른 사물의 현존을 확인하는 것은 지속하던 사유의 논리적 귀결을 넘어서는 일입니다. 다른 출구의 모색도 다르지 않습니다. 없는 것을 있다고 하고 있는 것을 없다고 하는 사유의 새로운 사유작업이 펼쳐지면서 이루어지는 일입니다. 그래서 상상은 창조적 사유라고 달리 범주화할 수 있습니다.

상상을 통해 우리는 더 이상 진전하지 않는 사유의 지속을 가능하게 하는 계기를 확보합니다. 이제까지의 사유가, 또는 그것을 통한 인식이 봉착한 벽을 넘어서는 새로운 사유의 전개를 확인하게 됩니다. 그래서 닫혔던 정황은 요동을 거쳐 안정에 이릅니다. 그러한 사유의 전환을 통해 새로운 해답을 확보하고, 그 해답을 누리게 되기 때문입니다. 그러나 바로 그렇다고 하는 사실은 그 해답에의 누림에 의해 닫힌 상황이 언젠가는 다시 벽이 될 수도 있다는 것 그리고 그렇게 되면 지금의 해답을 초래한 사유가 또다시 상상을 통해 자신을 단절하고 다시 창조적이게 되어야 한다는 사실을 함축합니다. 사유와 상상은 이렇게 열림과 닫힘의 구조로 우리의 삶 안에서 자리 잡고 있습니다.

되풀이해서 말한다면 우리는 대체로 우리의 사유가 가진 한계를 깊이를 더하며 넘어설 수 있습니다. 폭을 넓히며 넘어설 수도 있습니다. 생각을 되생각하면서 넘어설 수도 있습니다. 그러나 때로 근원적인 사유, 분석적인 사유, 성찰하는 사유가 스스로 상황적인 한계에 봉착하면서 그것의 근원성과 분석성 그리고 성찰성이 지극히 관행적이고 '도식적'이어서 당대와의 적합성을 상실하는 경우도 만납니다. 그러나 바로 그러한 계기에서 상상은 그 사유의 사유다움을 되찾게 해줍니다.

그래서 물음은 직면한 모름으로 닫힌 정황을 열어주고, 그 열린 물음이 해답에 이를 때 그 정황은 열린 동요를 지양하고 안주를 찾고, 그것이 다시 닫힌 정황으로 인식될 때면 사유는 상상을 통해 자기한계를 극복하고 새 물음으로 상황을 열어줍니다.

6

그런데 사유의 한계가 상상과 더불어 지양되어 나아간다고 하더라도 그것만으로 인간의 생각하는 모습이 다 그려지는 것은 아닙니다. 인식은 실천되어야 합니다. 구체화되지 않는 인식은 공허합니다. 그러므로 근원적인 사고도, 분석적인 사고도, 성찰하는 사고도 실제 삶 속에서 직접적으로 기능하지 않으면 그것은 현실적으로 무의미합니다. 물음도 해답도 그러합니다. 상상의 현실적 효용조차 운위할 수 있는 것은 이 때문입니다.

그렇다면 결국 물어 이르게 된 앎이 얼마나 실천적이게 되느냐 하는 것이 이 모든 것의 관건입니다. 그런데 이 계기에서 우리는 물음의 현실성, 해답의 현실성을 좀더 살펴볼 필요가 있습니다.

사람은 사유주체입니다. 그러므로 사유는 사람의 몫입니다. 그렇게 말할 수 있습니다. 그러나 사람은 홀로이지 않습니다. 사람은 더불어 살아갑니다. 그러므로 사유조차, 그래서 물음도 해답도 일정한 틀 안에 현존합니다. 일정한 정황으로부터 자유로운 존재는 없습니다. 그런데 더 유념할 것은 그 정황의 구조입니다. 삶의 틀은 힘의 구조로 이루어집니다. 존재하는 것 자체가 힘의 현존이기 때문입니다. 사유조차 그러한 의미에서 자유로울 수 없습니다. 어쩌면 그렇다고 하는 것이 현대의 가장 절실한 '사유에 대한 사유'의 내용일지도 모릅니다.

'힘의 작희(作戱)'라고 해도 좋을지 모르겠습니다만, 중요한 것은 힘에 의해서 사유의 깊이도, 폭도, 성찰의 내용도 달라진다고 하는 사실입니다. 당연히 물어야 할 것과 묻지 말아야 할 것, 해답으로 누려야 할 것과 그렇게 하면 되지 않는 것들이 '결정'됩니다. 더 나아가 물어야 할 때도, 그러한 자리도 제한됩니다. 해답도 다르지 않습니다. 유보되는 해답이 있고 그렇지 않은 해답도 있습니다. 모든 물음이 물어지지 않는다고 하는 것은 물어진 어떤 물음은 배제되고 억압되고 물리적으로 제거될 수도 있음을 함축합니다.

그런데 이렇다고 하는 것은 반드시 '못된 힘'에 의해서 자행되는 것만은 아닙니다. 우리의 사유 틀 자체가 함축하고 있는 본연적인 것이기도 합니다. 왜냐하면 해답은 실천되어야 하는 것, 사유는 실천에서 비로소 온전해지는 것이라는 사실 때문입니다.

그렇다면 문제는 실천입니다. 그런데 실천이란 언제나 직접적이고 구체적입니다. 지금 여기를 충족하는 것이어야 합니다. 하지만 우리가 묻는 물음은 그것이 정직하면 할수록 끊임없이 더 깊고 넓고 자기성찰적인 차원으로 진입하면서 해답에 이르기가 쉽지 않습니다. 따라서 그 물음에 상응하는 해답이 마련되었다 하더라도 그 해답은 무수하고 다차원적이고 다양한 물음과 더불어 수많은 가능성으로 실재할 수밖에 없습니다. 따라서 해답의 실천이란, 그러니까 사유의 해답이란 불가피하게 인식의 내용을 제한할 수밖에 없습니다. 선택이 불가피한 것입니다.

선택은 근원적으로 수많은 가능성에서 하나의 가능성만을 택일하는 일입니다. 그것은 의도적으로 다른 가능성을 닫는 일입니다. 결과적으로 그것은 다른 해답을 배제하는 일, 곧 해답의 해답 아님을 선언하는 것과 다르지 않습니다. 따라서 그것은 이제까지의 물음 중에서 선택된 해답에 상응하는 물음 이외의 물음을 물음으로 여기지 않는 것과 다르지 않으며, 그 물음과 더불어 펼쳐진 모든 사유의 무용함 또는 그 사유의 무사유(無思惟)함을 선언하는 것과도 다르지 않습니다. 그런데 그것은 사실이 아닙니다. 그렇다면 이러한 선택의 모습은 선택이 지니는 불가피한 부정직성을 드러내는 것이기도 합니다. 인식과의 관련에서 부정직하지 않으면 어떤 선택도 불가능합니다.

선택은 실천을 위한 불가피한 태도입니다. 그것은 지극한 도덕적 당위이기도 합니다. 인식을 완성하는 도구이기도 합니다. 그러나 그것은 전혀 정직하지 못합니다. 애써 이룬 인식을 거절하고 물음을 닫습니다. 해답의 누림도 미리 닫아놓아 앞으로의 물음을 구조적으로 봉쇄하기도 합니다. 그런데도 우리는 선택하지 않을 수 없습니다. 실천해야 하기 때문입니다.

7

인간의 사유를 크게 범주화하여 '마음'이라고 한다면, 또는 의식현상 일체를 그렇게 묘사한다면, 신념이라고 명명한 마음결은 흥미로운 사실을 보여줍니다. 앞에서 언급한 것처럼 사유를 사유의 한계에서 다시 사유이게 하는 것이 상상이라고 한 투로 말한다면, 신념은 선택의 딜레마에서 선택을 선택이게 하는 것이라고 말할 수 있습니다. 다시 말하면 선택은 사유에 의해서 지지받지 못합니다. 오히려 사유는 선택의 행위가 부정직한 사유에서 말미암는 것이라고 판단합니다. 수많은 사유의 폐기 결과가 곧 선택이라고 이해하기 때문입니다.

하지만 실천은 사유 이후이기도 하지만 사유 이전이기도 합니다. 사유를 충동하는 것이 삶 자체라고 한다면 그것은 사유 이전입니다. 그런데 삶 자체가 수반하는 것이 사유라고 한다면 그것은 사유 이후이기도 합니다. 그렇다면 실천은 사유를 수반하는 것도 혹은 사유를 추종하는 것도 아닙니다. 사유는 실천이 함축하고 있는 본연인데 그것은 정황적인 요청에 의해서 그 농도를 달리할 뿐입니다. 소박하게 말한다면 앎이 없이도 행위는 수행됩니다. 이른바 본능적인 행위를 말하려는 것이 아닙니다. '무사려(無思慮)한 행위'는 어쩌면 우리의 일상이기도 합니다. 그 전형적인 것이 '신념에 의한 행위'입니다.

신념에 의한 행위를 '생각 없음'이라고 말하는 것은 적절하지 않다고 판단될 수 있습니다. 그렇다면 이를 다시 서술하여 신념에 의한 행위를 "많은 가능성 중에서 하나의 가능성만을 선택한 행위"라고 말한다면 앞에서 언급한 '선택'을 유념하면서 이러한 묘사를 승인할 수도 있으리라는 기대를 해봅니다.

신념은 이를테면 앎을 간과하거나 앎을 배제하는 것이 아닙니다. 그러나 그것은 모든 앎을 포용하거나 모든 앎을 수용하지 못한다고 하는 의미에서 앎과는 상충하는 자리에 있다고 말할 수 있습니다. 바로 이러한 사실 때문에 선택은 인간의 마음결 중에서 신념이라고 일컬어온 마음만이 지지할 수 있습니다. 달리 말하면 선택은 신념에 의해서 이루어집니다. 선택은 물음에 의해 도달한 해답의 논리적 또는 인식론적 귀결이 짓지 않습니다.

그러므로 신념은 불가피하게 선택을 행할 수밖에 없는 것이라는 의미에서 이미 충분히 과오 가능성을 자신의 구조로 지니고 있습니다. 그러한 과오는 선택된 사실의 절대화에서 가장 구체적으로 드러납니다. 선택된 것은 처음부터 절대적인 것이 아니라 가능성 중의 하나였는데 다만 구체적인 실천을 위해 다른 것을 작위적으로 배제하면서 확보한 것이라는 사실을 '사유하지 않고' 간과합니다. 그러면서 자신의 선택을 절대화합니다.

사실상 사유는 어떤 절대도 승인할 수 없습니다. 절대를 전제한 사유는 이미 사유가 아닙니다. 절대를 전제한 사유는 열린 물음의 주체일 수 없습니다. 절대는 인식의 귀결일 수도 없습니다. 그것도 역시 사유를 더 이상 진전시킬 수 없을 것이기 때문입니다. 그러므로 절대는 사유의 귀결도, 전제도 아닙니다. 그것은 해답의 실천을 위한 선택의 계기에서 요청된 신념의 산물입니다.

그럼에도 불구하고 신념은 선택의 계기에서뿐만 아니라 선택된 것의 실천의 현실에서 끊임없이 자신의 절대성을 주장할 뿐 스스로를 되살피지 않습니다. 그것이 지닐 수도 있을지 모르는 과오 가능성에 대하여 되생각할 수 있는 어떤 계기도 자신의 구조 안에 담지 않습니다. 그럴 수 없어 결국 신념은 신념입니다.

그렇다고 해서 신념의 무용론이나 그것에 대한 부정적 묘사로 그것에 대한 논의를 끝낼 수는 없습니다. 신념이 없다면 구체적인 실천이 불가능하기 때문입니다. 사유의 공허함이 일컬어지는 긴 역사의 흔적을 우리는 결코 외면할 수 없습니다. 사유 자체가 스스로 자신을 삶의 구체적인 현실 안에서 되살피지 않으면서 오직 신념의 과오 가능성만을 지적한 과오도 우리는 결코 지울 수 없습니다.

8

사유는 그것 자체로 한계를 가지고 있습니다. 사유가 펼치는 물음은 사태를 열어놓는가 하면 그 물음이 해답에 이르면서 안온한 닫힘을 마련합니다. 그러나 삶은 늘 요동합니다. 그래서 되물음이 요청되는 정황에서 사유는 상상을 통해 간신히 스스로를 지탱하면서 그 닫힘을 열어 다시 물음을 제기하고 새로운 해답을 추구합니다. 그러면서 당연히 그것이 다시 닫히리라는 예상을 사유는 이미 자신 안에 담습니다. 하지만 실천을 위한 선택에서 이 모든 사유는 스스로 닫힙니다. 선택을 지탱하는 절대적인 것은 사유가 아니라 신념이기 때문입니다.

이러한 이제까지의 서술을 요약하면 우리의 문제는 '여전히' 도식적임을 면하지 못하고 있습니다. 전통적으로 지속되는 이른바 '이성과 신앙'의 문제와 다르지 않다고 판단되기 때문입니다. 비록 그것을 '사유와 신념'이라고 말하면서 상상과 선택이라는 비고전적인 요소를 포함했다고 해도 그 전승에서 벗어나지 않습니다. 그렇다고 하는 사실은 상당한 당혹감을 지니게 합니다. 새로운 출구의 모색이 묘연한 채 기존의 공간에서의 질식을 피할 겨를을 확보하지 못했다고 하는 좌절 때문입니다.

그러나 적어도 두 가지 사실에서 우리의 주장이 이 도식적인 전통적 논의에 새로운 출구의 낌새로 제시되었다고 주장해도 괜찮지 않을까 하는 생각을 하게 합니다. 첫째는 '사유가 함축하는 상상' 또는 '상상이 포괄하는 사유'이고, 둘째는 '선택이 지닌 불가피한 반사유적 구조'가 보여주는 '신념의 과오 가능성'의 지적입니다. 이러한 진술은 각기 사유의 한계에 대한 지적이면서 아울러 신념의 한계를 지적하는 것이기도 합니다.

다시 단순화해서 말한다면 상상을 배제하는 사유의 자기충족성이란 전혀 현실적이지 않은 부정직한 진술 또는 사유의 귀결이 논리적으로 해답에 이를 것이라고 기대하는 '울에 갇힌' 이른바 사유를 되사유하기를 거절하는 모습이고, 과오 가능성을 배제하는 신념의 절대성이란 마찬가지로 전혀 현실적이지 않은 부정직한 진술 또는 선택의 불가피성은 인식을 완성하려는 것이 아니라 최소한의 실천을 수행하기 위한 것이라는 것을 간과하거나 의도적으로 배제함으로써 열린 해답의 가능성을 아예 닫아버리는 모습이라고 할 수밖에 없습니다.

그렇다면 우리는 어쩌면 심각한 '미로'(迷路)에 들어서 있는지도 모릅니다. 우리가 직면한 사태는 '이성과 신념'의 승부를 가리는 '경기장'이 아닙니다. 사유도 신념도, 앎도 실천도, 물음도 해답도 아울러 살아야 하는 삶의 한복판입니다. 뿐만 아니라 '지금, 여기, 우리'도 시공을 축으로 무한하게 확산되는 '지금, 여기, 우리'와 이어져 있습니다. 그 얽힘은 묘사하기 불가능할 정도로 지극합니다.

우리의 현실은 철저하게 미로의 정황입니다. 그런데 우리의 미로는 '기획된 미로'가 아닙니다. 고전적인 미로는 언제나 기획된, 그래서 출구 찾기가 아무리 어려워도 반드시 출구에 이르는, 심지어 비상(飛上)이라는 다른 차원의 행위를 통해서도 그것이 가능한 그러한 미로였습니다. 그래서 입구가 설정되었듯이 출구도 반드시 설정되어 있었습니다. 그렇기에 미로입니다.

그러나 이제는 그러한 미로는 없습니다. 입구를 보여주는, 출구를 내장한 그런 정황이 아닙니다. 그런데 미로입니다. 사실상 어떤 입구도 없는 채 어느 틈에 우리는 미로의 정황 안에 들어서 있습니다. 그러므로 미로라는 자의식도 사실상 뚜렷하지 않습니다. 출구도 마련되어 있지 않아서 어떤 탈출도 이미 탈출이 아닙니다. 비상조차 탈출로 승인받지 못합니다. 그런데 미로라는 당혹과 좌절과 초조는 우리가 미로에 들어서 있다는 자각을 강하게 작용하게 합니다. 우리의 딜레마는 바로 이러한 미로정황입니다. 미로는 미로이기 때문에 미로라는 동어반복이 미로를 더 강화하고 있을 뿐입니다. 우리의 문제, 곧 사유와 신념, 해답과 실천, 물음과 해답의 정황이 이러합니다.

그렇다면 우리가 이 정황에서 말할 수 있는 것은 우리의 미로의식을 되묻는 일입니다. 우리의 정황이 정말 미로적인지 하는 데서 비롯하여 미로의식을 되묻는 물음을 차단하는 것이 무엇인지에 이르기까지 모두를 되묻는 일입니다. 그러한 생각을 막아 상상을 질식하게 하는 것이 무언지 물어야 합니다. 선택의 불가피성이 절대성을 축으로 하는 신념에 의해서만 이루어지는 현실이라는 해답이 적합한 서술인가도 물어야 합니다. 어느 것이 옳은 물음인지 여부가 아니라 내 물음을 묻고 있는지 여부가 드러나는 정직한 인식을 도모해야 합니다. 사유의 한계에서 멈추는, 아니면 도달한 해답에서 안주하는, 그런 것이 아닌 열린 상상력을 추구해야 합니다. 그러한 도모와 추구가 어떻게 가능할 것인지를 물어야 합니다. 신념이라는 이름의 태도가 이 모든 것을 닫는 실재일지도 모른다는 것을 발언해야 합니다. "임금님은 발가벗었다"는 발언이 나로부터 비롯할 수 있어야 합니다. 기존의 미로 벗어나기의 예가 전혀 적합성을 가지지 않는다는 것도 발언해야 합니다.

정직한 인식과 열린 상상력을 발휘하지 못하면 우리의 현실인식은 처음부터 잘못된 것일 수도 있다는 사실을 생각해 보지 않으면 안 됩니다. 이 정황을 여전히 출구의 모색이라는 언어로 운위할 수밖에 없다면 그 출구는 발견해 내는 것이기보다 이렇게 우리 스스로 마련해야 한다는 것도 생각해 보아야 합니다.

9

지도자를 어떻게 양성할 것인가 하는 문제와 관련하여 인문학에 거는 기대가 범상치 않음을, 가령 제가 드나들고 있는 아산서원에서도 겪고 있습니다. 인문학이라는 이름의 일련의 자료들이 이를 가능하게 할 것이라는 기대의 타당성이 강하게 주창되고 있습니다. 논리적으로 말한다면 지도자상도 그려지지 않은 채 인문학의 규범적 타당성을 그리는 것은 지나치게 어떤 명제에 대한 자명성의 논리에 함몰된 것은 아닌가 하는 의구도 없지 않습니다. 그러나 그것이 불안하지는 않습니다.

그 무엇을 인문학의 내용으로 한다 하더라도, 그것을 어떻게 커리큘럼화하여 가르친다 하더라도, 결국 그것은 '삶의 태도'를 위한 것이라면 그 내용은 어떠해도 좋습니다. 문제는 그 태도입니다. 여기서 제가 바라는 그 태도는 '생각을 되생각하는 태도'입니다. 그것이 인문학을 통해 이루어지는 결과였으면 좋겠고, 그것이 지도자의 태도였으면 좋겠다고 하는 것입니다.

그런데 그것을 그렇게 할 수 없도록 하는 것이 있습니다. '힘의 작희'에 의한 자기물음의 억제, 도달했다고 판단되는 해답에의 안주, 실천을 위한 선택의 절대화로 인한 과오 가능성에 대한 성찰의 배제 등이 그러합니다. 그러한 부정적 요소는 우연한 또는 온전하지 못해 범하는 결점이 아니라 사유와 인식과 실천과 신념이 지닌 구조적인 것, 그래서 필연적인 것입니다. 그것이 우리의 갈등입니다. 그렇다면 여전히 우리는 정직한 인식과 열린 상상력을 통해 자신의 사유, 물음과 해답, 신념과 선택을 되생각하는 성찰을 끊임없이 지속할 수밖에 없습니다.

그렇다면 인문학이 지도자 문제의 모든 것을 풀어주리라는 실천적 명제도 신념일 수 있다는 사실에서 그 과오 가능성을 우리는 새삼 예상하지 않으면 안 될 것 같습니다. 인문학의 당위적 요청을 구체화하여 실천하려는 자리에서 제가 드리고 싶은 말씀은 바로 이것입니다. 유난히 우리는 신념과잉의 시대와 사회를 살고 있는 것 같기 때문입니다.

얼마 전에 겪은 이야기를 전해 드리면서 이 글을 마치겠습니다.

'대학원생들의 작은 모임'에 불려간 적이 있습니다. 주제에 관한 토론들이 끝난 뒤, 그 모임에 대해 이야기를 해달라기에 저는 제 생각을 그대로 말했습니다.

> …'대학원생들의 작은 모임'은 저를 언제나 가슴 두근거리게 합니다. 그렇게 되는 몇 가지 까닭을 아무래도 말씀드려야 할 것 같습니다. 우선 '대학원생'들은 새로운 학문의 원천이 될 사람들입니다. 아직 눈에 띄지는 않지만, 아직 커다란 여울을 마련하여 흐르고 있는 것은 아니

지만, 그 용천(湧泉)의 졸졸거림이 이룩할 내일을 생각해 보면 벌써 비옥하게 펼쳐진 들판이 한눈에 들어옵니다. 가슴이 뛰지 않을 수 없습니다.

'작은'이 전해 주는 함축도 그렇습니다. 크고 화려하기를 바라는, 또 그래야 사는 시류를 거스르면서 그렇게 작기를 꾀하는 것은 아무래도 고뇌의 무게나 투명한 인식에의 기대나 열린 상상력을 가까스로 용기를 내어 드러내고자 하는 겸허가 낳은 필연적인 결과이었을 터인데, 그 저런 '의도성'(意圖性)을 생각하면 사뭇 감동스럽지 않을 수 없습니다.

'모임'도 다르지 않습니다. 모임이란 무릇 스스로 자족적일 수 없다는 터득이 아니면 일구어지지 않습니다. 때로 모임은 힘을 모아 세를 키우려는 오만의 산물이기도 합니다. 그렇지만 제각기 모자라는 개체들이 겨우 존재를 지탱하기 위한 가장 겸손한 방편이 낳은 것이 모임이고, 바로 그런 것이 모임의 모임다움이라고 저는 생각합니다. 저는 이러한 모임에서 비로소 정직과 직면합니다. 이런 모임에서는 마음 설렘을 잠재우기가 쉽지 않습니다. 참 좋습니다….

그런데 함께 오신 다른 분이 이러한 '대학원생들의 작은 모임'에 대해 거기 모인 대학원생들에게 준엄한 꾸중을 하셨습니다. 그 노학자는 생각이 다르셨습니다. 그분의 말씀은 대체로 다음과 같으셨습니다.

…대학원생들의 자의식이 아직 스스로 미완성이라는 데 머물러 있는 한, 내일에의 희망은 없습니다. '자신'을 가지고 당당하게 자기 주장을

펴야 합니다. 학문을 지탱하는 것은 어떤 상황에서도 꺾이지 않는 '신념'입니다. '신념' 없는 학문은, 곧 바른 인식에 도달했다는 신념이 없는 학문은, 자신이 도달한 인식이 적어도 절대적이라는 신념을 발언할 수 없는 학문은, 그 인식의 내용이 현실 적합성을 가진다는 신념을 현실화할 수 없는 학문은, 결국 지적 유희일 뿐입니다. 그런데 그러한 지적 자위행위를 학문으로 착각하는 것은 신념이 결여되어 있기 때문입니다.

옳은 신념이 창출한 바른 인식은 마땅히 확산되어야 하고, 그것이 학문의 소임인데, 이렇게 겨우 몇 사람이 모여 모이는 날짜나 정하고 공감하는 주제를 가지고 막연한 의견이나 나누고 있으면 언제 학문의 소임을 다할 것입니까? 많은 사람을 모아야 하고, 조직을 갖추어야 하고, 그래서 마침내 힘을 발휘할 수 있도록 해야 할 것 아닙니까? 결국 문제는 학문하는 사람들이 신념이 없기 때문에 늘 이렇게 우물쭈물 잿빛 회의 속에 침잠하고 있으면서 스스로 자기를 왜소화하고 나아가 자학증상까지 보이니 우리 학계가 이렇게 불모적인 상황이 되어 있는 것입니다….

저는 아무래도 그분이 제 발언에 대한 이견을 말씀하시느라 조금은 지나치게 단순한 강조를 하신 것이 아닌가 하는 생각이 들었습니다. 그러나 그것은 제 착각이었습니다. 언제부터인지 "학문은 신념을 가지고 이루어야 하는 일"로 자리를 잡은 것 같습니다. 신념이 첩 쌓인 권위의 계보가 인식의 논리를 잠재우고, 신념이 제기한 주제의 당위성이 표어가 되어 인식을 위한 개념들을 재단하고, 신념을 준거로 하여 이견의 제기가 의도의 불순성으로 정죄되는 것이 '학문의 장'임을 터득하지 못한 제 불찰이라는 생각이 새삼 뚜렷해지기 때문입니다.

그분의 말씀을 들으며 숙연(肅然)하던 '대학원학생'들이 지금 자신의 학문을 지속하면서 그 숙연함을 어떤 의연한 신념으로 구체화하고 있는지 궁금합니다. 그런데 여전히 참 모자란 생각일 터이지만, 그러한 신념으로 학문이 이루어지고 있을지도 모른다는 생각을 하면 송연(竦然)해집니다.

'좋은 발언들'에 대한 생각

1

세상이라고 해야 할지, 삶이라고 해야 할지 모르겠습니다만 아무튼 존재하는 것은 멈추지 않습니다. 늘 움직입니다. 흔히 시간을 준거로 해서 이를 '흐름'이라고 묘사합니다. 그러나 공간을 준거로 해서도 얼마든지 그 움직임을 일컬을 수도 있습니다. 이를테면 흐름과 나란히 하여 공간 안에 있는 사물에 대한 '풍화'(風化)라는 묘사를 그런 것으로 일컬어도 좋을 듯싶습니다. 멈춤은 없습니다. 우리는 누구나 이를 겪습니다. 겪기에 그렇다는 것을 발언합니다.

그런데 이러한 서술은 논리적인 굴절을 담고 있습니다. 멈춤이 없다고 하면서 움직임을 말하는데, 움직임은 멈춤을 전제하지 않으면 일컬을 수 없습니다. 그런데도 버젓이 멈춤이란 없고 오직 움직임만이 있다고 말합니다. 그렇다면 멈춤이 없다고 하는 말은 옳지 않습니다. 어떻게든 실은 멈춤을 인식했기 때문에 움직임을 이야기했을 것이기 때문입니다. 이에 이르면 멈춤은 "있는데 없는 것이기도 하고, 없는데 있는 것"이기도 합니다. 그런데 멈춤이 없다는 것을 우리는 누구나 겪는다고 그랬듯이 멈춤의 있음도 실은 누구나 겪는 일입니다. 멈춤도 겪기에 그렇다는 것으로 발언됩니다.

멈춤과 움직임을 묘사하는 데서 드러나는 논리의 굴절이나 모호함이

다만 '서술현상'에서 비롯하는 것은 아닙니다. 들여다보면 그 굴절의 배후에는 실제 그렇게 겪을 수밖에 없는 '현실'이 있습니다. 움직임과 멈춤을 아울러 겪는 '현실'이 있는 것입니다.

"멈추어 사물을 조망한다"고 발언할 수 있는 순간이 있습니다. 그것이 인식의 바탕입니다. 그러나 그 순간에 그 인식주체는 자신이 실은 움직이는 흐름 안에 있다는 것도 의식합니다. 그런데도 동시에 문득 멈추어 흐름을 바라보는 자아를 새삼 확인합니다. 인식을 의도하기 이전의 나와 객체를 인식하고 있는 지금의 내가 움직임과 멈춤으로 구별될 만큼 다르다는 것을 불현듯 깨닫기 때문입니다. 그러니 이러한 현상을 언어화하는 현장에서 논리적인 굴절이 없을 까닭이 없습니다.

그러나 다르게 생각해 보면 우리가 겪는 현실은 실은 멈춤도 움직임도 아닌데, 다시 말하면 그렇게 나누어 서술할 수 있는 그러한 것이 아닌데 그것을 담을 언어가 없어 하나의 현상을 마치 둘로 나누듯 갈라 멈춤과 움직임으로 언표(言表)하고 있는지도 모릅니다. 그렇다면 멈춤이라든지 움직임이라든지 하는 것은 언어의 한계가 빚은 '묘사의 굴절'이라고 말할 수 있습니다. 하지만 만약 이것이 사실이라면 그것은 언어의 한계라기보나 우리의 한계, 곧 인간의 한계라고 해야 옳을지도 모릅니다. 사물에 대한 '온전한 이해'가 아직 또는 아예 불가능한데도 서둘러 언어에 담아 발언하려는, 어쩌면 '소통에의 조급함'이 거기 담겨 있는 것이라고 할 수 있기 때문입니다.

우리는 이를 앞의 서술과 좀 다르게 그 둘이 지칭하든가 담고 있는 것이 어떤 것인지를 되물으면서 앞의 서술을 다시 다음과 같이 다듬을 수도 있습니다. 곧 그 둘은 때로는 사실기술의 내용이기도 하고, 때로는 내 의식의 표출이기도 한 것이라고 할 수도 있는 것입니다. 그런데 그렇다고 하는 사실을 유념하면 어떤 경우에는 현존하는 사물이 우리로 하여금 이 둘을 택일적으로 발언하도록 강요한다고 말할 수도 있고, 어느 경우에는 그 사물에 대한 내 의식이 이에 대한 다른 두 묘사를 하도록 한다고 말할 수도 있습니다.

그런데 중요한 것은 이러한 사실을 통해 우리는 멈춤이라든지 움직임이라고 하는 것은 결코 자족적이지도 않고 자명하지도 않다는 것을 확인할 수 있다는 사실입니다. 세상이 움직인다고 발언할 때도 그 발언은 멈춤을 함축하기 마련입니다. 움직임이 멈춤에서 스스로 비롯했다는 사실을 가릴 수 없기 때문입니다. 아울러 멈춤을 발언할 때도 우리는 그 발언이 움직임을 자기 안에 담고 있으리라는 것을 예상하지 않을 수 없습니다. 멈춤은 움직임의 반개념(反概念)으로 비로소 자기를 현존하게 하기 때문입니다.

그러나 경험의 언표야 어떻든 분명한 것은 인간은 끊임없이 멈춤과 움직임을 교직(交織)하면서 자신의 삶을 그러한 언어로 드러내고 있다는 사실입니다. 우리가 익히 일상화한 '역사'란 실은 이 둘의 구조를 다듬는 일과 다르지 않습니다. 멈춤과 움직임, 머묾과 바뀜, 곧 불변과 변화에 대한 인식, 이에 대한 설명과 해석이 '역사'의 내용이 되고 있기 때문입니다.

2

움직임을 서술하는 주체가 있습니다. 이를 인식주체라고 해도 좋습니다. 그가 움직임을 움직임이라고 일컫는 것은 그가 스스로 멈추어 있기 때문입니다. 만약 멈추어 있지 않았다면 움직임이 움직임으로 파악될 까닭이 없습니다. 이를테면 '움직임과 더불어 움직임'이라고 하는 상황에서는 그 움직임이란 멈춤의 다른 일컬음 이상일 수 없습니다. 그러므로 인식주체는 언제나 스스로 자신은 멈추어 있다고 전제합니다. 멈춤의 자리가 곧 인식이 가능한 자리라고 확인합니다. 이러한 맥락에서 보면 인식주체는 당연히 멈추어 있는 존재입니다.

그러므로 인식의 주체와 객체라는 소박한 구조에서 우리가 발견하는 것은 그 구조가 주체의 정태성(靜態性)과 객체의 동태성(動態性)으로 이루어져 있다고 하는 사실입니다. 아울러 이에서 우리가 추론할 수 있는 것은 인식주체의 자리로서의 '멈춤'은 '움직임을 앞서는 무게'를 지닌다고 하는 사실입니다. 모든 인식은 멈춤을 전제하면서 비로소 이루어지는 것이라는 사실, 그렇기 때문에 멈춤은 필연적으로 움직임과 견주어 '윗자리'에 있는 것, 그럴 수밖에 없는 것이라는 사실을 우리는 지적할 수 있는 것입니다.

그러나 이미 앞절에서 지적했듯이 존재하는 모든 것은 멈춤에 귀속되는 것이기도 하지만 아울러 움직임에 예속되는 것이기도 합니다. 불변하는 범주에 자신의 뿌리를 내리고 있다고 말할 수 있지만 동시에 변화의 현실 속에서 비로소 자존(自存)한다고 일컬어지는 것이 이른바 존재입니다. 그렇다면 인식주체도 스스로 불변하는 범주에만 머물 수 없습니다. 그도 또한 변화의 범주에 들 수밖에 없기 때문입니다.

바로 여기서 우리는 당혹스러운 형편에 이릅니다. 움직임 안에서는 움직임이 판별되지 않습니다. 그런데 인식주체도 실은 움직임 안에 있습니다. 그런데 자신은 멈추어 있기 때문에 움직임이 '보인다'고 말합니다.

하지만 변화의 흐름 안에 함께 흐르면서 변화를 말할 수 있다면 그렇게 말할 수 있는 주체는 이미 변화 안에 있는 주체가 아닙니다. 그것은 변화 밖에 있는 주체입니다. 따라서 변화 안에서 변화를 말한다면 그렇게 일컬어진 변화는 변화가 아닙니다. 변화에 대한 인식이 아니라 사물에 대한 자기묘사의 한 가닥이 그렇게 '변화'라는 것으로 발언될 뿐입니다. 그런데 그렇게 묘사한 변화가 마침내 변화에 대한 인식을 발언할 수 있다는 것은 다시 그 인식주체가 불변하는 것으로 변화 밖에 있음을 뜻합니다. 인식주체는 스스로 불변성을 자기존립의 근거로 확보하고 있는 것입니다.

엄밀하게 말한다면 이 순환은 끝나지 않습니다. 멈춤과 움직임, 머묾과 바뀜, 불변과 변화는 삶의 주체로 하여금 끊임없이 그 둘의 범주를 드나들면서 사물을 서술하고, 그 사물에 대한 인식을 의도하며, 나아가 그래서 확보한 사물에 대한 설명에 의거하여 실천적인 규범을 제시하는 데 이르게 합니다.

우리는 이러한 인식주체의 '자리'에 대한 서술에서 이른바 '역사인식'이란 것이 어떤 것인지를 새삼 살펴보게 됩니다. 근원적으로 역사인식은 '움직임, 바뀜, 변화'에 대한 '멈춤, 머묾, 불변'의 자리에서의 발언을 그 내용으로 합니다. 그러나 이렇다고 하는 것은 달리 말하면 이제까지 앞에서 이야기했듯이 실은 '움직임, 바뀜, 변화'에 대하여 마찬가지로 '움직임, 바뀜, 변화'의 자리에서 발언하는 것과 다르지 않습니다.

사실은 이러함에도 불구하고 무릇 인식이란 인식주체가 인식객체와는 다른 자리에 있다고 하는 것이 인식을 위해 규범적으로 요청되는 것이라는 거의 저항 불능의 당위 때문에 인식주체는 스스로 자신이 '멈춤과 머묾과 불변'의 자리에 있다고 여기면서 객체에 대한 발언, 곧 객체의 변화를 발언하고 있는 것과 다르지 않습니다.

그런데 그렇다고 하는 자의식을 가지고 발언하다 보면 어느덧 자신은 불변하는 자리에 서게 되고, 그 자리는 인식을 위한 정당한 자리로서의 지위를 확보합니다. 불변은 인식의 맥락에서 변화가 가지는 무게와는 견줄 수 없는 무게로 스스로 인식주체의 당연한 자리임을 단단히 확보하는 것입니다.

왜 그렇게 되는지 설명하기는 쉽지 않습니다. '반복이 낳는 강화기제(强化機制)' 때문이라고 하는 주장이 겨우 그러한 현상을 설명하고 있지만 그것이 이른바 '인식틀'과는 거리가 꽤 먼 것임을 우리는 누구나 짐작할 수 있습니다. 다시 말하면 스스로 자신을 멈추이게 하는 이러한 의도가 우리가 흔히 일컫는 인식의 구조에서 요청되는 일정한 '거리'(距離)를 확보하는 것과 같은 그러한 것은 아닙니다.

물론 당연히 인식주체는 자기가 스스로 머묾의 자리에서 인식객체를 만나 그 객체를 움직임이나 바뀜이나 변화로 기술하는 것을 '스스로 멈추어 확보한 객체와의 거리'가 만들어준 결과라고 주장할 수 있습니다.

그러나 그렇다고 하는 주장을 그대로 승인할 수는 없습니다. 왜냐하면 그러한 '인식의 구조'에는 '주체와 객체가 중첩하는 현실성'에 대한 배려가 바로 그 '도식화된 인식구조'에 의하여 실질적으로 배제되기 때문입니다.

그렇다면 우리가 '역사인식'이라고 전제하면서 어떤 사실 또는 삶의 실재를 기술하고 논의하는 일은 '인식론적으로' 투명하지 않습니다. '도식화된 인식틀' 안에서는 가능해도 그 틀 밖에서는 도저히 현실적이지 않습니다. 그 '밖'에서는 이른바 '인식주체의 자존(自存)'을 전제하고 이루어지는 일련의 진술이 인식내용이 되기 때문입니다. 따라서 이러한 맥락에서 우리는 일반적으로 역사인식이란 '지금 여기에 현존하는 사실'에 대한 어떤 앎이라고 이해하고 있지만, 실은 그러한 것이 아니라 '인식을 빙자한 어떤 주체의 자의적(恣意的)인 발언'과 다르지 않다고 말할 수 있습니다.

물론 이러한 발언은 매우 불온합니다. 역사인식에서의 그러한 자의성의 문제는 이미 충분히 극복된 사안이라고 말합니다. 이를 지지해 주는 것이 다름 아닌 이른바 역사적 사실의 기술에서 절대적으로 요청되는 '실증'이라고 말합니다. 역사인식이 낳는 '긴 이야기'가 전통적인 '신화'와 어떻게 다른가 하는 문제에 대하여 어느 사학자가 한 언급은 이 사태를 뚜렷하게 보여줍니다. 그는, 제가 정확하게 옮기고 있지는 못합니다만, 다음과 같은 투의 발언을 했습니다.

"일정한 역사인식에서 비롯하는 현대의 '역사적 진술'이 그 이야기다움 때문에 신화의 범주에 드는 것은 분명하다. 다시 말하면 역사에서도 이성적인 판단과 상상력의 펼침에 의한 사실의 재구성 또는 이야기 만들기는 필수적이다. 그러나 역사서술은 신화서술과 다르다. 역사를 굳이 신화라고 말한다면 그것은 각주(脚註)가 달린 신화다."

그런데 우리가 제기하는 물음은 이 소박한 각주에의 신뢰가 짓는 '역사인식의 자기정당화'가 초래할 허구에의 또 다른 소박한 신뢰입니다.

3

역사와 역사인식에 관한 앞의 진술을 염두에 두면서 이제 우리가 진정으로 발언하고 싶었던 주제, 곧 '좋은 발언들'에 관한 논의로 넘어가도록 하겠습니다.

요즘 우리는 모든 것이 어려워졌다고 말합니다. 나라 밖의 사정도 나라 안의 사정도, 개인의 문제도 사회의 문제도, 자연의 문제도 심지어 초자연의 문제도 다 그렇다고 말합니다. 그렇다고 하는 것을 체감(體感)하는 일들이 사건으로 개념화되면서 끊임없이 하나의 암울한 현실을 빚고 있습니다.

그래서 그렇습니다만 이러한 사실을 반영하는 일들이 여기저기서 벌어지고 있습니다. 무엇보다도 우리가 직면하는 온갖 어려움의 까닭을 짚어 현실을 질책하는 말들이 쏟아지고 있습니다. 그러면서 그래서는 안 되고 이래야 한다고 하는 당위적인 이야기들이 연이어 발언되고 있습니다. 그리스도교의 성서에 보면 지극히 적은 소수의 옳은 사람이 없어 멸망한 도시의 이야기가 있습니다. 가슴 아픈 이야기입니다. 이러한 사실을 미루어 짐작해 보면 우리 공동체가 '망할' 리는 없습니다. 우리에게는 소수의 좋고 옳은 발언이 있는 것이 아니라 무수한 옳고 좋은 발언들이 가득하기 때문입니다.

그런데 좋은 발언이나 옳은 주장은 거저 되는 것이 아닙니다. 우리네 평범한 상식에 의하면 그것은 '사실에 대한 인식'을 전제합니다. 그 인식에서 비롯한 판단이 일정한 옳음과 좋음을 주장의 내용이도록 합니다. 그때 비로소 그 옳음은 현실에서 규범적이기를 바라는 '좋은 것'으로 발언됩니다. 그렇다면 옳음이 주장되고 좋음이 선포되는 현실은 분명한 인식과 그에 의한 판단이 정연하게 다듬어지고 있는 정황이라고 말할 수 있습니다. 그래야 당연합니다.

더구나 우리의 현실에서 그러한 옳은 발언들이 함성처럼 울리고 있다면 엄밀한 의미에서 우리 형편은 전혀 어려운 처지에 있는 것이 아닙니다. 우리가 사는 세상은 참 좋은 세상임에 틀림없습니다. 좋은 발언들이 넘쳐흐르는 좋은 세상이기 때문입니다. 좋은 발언들이 넘친다면 그것이 발언되는 사회는 마땅히 그래야 합니다.

하지만 이러한 좋고 옳은 발언들은 본래 세상이 온통 좋지 않고 바르지 않기 때문에 발언된 것입니다. 그렇다면 이것은 철저한 역설입니다. 아무리 잘못된 세상을 질책하기 위한 것이라 할지라도 그 옳고 좋은 발언들이 넘친다면 그것은 곧 좋은 세상일 것이기 때문입니다. 옳은 발언이 가득한 좋은 사회, 그러나 옳은 발언이 절대적으로 요청되는 그른 사회. 우리는 이러한 현실을 살고 있습니다.

이 역설적인 정황을 좀더 가까이서 살펴보기로 하십시다. 도대체 옳은 발언들은 무엇을 담고 있는지가 궁금하기 때문입니다. 우선 발견하는 것은 당연히 거기에는 그름에 대한 옳음이 밝혀져 있다는 사실입니다. 그런데 그렇다고 하는 사실은 직접적으로 그름에 대한 질책을 담고 있습니다. 그럴 수밖에 없습니다. 그른 것에 대한 옳은 발언이기 때문입니다.

당연히 옳음을 주장하고 선포하기 위해서는 그름의 실상이 드러나야 합니다. 그것이 실은 당해 현실에 대한 인식의 내용입니다. 그래서 그름을 질책하되 드러난 그름보다 드러나지 않은 그름을 찾아 속속들이 그것을 밝히어 그 그릇됨의 위험을 절실한 문제로 각인합니다. 이를 통해 우리는 겪었던 잘못된 현실뿐만 아니라 몰랐던 그름마저 알게 됩니다.

새삼 그름의 횡포가 두려워집니다. 그런데 이를 통해 우리는 비로소 어리석은 현실인식을 버리고 더 뚜렷한 현실인식을 가지게 됩니다. 그러한 인식은 자연스럽게 그름에 대한 거절을 익히고 실현하는 것으로 우리의 실존 안에서 자리를 잡습니다.

그런데 좋은 발언, 옳음의 선포는 못됨과 그름에 대한 질책을 넘어 더 앞으로 나아갑니다. 질책은 상당 정도의 미움을 수반합니다. 분노가 담겨 있기 때문입니다. 그리고 만일 그 그름이 '거대한 실체'라고 간주되면 그 미움은 그것에 대한 강한 저주로 변모됩니다. 그렇기 때문에 현실적으로 좋은, 옳은 발언들은 그 좋고 옳음을 현실에 대한 저주를 배음(背音)으로 하고 선포됩니다. 그리고 좋은 발언의 경험이 잦아질수록 우리는 그 배음에 익숙해질 뿐만 아니라 그 배음이 마침내 주음(主音)이 될 수도 있다는 사실을 암묵적으로 승인하게 되고, 실제로 그것을 옳음과 좋음의 실현이라고 여기기도 합니다.

이에 이르면 우리는 필연적으로, 그래서 참담하다고 해도 좋을, 또 다른 역설을 직면합니다. 옳고 바른 좋은 발언이 무성한 삶의 정황은 바로 그렇다고 하는 사실 때문에 저주가 그 발언만큼 무성하게 짙어지는 세계라고 말할 수도 있다는 사실이 그것입니다.

그런데 좋은, 옳은 소리가 무성하게 발언되는 현실은 이 역설에서만 머물지 않습니다. 우리는 그 무수한 바른 발언들이 스스로 낳는 '옳음의 소용돌이'에 빠집니다. 모든 옳음이나 좋음이 '하나의 소리'로 다듬어지리라고 예상하는 것은 너무 앳된 기대입니다. 그런데도 우리는 좋은, 옳은 주장과 직면하면 언제나 '소박'해집니다. 갑자기 순수에의 기대가 솟아나면서 들리는 옳고 바른 좋은 소리들이 맑고 고운 소리로 하나가 되어 아름다운 화음으로 우리에게 다가오리라고 믿게 됩니다. 그러나 그것은 실은 옳음의 소용돌이에 휘말리는 것과 다르지 않은 '기만적인 정황'의 묘사입니다.

좋은 옳음의 발언들은 결코 하나의 소리를 내지도 않을 뿐만 아니라 맑고 고운 조화로운 소리도 내지 않습니다. 오히려 그것은 옳음과 좋음이 서로 충돌하는 굉음을 낼 뿐입니다. 실제로 옳음끼리의 갈등과 충돌은 그름에 대한 저주로는 빗대어 말할 수조차 없는 비극적인 참상을 드러냅니다. 옳음은 스스로의 옳음 때문에 자기에 대한 어떤 비판적인 발언도 받아들이지 못합니다. 만약 그러한 수용이 가능하면 그것은 자기옳음의 온전하지 못함을 승인하는 것과 다르지 않을 뿐만 아니라 그것은 자기의 소거(消去)를 스스로 초래하는 것과 다르지 않습니다.

그러므로 스스로 옳다는 자의식을 가진 주체는 그 옳음을 훼손하리라고 예상되는 어떤 것에 대해서도 할 수 있는 모든 것을 동원하여 이를 방어하고 배제하고 소멸시키려는 태도를 준비할 수밖에 없습니다. 그리고 그러한 정황이 벌어지면 이를 그대로 성실하게 실천합니다. 결과적으로 옳고 좋은 발언이 무성한 정황은 그 좋은 옳음의 범람으로 인하여 모든 것을 익사하게 합니다.

저주가 주음이 되든, 아니면 옳음이 소용돌이가 되어 삶의 정황 자체를 유실하게 하든 옳고 좋은 발언의 넘침은 그것 자체로 그러한 발언이 이루어지는 삶의 정황이 좋고 옳은 정황일 수 없음을 실증적으로 제시해 주고 있습니다. 이것은 비극입니다.

4

그렇다면 우리가 이 사태와 직면하면서 이제 해야 할 일은 왜 우리가 발언하는 좋은, 옳은 발언들이 그 좋음과 옳음에도 불구하고 이러한 역설에 빠져 스스로 자신을 상실하고 오히려 좋지 않음과 옳지 않음의 새로운 모태가 되어버리는지를 살피는 일입니다.

이때 우리는 앞에서 역사와 역사인식에 대하여 발언한 내용을 되살필 필요가 있습니다. 주목할 것은 좋은, 옳은 발언을 하는 이른바 인식주체의 '자리'입니다. 그가 어느 자리에서 그러한 당위적인 발언을 하고 있느냐 하는 것입니다. 앞서 서술한 내용을 좇는다면 우리는 그 발언자리가 멈춤과 머묾과 불변의 자리일 수도 있고, 움직임과 바뀜과 변화의 자리일 수도 있다고 말할 수 있습니다.

그런데 우리가 겪는 옳고 좋은 발언들은 거의 한결처럼 자신이 움직임과 바뀜과 변화의 현실 안에 있지 않다는 자의식을 가지고 있습니다. 만약 변화의 현실 안에 있었다면 자신이 스스로 현실에 대하여 바른 주장을 하도록 한 인식 자체가 불가능했으리라고 주장하는 자리에 서는 것입니다. 그래서 세상이 다 움직여도 멈추는 자리, 온갖 삶의 정황이 다 바뀌어도 머무르는 자리, 존재하는 것이 모두 변화해도 그 변화를 넘어선 또는 그 변화 안에서도 불변하는 자리에 자기는 서 있다는 자의식을 가집니다.

그러한 자의식은 비록 자기가 살피려는 객체에 대한 인식은 도식적으로 서술 가능하게 할 수 있을지 몰라도 그러한 객체의 현실에 대한 어떤 공감적 이해도 갖지 못하게 합니다. 그 공감 대신에 자기는 '밖'에서 '안'의 현실에 대한 비판적 인식과 그로부터 비롯하는 질책을 당위적인 규범으로 그 '안'에 과하는 것이 자신의 소명이라고 여기기 때문입니다. '변화하는 세상'이라는 언표가 함축한 부정적 정황에 대하여 자신은 그 변화에 물들지 않고 오로지 '불변하는 자리'를 지탱하기 때문에 당연하게 스스로 그 변화하는 정황에 대한 심판의 기능을 마땅히 발휘해야 한다고 판단하고 있는 것입니다.

그러나 분명한 것은 인식주체라는 자의식에도 불구하고, 우리는 누구나 변화의 한복판에서 모든 변화와 더불어 그 변화를 살고 있다는 사실입니다. 그러므로 진정한 인식은 내가 변화 안에 있다는 사실을 인식하는 일이며, 그렇다고 하는 사실에서부터 그 변화를 향한 좋은, 옳은 발언을 해야 한다는 사실입니다. 그렇게 되면 그로부터 말미암는 그름에 대한 질책은 자책을 함축한 참회가 됩니다. 그때 발언되는 옳음과 좋음은 참회가 빚는 고백이 됩니다. 그러므로 그 고백은 옳음의 강조에도 불구하고 결코 미움에 이르지 않습니다. 당연히 그러한 고백의 무성함이 스스로 모든 옳고 좋은 '다른 발언들'을 익사시킬 소용돌이를 만들 까닭도 없습니다.

그런데 고백은 객관적인 실증을 통해서 그 정당성이 드러나는 것이 아닙니다. 그것은 고백주체가 자신에게 얼마나 정직하고 성실했는가 하는 것에 의해서 그 정당성이 확보됩니다. 그러므로 그곳에서는 서로 네 옳음이 그르다든지 내 좋음만이 좋음이라는 논의를 펼 여지를 가질 수가 없습니다.

소박하게 말한다면 좋고 옳은 발언이 그 좋음과 옳음으로 인하여 삶의 정황을 더 못된 것이 되도록 하는 것은 그 발언주체의 오만에서 비롯하는 일입니다. 어떤 삶의 정황에서도 자기는 예외라는 자의식, 그래서 움직임과 바뀜과 변화의 현장에서 자기는 오롯하게 멈춤과 머묾과 불변의 '덕'을 지니고 있다고 믿으면서 스스로 구축한 판관의 자리에 올라서 있다는 자의식, 저주조차도 자신의 판단의 확장을 위해서는, 또 자신의 발언의 효과적인 구현을 위해서는 더할 수 없는 덕복이 된다는 자의식, 이러한 자의식의 뿌리는 그리고 그 결과는 오만입니다.

그러나 이러한 진술을, 스스로 옳고 좋은 발언을 자신의 순수성을 다 기울여 순교자적 자의식을 가지고 수행하고 있다고 믿는 착한 개개인을 향해 쏟아놓는다면 그것은 바른 태도일 수 없습니다. 그 발언주체의 귀한 자의식을 폄훼하는 일은 그나마 옳음의 발언이 불러올 그 옳음과 좋음에 대한 작은 메아리조차 차단할 수도 있을 것이기 때문입니다. 그러므로 지금 여기서 펼치는 우리의 관심이 그 좋은 분들에 대한 무례함이 되도록 해서는 안 됩니다. 좋은 발언은 그 나름의 좋은 결실을 스스로 거둘 수 있을 것이라는 기대를 가지는 것이 착한 삶을 살려는 우리의 소박한 기대이어야 한다고 믿기 때문입니다.

그렇다면 문제는 다른 데 있지 않습니다. 우리의 역사이해와 우리가 구축한 역사인식을 되살피지 않으면 안 됩니다. 우리는 이제까지 '바른 역사이해' '정확한 역사인식'은 운위했어도 '겸손한 역사이해' '오만하지 않은 역사인식'은 운위한 적이 없습니다. 그것은 학문적으로 적합하지 않은 태도라고 여겼기 때문입니다. 옳은 규범입니다. 하지만 학문을 하게 하는 것은 학문 배후에 있는 비학문적인 인간적 동기라는 사실을 유념할 필요가 있습니다.

'옳은 발언의 범람' 속에서 '유실되는 옳음'이 두려워 이런 생각을 해보았습니다.

그해 여름은 '환상적'이었습니다

1

지난 2013년 7월 4일부터 13일까지, 9박 10일 동안 섬나라 피지(Fiji)공화국에 다녀왔습니다. 환상적인 남태평양에서의 여름휴가를 보내고 온 것은 아닙니다. 제가 속해 있는 학술원을 대표한 네 사람 중 하나로 그곳에서 열린 태평양과학협회(Pacific Science Association) 제12차 중간학술대회에 참석한 것이었는데, 결과적으로는 매우 '환상적'이었습니다. 우리나라에서 '과학협회'라고 번역을 하고 있어 자연과학자들의 모임으로 여기기 쉽지만 자연과학자의 모임은 아닙니다. 자연과학이 주를 이루고 있는 것은 사실이지만 인문·사회과학의 여러 영역도 두루 망라하고 있어 실은 '학문협회'라고 번역하는 것이 더 타당한 그런 모임입니다.

이번 모임의 전체 주제는 "태평양 섬들과 주변의 인간 안전과 지속 가능한 발전을 위한 과학"(Science for Human Security and Sustainable Development in the Pacific Islands and Rim)이었습니다. 그리고 이 주제 아래 7개의 작은 주제들이 있었는데 나열해 보면 ①생물다양성과 생태계 서비스 및 회복 가능한 사회(Biodiversity, Ecosystem Services, and Resilient Societies) ②지속 가능한 발전을 위한 정보통신 기술(Information and Communication Technologies for Sustainable Development) ③음식, 물, 에너지, 건강(Food, Water, Energy, and Health)

④사회, 문화 그리고 성(Society, Culture, and Gender) ⑤통치, 경제발전, 공공정책(Governance, Economic Development, and Public Policy) ⑥기후변화, 영향, 기후과학(Climate Change, Impact, and Climate Science) ⑦해양(Ocean) 등입니다. 개막식에서의 기조강연 외에 7개 주제의 기조강연도 전체회의로 이루어졌습니다. 대회의 전체 참석자는 450여 명이었습니다.

흥미로운 것은 7개 주제의 기조강연에서 자연과학의 한계를 지적하지 않은 발표자가 하나도 없다는 사실이었습니다. 어느 분은 지금의 자연과학을 '경화된 과학'(hard science)이라고 하면서 '연화된 과학'(soft science)으로의 '발전'을 주장하는가 하면, 자연과학이 인간의 '영성'(spirituality)에 대한 관심과 더불어 전개되어 나아가야 한다는 주장이 빈번하게 등장한 것도 제게는 무척 흥미로운 현상이었습니다. 그러나 당위적인 선언일 뿐 이에 대한 충분한 '학문적' 진술이나 논의의 진전은 분명하게 확인할 수 없었습니다. 앞으로의 과제라고 생각됩니다.

그런데 모처럼 제 발표가 없는 '한가한' 참석이어서 좀 욕심을 냈습니다. 가능한 한 많이 보고 듣고 배우고 싶어서 7개 주제발표를 위한 전체회의는 물론, 제가 관심을 가지고 있는 제5주제인 '사회, 문화 그리고 성(Society, Culture, and Gender) 분야에서 열리는 모두 28개의 발표 중에서 22개의 발표에 참석하였습니다. 저는 발표가 예정되어 있음에도 발표자가 참석하지 않아 취소된 4개의 주제를 제외하고는 모두 참석을 하였습니다. 2개의 발표는 발표를 직접 하지 않고 포스터로 대체한 것이었습니다. 기대했던 주제가 발표자의 불참으로 취소되는 일은 무척 실망스러웠습니다. 그런데 발표자로 공고되어 있는 한국의 어느 대학 교수가 참석하지 않아 모임이 취소된 예가 다른 주제의 모임에서도 있었습니다. 안타까웠습니다.

주제발표 장소는 시원하고 안락했습니다. 마침 그곳이 겨울이어서 한낮 높은 기온이 25℃ 정도였고, 새벽마다 심한 소나기가 쏟아졌지만 바람도 무척 시원했습니다. 제가 참여한 주제의 발표장에는 대략 15명 내외의 사람들이 모였습니다. 자연히 서로 자기소개를 하고 나서 발표를 듣고 토론을 하는 형식을 취했는데, 분위기가 참 좋았습니다. 좀 유치한 것 같기도 하지만 발표자가 질문자에게 줄 자그만 선물, 곧 자기 대학의 배지나 자기 나라의 작은 기념품을 준비해 온 경우도 적지 않았습니다. 소박하게 모두들 즐거웠습니다.

이번 모임의 자연과학 쪽에서 많은 관심을 기울인 문제는 기후변화에 의한 '재앙'을 어떻게 극복할 수 있을 것인가 하는 것이었습니다. 그런데 이러한 위기감 못지않게 태평양 주변의 여러 섬나라들이 직면하고 있는 또 다른 심각한 문제는 자기네들의 고유한 전통문화의 소멸에 대한 두려움인 것 같았습니다. 문화의 지속 가능성(cultural sustain-ability)은 제가 참석한 분야의 모든 발표자들이 공유하고 있는 문제였습니다. 인상적이었던 세 발표만을 예로 들겠습니다.

무엇이 "우리들의 전통적인 문화인가" 하는 문제가 여러 발표자들에 의해 다루어졌습니다. 그중에서도 자기들의 정체성이 어떤 것을 통해 확인되는가 하는 것을 통해 이를 살펴보려는 연구발표가 있었습니다. 피지(Fiji)뿐만 아니라 통가(Toga) 등 여러 섬의 카바(kava)의례 그리고 뉴질랜

드(New Zealand)의 파이카바(Faikava) 의례를 중심으로 다룬 오클랜드(Auckland)대학의 에드문드 페호코(Edmund Fehoko) 교수의 연구발표가 그것이었는데, 이러한 연구들 중에서 매우 돋보였고 인상적이었습니다. 22년 전에 저도 피지의 카바의례에 초대되어 참여했던 기억이 되살아났기에 더욱 그러했습니다.

그런데 문제는 그 의례가 남성의례이기 때문에 남성사회에서는 그것을 자기정체성의 확인 지표로 승인할 수 있지만 이제는 여성의 권익이 신장되면서 그것을 통한 정체성의 확인이 여성들에 의해 배척되고 있다는 데 있었습니다. 그의 발표는 여성 참석자들에 의해 거친 반박을 받았습니다. 그러나 발표자는 그보다 지금 젊은이들이 전통 카바의례를 기피하는 새로운 풍조를 드러내고 있다고 하면서 이를 더 심각한 문제로 다루고 있었습니다. 정체성에 대한 문제를 공유하면서도 격하게 이는 이러한 혼란스러운 고민과 반박을 경청하면서 저는 이른바 문화적 정체성을 '전통의례의 수행 여부'에서 찾으려는 이러한 방법론이 과연 타당한 것일까 하는 회의가 들기도 했습니다. 그런데 이러한 열띤 논의와 상관없이 수바(Suva)항 근처의 야채시장에서는 카바뿌리가 지천으로 쌓여 팔리고 있었습니다. 의례를 위한 것이라기보다 최근 여러 선진국에서 암 치료와 예방에 효과가 있다는 연구들이 발표되고 있기 때문인지도 모릅니다.

정체성의 논의를 여전히 함축하면서도 거기에 매여 머뭇거리기보다 우선 다른 문화와 가시적으로 구분되는 현존하는 자기 문화의 '다름 자체'를 자기들의 고유한 전통문화로 일단 전제하고 그것을 어떻게 지속시키고 연구하며, 그 가치와 의미 그리고 그 '틀' 자체를 어떻게 하면 세계적인 인류의 보편성의 맥락 안에 들게 할 수 있을 것인가를 탐구하고 실천하는 노력들도 돋보였습니다.

예를 들면 "예술, 문화, 태평양 연구를 위한 오세아니아 센터"(the Oceania Centre for Arts, Culture, and Pacific Studies)에서 제작한 두 편의 영화, 〈바카〉(Vaka, 선견자의 탄생)와 〈드루아〉(Drua, 불의 물결)를 상영하면서 전통문화의 지속 가능성을 발표해 준 하와이대학의 빌소니 헤레니코(Vilsoni Hereniko) 교수의 주장이 대표적인 것이었고 매우 시사적이었습니다. 그는 이러한 영화가 전통문화의 '기록'이면서, 거기에 이야기를 담아 그것을 '살아 있게' 하고, 아울러 '소통 가능한 것'으로 다른 문화권에서도 공감할 수 있는 가치를 지니도록 함으로써 당면한 자기들의 문화지속 가능성의 문제를 잘 해결할 수 있다고 주장하였습니다. 그러나 실제로 영화를 감상하면서 저는 그 두 편의 영화 모두가 다큐멘터리로도 성공적이지 못했고 스토리텔링에서도 충분하지 않았으며, 결과적으로 소통에서도 많은 한계를 지닌 것으로 느껴졌습니다. 그 발표를 들으면서 문득 우리가 지향하는 문화콘텐츠 사업은 어떤지 궁금했습니다.

조금 문제의 맥락이 다르지만 오클랜드대학의 갈루바오(Filiomanaia Akata Galubao) 교수가 발표한 사모아인의 담론분석(discoursc analysis)도 흥미로웠습니다. 그는 사모아인의 언어생활에서 '비판적 발언'은 어떻게 이루어지는지를 살펴보고 있었습니다. 이를테면 전통적으로 비판적 발언의 주체는 언제나 집단적이라는 것 그리고 직면한 사실에 대한 기술이나 인식 이전에 '전통적인 앎'(indigenous knowledge)이 언제나 우선하여 등장한다는 것, 그런데 식민지시대 이후 그러한 전통적인 발언은 '화법'보다 개개 '어휘'를 선택하는 데 더 신중한 태도를 보이는 것으로 바뀌었다는 것 그리고 '전통적인 앎'에 의하여 판단이 유도되던 것이 이제는 상당 정도 '사실인식의 차원'에서 판단이 추론되고 있다는 것을 지적하고 있었습니다. 그럼에도 불구하고 사물을 보는 전통적인 자리(perspective), 곧 산의 정상에 있는 사람의 시각, 나무 꼭대기에 있는 사람의 시각 그리고 뱃머리에 앉아 있는 사람의 시각이라는 근원적인 시각이 비판적 발언의 '권위'를 결정하는 것은 달라지지 않았다고 말하면서, 이를 설명하기 위해 푸코(Foucault)의 '힘과 지식의 개념'을 원용하고 있었습니다. 저는 이 발표를 들으면서 평소 외국어의 유입, 외국어 학습, 다른 언어와의 소통이 초래하는 생각 틀의 변화를 우리가 어떻게 인식하고 판단하고 평가해야 할지 늘 궁금하던 제 문제에 대한 막연한 어떤 시사를 얻은 것 같은 생각도 했습니다.

중간에 쉬는 시간이 있어 다과를 하며 여러 나라의 학자들과 서로 관심사를 가지고 담소를 나누는 기회도 누렸지만, 하루 여섯 시간씩 꼬박 이레 동안 걸상에 앉아 긴장을 했더니 회의중에는 전혀 몰랐는데 귀국길에서는 허리의 통증을 가누지 못해 괴롭기 그지없었습니다. 나이는 어쩔 수 없다는 생각을 했습니다. 하지만 오랜만에 지적 향연을 마음껏 즐겼습니다. 참 좋았습니다. 매일 이런저런 일에 쫓겨 세상에서 일어나는 여러 현상에 대한 지적 천착을 게을리 하고 살던 터라서 이번 회의참석이 제게는 참으로 '환상적'인 기회가 아닐 수 없었습니다.

2

하지만 전체 회의분위기는 즐겁지 않았습니다. 개회 전야제의 민속공연, 폐회식 직전의 파티 등이 흥을 돋았지만 실은 무척 우울한 모임이었습니다. "기후변화와 인간의 안보"라는 문제를 기저로 한 다양한 주제들은 한결같이 답답하고 암담한 것이었습니다. 우리가 짐작도 하지 못할 만큼 태평양에 흩어져 있는 수많은 섬나라들의 위기의식은 심각했습니다.

이를테면 지난 10년간 피지의 해수면은 1.8센티미터가 높아졌습니다. 바닷물의 높이가 그만큼 늘어난 데 따라 육지의 침수면적이 늘어나는 것은 당연합니다. 그러나 어느 정도 육지가 해수에 의해 침수되어 없어지고 있는지 정확한 측정은 거의 불가능하다고 합니다. 분명한 것은 "이전에는 바닷물이 들지 않았는데 이제는 물이 든 곳"을, 그곳에서 사는 사람들은 누구나 쉽게 확인한다고 하는 사실입니다. 아무리 3천 미터가 넘는 산이 있는 피지라 하더라도 이러한 경험은 섬뜩한 일입니다. 이러한 문제와 아울러 해양생물계의 변화로 인한 어종의 변화, 곧 사라진 어류들, 먹을 수 없는 물고기들의 출현 그리고 식물의 변종, 숲의 소멸, 새로운 질병, 전통문화의 붕괴, 자립 불능의 경세, 다른 세계에서 일컫는 '발전'이라는 개념의 '변화'를 적용할 수 없는 제한된 현실, 새로운 정치적 욕구, 여성지위의 변화, 젊은이들의 이른바 '섬 탈출지향성' 등 문제는 한둘이 아니었습니다.

이러한 주제들에 대한 이른바 '전문적인 발언'이 사실의 기술, 새로운 방향의 제시를 축으로 하여 회의 내내 끊임없이 흘러나왔지만, 제가 보기에는 이에 대한 대책의 강구가 범학문적인 입장에서부터 비롯하여 정치·경제적인 '힘의 갈등'을 축으로 한 대처방안의 모색에 이르기까지 아무리 진지하게 논의된다 하더라도 그것은 다만 위기의식의 표출일 뿐 실질적인 출구의 마련이기에는 한참 모자라는 것들이라고만 판단되었습니다. 왜냐하면 그러한 발표내용들이 '잘만 하면 잘될 것이다'라는 당위론적 동어반복 이상의 어떤 실제적인 해답도 마련하지 못하고 있다고 여겨졌기 때문입니다. 제 무지 때문이겠습니다만 지극히 기술적인 대책도 그렇게만 이해되었습니다.

바닷물이 언제 어떻게 땅을 뒤덮게 될지는 알 수 없지만, 그리고 그것이 지금까지의 상태로 앞으로도 이어 일어난다면 실은 100여 년 뒤의 일일 수도 있지만, 그 사태의 '진전'이 분명한 상황 속에서 제가 궁금한 것은 그곳에 사는 사람들의 '태도'였습니다. 이러한 제 관심은 참 한가한 비인간적인 '흥미'일 수밖에 없다는 것을 저도 잘 압니다. 그런데도 그러한 위기를 '아직은' 현실적으로 직면하지 않고 있는, 또는 못하고 있는 저에게는 이 사태 속에서 거기서 삶을 살아가는 사람들이 이 현상에 직면하고 있는 태도가 어떤지 알고 싶은 것은 단순한 지적 호기심을 넘어서는 저 나름으로는 절박한 것이기도 했습니다.

그런데 어느 발표장에서도 제 이러한 궁금증에 대한 메아리를 들을 수는 없었습니다. 더 정확히 말한다면 '그곳 사람들을 위한' 발언은 있었지만 '그곳 사람들의' 발언은 들을 수 없었습니다. 저는 그들의 발언을 어떤 형태로든 직접 듣고 싶었지만 그렇게 하기에는 거기 머무는 동안의 여러 현실적인 조건이 편하질 못했습니다.

3

회의가 열린 남태평양대학(The University of the South Pacific)은 남국의 자연을 그대로 간직한 아름답고 안락한 곳입니다. 스물두 해 전에 박규태 교수와 함께 방문했던 때와 견주어보면 놀랄 만큼 새 건물들이 들어섰고 캠퍼스 주변도 몰라보게 번잡해졌지만 모든 시설들은 여전히 그곳 자연에 어울리도록 마련되어 있었고, 학생들과 교수들은 진지하고 겸손하면서도 남태평양의 지성을 대표한다는 높은 긍지를 감추지 않고 있었습니다. 늦은 저녁 대학도서관은 무척 시원했습니다. 도서관과 마주해 있는 구내서점은 풍성하지는 않았지만 서구의 신간은 물론, 자국의 출판물들도 고루 갖추고 있었습니다. 거기서 저는 한 시집을 만났습니다. 사텐드라 난단(Satendra Nandan)이라는 시인의 『섬들의 외로움』(*The Loneliness of Islands*)이라는 시집이었습니다.

「태어난 자리」(Place of Birth)라는 시가 있었습니다. 그 시는 다음과 같이 시작됩니다.

모든 형상은 공간을 가지고 있지
하지만 네가 태어난 곳은,
오직 네가 태어난 곳만은,
이제 형상도 없고, 공간도 없어

희망도 없고, 절망도 없어

아무 목적도 없이 탑승시간입니다 하니까 탑승하듯이
자고 일어나 하던 버릇이니까 아침세수를 하듯이
…

그러면서 시인은 "어쩌면 본능처럼 그저 살다가 여울처럼 흐른 아득한 슬픔의 계보, 그 조류를 따라 멀리 멀리 날아가는 것이 삶일지도 모른다"고 말합니다. 태어난 곳은 이제 살아갈 곳이 아닙니다. 살아갈 수 있는 곳이 아닙니다. 그렇다고 하는 그들의 경험을 저는 어쩌면 '존재기반의 상실' 그렇게 이야기해야 더 정확할지 모른다고 생각했습니다.

그러나 그의 진정한 읊음은 이보다 더 절실한 황량함일지도 모릅니다. 잃을 수밖에 없는 존재의 기반에서 아직 스스로 존재한다고 하는 것을 확인해 가며 살아야 하는 삶의 경험은 그 삶의 삶다움을 어떻게 추스를 수 있는 것인지 저는 숨이 막히는 듯했습니다. 그런데도 시인은 담담하게 일상의 관성을 읊으면서 소멸이 약속된 땅 위에 여전히 자기가 존재하고 있다는 것을 발언하고 있습니다. 어쩌면 '젖과 꿀이 흐르는 땅'을 향해 '탈출'을 선언해도 모자랄 상황에서 그는 지나치게 조용합니다. 저는 그의 한가함이 거북하기조차 했습니다.

그런데 갑작스럽게 시인은 다른 발언을 하고 있었습니다. 그것은 참 예상하지 못한 것이었습니다. 그것은 반전(反轉)이라고 하기에도 어색한 근원적인 선회(旋回), 아니면 이어짐 안에 내장된 단절의 표출이라고 해도 좋을 그런 것이었습니다. 시인은 삶을 이어 묻지 않습니다. 갑작스럽게 그는 이렇게 읊습니다.

장례는 피지에서 일어나는 일

태어난 자리의 소멸을 이야기하는 맥락에서 죽음자리를 확인하는 일은 어울리지 않습니다. 그것조차 아무런 전조(前兆) 없이 불쑥 나타내는 것은 조금은 무모하기조차 한 일입니다. 저는 그렇게 생각하고 싶었습니다. 시의 완성도가 떨어지는 거 아닌가 하는 느낌조차 들었습니다. 그러나 이 설익은 제 인식은 그 뒤에 이어지는 시인의 발언과 만나면서 얼마나 초라한 가난을 드러냈는지요.

죽음자리를 확인하는 일, 그런데 그것이 태어난 자리의 확인임을 천명하기까지, 시인의 에두름은 그대로 단장(斷腸)의 아픔이라고 해야 겨우 그려지는 그런 것이었습니다. 그는 이렇게 읊습니다.

너 고맙다
너는 네가 죽을 자리가 어딘지 묻지 않았어
너는 언제, 어디서, 누구와 더불어 죽음을 맞고 싶은지도

태어난 자리의 잃음은 죽음자리에의 물음을 함축하고 있습니다. 그래야 합니다. 태어나 살 자리가 없어졌다면 그 삶이 도달해야 하는 죽음은 과연 '어디에서' 일어나는지를 물어야 하는 것은 마땅한 일입니다. 그런데 시인은 오히려 그 물음 없음을 고마워합니다. 그 '고마움'이 저에게는 견딜 수 없이 '찢어지는 아픔'으로 다가왔습니다.

당연히 예상되는 물음, 그런데 다행하게도 그 물음을 묻지 않아 그 물

음에 대한 답변을 하지 않아도 되는 안도(安堵), 그래서 발언하는 고마움, 그것은 그대로 처절하게 아픈 과정입니다. 까닭인즉 분명합니다. 태어난 자리를 잃은 삶의 주체가 죽음자리를 묻는다면 그것은 또 한번 태어난 자리의 상실을 되발언해야 하는, 그러니까 상실을 거듭 강화하는 답변에 이를 수밖에 없는 것인데, 그것은 무의미한 자학(自虐) 이상일 수 없다는 것을 시인은 이미 충분히 알고 있기 때문일 겁니다. 저는 그렇게 공감했습니다.

시인은 이에 이어 살던 도시의 번잡함을 묘사합니다. 활기차게 '움직이는 삶'이 읊어지고 있는 것입니다. 그런데 이제는 사람들이 살던 집들의 문이 모두 닫혔습니다. 사람살이의 흔적이 가셨습니다. 강물도 이제는 더 흐르지 않습니다. 숨바꼭질을 하던 아이들도 당연히 없습니다. 그러나 시인은 말합니다. "나는 너를 다 안다"고, "이미 충분히 알고 있다"고. 소멸이 실증되는 자리에서조차 죽음자리를 묻지 않는 데 대한 공감, 죽음자리를 묻지 않고 죽어가겠다는 의지에 대한 어쩌면 경외일지도 모를 시인의 정서는 이렇게 그 죽음물음의 거절에 대한 아픈 공감을 다음과 같이 읊습니다.

너는 괴로움 속에서 홀로 죽기를 꿈꾸고 바라고 있는 거야

그러나 죽음물음의 현실성과는 상관없이, 그러니까 죽음을 묻든 묻지 않든 그것과는 상관없이 아무튼 우리는 죽습니다. 태어난 자리의 소멸이 태어남마저 되거두어들여 아예 죽음조차 없애는 것은 아닙니다. 내 태어

남 이전에도 죽음은 있었습니다. 삶이 있었으니까요. 죽음은 우리로부터 비롯한 사건이 아닙니다. 태어남이 그렇듯이.

그리고 이 마디에서 시인은 조용히 그리고 살며시, 자기의 죽은 누이를 이야기하기 시작합니다. 그것은 갑작스레 멀리서 들려오는 레퀴엠(Requiem) 같은 것인데, 제게 그렇게 들리는데, 그것이 도무지 슬프지 않았습니다. 하긴 그렇습니다. 레퀴엠은 슬픔을 "말갛게 슬퍼하기 위한 것"일 뿐, 슬픔에 의해 자지러지는 마음의 표출은 아니기 때문입니다. 그리고 그것은 모든 존재하는 것의 "소멸을 기리는 종곡(終曲)"입니다.

내 누이는 여름의 나라에 살고 있었어
…
우리는 서로 얼굴을 마주하지도 못했고
물결 속에서 출렁이는 우리의 운명도 몰랐어

글을 읽을 줄도 몰랐고, 더하기 빼기도 못한 그 누이는, 그런데 삶을 행복해했다고 시인은 말합니다. 그녀는 모든 자연과 어울릴 줄도 알았다고 시인은 그녀가 찬탄했던 온갖 꽃과 풀과 나무 이름을 들며 말합니다. 시인은 그녀의 모든 삶이 "그랬었노라"고 짙게 회상합니다. 그런데 그 누이가 세상을 떠납니다. 그 누이는 태어났었으니까 그랬다고 말합니다. 시인은 이를 이렇게 담담하게 읊습니다.

누이는 작은 집에서 죽었어

작은 공간에서
작은 나라에서
많은 지도들이 그려놓지 않는…
(She died in a small house
In a small place
In a small country
Missing from many maps…)

「태어난 자리」라는 시는 이렇게 끝납니다. 가슴이 먹먹했습니다. "언젠가는 사라지지 않을 자리에서 태어나지 않은 사람이 어디 있니? 살아 있는 사람들은 누구나 지도 위에도 그려지지 않을 공간에서 죽음을 맞는 것인데, 굳이 삶의 자리의 소멸과 죽을 자리의 모색을 이야기할 필요가 있을까? 그것이 인간의 운명이라면 피지의 내일과 피지 아닌 곳의 내일이 다를 것이 하나도 없는데…" 어쩌면 시인은 이렇게 이야기하고 있는 것인지도 모릅니다. 하지만 시는 '설명'이 아닙니다. 그것은 삶이 빚는 그림자의 발언입니다. 더구나 햇빛이 사라지는 해변의 둔덕에서 발언의 실체를 찾는 것은 무의미한 일입니다.

저는 피지의 시인이 시적 정열을 가지고 자기들이 직면한 사태를 초극하려는 의지를 점화하면서 새 누리를 찾아 떠나는 장엄한 서곡을 자기 동족들에게 울리기를 기대했는지도 모릅니다. 솔직히 저는 그러한 기대를 했습니다. 그것이 상식, 그것도 '역사적 상식'이기 때문입니다. 멀리는 앞에서 언급한 '젖과 꿀이 흐르는 땅에의 탈출'도 그러했고, 가까이는 그러한 '탈출에의 충동'이 대륙을 향한 자기확장의 기본적인 충동이었다는 동아시아 우리 이웃나라의 이야기도 다르지 않습니다. 우리 모두 익히 아는 이야기들입니다. 다시 말하지만 상식이니까요.

그러나 피지의 시인은 그렇게 삶을 직면하고 있지 않았습니다. 태어난 곳이 있다면 그것이 소멸된다 할지라도, 묻힌 경험이 내 안에 기억으로 살아 있다면 그곳이 지도 위에 그려지지 않는 곳이라 할지라도, 어차피 삶의 흐름이 그런 것이라면, 소멸을 슬퍼하면서 묻힐 곳을 묻지 않는 침묵보다 더 성숙한 삶이란 달리 기대할 수 없다고 시인은 '자기 삶을 겪었는지'도 모릅니다. 틀림없이 그랬던 것 같습니다

아니, 이렇게 달리 이야기해도 좋을 듯합니다. 누이의 무덤과 그 장례를 기억하는 한, 그녀의 삶과 행복이 가득한 자연이, 풀과 나무, 하늘과 바다, 사람들의 소음이 살아 있는 이들의 마음에 사라지지 않고 머무는 한, 사라질 땅은 아직 없습니다. 없어야 합니다.

소멸을 예상하는 아픔이 죽음으로부터의 도피를 의도하는 것이 아니라 죽음에의 조용한 침잠 속에서 승화하는 아름다움으로 꽃피면서 죽음 자리를 묻지 않는 '고마운 자아'로 탄생하는 감동을 읽으면서 저는 어떻게 제 마음에 그 감동을 고이 담아야 할지 놀라 낭혹스러웠습니다. 감동은 공감을 찾아 마구 스스로 분출하는 것이지 자기를 기다리는 공감하는 마음에 고이 담기는 것이 아니라는 느낌도 어쩌면 제게 처음 경험이었는지도 모르겠습니다.

4

그의 또 다른 시 「안에서의 죽음」(An Inward Death)은 이를 더 분명하게 전해 주고 있었습니다. 그 시의 2절은 다음과 같습니다.

어느 날 오후,
이 끊임없는 빗속에서
짐짓 그 비가 그치리라 여기면서
너는 사랑을 꿈꾸며 바다를 바라보고
외롭게 홀로 있었지

물방울 하나, 창문에 떨어져 적도만큼
긴 금을 긋네
그렇게 보아서 그럴까
그 금이 바다를 갈라놓네

그러자
네 살아 있는 자아가
아이의 죽음, 개와 새와
너 자신의 죽음을 우네

네가 그 죽어가는 온갖 것 구하려고 뛰어오르네

그런데 길 한복판에서,

인간의 온갖 폐허 한복판에서

죽음이 너를 멎게 하네

네 가슴이 찢어지고

네 머리에서 피가 흐르고

태양은 파편 되어 흩어지네

너는 이제 죽어감을 아는 사람

너한테는 격렬한 폭발이 일어나

세계가 처음 원자로 되돌아갈 필요가 없어

그것은 죽음이 매순간 하고 있는 일인걸!

그러니 이제

아무것도 없어, 정말 필요한 것은

(Now

Nothing is really necessary)

저는 이 시인이 피지의 정서, 남태평양 여러 나라의 사유를 대표한다고 믿지는 않습니다. 또 저는 이 시인에 대해 아무것도 알지 못합니다. 그의 시가 영역(英譯)된 극히 적은 수의 피지 태생 시인들의 시라는 사실이 저를 조금은 이 시를 순수하게 탐하게 하지 못하는 장애이기도 합니다. 영역된 시란 꽤 자주 영어권 독자의 취향에 맞추어 선택된 것인 경우가 많기 때문입니다. 따라서 이 시를 통해 피지인의 '종말론적 공포'에 대한 정서를 읽는다는 것은 무모한 일입니다. 다만 한 시인의 시일 뿐이라고 생각하는 것이 오히려 이 시를 통해 '무모한 인식'을 전개하는 것보다 훨씬 나을 거라고 생각합니다.

그러나 이 시에는 다른 어떤 학술발표에서도 들을 수 없었던 하나의 선언이 담겨 있었습니다. 그것은 다른 것이 아닙니다. 제 투로 말한다면 온갖 학술발표가 "죽음을 향해 가는 삶의 자리에서 죽음 피하기"를 의도하는 것이었다면 이 시는 "죽음자리에서 삶을 바라보며 그 삶을 온전하게 하기"라고 하고 싶은 그런 것이었습니다.

이를 저는 조금은 서둘러 이렇게 말씀드리고 싶습니다. 죽음자리에서 삶을 바라보면 삶의 자리에서 죽음을 간과하고 살아갈 때보다 우리는 조금 더 겸손할 수 있을 것 같습니다. 우리는 좀더 잘난 체하지 않아도 될 것 같습니다. 쓰고 먹고 입고 치장하고 과시하는 일보다 아끼고 절제하고 염치가 있는 삶이 더 나아지리라고 생각됩니다. 서로 못났고 모자라고, 그래서 할 수 있는 일이 한정되어 있으니 서로 돕고 채우고 힘이 되어주어야 사는 삶이 삶다워진다는 의식도 더 뚜렷해질 것 같습니다. 불원간 죽어야 할 삶인데, 그러니까 사랑하고 살아도 한없이 짧은 세월이어서 미워하고 게걸스럽게 살고 힘이나 권위를 드러내려다 보면 한없이 초라하고 가난하고 불쌍한 존재가 될 수밖에 없는 삶인데, 그렇다고 하는 것을 죽음자리에서 삶을 바라보면 알 수 있게 되리라고 믿기 때문입니다.

시인의 말처럼 죽어감을 아는 사람에게는 "정말 필요한 것은 아무것도 없는" 법입니다. 그런데 그처럼 아무것도 정말 필요한 것이 없다고 여기고 사는 삶도 있는 법입니다. 아니, 그것이 참으로 '사는 삶'입니다.

삶이 죽음을 안고 있는 것이라면 언제든 소멸되는 것이 생명인데, 그래도 살아 있는 한 땅이 물속에 잠긴다는 것을 여러 원인을 찾아 밝히고, 이에 대한 대처를 하는 것도 매우, 매우, 중요하지만, 근원적으로 죽음을 안고 사는 존재라는 겸허한 자리에서 삶을 영위해 나간다면 이른바 존재의 소멸이라는 '근원적인 문제'도 그야말로 근원적으로 풀리지 않을까 하는 생각을 골똘하게 했습니다.

제가 이러한 생각을 한 것은 너무 현란한 발표와 발언들이 쏟아지는데, 나중에는 그 발표와 주장들이 우리의 인식을 오히려 현실적으로 혼란스럽게 할지도 모른다는 겁이 나기 시작했기 때문인지도 모릅니다. 게다가 주장 자체의 스타일에 발표자도 매료되고 청자도 그렇게 되는 묘한 분위기를 느끼면서, 그래서 이른바 국제학술회의라는 것이 지닌 자기과시적인 묘한 속성이 서서히 역겨워지기 시작했기 때문인지도 모릅니다. 아무튼 그 시인의 시가 없었다면 모처럼의 '환상적'인 기회가 어쩌면 '환멸적'이게 되지 않았을까 하고 불안했던 저 자신의 모습을 지금 그 모임을 회상하면서 저는 온전히 지울 수가 없습니다.

돌아오는 비행기 안에서 저는 다시 그의 시집을 폈습니다. 「집」(The House)이라는 그의 시 마지막 구절을 읽으면서 저는 새삼스레 도대체 학문 한다는 것이 무엇인지, 학문의 잔치라는 것이 과연 무엇인지 스스로 되생각해 보았습니다. 그것은 저 자신에 대한 오랜만의 되살핌이었습니다. 그리고 스스로 곤혹스러울 만큼 저 자신이 아팠습니다.

속고, 속이고, 스스로 자기를 속이면서, 우리는 자라왔다
왜 새가 모두 날아가 버렸을까 하고 물으면서
(Deceived, deceiving, self-deceived we have grown
Asking why from the nest the birds have flown?)

빤히 까닭을 알면서도 짐짓 그것을 모르는 양 그 까닭을 눈가림하면서 온통 현학적인 논리와 개념들로 진정한 문제를 다루고 있다고 속고 속이고 마침내 자기를 속이고 있는 것이 학문인지도 모른다는 생각이 들었습니다.

이래저래 제게 그해 여름은 '환상적'이었습니다.

* 이 글을 쓴 것은 벌써 1년 전입니다. 그리고 사사로운 모임인 숙맥회 글모음집 7권, 『커튼을 제끼면서』(푸른사상, 2014, 43~60쪽)에 실었습니다. 시판 하지 않고 그저 13명의 글쓴이들이 20여 권씩 사서 갖는 책입니다. 이번 여름 로마나 파리, 런던을 여행하면서 어쩐지 '현대사회'가 표층에 있다기보다 유물들의 지층 아래로 침강하고 있는 것은 아닌가 하는 느낌을 받았습니다. '현대의 지표(地表)는 과거'라고 묘사하고 싶은 것이 '현대'이어서 결국 인지할 수 있는 현대란 아예 없는 것이 이른바 '역사의식의 나신(裸身)'이 아닐까 하는 잡스러운 생각을 했습니다. 그러다 갑자기 지난여름 '현존하는 섬들'이 수면 아래로 잠겨가고 있다는 사실에 대한 느낌이 떠올라 함께 생각거리로 삼았으면 싶다는 생각이 들었습니다. 전재(轉載)를 허락해 준 양쪽에 모두 감사드립니다.

책을 읽는다는 것

1

책을 안 읽어본 사람도 없고, 글을 쓰고 싶다는 꿈을 꾸어보지 않은 사람도 없을 것입니다. 우리 모두 그러합니다. 글을 읽고 쓰는 것은 우리 삶의 일부입니다. 그래서 누구나 읽고 씁니다. 그런데 사회·문화가 변하면서 사람들이 글 읽는 것보다 다른 매체에 더 의미를 두기 시작했습니다. 그래서 책 읽는 게 자연스러워야 되는데 요즘은 그렇지 못합니다. 학부모들도 자녀들에게 "TV 보지 말고 책 봐라, 책 읽으면 TV 보게 해준다"고 말합니다. 책은 필요하지만 더 좋은 것은 TV를 보는 거라는 가치관을 무의식중에 드러내고 있는 것입니다. 그런데 여전히 책을 읽어야만 한다고 말합니다. 이것은 갈등입니다.

도대체 책을 읽는다는 것이 무엇이기에 그렇게 권하는 걸까요? 영상매체가 없던 시절이면 몰라도 다른 매체가 있는 지금에도 책을 많이 읽으라는 것이 정당한 것일까요?

제가 최초로 '책을 읽은 경험'을 한 것은 해방 직후 소학교 2학년 때였습니다. 『똘똘이의 모험』이란 책이었는데 한자리에 앉아 처음부터 끝까지 독파한 최초의 책이었습니다. 책을 독파한다는 것은 대단히 중요합니다. 자녀들에게 책을 독파하는 경험을 쌓게 해야 합니다. 한참 잘 읽고 있는 아이한테 저녁 먹고 보라고 보채지 말고 그냥 내버려둬야 합니다. 책을 다 읽은 후의 뿌듯한 기분을 느끼게 하는 것이 중요합니다.

아무튼 그 『똘똘이의 모험』이라는 책은 일본 동화를 번안한 것인데 아주 뻔한 내용을 담고 있습니다. 쌀도둑들이 트럭에 쌀을 잔뜩 싣고 도망가는데, 똘똘이가 그 트럭에 올라타 쌀가마니에 구멍을 뚫어 쌀이 계속 흐르게 함으로써 도둑들을 일망타진했다는 이야기입니다. 정말 단순한 이야기지만 정작 저는 그 책에서 흥분과 스릴을 느꼈습니다.

이 책을 읽으면서 두근거리도록 공감을 한 부분이 있습니다. 경찰서에서 표창장을 받은 똘똘이에게 한 친구가 "너 트럭 타고 도둑소굴로 갈 때 무섭지 않았니?"라고 물었습니다. 그때까지 제가 읽은 동화나 이야기를 전제한다면 똘똘이는 마땅히 "하나도 겁나지 않았어. 그까짓 것 뭐!"라고 했어야 했습니다. 그런데 똘똘이는 오히려 "아니, 조금 무서웠어!"라고 말했습니다.

그 부분에서 저는 얼마나 똘똘이와 제가 다르지 않다고 느꼈는지 모릅니다. 저는 이 책을 통해 책 속에도 저와 비슷한 사람이 있다는 것을 처음으로 느끼게 된 것입니다. 다른 동화 속 주인공들은 다 대단하고 환상적이지만 이 책의 똘똘이는 마치 내 분신과 같았습니다.

여기서 두 가지를 말할 수 있습니다.

하나는 자녀들에게 책을 '독파'하는 기분을 느낄 수 있도록 하라는 것이고, 또 다른 하나는 자녀들이 그 속의 인물들과 공감대를 형성할 수 있어야 한다는 것입니다. 그렇지 않으면 그 책은 재미가 없습니다. 자녀들에게 훌륭하게 자라라고 위인전만 갖다 주면 안 됩니다. 자녀들은 오히려 거리감을 느낍니다. 그 책은 다른 사람의 이야기이지, '나의 이야기'가 아니기 때문입니다. 똘똘이가 전혀 겁나지 않았다고 말했다면 그 이야기가 저와는 상관없는 다른 이야기였겠지만 "조금 무서웠다"고 말한 것에서 똘똘이가 바로 나이고, 이 책이 곧 나의 이야기가 된 것입니다.

정말 재미있고, 독파한 충족감이 있고, 나하고 똑같은 사람을 만나는 만큼 신나는 독서가 어디 있겠습니까? 지금도 저는 제가 그 쌀가마니에 매달려 있는 기분이 듭니다. 그래서 『똘똘이의 모험』은 제가 읽은 가장 위대한 '고전'이라고 생각합니다.

2

'고전'을 읽으라고들 말합니다. 고전목록도 마련되어 있습니다. 그런데 고전이 과연 무엇인지요. 저는 고전을 '되읽히는 것'을 기준으로 해서 판단하고 싶습니다. 제게 고전이라 함은 고전목록에 있는 이른바 '위대한 사람'이 쓴 고전이 아니라 끊임없이 되읽고 싶은 충동을 저에게 야기하는 책, 그것이 곧 고전이라고 말하고 싶은 것입니다.

그런데 우리 다 경험한 일입니다만, 좋은 책도 있지만 읽어도 뭔지 손해 본 것 같아 다시는 되읽고 싶지 않은 그런 책들도 분명히 있습니다. 또 다른 사람은 좋다고 그러는데 저에게는 별로 대수롭지 않은 그러한 책도 있습니다. 그렇다면 누구나 다 훌륭하다고 일컫는 책을 찾아 읽는다는 것이 그리 쉽지 않습니다. 하기야 그래서 만들어진 것이 고전목록이기도 합니다. 그런데 그런 책도 읽는 이에 따라 다르게 평가되는 경우가 적지 않습니다. 따라서 각자 자기 경험 속에서 좋은 책이 좋은 책이지, 누가 추

천한다고 해서, 고전목록에 들어 있다고 해서 그 책이 반드시 좋은 책이라고 단정하는 것은 좀 무모한 일이 아닐까 하는 생각이 듭니다. 그러므로 자기 수준에 맞게, 다시 말하면 학식이나 교양이나 빈부의 높낮이를 말하는 게 아니라, 자기 삶의 맥락에 맞는 책이 좋은 책이고, 그 책을 읽어야 읽음이 즐거워진다고 생각합니다.

다 읽으셨으리라 생각합니다만 제가 고등학교 1학년 때 루마니아 작가 게오르규의 『25시』라는 소설을 읽었습니다. 전쟁을 겪으며 예상하지 못한 운명의 흐름 속에 한 인간이 빠져 흘러가는 이야기입니다. 다른 부분은 잘 기억이 안 나는데 주인공이 전쟁 내내 아내를 만나지 못하다가 마지막에 만나게 되는 장면이 유독 잊히지 않습니다. 풀밭에서 남자가 아내를 껴안는데 그 아내는 자기 옷이 구겨질까 봐 조심스러워합니다. 그게 왜 기억에 남는지 모르겠습니다. 그러나 어쨌든 그 전쟁의 참상 속에서 이루어지는 인간의 몸짓 하나하나가 어쩌면 그렇게 공감이 되던지요….

책을 읽을 때 공감대가 형성되지 못하면 그런 책읽기는 의미가 없습니다. 다른 말로 하면 책 속에는 자기의 삶이 있어야 합니다. 책 속에서 자기를 들여다볼 수 있어야 하는 것입니다. 그래서 책이 결국 자기 삶을 비추어주는 아주 투명한 거울이 될 때 비로소 그 책은 내게 의미가 있는 것이라 생각됩니다.

어릴 적에 시골에서 『효경』(孝經)을 제 종조부님한테서 배웠습니다. 지금도 외라고 하면 다 욀 정도입니다. 할아버지께서는 "읽어라. 읽고 또 읽고, 계속 읽어라. 그러면 마침내 글이 자기를 이야기하기 시작한다"고 말씀을 하셨습니다. 책이 스스로 발언하는 것을 들을 줄 알아야 한다는 말씀이셨습니다. 또 이와 같은 내용을 이렇게 다르게 말씀하기도 하셨습니다. "그러면 문리(文理)가 튼다. 글의 이치가 환히 드러난다. 계속 읽으면 글이 마침내 자신을 설명하기 시작한다"는 것이었습니다. 참으로 독서의 정곡(正鵠)을 찌르는 말씀이 아닐 수 없습니다. 그 경지에 들어서야 책을 '읽었다'가 되는 것입니다.

제가 외국에서 공부할 때 찰스 롱이라는 흑인학자가 계셨는데 어느 날 그분이 문화에 대해서 이야기하시다가 중국문화와 일본문화의 차이를 비유를 들어가며 말씀을 하신 적이 있습니다. 책을 읽으면서 그 책에 어떤 이야기가 담겨 있는지를 잘 아는 것이 일본문화라면, 그 내용을 잘 알 뿐만 아니라 그 저자가 왜 그러한 이야기를 썼는가 하는 것마저 잘 아는 것이 중국의 문화라는 그러한 말씀이었습니다. 행을 읽되 행간을 아울러 읽어야 그것이 독서입니다.

소설읽기도 다르지 않습니다. 카프카의 『변신』이라는 책이 무슨 내용을 담고 있는지 모르는 사람은 없습니다. 어느 날 잠자(Samsa)라는 사람이 자다 깨어보니 벌레가 돼 있었다는 내용입니다. 그런데 그것을 아는 것도 중요하지만 이 작가가 왜 그런 얘기를 썼을까 하는 것을 아는 것이 더 중요합니다. 그것을 알아야 합니다. 그것을 알기 위해 작가를 찾아갈 수도 있습니다. 작가의 생애를 살펴볼 수도 있습니다. 그 시대를 읽고 살필 필요도 있습니다. 그러나 그러한 작업들은 필요하기는 하지만 필수적인 것은 아닙니다.

중요한 것은 책을 통해 작가가 왜 이런 내용을 쓸 수밖에 없었는지를 내 삶의 맥락과 연계하여 짐작하는 일입니다. 그럴 수 있어야 합니다.

그런데 그렇게 되려면 한번 읽는 것만으로는 충분하지 않습니다. 하지만 여러 번 읽다 보면 작품 스스로 발언하기 시작합니다. 행간이 자기의 이야기를 하기 시작하는 것입니다. 그것이 들리기 시작한다고 말하면 우리는 그러한 독자를 문리가 트인 사람이라고 말합니다. 글의 이치를 깨달았다는 말입니다.

책읽기는 이러한 경지까지 이르러야 합니다. 그렇지 않으면 그것은 도무지 책을 읽은 것이 아닙니다. 책장을 넘겼을 뿐입니다. 혹 어떤 분은 이것이 굉장히 어렵고 마치 도를 닦는 일처럼 느껴지실지 모르겠습니다. 그러나 그렇지 않습니다. 읽다 보면 누구나 저절로 됩니다. 되기 마련입니다.

3

엄밀하게 말하면 책은 자기가 선택하는 것입니다. 자신이 읽고 싶은 책을 읽고 그 정서를 자기 나름으로 지녀야 합니다. 고등학교 때 장용학 씨의 「원형(圓形)의 전설」이라는 단편을 읽었습니다. 그런데 그 작품이 죽음을 직접적으로 다룬 것도 아닌데 저는 그 책을 읽으면서 내내 이상하게 '죽어야겠다'는 생각을 했습니다. 전쟁의 상흔 때문이었던 것 같습니다. 그런데 그때 처음으로 '나도 대학 가서 읽고 싶은 책이나 읽다가 죽었으면 좋겠다'는 생각을 했습니다. 대학진학은 제게 현실이 아니었기 때문입니다.

그러나 어쩌다 대학에 가보니 '읽고 싶은 책'은커녕 '읽어야 할 책'의 더미에 쌓이게 되었습니다. 지금도 늘 불만스러운 것은 '읽고 싶은 책'과

'읽어야 하는 책' 간의 갈등입니다. 읽고 싶은 책은 따로 있는데 "이 책은 꼭 읽어야 한다"는 규범이 이 사회에는 깊이 자리 잡고 있습니다.

앞에서도 말씀드린 바와 같이 '고전을 읽어야 한다'고 하면서 많은 고전목록들이 있습니다. "서울대 고전 100선"도 그 한 예입니다. 그런데 일단 이러한 필독 도서목록이 만들어지면 그 목록에 있는 책을 읽는 사람은 사람다운 사람이 되는 것 같고, 읽지 않는 사람은 아예 사람 축에도 끼지 못하는 것 같습니다. 그러나 적어도 '전문가'가 아니면 그 책을 다 읽은 사람은 없다고 생각합니다. 게다가 고전목록은 읽기보다 '시험을 보기 위해서 존재하는 것' 또는 '논술고사를 준비하기 위해서 읽어야 하는 책'이 되어버리고 만 것이 오늘의 현실입니다.

격하게 말한다면, 그 선의를 충분히 이해하면서도 저는 오늘의 고전읽기가 '기만의 구조'처럼 느껴지곤 합니다. 언제까지 우리가 이 부정직한 현실을 견뎌야 하는 것인가? 왜 본인들은 읽지도 않고 다른 사람들에게 읽으라고 강요하는 것인가? 전문가만이 겨우 읽을 수 있는 책을 강권하면 어떻게 견딜 수 있는가? 하는 물음이 제 안에서 끊이지 않습니다.

만약 제 이러한 회의가 현실성을 조금이라도 갖는 것이라면 이것은 심각한 문제입니다. 그래서 저는 매우 사조적(自嘲的)인 표현입니다만, 때로는 필독 도서목록을 만드는 사람이나 금서목록을 만드는 사람이나 모두 구조적으로 조금도 다르지 않다고 생각하기도 합니다.

다시 말씀드립니다만 책은 내가 선택하는 것입니다. 또 좋은 책을 읽었으면 다른 사람에게 강요하지 말고 내 독서경험을 소박하게 '증언'해야 합니다. 좋은 책을 읽었을 때 스스로 좋았다는 데서 그쳐야지, "너도 읽어봐!"라고 하면 안 됩니다. 자녀들에게도 마찬가지입니다. 좋은 책을 읽었다고 해서 "꼭 읽어라!"고 강요하지 말고 스스로 선택하게 해야 됩니다.

중·고등학교 교사를 했었습니다. 남녀공학인 학교였는데 여학생들의 학부모들이 자기 딸한테 밤중에 남학생들이 자꾸 전화를 하니 못하게 해달라고 학교에 찾아온 적이 있습니다. 나중에 어머니들이 모이신 자리에서 저는 자녀들의 교육을 이야기하면서 황순원의 「소나기」를 읽어드린 적이 있습니다. 어머니들께서는 거의 다 그 이야기를 이미 읽으셨더군요. 그리고 그 이야기에 대한 감상을 여쭈워보았을 때 모두들 그 이야기가 아름답다고 말씀하셨습니다. 그래서 저는 그 소설 안에 있는 정서는 아름답다고 하면서 딸이 실제생활에서 겪는 이성에 대한 정서는 왜 못마땅하게 생각하시느냐고 여쭈웠던 일이 있습니다.

우리는 이렇게 비현실적으로 책을 읽고 있습니다. 안타까운 일입니다. 저는 이러한 비현실적인 독서가 이뤄지는 가장 큰 원인으로 '강요된 책읽기'를 들고 싶습니다. 그렇기 때문에 '읽었는데 읽지 않은' 그런 셈이지요.

4

책을 읽으면 모르던 것을 알게 됩니다. 잘못 알던 것도 바르게 알게 됩니다. 그런데 이보다 더 귀한 것은 책을 읽으면 우리 삶의 경험이 더욱 깊어지게 된다는 사실입니다. 일본의 작가 가지이 모토지로(梶井基次郎)가 쓴 『레몬』이라는 단편집이 있습니다. 그는 정말 정경묘사를 잘합니다. 예를 들어 "오늘도 강어귀는 여느 때와 마찬가지로 수수께끼를 감춘 채 조용히 가라앉아 있었다"라고 강어귀를 묘사하고 있습니다. 이 글을 읽고 강어귀를 바라보면 갑자기 그 감추어진 비밀이 무엇일까 궁금해집니다. 늘 보던 강이 남몰래 자기만의 비밀을 감춘 채 살아 숨쉬는 것입니다.

어렸을 때 저는 강이 흐르는 작은 도시에서 살았습니다. 밤에 강가에 나가면 달이 물 위에 떠 있는 것을 보게 됩니다. 그런데 어떤 때는 "별빛이 깨지는 게 보인다"고 말하고 싶은 밤하늘과 강을 경험하게 되는 때가 있습니다. 그런데 그렇게 그 경험을 쓰고 나서 다시 그 글을 읽으면 그 순간 강물에서 깨지는 무수한 별빛을 '실제로' 보게 됩니다. 바로 그것입니다. 책을 읽으면 내가 경험하지 못한 것을 겪게 됩니다. 혹은 내가 경험한 것이 그렇게 심화됩니다.

또 책을 읽으면 안 보이던 것, 못 보던 것들이 보입니다. 들리지 않던 소리도 들립니다. 저는 이것을 '성숙의 지표'라 말하고 싶습니다. 여러 해 전에 외국에서 미국 어느 대학의 인류학 여교수를 만났습니다. 그녀는 IMF 때 미국대학들이 동양학생들을 위해 '대여장학기금'을 늘려서 장학금 신청을 받았었는데 유독 한국학생들만 신청률이 낮았다고 말했습니다. 그래서 알아봤더니 한국학생들의 90%가 부모들이 보내주는 돈으로 학교를 다니고 있었다는 것이었습니다. 그녀는 미국학생들을 포함해서 미국 내 대학생 중에 부모의 돈으로 학교를 다니는 학생은 30%도 안 된다면서 제게 "한국학생들은 언제 어른이 되느냐?"고 묻는 것이었습니다.

충격이 아닐 수 없었습니다. 학비는 말할 것도 없고, 시집가면 김치 담가주고, 장가가면 집 사주는 꼴을 그들이 알면 어떻게 생각할까 하는 생각이 났습니다. 물론 문화·사회적인 현실이 그들과 우리가 같지 않습니다. 그러나 그 차이를 감안하더라도 많은 당혹스러운 우리의 현실이 보였습니다.

우리 사회에 가장 큰 문제는 '어른이 없다'는 것입니다. 성숙한 사람이 없다는 말입니다. 전부 어린아이들입니다. 성숙하지 못한 채 장가를 가고, 성숙하지 못한 채 시집을 갑니다. 그리고 자녀를 낳아 기릅니다. 그런데 지나치게 냉소적이고 희화적이어서 결례가 됩니다만, 이것은 '아이가 아이를 낳는 꼴'입니다.

그런데 성숙이란 도대체 무엇입니까? 아주 쉽게, 나이 먹는다는 것이 무엇인지 생각해 보십시다. 스무 살이면 열 살 때 못 보던 걸 볼 줄 알아야 합니다. 서른 살이면 스무 살에 본 것만이 전부가 아니라는 것을 알아야 합니다. 나이 마흔이면 서른 살에 못 보던 걸 볼 줄 알아야 합니다. 그것이 성숙해진다는 것, 곧 어른이 된다는 것입니다.

이런 맥락에서 저는 독서의 필요라는 것을 간단하게 말할 수 있을 것 같습니다. 책을 읽지 않으면 성숙하기가 쉽지 않습니다. 반드시 그런 것은 아닙니다만 그렇다고 말할 수 있습니다. 진지하게 자기를 들여다볼 거울을 갖지 못하고 자기를 살펴볼 수 있는 기회를 갖지 못하기 때문입니다. 한번도 삶을 더 깊이 성찰해 보고자 애쓴 적이 없으니 오로지 보고 들리는 것이 전부일 수밖에 없습니다.

그런데 독서는 그 일을 가능하게 해줍니다. 독서만이 그 일을 하는 것은 아닙니다만 효과적으로 그 일을 하도록 도와줍니다. 그러므로 독서를 배제하고 성숙해지기는 참 힘듭니다. 독서는 간접경험이라고 우리는 다 알고 있습니다. 그러므로 독서는 내가 경험하지 않아도 삶을 깊이 있게 보도록 합니다. 안 보이던 걸 보여주고, 들리지 않던 소리도 들리게 합니다. 성숙하게 하는 것입니다.

제가 중학생 때였습니다. 전쟁 때문에 교사(校舍)가 불타 나무그늘에 앉아 수업을 하던 시절이었는데, 저 멀리 여학생들이 지나가는 것이 보이면 저희들은 휘파람을 불고 까불곤 했습니다. 그때 물리 선생님께서 동심원을 세 개 그리시고는 우리에게 말씀하셨습니다. "지금 너희는 이 작은 원 안에 있다. 그래서 그 안에 있는 여학생을 가장 예쁘다고 생각한다. 그런데 고등학교에 가면 더 원이 커진다. 나중에 커서 대학에 가봐라. 그때 더 큰 원 안에 진짜 예쁜 여학생이 나타나면 어떻게 하려고 지금부터 난리냐." 그러시면서 지금은 그저 열심히 공부를 하라고 말씀을 하셨습니다. 그 말씀은 제게 오랫동안 지워지지 않는 충격이었습니다. 넓게 보는 것, 멀리 보는 것, 그런 세상이 지금 여기서 보이는 것, 그것이 바로 성숙입니다.

책을 읽는 것은 그러한 성숙을 지향하는 가장 구체적인 행동입니다. 이 책이 왜 쓰였는지 알고, 되읽고, 독파하면 안 보이던 것이 보입니다. 더 적극적으로 표현하자면 보이는 것 때문에 가려서 보이지 않는 것을 꿰뚫어 그 뒤에 숨겨져 있는 것을 보게 되는 것입니다. 부처님 이마에 사마귀 같은 것이 있습니다. 이를 형안(炯眼) 또는 혜안(慧眼)이라고 합니다. 꿰뚫어보는 눈. 두 눈으로 볼 수 있는 것만 보는 게 아니고 그 눈으로 볼 수 있는 것에 가려서 보이지 않는 것까지 꿰뚫고 보는 눈입니다. 제3의 눈, 그게 부처의 눈입니다. 깨달아 자기 자신이 된 사람의 눈입니다. 우리가 부처는 아니지만 책을 읽으면 보이지 않던 게 분명 보입니다. 그만큼 내가 커지고 인간답게 됩니다. 아이가 아이를 낳는 기이한 데서 벗어날 수 있게 됩니다.

우리 사회에 어른이 없다는 것은 우리가 모두 유치하다는 것입니다. 다 자기가 잘났고, 다 남 탓만 하고, 다 심통만 부리는 게 그것입니다. 어른이 어떻게 남의 핑계를 댈 수 있겠습니까? 어른이라 함은 '책임지는 자아'를 지닌 자를 일컫습니다. 내가 내 인생을 책임질 수 있다면 그가 바로 어른입니다. 스무 살 때 남 탓을 했으면 서른 살에는 하지 말아야 합니다. 그래야 10년을 산 것이고, 세월을 산 것입니다. 책을 읽으면 그 일이 더 수월합니다. 독서는 성숙을 도와주기 때문입니다.

5

이렇게 독서를 통해 얻는 것이 많이 있지만 사실 독서를 통해 잃어버리는 것도 분명 있습니다.

독서는 시간을 정말 많이 소비합니다. 저는 유명한 어느 분의 장편소설을 읽다가 그만둔 적이 있습니다. 어느 단계에 이르니 그 마지막 결말이 짐작되는데다 이제까지 충분히 그 정서에 참여했기 때문에 그 나머지 부분을 위해 '내 인생을 소모하고 싶지 않다'는 생각이 들었습니다. 그래서 소설 쓰는 친구들한테도 "남의 인생 탕진할 정도로 길게 쓰지 마라"고 말합니다. 독서의 시간은 삶의 시간에서 예외인 시간이 아닙니다. 삶 자체입니다. 내가 한 권의 책을 읽는데 10시간이 걸렸다면 10시간 동안 내 삶이 소모된 것입니다. 내가 그동안 산 것이지, 그 시간을 괄호 쳐서

빼낸 시간이 아닙니다. 그 사이의 내 삶도 소중합니다. 그래서 독서를 하면 반드시 의미를 찾아야 합니다. 독서시간이 내 삶을 낭비하거나 소모하게 해서는 안 됩니다. 그런데 그럴 수 있습니다.

시간뿐만이 아닙니다. 어떤 책을 읽으면 내 정서가 착취당하는 경우가 있습니다. 소설은 분명 허구입니다. 한 여학생이 원치 않는 임신을 하고 낙태를 한 뒤 저를 찾아온 적이 있었습니다. 그런데 그 학생이 이렇게 말하는 것이었습니다. "소설 속에서는 낙태수술하고 거뜬히 나오던데 실제는 그렇지 않더라고요. 낙태를 했다고 다 끝나지도 않고요."

소설이 현실인 양 착각하는 사람들이 뜻밖에 많습니다. 소설에서는 낙태하고 여차여차해서 이야기가 끝나지만 현실은 그렇지 않습니다. 소설은 소설이고, 현실은 현실이고, 책은 책입니다. 학술서적도 다르지 않습니다. 처세서적은 더 말할 것도 없습니다. TV도 마찬가지입니다. 현실과 책을 착각하면 안 됩니다. 이것이 독서가 주는 폐해입니다. '비현실적인 현실 인식'을 하게 되는 것입니다. 내 경험 속에서 현실이 인식돼야 하는데 투사된 다른 현실 속에서 전개되는 현실을 내 현실로 잘못 해석하는 결과에 이르는 것입니다. 어른도 아이들도, 독서에는 언제나 이러한 위험이 따릅니다.

저는 은퇴한 얼마 후, 방방이 쌓인 책들을 바라보다 갑자기 제가 한번도 세상을 직접 만나본 적이 없구나 하는 절망적인 느낌이 든 적이 있습니다. 오직 책을 통해 세상을 보았기 때문입니다. 그런데 그 순간에도 이 느낌을 책으로 써야겠다는 생각을 했습니다. 이쯤 되면 이것은 책중독이라는 질병임에 틀림없습니다.

독서는 반드시 좋은 결과만 가져다주는 것이 아닙니다. 무릇 삶이 그러합니다. 밝은 면이 있으면 어두운 면도 있습니다. 독서도 다르지 않습니다. 책을 읽는다는 것은 이러저러한 좋은 점도 있고 또 이러저러한 어두운 점도 있습니다. 태도에 따라, 책에 따라 달라지겠지만 중요한 사실은 이러한 것을 충분히 알고 있어야 한다는 사실입니다. 그러므로 좋은 책을 선별할 수 있는 선택안(選擇眼)을 키워야 합니다.

율곡은 『독서론』이라는 책에서 다음과 같은 말씀을 하셨습니다.

우리 책을 통해서 널리 배우자.

우리 책을 통해서 깊이 살피자.

우리 책을 통해서 신중히 생각하자.

우리 책을 통해서 밝게 판단하자.

우리 책을 통해서 마음으로 체득하자

이처럼 책과 더불어 살아보았으면 좋겠습니다. 책은 정말 소중하고 참 귀한 것입니다. 우리의 성숙한 삶을 살아가는 데 있어 절대적입니다. 많은 사람들이 책 읽는 것으로 인해 행복해졌으면 하는 작은 바람을 가져봅니다.

'책'을 위한 서문: 비학문적 학문에의 동경

1

분명히 오래지 않을 삶을 살고 있습니다. 그래서 바짝 당겨 삶을 다듬고자 하고 있습니다. 하던 일, 어서 추슬러 마름해야 하겠고, 새일 벌이는 일을 삼가야 하겠습니다. 그래서 먼저 할 수 있는 일로 '책을 버리기'로 했습니다. 다행히 후배들이 제 '강권'에 못이긴 탓이겠습니다만 거의 모든 책을 치워주었습니다. 겨우 2주일 전 일입니다.

어렸을 때부터 귀한 어른들은 한결같이 사람이란 무릇 책을 읽어야 한다고 가르쳐주셨습니다. 그래서 그랬는지, 아니면 성격 탓인지 잘 모르겠습니다만 책 읽는 데 푹 빠져 살면서 그것이 행복했고, 그것이 사는 보람이었고, 마침내 책을 써야겠다는 무모한 다짐까지 일면서 책은 제 삶의 모든 것이었습니다. 책은, 그러니까 독서와 저술마저 포함해서 제 삶 자체이기도 했습니다. 그렇게 저는 책과 더불어 살았습니다.

사실, 제가 책을 읽으며 지낸 삶이란 좀 나르세 말한다면 '사람들의 생각'을 읽은 삶이었고, 그것을 다듬어 말한다면 '인류의 사상'을 읽으면서 살아온 삶이라고 해도 괜찮을 듯싶습니다. 저는 그 사상이란 것이 도도히 흐르는 커다란 물결처럼 인간의 대지 위에 강 같은 궤적을 남기면서 끊임없이 흐르는 그러한 '살아 있는 실체'라고 여겼습니다. 거기 인간의 고뇌와 그 아픔에 대한 해답이 함께 녹아 흐르고 있고, 그래서 그 물을 마시며 그 흐름을 좇아 그 원천에 역류하고 싶은 꿈을 꾸기도 하고 그 흐름에 순하게 따라 흐르기도 하면서 삶을 씻고 헹구어내고 그 안에서 뜨고 잠기며 흐르는 것이 삶이라고 여겼습니다.

종교도 그러한 흐름이어서 그것은 사상이라는 이름으로, 아니면 아예 더 직접적으로 종교라는 이름으로 책에 담기고 몸짓에 담기고 공동체의 규범에 담기어 사람들을 안아주며 사람을 사람답게 하는 것인데, 그중에서 읽어 익히고 터득하는 사상의 모습으로 그것은 오롯하게 두드러지는 것이라고도 생각했습니다.

그래서 열심히 읽고 열심히 생각했습니다. 제 세상은 그렇게 해서 다듬어지고, 그렇게 해서 맑아졌고, 그렇게 해서 의미 있는 실체가 되었습니다. 제 삶도 그랬습니다. 그리고 책과 책이, 그 안에 담긴 사상과 사상이 서로 티격태격하거나 굉음을 내도 저는 그것조차 한 흐름에 안고 행복할 수 있었습니다. 그러고 보면 책은 저를 저이게 했고, 그래서 제 존재의미를 확보하게 해준 제가 태어난 모태와 다르지 않다고 감히 발언하고 싶어집니다. 당연히 그리해야 할 일입니다.

2

그런데 요즘 이런 삶이 조금씩 불편해지기 시작했습니다. 책이 차츰 무거워집니다. 한장 한장의 책장들은 나비날개처럼 가볍고 아름답고 파득거리는 삶의 동력이었는데, 언제부터인지 책장 넘기는 일에 힘이 들어갑니다. 거추장스러울 정도로 무게가 느껴지기 시작합니다. 이제는 책무게가 때로는 납덩이 같아 제 몸을 물속에 잠기게 하는 두려운 추 같은 생각마저 하게 됩니다.

책의 크기도 그렇습니다. 제 삶의 공간에서 책이 차지하는 공간이 크면 클수록 저는 그 책의 공간이 제 삶의 공간을 한없이 넓게 해주는, 실은 제 '삶의 공간의 확장'이라고 여겼습니다. 그런데 언제부터인지 책이 차지하는 공간 때문에 제 공간이 좁아진다고 느끼면서 저는 책의 점유 공간에 대한 제 자신의 불편함을 감출 수가 없습니다. 책에 밀려 내 공간 안에서 내가 차지할 자리조차 확보하지 못할 만큼 되어버렸다고 느낄 정도로 그 불편함은 제게 심각합니다. 그러다가 저는 삶의 끝이 불원하다는 절박한 느낌의 마디에서 마침내 책을 버리든지 치워버리기로 작정을 한 것입니다.

그 불편함의 구체적이고 직접적인 동기를 무어라고 묘사해야 할지는 잘 모르겠습니다. 다만 이를테면 '사상'이라고 하는 것의 실재성에 대한 '불가사의한 불신'이라고 하면 어떨까 하는 생각을 막연하게 하고 있을 뿐입니다. 그러나 이러한 표현은 실은 '책-다운' 또는 '책-스러운' 진술입니다.

그래서 그런 책-스러움을 벗어나 말한다면 제가 새삼 지니게 된 불편함은 다른 것이 아닙니다. 제가 삶이라는 것을 만나는 자리에서 책이 제 '색안경' 노릇을 했던 것은 아닐까 하는, 조금은 정직하고 싶지 않은 두려움 때문이라고 할 수 있습니다. 더 직접적으로 말한다면 실은 '사상'이라고 하는 것은 실제 삶 속에는 실재하지 않는데 '어떤 것'을 정연한 논리로 기술하여 참으로 실재하는 것이게 하고 있는 것이 책은 아닐까 하는

데 대한 회의입니다. 또 이어 풀어 말한다면 책이 발언하거나 책이 자기 안에 '담지' 않았다면 있지 않았을 것이 실은 사상이라고 하는 것인데 책이 담아, 또는 책이 낳아, 그것이 있게 된 것이 사상이고, 그래서 책을 벗어나 삶을 직면하면 아예 사상이라는 것은 없는 것이고, 그것이 삶의 본연일 거라고 하는 기대를 나도 모르게 서서히 살게 된 것이 제 책-버림의 바닥이 된 것이라고 말하고 싶어집니다.

더 정확히 묘사해 본다면 이러합니다. 저는 책을 통해 세상을 보았습니다. 책이 묻는 것을 물었고, 책이 답하는 것을 익혔습니다. 책은 충분히 삶을 담았다고 여겼고, 책이 담지 못하는 것은 분명히 없는 것이라고 여겼습니다. 실제로 그렇게 제 삶은 그 삶을 그렇다고 보여주었습니다. 책읽기를 그친 적이 없기 때문입니다. 온갖 책이 모두 그러했습니다. 저는 소설도 읽었고, 시도 읽었습니다. 희곡도 읽었고, 학문의 범주에 드는 온갖 책을 읽었습니다.

그런데 갑자기 그렇게 온갖 책을 읽을수록 제가 '현실'을 산 것이 아니라 '책의 현실'을 살고 있는 것이 아닐까 하는 생각이 든 것입니다. 책 속에는 있는데 현실 속에는 없는 일이 너무 많았고, 역도 참입니다.

3

책을 읽지 않고 지낸 친구가 있습니다. 제가 아는 한, 그렇습니다. 자신도 그렇게 이야기합니다. 고등학교 졸업 이후 책을 접해 본 일이 없다고 말합니다. 그런데 저는 그 친구로부터 상상할 수 없이 많은 것을 배웁니다.

순간순간 깜짝 놀라는 경우가 한두 번이 아닙니다. 그는 지금 70이 넘은 나이에도 이른바 '라디오 빵'을 합니다. 이제는 자기가 라디오도 고치지 못하고 티브이는 어림도 없다고 말하면서도 여전히 그 라디오 빵을 운영하며 밥은 먹고산다니 알 수 없는 일입니다만 사실이 그러합니다.

그가 한 말이 기억납니다. 무척 사는 것이 피곤해서 지친 때인데, 어느 날 저녁 어느 길을 버스를 타고 지나는데, 문득 교회에서 네온이 환히 비취는데, 거기 나타난 글인즉 "수고하고 무거운 짐 진 자들아 다 내게로 오라. 내가 너희를 편히 쉬게 하리라" 하는 것이어서 너무 반가워 무조건 차에서 내려 교회로 들어갔답니다. 그런데 그 친구 이야기는 이렇게 이어집니다. "목사가 좋은 이야기를 하긴 하는데 결국 헌금하라는 이야기더군. 그래서 돈 몇 푼 내고 나왔지…. 그 목사도 무척 살기가 힘들어 보이더군." 그후에도 그는 가끔 아무 교회에나 들러 예배를 보고 헌금 '한 뭉텅이' 하고 나오곤 한다고 합니다.

저는 그가 자기의 이야기에서 교회나 기독교나 종교에 대한 어떤 '인식의 논의'도 펴고 있지 않고 있다는 사실에 충격을 받았습니다. 거기에는 현장과 직면한 지극히 인간적인 공감이 그 현상의 '경험내용'이 되고 있고 그것을 서술하고 있을 뿐이었습니다. 저는 그러한 태도로 교회를 만난 적이 한번도 없습니다. 긴 인식과 그래서 그것을 준거로 하여 얻은 비평이라는 이름의 비난과 억지로 찾아낸 긍정과 어떤 유형 만들기와 이론화라는 이름으로 다듬은 내 인식틀을 통한 교회에 대한 미래의 전망을 열심히 펼 것이었는데, 그는 달랐습니다.

그가 저와 다른 것은 '사람됨' 탓이지 그것이 책과 무슨 상관이 있느냐고 하실지 몰라도 저는 아무래도 그 다름이 사람됨의 차이 탓도 있겠지만, 역시 그는 책을 통하지 않고 삶을 만나고 있고 저는 책을 통해서야 비로소 삶을 만나는 데 길들여진 차이가 아닐까 하는 생각에 골똘하고 있습니다. 그래서 생각한 것입니다. 책을 없애고, 책을 통하지 않고, 읽음을 매개로 하지 않고, 더 돌이킬 수 없는 종말에 이르기 전에 삶과, 그것도 내 삶과 만나고 싶다고 말입니다.

벌써 오래전에 저는 '답사'라는 이름의 여행을 한 적이 있습니다. 그때 어느 이른바 신흥종단의 본부에 들른 적이 있습니다. 그 종교는 한국의 종교사에서 커다란 획을 긋는 그러한 비중을 차지하고 있고, 사상사 안에서는 한국적인 것의 원천 정도로 높고 크게 다루어지고 있습니다. 그래서 그곳을 의도적으로 찾아갔습니다. 그러나 거기에는 주인이 없었습니다. 간판이 있었는지도 지금 기억에서는 희미합니다. 겨우 찾은 '본부'에서는 동네아이들이 새우깡을 먹으며 문간방에서 놀고 있었습니다. 지금도 한국종교사 또는 종교사상사에서는 그 종교의 종교다움과 사상다움이 끊임없이 재생산되고 있습니다. 책을 통해 인식한 그 종교의 현상은 도저히 그 본부에서 어린아이들이 새우깡을 먹으며 놀고 있었다는 사실을 그릴 수 없습니다. 그런데 그렇기는 그 본부에서도 마찬가지입니다. 그 어린이들은 자기들이 놀고 있는 그 방에서의 일상이 어마어마한 사상의 연원과 맞닿아 있다는 것을 꿈도 꿀 수 없습니다. 책은 사상을 생산하고 있었고, 현실은 그것과 상관없이 있었습니다.

어느 선배 서양사학자님과 대화를 나눈 적이 있습니다. "『로마인 이야기』를 읽으셨습니까?" 제가 여쭈었습니다. 이에 대한 그 선배님의 대답은 이러했습니다. "온통 거짓말이드군…. 그런데 감동을 받았어!"

저는 이러한 제 예듦이 논리의 비약을 얼마나 거칠게 범하고 있는지 모르지 않습니다. 그러나 라디오 빵을 하는 제 친구나 본부 문간방에서 새우깡을 먹고 노는 아이들의 '실제'를 간과한 책의 사상을 그대로 전부라고 여기는 과오는 이제 다시 범하고 싶지 않다고 느꼈습니다.

감동은 논리나 개념이나 방법론 등을 위해 치러야 하는 당연한 대가라는 주장도 저는 견디기 불편합니다. 따로 있어 서로 보완하면 될 것 아니냐고 하실지 몰라도 함께 있어 서로 커다란 하나일 수는 없느냐는 항변을 저도 모르게 곧 발언할 듯합니다. 어쩐지 책을 통한 현실 만나기의 현실이 바로 이런 것 아닌가 하는 생각이 드는데 그 선배님의 정직이 곧 학문이고 독자로서의 감동이 곧 비학문적인 부정직이라는 등식을 지어낼 수밖에 없는 그러한 논의를 저는 잘 참아낼 수가 없습니다.

몇 년 전 일입니다. 아직 학교에 있을 때 박사논문 심사의 말석을 차지한 적이 있습니다. 논문의 부실함을 지적하신 분의 그 부실함의 판단준거는 주(註)가 충분하지 않다는 주장이셨습니다. 주가 견실(堅實 solid)하지 않다는 말씀이기보다 뜻밖에도 그 수가 '턱없이 모자라다'는 뜻으로 하신 말씀이셨습니다. 그래서 그분의 말씀이 아직도 제게 생생하게 들립니다. "내 박사논문은 전체 양이 300페이지인데 주가 2천 개다. 그만큼 분명하게 실증적이지 못하면 논문이 아니다."

저는 아직도 학문은 퍼즐게임이 아니라고 하는 말을, 아니면 퍼즐게임이 학문은 아니라는 말을 하지는 못합니다. 퍼즐게임의 현장에서 그러한 발언을 한다는 것은 자학의 극치라고 알기 때문입니다. 그러나 언젠가는 그 말을 꼭 해야 할 것 같아 두렵습니다. 죽고 나서 그 말을 할 수 있다면 참 좋겠습니다. 자학도 피학(被虐)도 넘어서 있을 것이기 때문입니다. 이래저래 제 책 기피증은 중증(重症)임에 틀림없습니다.

4

이래저래 저는 책을 치웠습니다. 꽤 버리기도 했습니다. 아쉬우면서도, 그렇게 단행을 했습니다. 옛말을 흉내낸다면 "책은 영(靈)의 비상(飛翔)을 가로막는 창살"이라고 느끼게 된 것입니다.

이에 이르면 제 못된 발언에서 '갱유분서'(坑儒焚書)의 끔찍함을 회상하시면서 섬뜩한 두려움을 느끼실 분도 없지 않을 듯합니다. "이 친구, 공부를 하지 않더니, 학문의 정통에 발을 들여놓지 못하더니, 마침내 얼이 빠져 이 지경에 이르렀구나!" 하며 연민의 정을 보이실 분도 계시리라 믿습니다. 저도 그것이 두렵습니다. 제 지금 생각이 갱유분서를 행한 주역(主役)의 사유구조와 같을지도 모른다는 두려움이 그것입니다.

하지만 다행한 것은 지금 여기는 결코 갱유분서가 이루어질 수 없는 정황이라는 사실입니다. 그것은 불가능한 일입니다. 다만 옛날 어느 때, 어느 곳에서, 그 누구에 의해서만 가능했고, 그때 겨우 반짝효과를 냈던 일에 지나지 않습니다. 지금은 어림도 없는 일입니다. 그러므로 그러한 의도를 감추고 있는 것 아니냐고 꾸중을 하시거나 경기(驚氣)를 하신다면 그거야말로 책을 통한 현실인식의 전형적인 모습이라고 저는 반발할 것임에 틀림없습니다.

잡담이 길어졌습니다. 저는 지금 『종교문화비평』을 위한 글을 쓰고 있습니다. 책을 위한 글입니다. 따라서 이 글은 마땅히 이 책의 귀함과 보람과 창조적 기여를 부추기고 칭찬하고 기리는 글이어야 합니다. 그렇게 하고 싶습니다. 그래야 하기 때문입니다. 이 책이 어떻게 꾸려지고, 어떻게 마련되는지 그 과정을 꿰뚫어 들여다보고 있는 자리에서 그 일련의 과정은 아예 '아픔'입니다. 그런데 이런 한가한 잡담이나 펼치고 있습니다. 무례의 극치인 줄 저도 잘 압니다. 하지만 진심으로 그러합니다.

책을 통하지 않고 세상을 보는 일을 해주기 바랍니다. 무릇 학문의 비롯함은 그러해야 하고 그 마침 또한 그러해야 합니다. 그렇다고 생각합니다. 그 터득과 느낌과 거기서 비롯하는 상상을 우선 누려주시기 바랍니다. 그리고 '마침내 그것을 책에 담아주시길' 빕니다. 그래서 책에 담고 책을 읽되 책에 얽매이지 않는 인식을 펴주기를 바랍니다. 『종교문화비평』을 읽은 독자들이 이 책을 읽고 나서 '읽던 책들'을 덮고 삶을 직면하기 위해 일어날 수 있도록 하는 그러한 책이 되었으면 좋겠습니다. 그리고 그렇게 만난 경험을 다시 책으로 꾸미기 위해 서둘러 『종교문화비평』으로 되돌아오는 그러한 것이 되었으면 좋겠습니다. 저처럼 책이 곧 내 삶이었다고 하는 어리석은 터득을 삶의 마지막 고비에서 겨우 심작하며 괴로운 삶을 살지 않기를 바랍니다.

몸과 마음 그리고 신(神)에 대하여

모두가 신이 된 세상에서

1

삶은 살아 움직입니다. 살아 움직이지 않으면 그것은 삶이 아닙니다. 그런데 살아 움직이게 하는 일은 몸이 하는 일입니다. 몸이 없으면 사람이 살아 움직이는지, 그렇지 않은지 알 길이 없습니다. 그러므로 산다는 것은 '마침내' 몸으로 구현되어야 합니다.

산다는 것은 이렇듯 구체적입니다. 몸짓으로 드러나지 않으면, 그렇게 드러나기 전까지의 삶은 삶이라고 할 수 없다 할 만큼 그렇게 삶은 몸이 빚는 현실입니다. 몸짓 없이 가만히 있으면 우리는 그런 사람을 죽은 거나 진배없다고 말합니다. 살아 있되 살아 있다고 할 수 없다는 것이지요.

그런데 여기까지 드린 말씀 때문에 몹시 마땅치 않으신 분들이 계시리라 믿습니다. 웬 몸 타령인가 하고 노여워하시면서 이에 견주어 '마음'이 사람의 삶을 사람다운 것이게 하는 것이라고 말씀하실 분들이 많으리라 믿기 때문입니다. 그렇습니다. 마음은 사람을 짐승과 구분하는 기힌 모습을 드러내주는 '진정한 사람의 사람됨'을 담은 것입니다. 그렇게 저도 생각합니다.

또 어떤 분들은 비록 몸이 성하지 않아도 마음으로, 그러니까 정신으로 사람 구실을 거뜬히 잘해 내는 사람이 얼마나 많으냐고 이런저런 예를 드시면서 앞에서 말씀드린 몸 돋보이게 하는 일이 얼마나 천박한 짓인가 하고 꾸중을 하실 분도 계시리라 생각됩니다. 옳습니다. 우리는 그런 많은 사례를 보고 들을 뿐만 아니라 거기서 비롯하는 감동으로 삶을 나름대로 잘 가꾸기조차 할 수 있습니다.

그런데도 저는 몸을 사람이 삶을 구체적으로 드러내는 마지막 또는 궁극적인 '현실'이라는 사실을 강조하고 싶습니다. 몸짓으로 구현되지 않는 '마음짓'이란 있으나마나 한 것이라고 여겨지기 때문입니다.

그렇다고 해서 제가 마음과 몸이라는 지극히 고전적인 이원론을 전제하면서 그 맥락에서 정통적으로 이루어져 온 '마음의 몸에 대한 우위'라는 규범을 뒤집어보고 싶어 이러한 말씀을 드리는 것은 아닙니다. 하기야 '뒤집어보기'가 '인식의 장', 그러니까 학문의 영역에서 거의 유행처럼 '흐르던' 때가 없지 않았습니다. 지금도 그러한 흐름은 상당한 정도 여전합니다.

사물을 그렇게 바꾸어 들여다보아야 못 보던 것, 안 보이던 것이 보이면서 잘못된 또는 왜곡된 인식을 수정할 수 있을 뿐만 아니라 새로운 인식을 통해 사물 자체를 다시 볼 수 있게 되어 우리가 새 누리를 확보하게 된다는 이야기가 긴하기 이를 데 없는 권유라는 사실을 우리는 지나칠 수 없습니다. 그래서 이러한 '보기의 전도(顚倒)'는 아직도 학문뿐만 아니라 삶의 구석구석에서 '아쉬운 태도'로 기려지고 있습니다.

그러나 어떻게 몸과 마음의 '이론'이 펼쳐지든 그러한 이론은 마음과 몸을 두 개의 실재처럼 따로 떼어놓고 그 둘을 견주어 어느 것의 우위를 논하거나 우선순위를 가늠하려는 전형적인 이원론적 사고에서 비롯하는 일임에는 틀림없습니다. 그런데 저는 제가 잘못 살고 있어 그런지는 몰라도 왜 그런지 점점 '이원론적인 사고' 또는 거기서 비롯하는 '규범적 택일' 아니면 바로 그 이원론을 내장한 인식에서 비롯하는 '이것도 저것도'라는 '선택의 원천적인 소거(消去)'가 우리 삶의 실제 현실에서 비롯한 것이 아니라는 생각이 듭니다. 그런 생각이 점점 짙어집니다.

그것은 어쩌면 마음에서 비롯하여, 몸의 현실을 간과한 채 '마음만의 마음'에서 이루어진 규범이 아닐까 하는 생각이 드는 것입니다. 제가 몸짓이 결국 삶의 구현을 드러내는 우리가 만나는 실제적인 삶의 현상이라고 주장하는 것은 이런 생각에서 비롯한 것입니다. 그렇기 때문에 제가 몸을 일컫는 것은 '마음 우월적 규범'에서 '몸 우월적 규범'으로 옮겨가는 또 다른 택일적 결단, 곧 '지적 회심'(知的 回心)을 수행하려는 것이 아닙니다. 몸짓 없으면 마음짓이란 것이 정말 일컬어질 수 있는 것인지 하는 생각을 담담하게 풀어보고 싶어 드린 말씀입니다.

이렇게 말씀드려도 여전히 마음이 불편하실 분이 계시리라 믿습니다. 제가 드린 말씀이 제 발언을 정당화하기에는 어림없는 논법일 뿐만 아니라, 설혹 그것이 그럴 만한 변명이 된다 하더라도 결국 "닭이 먼저냐 달걀이 먼저냐" 하는 물음과 구조적으로 같은 것이어서 끝없는 순환적 담론에서 물음 자체가 스스로 실종되는 때까지만 이어지는 허망한 것에 지나지 않겠느냐고 하실 수도 있기 때문입니다.

충분히 그럴 수 있습니다. 어떤 물음이나 주장은 가장 진지한 때조차 무의미한 '물음 아닌 물음'이거나 '주장 아닌 주장'이라는 사실이 드러나는 경우가 드물지 않기 때문입니다. 그러나 저는 조금 더 제 주장을 펴고 싶습니다. '닭과 달걀'의 우선순위 논의에 대한 정답은 그 둘 중의 하나를 선택하는 것으로 귀결되는 것이 아니라 오히려 그 문제가 '물음맥락 의존적'이라는 사실에서 종결되는 것이라고 생각하기 때문입니다.

개념적으로 '번역'한다면, 그것은 '가능성과 현실성'의 문제와 다르지 않습니다. 그런데 그것은 택일의 문제가 아닙니다. 그 둘은 서술범주에서 지어진 개념들이지 존재론적인 실재가 아닙니다. 그러므로 '왜' 그 둘의 우선순위를 묻는가 하는 그 '왜의 현실'이 결국 우선순위를 결정하는 것인데, 그렇다고 하는 것은 동시에 물음맥락에 따라 그 답은 얼마든지 바뀔 수 있다는 것을 의미하기도 합니다.

다시 제 처음 말로 돌아가겠습니다. 아무튼 이러한 맥락에서 보면 몸은 현실입니다. 그런데 마음은 아직 현실이 아닌 현실, 곧 가능성으로서의 현실입니다. 그런데 가능성은 현실이 아닙니다. 그 둘 사이에는 엄청난 괴리가 있습니다. 가능성이 현실을 잉태하고 있고, 현실은 가능성을 모태로 삼고 있다고 기술하고 보면 그 둘은 뗄 수 없는 하나인 것같이 여겨집니다. 그렇습니다. 그 둘은 분리될 수 없는 하나입니다. 하지만 그렇게 말하고 끝낼 수 없는 다름을 묘사하지 않을 수 없습니다.

마음짓은 할 수 없는 것이 하나도 없습니다. 모든 것을 할 수 있다고 스스로 주장할 뿐만 아니라 모든 것을 마음이 움직이는 대로 해야 한다고 말합니다. 마음은 부정적인 것도, 긍정적인 것도 그 극한까지 이르게 할 수 있습니다. 고통을 고통 하면서 고통의 고통 자체에 이를 수 있습니다. 희망을 희망하면서 희망의 희망에 도달할 수도 있습니다. 어색한 동어반복이 되고 말았습니다만, 그렇게 묘사할 수밖에 없는 '절대적인 가능성'을 누립니다. 그것이 마음이 하는 짓입니다.

몸짓은 그렇지 않습니다. 몸짓은 철저하게 한계 안에 있습니다. 물속에서는 숨을 쉬지 못합니다. 날개가 없으면 날지 못합니다. 물론 우리는 많은 도구를 이용하여 몸의 한계를 상당히 극복하고 있습니다. 노화(老化)조차 질병이라고 일컫는 세상이 된 것을 보면 얼마 안 있으면 죽음도 치유 가능한 질병의 개념 안에 들 날이 멀지 않으리라고 짐작되기도 합니다.

그렇지만 몸은 몸이기 때문에 이미 한계 안에 있는 존재입니다. 그런데 몸이 없으면 존재가 없습니다. 인간은 그렇습니다. 몸은 존재를 결정하는 구체성이면서 존재를 규제하는 구체성이기도 합니다.

그래서 몸은 하고 싶은 것을 다 하지 못합니다. 그것이 몸입니다. 그런데 삶은 마음짓으로 드러나지 않습니다. 구체성을 확보하는 일은 몸짓입니다. 마음은 무한한 자유를 누릴 수 있지만 그것을 구현하려면 몸에 의존해야 합니다. 그런데 몸은 본디 한계를 지니고 있습니다. 마음이 마음을 다 펼 수 없는 것은 당연합니다. 몸은 '절대적인 한계성'을 삽니다. 이것이 몸이 하는 짓입니다.

이러한 '인식'이 몸에 대한 부정적인 생각을 부추겼습니다. 마음짓을 펴주지 않는 몸짓은 모자랄 뿐만 아니라 잘못된 짓이고, 잘못된 것이기 때문에 없어져야 할 것이며, 그렇기 때문에 몸을 부정하는 것이야말로 사람다움의 진정한 의미를 구현하기 위해 절실한 것이라고 주장하기도 했습니다. 마음과 몸에서 마음을 선택해야 한다는 당위에서 멈추지 않았습니다. 마음은 몸을 충동하여 몸을 학대하도록 했습니다. 모든 문제는 몸의 현실성에서 비롯하는 것으로 여겼기 때문입니다.

그것은 벗어야 할 껍질이기도 했고, 저주해야 할 악이기도 했습니다. 몸의 한계는 치욕스러운 것이었고, 그래서 몸의 경멸은 기려야 할 덕목이기도 했습니다. 마음은 자유롭게 이를 주장했고, 이를 가르쳤고, 이를 규범화했습니다. 종교라고 일컫는 문화는 이를 가장 직접적으로 구체화했습니다.

그러나 분명한 것은 그러한 몸의 한계를 아파한 마음이 바란 것은 그 바람이 몸을 통해 현실화하는 것이었다는 사실입니다. 마음을 좇아, 마음짓이 움직이는 대로 몸이 몸짓을 수행하게 되는 것이 종국적인 마음의 지향이었습니다. 그리고 이러한 사실을 유념하면 다시 우리는 처음 주장으로 되돌아갈 수밖에 없습니다.

삶은 몸으로 구현되어야 하는 현실입니다.

2

제가 사람이 못난 탓이겠습니다만 '이것이 옳다'든지 '이렇게 살아야 한다'든지 하는 귀한 가르침을 만나면 그저 감동하고 이를 좇기 위해 정성을 다하면 좋을 텐데, 왠지 이 일이 점점 힘들어집니다.

얼마나 오랫동안, 얼마나 많은 사람들의 삶이 녹아들어 빚은 지혜인데, 그리고 얼마나 많은 사람들이 때와 자리에 상관없이, 또 닥친 일의 온갖 어려움에도 불구하고 지키고 따르고 그대로 따라 살면서, 또 그렇게 하기를 진심으로 기하면서 마련한 증언이고 고백인데 이를 제가 소홀히 할 까닭은 없습니다. 이를 모르지 않기 때문입니다.

그런데도 그 당연한 덕목을 실천하기가 이렇게 어려울 수가 없습니다. 성서에도 이러한 말씀이 있습니다만 누구나 하는 흔한 말대로 한다면 "마음은 그렇기를 원하는데 몸이 말을 듣지 않는다"라고 할 수도 있습니다. 그러면서 게으름과 나약함과 어리석음과 때로는 의도적인 악의를 좇는 몸의 현실을 후회하기도 합니다. 그런가 하면 아예 몸의 현실을 저주하고, 자학하기조차 합니다. 그러고 싶을 때가 잦습니다. 때로 마음이 아예 구겨지고 얼룩지고 찢겨 있어 그런 것은 아닌가 하고 생각할 때도 없지 않습니다. 몸이 이렇게 무력한 것은 마음 탓이라고 말하고 싶기도 합니다. 그러나 그것도 결국 몸 탓으로 되돌아오고 맙니다. '아예 태어나지 않았더라면…' 혹은 '어서 세상을 벗어나면…' 하는 절박한 생각도 몸에 대한 탄식과 다르지 않기 때문입니다.

요즘 저 자신에게 갑자기 겁이 나기 시작했습니다. 왜 몸이 마음을 좇지 못할까 하는 생각을 하면서 '참 힘들다'라고 할 때까지만 해도 제법 '겸손'할 수 있는 여유가 있었습니다. 몸에 대한 원망과 자학조차도 실은 그 겸손함에서 비롯한 것이라고 해도 좋을 듯합니다. 그러나 요즘 생각은 좀 다릅니다. 이른바 전통적으로 전승되어 오는, 그래서 현실적으로 누구나 거의 승인하는, 정통적인 윤리적 규범이나 도덕적인 덕목이 과연 그 스스로 주장하듯이 그윽하고 깊은 지혜 또는 해답다운 것이라고 해도 좋을 것인가 하는 물음이 솟기 때문입니다.

이것은 참 건방지기 짝이 없는 짓입니다. 물론 상황적인 적합성을 모색하면서 그러한 규범이나 덕목을 새삼 다듬을 수는 있습니다. 사람들은 아득한 때부터 늘 그렇게 해왔습니다. 그것이 실은 '가치의 전승'이고 '불변하고 보편적인 의미'의 역사입니다. 규범적 절대성이란 것이 있다면, 실은 그것도 이러한 '새로운 해석과 창조적 변용'에 의해서 지탱되는 것이기도 합니다. 그렇게 말해야 옳습니다.

그런데 제가 지닌 물음은 그렇다고 하는 것 자체에 대한 '신뢰할 수 없음'입니다. 아주 직접적으로 말씀드린다면 윤리적 규범이나 도덕적 덕목을 발언하는 주체는 그러한 주장의 선포나 가르침을 통해 몸의 현실을 삶다운 것으로 빚으려고 하는 것이라기보다 그렇게 함으로써 얻어지는 어떤 '편리한 대가(代價)'를 발언자가 누리고 있는 것은 아닌가 하는 아주 '고약한 생각'을 하고 있는 것입니다.

이 못나고 고약한 생각을 더 풀어보겠습니다. 무릇 윤리나 도덕은 마음짓을 몸짓화하라고 하는 요청입니다. 제 생각의 맥락에서 그렇게 말씀드리고 싶습니다. 그런데 마음짓은 한계가 없습니다. 그는 자유롭게 어디든 노닐 수 있습니다. 온갖 좋은 것을 다 누릴 수 있습니다. 인식과 판단을 자유자재로 넘나들 수 있습니다. 그래서 혹 과오라고 판단되면 서둘러 이전의 인식과 판단을 발언 이전에 바꿀 수도 있습니다. 마음짓은 그러합니다.

바로 마음짓의 이러한 '속성' 때문에 마음짓도 스스로 윤리적이고 도덕적이기를 기해야 합니다. 비록 그것이 구체성을 지니지 않은 것이라 할지라도 결국 그 마음이 가 닿는 곳은 몸이기 때문에 더욱 그러합니다. 그렇다면 마음도 무한하게 자유로울 수는 없습니다. 스스로 배려해야 할 것이 있습니다. 스스로 자기가 빚는 한계가 있어야 합니다. 그리고 그 한계를 스스로 존중하고, 그 한계정황 안에서 적합한 자유를 누려야 합니다. 마음짓이 빚는 윤리적 규범이나 도덕적 덕목도 그래야 합니다. 그것은 무조건적인 절대적 자유를 지니고 그렇게 선포되고 요구해야 하는 그런 것일 수 없습니다. 그 과정에서 자신이 마련하여 자기의 존재율(存在律)이라고 할 수 있는 격률(格率)을 지니고 있어야 합니다. 그것이 마음짓이 움직이면서 지녀야 하는 윤리이고 도덕입니다.

그런데 저는 이때 마음이 지녀야 하는 것이 다름 아닌 '몸의 한계'에 대한 인식이고, 승인이고, 배려이고, 공감적 고뇌라고 생각합니다. 좀 억지입니다만 예를 들어보십시다. 인간에게는 상승의 모티브가 있습니다. 왜 그런지는 모르겠습니다. 높이 날고 싶습니다. 더 나아지고 싶습니다. 초연하고 싶습니다. 그래서 더 온전해지고 싶습니다. 그럴 수 있을 때 얼마나 많은 '문제'들이 풀릴까 하는 황홀한 기대를 갖습니다. 그러한 기대는 우리를 훨씬 더 사람답게 합니다. '고결한 마음'은 사람들에게 날기를 요청합니다.

그러나 인간의 몸은 날 수 없습니다. 그런데 날아야 한다는 당위는 지엄하게 다가옵니다. 물론 그때 그 당위적 요청은 맨몸으로 공중을 날라는 요청은 아닙니다. 그러나 마음이 몸을 충분히 헤아리지 않으면 몸은 그것을 '맨몸으로라도' 날기를 시도해야 한다는 것으로 듣습니다. 그 요청은 거스를 수 없는 권위를 가지고 있다고 여기기 때문입니다. 그래서 마침내 날기 좋다고 판단된 벼랑 위에서 팔을 벌리고 날았습니다.

우리의 문제에 어울리는 예가 되지 못할지 모르겠습니다만, 이 어처구니없는 삽화에서 주목하고자 하는 것은 '마음의 요청에 의한 몸의 파멸'입니다. 우리가 당위를 일컬으면서 간과하는 것은 바로 이 점입니다. 우리는 뜻밖에 마음에서 비롯하여 마음으로 재귀(再歸)하는 마음이 있다는 사실을 주목하지 않습니다.

그런데 그렇게 자기 안에서 순환하는 생각도 있고, 판단도 있고, 몸짓에의 요청도 있습니다. 마음과 그로부터 비롯하는 마음짓은 이러한 되돌아감의 구조에서 마음의 순수를 유지할 수 있습니다. 그러므로 그 안에서는 자신의 당위적 발언의 권위를 어떤 경우에도 훼손당하지 않습니다. 언제나 보편적이고 절대적일 수 있습니다. 언제나 자신에게 정직할 수 있기 때문에 자신에 대한 배신의 가능성은 조금도 없습니다. 마음은 자족성(自足性)과 자명성(自明性)을 늘 지탱합니다.

그렇지만 몸은 그렇지 않습니다. 마음이 순수를 유지하는 만큼, 스스로 권위를 유지하는 만큼, 자신에게 정직하고 스스로 자족적이고 자명하다고 주장하는 만큼, 그만큼 몸은 성하지를 못합니다. 그 마음을 감당할 수 없기 때문입니다. 그렇다고 하는 것을 몸이 온갖 몸짓으로 호소하면 할수록 마음은 온갖 마음짓을 통해, 그러니까 몸의 한계를 벗어나려는 노력을 더 경주하라고 다그칩니다. 그런데 그렇게 할 수 없는 것이 몸입니다. 그런데 마음은 이를 유념하지 않습니다. 만약 유념하면 자신의 순수가 때묻게 될지도 모르기 때문입니다.

때로 저는 종교사를 이러한 시각에서 읽어보곤 합니다. 종교사는 마땅히 어짊과 자비와 사랑과 순종의 역사여야 합니다. 그러한 마음이 일정한 마음짓을 통해 다듬어진 것이 종교라는 문화이기 때문입니다. 우리는 그렇게 알아왔고, 또 그렇다고 하는 것을 실제로 경험하고 있습니다. 종교는 좋은 것입니다.

그러나 분명히 말씀드립니다만, 종교사는 그렇게만 묘사되지 않습니다. 강팍함과 경멸과 증오와 반역으로 점철된 처절한 참상을 보여줍니다. 그 좋은 것들을 빙자한 나쁜 것들로 가득합니다. 종교가 종교이어서 빚은 현실은 그렇습니다. 만약 이것이 '잘못된 종교의 예외적인 현상'이라든지 '종교에 대한 그릇된 편견'이라든지 하는 말씀으로 제 주장을 부정하신다면 저는 아주 소박하게 말씀드리겠습니다. 그것은 부정직한 반응입니다.

종교사는 언제 어디서든 종교가 자가당착적인 모순을 함축하고 있다는 사실을 스스로 모르지 않습니다. 그러나 그렇게 된 책임은 지지 않습니다. 질 수가 없습니다. 그것은 몸의 몫이기 때문입니다. 참람한 발언이 될 수밖에 없습니다만, 종교사가 보여주는 실증적인 사실 중의 하나는 종교가 참으로 많은 몸의 주체를 파멸시켰다는 사실입니다.

몸과 마음의 나뉨을 넘어 서술한다면 불행히도 종교는 사람의 사람다움을 위해 온전히 긍정적이지 못했습니다. 몸의 한계에 대한 배려 없이 마음만을 마음껏 발휘했기 때문입니다. 마음은 규범을 짓는 의무에서 몸에 대해 무감각한 과오를 그대로 보여주고 있습니다. 지금도 다르지 않습니다. 오늘 우리의 현실에서도 우리는 생생하게 이를 겪습니다. 그렇다고 말씀드리고 싶습니다.

3

저만 그런지 모르겠습니다만 요즘 살기가 쉽지 않습니다. 마음짓이 편하지 않습니다. 몸짓도 속수무책으로 조여듭니다. 뭐가 뭔지 모르겠기 때문입니다. '분류학의 붕괴'라고 하면 묘사가 될는지 모르겠습니다만 기존의 인식체계가 하나도 더 이상 타당성을 가지는 것이 없습니다.

이를테면 생명과 생명 아닌 것은 당연하게 구분되는 것이었습니다. 그런데 이제는 그렇지 않습니다. 모두가 물질의 범주에 듭니다. 살아 있는데도 죽었다고 하는가 하면 죽었는데도 살았다고 합니다. 절대의 산재(散在) 현상은 절대 자체를 무의미하게 합니다. 뇌의 어떤 신경을 건드리면 신비경험을 일으킬 수도 있고 지울 수도 있습니다. 종교는 이제 그 고향이 인간의 뇌가 되었습니다. '사실'은 이미 사라진 지 오래입니다. 그런 개념 자체가 부도덕합니다. 이념의 눈으로 해석된 사실만이 사실입니다. 언론도 학문도 그렇게 사물을 짓습니다. 있는 사물에 대한 보도나 인식은 없습니다.

모든 판단준거는 판단주체의 '이익'과 관련됩니다. 그리고 그 이익은 '편의'와 연계되어 있습니다. 그리고 편의는 '몸'을 위한 것입니다. 그러므로 마음은 몸을 위해 있습니다. 그렇지 않다고 할 때조차 그것이 함축하는 내밀한 의도는 몸을 위한 것으로 귀결합니다. 그렇지 않다고 실증할 수 있는 사례를 찾기 힘든 한, 그렇다고 말할 수밖에 없습니다.

흥미로운 것은 이때 이루어지는 '옳음과 그름의 구조와 현상'입니다. 그 둘을 판별하는 준거는 이미 없어진 지 오랜 것 같습니다. 있다고 하지만 기능하지 않습니다. 세상은 잘못되어 가고 있는 것이 분명합니다. 늙어 적응하지 못하는 탓인가 하여, 세상이 잘못되어 가고 있다는 판단을 하는 자신을 수없이 되살펴보아도 이를 부정할 근거가 뚜렷하게 드러나지 않습니다. 그런데 참 흥미롭습니다. 그렇게 느끼는 사람들, 그렇게 판단하는 사람들이 뜻밖에 많습니다. 얼마나 많은 사람들이 '잘못되어 가는 세상'을 염려하고, 질책하고, 아파하면서 이에 대한 적절한 처방을 내놓고 있는지 헤아릴 수 없을 정도입니다.

그런데 못난 생각으로 판단하건대 사정이 이렇다면 이것은 실은 잘못된 세상이 아닙니다. 그름을 염려하는 옳음이 그 그름을 능가할 정도로 많다고 한다면, 그렇게 느끼는 것이 현실적으로 용인된다면, 이 세상은 좋은 세상이지 나쁜 세상이 아닙니다. 그렇게 판단해야 옳습니다. 그런데 그 옳음의 외침만큼 그렇게 그름이 사그라지지 않습니다. 아니, 오히려 그 옳음의 주장에 맞추어 그름도 늘어나고 있는 것 같다는 판단조차 하게 됩니다. 이것은 아무래도 되살펴볼 만한 가치가 있는 현상일 것 같습니다.

앞에서 말씀드렸듯이 옳음과 그름의 판단준거가 더 이상 현존하지 않는 것 같다는 불안이 또한 현실이라면, 지금 선포되고 주장되는 옳음이란 도대체 어디서 비롯한 것인가를 묻지 않을 수 없습니다. 그런데 스스로 옳다고 하여 옳음이 구축되지는 않습니다. 그런데도 옳음은 언제 어디에나 있습니다. 그렇다면 주목할 것은 옳음이 자기 아닌 것을 그르다고 지칭하면서 자기생식(自己生殖)을 한다는 사실입니다. 그러므로 이러한 현상은 "일컬어지는 그름이 없으면 옳음은 없다"는 구조를 구축하고 있다고 말할 수 있습니다.

못된 논리를 편다면 그렇기 때문에, 자신이 옳다는 것을 주장하기 위해서는 그름을 전제해야 합니다. 그런데 그것은 자기 옳음을 위해 어떤 것을 '그름으로 짓는 일'을 감행하는 것과 다르지 않습니다. 그래서 결과적으로 이는 숱한 그름이 옳음을 위해 양산되는 형국이라고 말할 수도 있습니다. 그런데 그름은 자기를 그름이라고 말하지 않습니다. 그럴 수가 없습니다. 그것은 자기부정을 뜻하는 것과 다르지 않기 때문입니다. 혹 스스로 자기가 그름이 아닌 옳음이라고 강변할 수는 있습니다. 하지만 그렇게 되면 그것은 이미 '옳음 담론'이지 '그름 담론'은 아닙니다. 그름은 그름이어서 처음부터 아무런 발언도 할 수 없습니다. 그름은 자기 언어를 갖지 못합니다. 그것이 그름입니다.

이러한 사실을 유념하면 옳음의 넘침과 그름의 넘침이 같이 간다고 하는 사실을 겨우 설명할 수 있습니다. 우리는 이를 "옳음 앞에서는 모든 것이 그름일 수밖에 없는 상황"이라고 묘사할 수 있습니다. 옳음이 스스로 빚는 것이 그름이고, 그렇게 빚어진 그름을 통해 옳음은 옳음이 되기 때문입니다. 그렇기 때문에 이때 옳음은 실은 그름에 대한 지극한 관심이 없습니다. 다만 자기를 드러내기 좋은 여건이 조성될 정도로 그름의 현존을 승인할 뿐입니다. 마치 '마음과 몸의 구조'에서처럼 그름이라고 여긴 그 상황이 본디 지닌 어떤 한계를 전혀 승인하지 않은 채 그것의 현존 자체를 자기의 옳음을 드러내기 위한 수단으로 동원하면서 그름의 그름을 송두리째 부정합니다. 없어야 할 것이 있는 것이고, 그렇기 때문에 옳음을 통해 그것은 무화(無化)되어야 할 것일 뿐입니다.

우리는 견딜 수 없이 참담한 그릇된 삶의 정황을 누구나 겪고 있습니다. 그러므로 우리에게 모자란 것은 바로 그러한 그릇됨을 지적해 줄 옳음의 발언입니다. 그리고 다행히 우리는 그러한 옳음의 발언을 듣습니다.

그리고 그 발언은 그름을 질책합니다. 그런데 참으로 그러하다면 그 옳음에 의해서 그름이 분명히 줄어들어야 합니다. 사람살이가 더 나아져야 하는 것입니다. 그렇게 될 때 비로소 우리는 그 옳음을 옳음이라고 받아들일 수 있습니다. 하지만 그렇지 않다면 우리는 그 옳음이 자신의 옳음을 위해 있는 그름에 더해 더 많은 그름을 빚고 있다고 말하지 않을 수 없습니다. 옳음이 넘칠수록 그름도 꼭 같은 정도로 넘치기 때문입니다.

어쩌면 이러한 상황을 "그름의 잠재성을 지우지 못하는 현실을 공감적으로 고뇌하지 않는 옳음의 독선 때문에 그 잠재성이 모두 현실화하는 정황"이라고 묘사해도 될는지 모르겠습니다. 또 다르게 말하면 오늘 우리의 옳음 담론은 한결같이 극단적입니다. 그름 정황이 그름 가능성을 내포할 수밖에 없는 그 정황에 대한 어떤 공감적 고뇌를 공유하지 않습니다. 마치 마음이 몸에 그러했듯 그렇게 무책임합니다. 결국 그 몸짓이 마음짓의 구현을 담당하고 있는데도 말입니다.

제 말이 거칠고 무모하고 알아들을 수 없다고 여기실 분들을 위해 좀 긴 인용을 하겠습니다.

> …위대한 랍비인 메모니데스는 자비나 남에게 베푸는 자선에는 여덟 가지 다른 차원이 있다고 했다. …여덟번째 차원은 추위에 떨며 도움을 청하는 사람에게 내키지는 않더라도 코트를 사주는 것이다. 다른 사람을 증인으로 세운 후에 코트를 주고 감사의 인사를 받기 위해 기다리는 것이다.
>
> 일곱번째는 똑같이 하지만 감사의 인사를 받기 위해 기다리지 않는

것이다.

여섯번째는 도움을 청하기도 전에 코트를 사서 마음으로부터 기꺼이 주는 것이다.

다섯번째는 기꺼이 열린 마음으로 코트를 사주고 남이 모르게 해주는 것이다.

네번째는 기꺼이 열린 마음으로 주되 자기가 그 사람을 위해 산 코트가 아니라 바로 자신의 코트를 주는 것이다.

세번째는 기꺼이 열린 마음으로 자신의 코트를 주지만 누가 주었는지 모르게 주는 것이다. 하지만 자기 자신만은 누구에게 주었는지 아는 것이다.

두번째는 기꺼이 열린 마음으로 자신의 코트를 주지만 누가 주었는지 모르게 주고 그 코트를 받은 사람이 누구인지도 모르게 하는 것이다. 받은 사람은 모르지만 자신은 자선을 베풀었다는 사실을 아는 것이다.

마지막으로 가장 순수하게 남에게 베푸는 차원은 기꺼이 열린 마음으로 자신의 코트를 주지만 누가 주었는지 모르게 주고 그 코트를 받은 사람이 모르게 하는 것이다. 그리고 자신이 자선을 베풀었다는 사실도 잊는 것이다.

그때서야 비로소 우리 안에 있는 선함이 자연스럽게 표출된 자선을 베풀었다고 말할 수 있다. 우리가 무언가를 준다는 것은 한 송이의 꽃이 저절로 향기를 뿜어내듯 자연스럽게 일어나는 것이다.

당시 어린 내게 선한 사람이 되고 옳은 일을 한다는 것은 아주 중요했다. 그래서 외할아버지의 말씀을 귀기울여 들었다. 그리고 그를 안심

시켜 드리기 위해 말했다.
"할아버지. 전 항상 가장 옳은 방법으로 남에게 베풀 거예요."

여기서 이야기가 끝났으면 좋았겠습니다. 대체로 우리는 옳음의 주장 앞에서 그러한 태도로 옳음을 익혔습니다. 마지막번째의 선행말고는 취할 것이 하나도 없습니다. 앞의 일곱 차원의 선행은 실은 선행을 오도하는 그릇된 것입니다. 그런데 할아버지는 그 말에 공감하거나 흔히 그렇듯 모범답안에 대한 칭찬으로 이야기를 끝내지 않았습니다.

뜻밖의 사태가 이어집니다. 할아버지는 이 손녀의 진지한 다짐에 전혀 맞지 않는 다른 반응을 하십니다. 아예 손녀의 반응에는 전혀 관심도 없으신 듯합니다. 어쩌면 당연한 귀결이라 여기셨기 때문일 터인데, 그 당연한 귀결을 통해서는 새롭게 가르칠 '지혜'란 없는 법이라고 판단하셨는지도 모릅니다.

외할아버지께서는 웃으면서 부드럽게 말씀하셨다.
"여덟번째 차원의 사람처럼 추위에 떨면서 도움을 청하는 사람에게 별로 내키지는 않지만 마지못해 코트를 사주고 다른 사람을 증인으로 세워 감사의 인사를 받기 위해 기다렸다고 생각해 보자. 우리 모두가 그렇게 했다면 지금보다 세상에 고통을 겪는 사람이 더 많을까? 더 적을까?"

삶은 몸짓입니다. 구체적이고 직접적입니다. 마음의 울 안에서 옳고 그름을 판단하는 것을 뛰어넘는 현실입니다. 만약 마음이 진정한 마음짓을 할 수 있었다면 그것이 이룰 몸의 현실성을 간과해서는 안 됩니다. 그런데 그것을 진지하게 생각하노라면 그것은 마음짓이 발언한 정연한 논리를 범하는 것과 다르지 않습니다. 옳은 것은 마지막 차원의 선행 오직 하나뿐이기 때문입니다. 그래서 손녀는 심각한 고뇌에 빠집니다. 그러다가 정직하게 자신의 몸짓 현실을 유념하면서 이렇게 발언합니다.

> 나는 한참 동안 생각했다. 외할아버지의 질문을 이해하려고 애썼지만 자신 없는 목소리로 대답했다.
> "할아버지. 더 적어지는 것이 맞지요?"
> 이에 대한 할아버지의 해답은 지나치다 싶을 정도로 명쾌하고 단순했습니다.
> "그렇단다. 그 사람이 할 수 있는 어떤 방법으로든지 선을 베푸는 것에는 그만한 가치가 있단다."
>
> (『할아버지의 기도』, 문예출판사, 2004, 96~98쪽)

4

횡설수설 너무 긴말을 종잡을 수 없이 드리고 있어 죄송합니다. 하지만 말씀드리지 않을 수 없는 마지막 제 문제가 있습니다. 무어냐 하면, 마음이 몸의 현실을 배려해 주십사는 이러한 발언이, 옳음이 그름의 정황에 대한 공감적인 이해를 해주십사는 이러한 칭얼거림이, 그래서 마지막 선행의 차원에서만 머물거나 그것만이 옳음이거나 마음다운 마음짓이라고 주장하지 말고 여덟번째 선행의 차원도 품자고 하는 호소가, 어쩌면 분명히 '더러운 타협'이라고 지탄될 거라는 예상이 저를, 정직하게 말씀드리면, 두렵게 한다고 하는 사실이 그것입니다.

어떤 사고나 행위에 이러한 '딱지'가 붙게 되면 거기서 벗어나기는 거의 불가능합니다. 왜냐하면 그러한 자리를 변호하는 것도 마찬가지로 '더러운 타협'이라고 판단되기 때문입니다.

그럼에도 불구하고 저는 우리 삶이 지닌 진정한 문제는 '의인 열 사람이 없어'서 망하는 것이 아니라 '악인 열 사람이 없어'서 망하는 것은 아닐까 하는 두려움입니다. 아니면, 모두가 나서서 나는 옳고 너는 그르다고 하는 판은 '모두 옳고, 그래서 모두 그를 수밖에 없는'데, 그것은 옳음도 그름도 아예 적용할 수 없는 소용돌이와 다르지 않은데, 그래서 망할지도 모르겠다는 두려움이 일기 때문이라고 할 수도 있을 것 같습니다.

그러고 보면 우리는 어느 틈에 모두 '마음'뿐이고 '옳음'뿐입니다. 몸도 없고 그름도 없습니다. 달리 말하면 모두 어느 결에 '신'이 되었습니다. 신은 마음이고 옳음입니다 절대적으로 그러합니다. 신은 몸도 없습니다. 그름도 없습니다.

오늘 우리는 모두 그렇게 된 것 같습니다. 달리 말하면 오늘 우리는 '신들의 세상'에서 신들이 되어 신처럼 살고 있습니다. 그렇다면 그 표현 자체로는 더할 데 없이 온전한 세상을 일컫는 것 같은데, 바로 그렇기 때문에 세상이 망할 것 같다는 생각을 하게 됩니다.

그렇다면 이런 생각이야말로 치유받아야 할 질병임에 틀림없습니다.

하지만 그렇게 생각하지 않을 수 없습니다. 지금 여기 우리가 사는 세상은 사람이 사는 곳이지 신이 살아야 하는 곳이 아니기 때문입니다. 신이 횡행하는 세상은 어쩌면 음습한 분위기가 감싸는 으스스한 곳이 될지도 모릅니다.

이 계기에서 기억하고 싶은 이야기가 있습니다. 망할 세상을 망하지 않도록 하는 계기는 아득한 때부터 '신이 사람이 되었다는 이야기'로 점철되어 있습니다. 기독교의 교리를 이야기하고 있다고 서둘러 판단하시지 않았으면 좋겠습니다. 인류의 종교사는 그 구조가 모두 그렇게 이루어져 있습니다. 마음이 마음이기를 그만두고 스스로 몸이 되면서, 옳음이 옳음이기를 그만두고 스스로 그름이 되어 그름과 더불어 옳음조차 깨지면서, 이른바 물음에 대한 해답의 출구는 마련되곤 했습니다. 그렇지 않으면 새 누리가 빚어지지 않습니다. 그것은 논리적으로 모순입니다. 실존적으로 역설입니다. 그리고 현실적으로는 '더러운 타협'입니다.

타협의 참상은 자기상실에 있습니다. 그런데 그것을 의도한다고 하는 것은 자존심도 없는 짓입니다. 그것을 실천한다고 하는 것은 타기해야 할 만큼 부끄러운 일입니다. 있어서는 안 될 일이기 때문입니다. 그렇지만 신은 그럴 수 있는 존재였습니다. 신은 신이기를 그만두고 사람이 되어 이 땅에 왔습니다. 그러한 존재의 현존을 사람은 간절하게 희구하고 있다고 말해도 좋습니다. 신은 그래서 있어야 하고, 있어온 존재이고, 앞으로도 사라질 수 없는 존재입니다. '더러운 타협'의 주체이기 때문입니다. 그리고 그 타협이 출구이기 때문입니다.

그렇다면 오늘의 마음짓도, 옳음의 선포도 신처럼 굴려면 제대로 신처럼 행동했으면 좋겠습니다. 몸을 빙자하여 모든 책임을 면하는 것은 마음이 할 짓이 아닙니다. 마음은 스스로 몸이 되어야 합니다. 옳음을 빙자하여 모든 책임을 면하려는 그름의 지탄은 옳음이 할 일이 아닙니다. 옳음은 스스로 그름과 더불어 깨져야 합니다. 거듭 되풀이하지만 그것이 신이 한 일이었습니다.

이를 서술할 수 있는 다른 언어를 우리는 쉽게 찾지 못합니다. 우리는 그것을 '신비'라고 고백할 수밖에 없습니다. 신비는 무지와 몽매, 무기력함과 비겁함의 도피구라고 하는 또 다른 '더러운 타협'이라는 묘사의 다른 서술을 모르지 않습니다. 그러나 다른 언어가 지어져 우리의 이러한 경험을 담기까지 신비는 여전히 유의미한 언어로 사용될 수밖에 없습니다.

중요한 것은 그 언어의 적합성 여부가 아닙니다. 마음과 옳음 담론에 대한 정직한 물음을 묻는 일입니다. 만약 물음이 해답을 배태하는 것이라고 한다면, 물음을 묻는 것만으로도 조금은 이 힘든 삶 속에서 숨통이 트일 것 같습니다. 그래서 이런저런 말씀을 드렸습니다.

복덕방 이야기

1

해가 뉘엿거리는 세월 끝에서 삶을 돌아보면 온갖 것이 다 스칩니다. 그런데 이런저런 일 중에서도 집 고생을 한 것이 늘 걸립니다. 일생 집 장만하느라 세월 다 보낸 것처럼 느껴질 만큼 그 일은 힘들었었습니다.

제가 제 이름으로 산 첫번째 집은 산동네에 있는 무허가 건축물이었습니다. 15평집에 세 가구가 살고 있는 것을 샀으니 하루아침에 집도 생기고 두 집의 세까지 받는 부자가 된 셈이었는데, 언제 헐릴지 알 수 없어 매일 초조하고 불안했습니다. 다행히 무허가주택들을 모두 등록하라는 조치가 내려져 당장 무조건 헐리지는 않겠구나 하는 안도감을 갖게 되었을 뿐 아니라 '등록된 무허가주택'의 위상이란 '무등록 무허가 건축물'과 비하면 천양지차가 있어 든든하기조차 했습니다. 그러다 몇 해 뒤에 떳떳하게 제 소유로 제대로 등기된 집을 샀는데 그것은 9평짜리였습니다.

그 집을 살 때 일입니다. 첫번째 집을 살 때는 아는 사람을 통해 알음알음 동네에 떠돌아다니는 어쩌면 뚜쟁이 영감이라고 해야 할 그런 분을 통해 적당히 돈 주고 건네받았습니다. 계약서를 쓰긴 썼는데 그저 흰 종이에다 사고파는 두 사람의 성명주소 쓰고 손도장을 찍었던 것 같습니다. 도장이 없었던 게 아닌데 파는 사람이 굳이 손도장을 찍자 해서 그랬던 것은 분명하게 기억이 됩니다.

그런데 이번에는 달랐습니다. 저는 처음으로 '복덕방'(福德房)에 들러 제법 '합법적'으로 계약을 하고 매매를 끝낸 뒤 집 등기도 했습니다. 복덕방 주인은 후덕한 모습의 50대 중반 분이었는데 매사에 친절하고 진지했습니다. 제법 흥정도 했는데 저는 싸게 사고 싶었고 파는 사람은 조금이라도 더 받고 싶어했습니다. 당연합니다.

그런데 그때 복덕방 주인이 이런 말씀을 하시더군요. "파시는 분은 조금 손해 본다 하고 파세요. 그래야 복을 받습니다. 그리고 사시는 분은 조금 더 준다 하고 사세요. 그래야 집도 생기고 덕을 베푸는 것이 됩니다. 사는 사람이 돈 아끼려 들면 집 못 사지요. 파는 분도 돈 더 받으려고만 들면 집 못 팝니다. 그러니 돈 생각 말고 복을 받을지 덕을 베풀지를 생각하고 결정하세요. 그러면 적당한 가격이 저절로 생깁니다. 자, 여기가 어딥니까? 복을 받고 덕을 베풀고 하라는 복덕방 아닙니까?"

저는 복덕방의 어원이 어떤 것인지 모릅니다. 그러나 그 일이 있은 뒤에 그 이름이 어찌 그리 좋은지요. 그래서 요즘 '부동산중개소'라든가 '○○부동산'이라든가 하는 이름이 복덕방보다 더 많이 쓰이는 것을 보면 조금 언짢습니다. 복덕방은 촌티가 나는 낡은 언어인 데 비해 요즘 이름은 세련되어 있을 뿐만 아니라 명쾌하게 기능을 담아 전하는 이름이어서 훨씬 정직하다고 하는 사람들이 더 많은 것은 틀림없습니다. 한데 저는 마음 한구석이 휑한 느낌을 지울 수 없습니다. 사람다움이 따듯한 정을 담고 전해지던 좋은 이름을 잃은 것 같아서요. 아니 이름이 아니라 그 이름에 담겨 있던 사람다움을 잃은 것 같아서요.

2

사람살이란 것이 마냥 쉽지 않습니다. 이해(利害)가 엉키고 거기에 자존심이 보태지고 나아가 결단에 쫓기다 보면 서로 엮여 산다는 것이 그 이어짐 때문에 굉음을 내고 부서지고 쪼개집니다. 사는 것이 엉망이 되는 거지요. 게다가 서로 당사자이다 보니 그 '난국'을 수습해 줄 사람이 없습니다. 이것이 참 커다란 문제입니다. 결국 '너 죽고 나 살자'를 거쳐 '너 죽고 나 죽자'는 투의 막된 지경에 이르게 됩니다. 딱한 일이 아닐 수 없습니다.

그래도 가끔 그 상황을 물끄러미 바라보다가 갑은 어떻고 을은 어떻다고 차분하게 설명을 해주면서 당사자들의 열을 식혀가며 그러니 갑은 이러하면 좋겠고 을은 이리하면 서로 괜찮게 될 것 같다는 조언을 하는 사람이 있어, 삶은 파국을 면하는 일이 적지 않습니다. 물론 법에 호소해서 이런 일을 처리하는 경우가 대체로 마지막 해결이기도 합니다. 하지만 그것은 말 그대로 마지막 일이어야지 매사 그럴 수는 없습니다. 그러므로 둘 사이의 알력이 일 때면 우리는 대체로 누군가가 나타나 직면한 사태를 다듬어주기를, 비록 겉으로는 그렇게 드러내지 않지만 대체로 은근히 바라는 것이 현실입니다. '복덕방'이 아쉬운 것이지요.

사실 '문제'란 거의 모두가 '관계'에서 비롯합니다. 관계가 없다면 아예 문제도 있을 까닭이 없습니다. 그런데 관계는 있는데 그 관계가 분명하지 않다든지 꼬인다든지 끊기듯 팽팽하다든지 엉킨다든지 하는 것이 곧 문제입니다. 그렇다면 문제의 풀림은 다른 것이 아닙니다. 관계가 정상적이게 되도록 이어줌을 현실화하면 됩니다. 그런데 꼬이거나 엉킨 당사자들은 그 능력이 없습니다. 이미 '잃어버린 능력'이기 때문입니다. 그렇다면 어쩔 수 없습니다. 이어줄 어떤 '타자의 간여'가 있어야 합니다.

그런데 '매개'는 이어진 어느 쪽에 들지 않습니다. 어느 편을 든다면 그것은 매개일 수 없습니다. 매개는 다만 떨어져 있는, 끊어져 있는 둘을 '이어줄 뿐'입니다. 그래서 매개입니다. 그렇지만 동시에 매개는 이어져야 하는 어느 쪽에도 다 속해 있어야 합니다. 그렇지 않다면 그것은 매개일 수가 없습니다. 어차피 이어짐은 그 이어짐의 마디에서 아주 미세한, 그러나 단단한 '중첩'이 이루어져야 합니다. 그렇기 위해서는 불가불 양쪽에 속할 수밖에 없습니다.

그렇다면 매개는 실은 '비현실적인 현실'일 수밖에 없습니다. 논리를 넘어서기 때문입니다. 양쪽에 들지 않으면서 양쪽에 다 들어 있어야 한다는 말은 말이 안 됩니다. 그런데도 우리는 매개를 절실하게 요청합니다. 삶을 정직하게 직면한다면 더욱 그러합니다.

삶을 적당히 자기 입맛대로 살기로 작정했다면 당연히 매개를 요청할 필요가 없습니다. 관계의 단절은 오히려 장애의 제거라고 판단되고, 더 나아가 자기의 진정한 실현이라 여기기조차 하기 때문입니다. 그래서 자기정당성에 대한 신념이 굳은 사람들은 매개를 요청하지 않습니다. 대체로 그러합니다. 그러한 신념을 가진 사람들은 모든 사물은 이원적으로 구조화되어 있고, 그것은 택일을 규범적으로 요청하는 도덕률에 의하여 지탱되는 것이라고 하는 인식을 전제하고 있기 때문입니다. 당연히 매개라는 개념 자체를 치욕스러운 것으로 여깁니다. 그것은 그릇됨과의 더러운 타협을 요청하는 것이기도 하고, 윤리적 결단을 훼손하는 비겁함의 조장이기도 하다고 생각하기 때문입니다.

그런데 아무리 생각해도 이것은 오만한 태도입니다. 옳고 그른 것이 분간되지 않는 것은 아닙니다. 그러한 인식과 판단을 해야 하는 것은 우리에게 마땅한 의무입니다. 하지만 우리는 그러한 당위 이전에 그것을 실천할 수 있는 능력의 한계와 부닥칩니다. 옳고 그름에 대한 인식의 준거가 과연 무언지, 그것을 알았을 때 내 현실 속에서 그 인식과 판단을 좇아 제대로 구현할 수 있을는지 하는 것은 그리 투명하지 않습니다. 어떤 도움의 필요는 지극한 현실입니다.

3

우리가 일컬어 '종교'라고 하는 문화가 보여주는 것은 바로 이러한 '사태'에서 비롯합니다. 인간은 문제를 가지고 있습니다. 자신의 한계를 느끼면서 그 한계를 넘어설 수 있다면 문제가 풀리리라 여깁니다. 유한에서 무한을 바라는 것이지요. 그런데 이미 그것은 스스로 불가능합니다. 인간은 유한하기 때문입니다. 그렇다고 무한을 유한 안에서 초래할 수도 없습니다. 그렇게 된다면 그 무한은 이미 무한일 수 없기 때문입니다. 하지만 사정이 어떠하든, 인간의 현실에서 보면 유한을 벗어날 수 있어야 비로소 문제로부터 풀리는데 그렇기 위해서는 무한과의 접촉이 불가피하게 필수적이라는 사실을 잘 압니다.

종교는 바로 이 계기에서 그럴 수 있는 가능성이 있다고 주장합니다.

유한이 무한 안으로 들어가는 것도 아니고, 무한이 유한 안으로 스미지 않는다 하더라도 해결의 실마리가 없지 않다고 하는 것을 보여주고 있는 것입니다. '매개의 현존'이 그것입니다.

종교는 이러한 인간의 고뇌가 누천년 집적된 지혜의 구조물입니다. 문화와 역사를 따라 제각기 다른 표상으로 이를 드러내고 있습니다만 결국 문제의 해답을 현실화하기 위해서는 문제정황으로 묘사되는 갈등의 구조 안에서 그 갈등의 양극을 매개하는 어떤 힘의 역할이 불가피하다는 것을 문화화한 현상이 종교라고 말할 수 있습니다.

어떤 종교에서는 문제의 근원을 신과 인간의 갈등으로 기술하면서 이를 잇는 매개, 곧 신이면서 인간이고 인간이면서 신인 존재를 매개로 설정했습니다. 흔히 구세주라고 부르는 그러한 존재가 곧 해답을 현실화하는 구체적인 가능성입니다. 어떤 종교에서는 문제의 근원을 자기와 자기의 간극(間隙)으로 묘사했습니다. 이를 메워주는 매개로 그 종교에서는 문제를 고뇌한 주체가 어떻게 그것으로부터 자유로워지면서 완전한 자가 되었는지를 보여주며 온전한 존재를 '깨달은 자'라는 인간상으로 제시해 주었습니다. 부처는 그 가능성을 현실화해 주는 '귀의해 마땅한' 매개의 실체입니다. 이승과 저승, 산자의 세상과 망자의 세계, 하늘과 땅을 이어줌으로써 삶이 직면한 온갖 아픔을 치유하고자 하는 무속의례는 이 둘을 매개해 주는 '전문가'가 집전하는 새로움에의 계기입니다. 무당은 바로 그 구조 안에서 매개자로 기능합니다.

이러한 종교문화의 맥락에서 읽는다면 이른바 '성직'(聖職)은 종교공동체 조직의 직위가 아닙니다. 그것은 종교 자체의 구조를 의인화(擬人化)한 것이고, 더 나아가 삶이 품은 문제의 해답을 실현하는 '새로운 존재'의 요청을 구체화한 것이기도 합니다. 달리 말하면 '매개'를 요청하지 않는다면, 그래서 매개가 현존하지 않는다면, 나아가 매개를 경험하지 못한다면 문제의 풀림이란 요원할 뿐만 아니라 근원적으로 불가능하다는 것을 보여주는 것이 '성직의 현존'이 함축하는 의미이기도 합니다.

4

오늘 우리가 사는 사회는 갈라짐과 나뉨이 심해 그 부닥치고 깨지는 모습이 가히 '종말적'이라고 일컬어지기조차 하고 있습니다. 누가 어느 자리에서 왜 그러한 판단과 발언을 하느냐 하는 것을 물어야 하겠지만 크든 작든 사람살이를 경험한 소박한 시민들이 이런 '느낌'을 가진다는 것은 분명합니다. 같은 일을 같은 자리에서 보고도 전혀 다른 일을 보았듯이 이야기한다든지, 같은 언어를 사용하면서도 전혀 알아듣지 못하겠다든지 하는 일이 잦은 것은 누가 가르쳐주지 않아도 겪는 일이기 때문입니다. 자연스럽게 우리가 바라는 것은 이 둘을 이어줄 어떤 '기능'이 나타났으면 좋겠다는 기대입니다. 파국을 면하고 싶은 것은 누구나 지닌 아쉬움이니까요.

그런데 요즘 세상은 모두 잘난 사람들만 사는 것 같습니다. 남의 이야기를 들으려는 사람들이 거의 없습니다. 모두 자기의 생각을 펴고, 그것을 주장하고, 그 주장대로 행동합니다. 거치적거리는 것이 있으면 그것은 어떤 것이든 '타도'해야 합니다.

생각해 보면 옳은 사람들이 넘치는 세상처럼 무서운 세상이 따로 없습니다. 옳음이 소용돌이치면 살아남기가 힘듭니다. 자기도 모르게 자기가 '타도'되기 때문입니다. 아니, 옳은 사람으로 가득 찬 세상은 실은 그른 사람으로 가득 찬 세상이기도 합니다. 자기는 옳지만 자기 이외의 모든 사람은 그르니까요.

양쪽 이야기를 들으면서 이래 가지고는 우리 모두 죽는다고 끼어들어 이야기하는 사람이 없습니다. 아니, 있어도 그렇게 했다가는 봉변당하기 십상입니다. 봉변은 고사하고 아예 우선하는 제거의 대상이 됩니다. 기회주의자, 의식이 없는 인간, 도덕적 패륜아, 비겁한 인간, 불쌍한 종자 들이기 때문입니다. 부부가 왜 갈라지는지, 부자가 왜 각이 나는지, 친구가 왜 떠나는지, 현실과 꿈이 왜 스스로 사라지는지 익히 경험한 우리네 '서민'들 자리에서 보면 '끼어드는 사람'에 대한 이러한 지탄들이 마냥 두렵고 도망치고 싶은 '어마어마한 무서운 소리'일 뿐입니다. 아무리 생각해도 현실성이 없는데, 그러한 발언들 앞에서 달리 항변할 구실을 찾을 수가 없습니다.

그래서 여린 우리네도 차츰 사는 방법을 터득합니다. 내 발등에 불이 떨어지지 않는 한 말 안하기, 끼어들지 않기, 외면하기, 눈감아 버리기, 그 자리에서 도망치기, 들키지 않게 숨기를 익힙니다. 잘못하다간 나도 모르게 어느 편에 몰려 다른 편에 의해 치이는데 그렇게 여겨지는 이편에서도 나는 받아들여지지 않는 묘한 현실을 견딜 수 없기 때문입니다.

5

종교에의 기대, 그러니까 '성직에의 기대'라고 할 수 있을 '신비한 매개에의 희구'는 이러한 현실에서 분명하게 드러나는, 그런데 이보다 더 분명하게 실은 위장되어 드러나지 않으면서도 잠재해 있는, 오늘 우리의 간절한 바람입니다. 이것은 어쩌면 인간이기에 지니고 있는 본연적인 인간다움일지도 모릅니다. 종교가 인류의 역사 속에서 없었던 때도 없고 없었던 곳도 없었다는 것을 유념하면 그렇게 말할 수 있습니다.

하지만 불행히도 종교는 인간의 그러한 희구가 이룩한 문화임에도 불구하고, 그것을 인간의 삶 속에서 늘 구현해 준 것은 아닙니다. 때로 종교는, 성직은, 매개기대 자체는 어느 편에 서서 옳음의 논리를 펴면서 자기 이외의 모든 것을 심판하는 모습으로 현존해 왔습니다. 정직하게 말씀드린다면 거의 언제나 그러했습니다.

종교는, 성직은 옳음의 자리에 있지 않아야 했습니다. 옳음과 그름의 둘 사이에서 그 둘을 이어 서로를 넘어 새로운 누리를 빚는 자리에 있어야 했습니다. 그런 희구가 낳은 문화가 종교니까요. 그러나 지금 여기서 우리가 겪듯이 성직은 심판자로 있습니다. 매개자로 있지 않습니다. 하늘 위에 앉아 땅을 땅 노릇 한다고 내리치든가 땅 위에 주저앉아 하늘만 바라본다고 하늘을 치워버리라고 할 뿐, 하늘과 땅을 이어주지 않고 있습니다. '종교의 저주'는 인간이 스스로 느끼는 문제에서 겪는 저주스러운 문제정황보다 더 짙은 어두운 세력으로 우리를 덮고 있습니다.

아무리 생각해도, 아무리 살펴보아도, 종교는 있는데 '성직'은 없습니다. 아니면 성직은 있는데 '매개'가 없다고 해야 옳을지도 모르겠습니다. 그런데 왜 그럴까 생각해 보면 종교에 성직이 없는 이유, 성직에 매개가 없는 이유를 알 것 같기도 합니다. 매개는 매력적인 자리도, 보상이 주어지는 일도 아니기 때문입니다. 둘 사이에 끼어들어 둘 모두에게 지금 있는 자리를 서로 넘어서 보자는 거간꾼 노릇을 한다는 일은 자존심을 버려야 가능합니다. 매 맞을 각오를 해야 할 수 있는 일입니다. 아주 심하게 말하면 목숨 내놓고 해야 겨우 할 수 있는 일입니다.

그런데 성직도 사람이 감당한 일인데 이 일이 그리 쉽겠습니까? 종교도 사람들이 모여 만든 공동체에 뿌리를 두고 펼쳐지고 이어지는 건데 자기이해에 민감하지 손해 볼 일 왜 하겠습니까? 까닭이 빤한데 공연히 성직은 있는데 왜 매개기능이 없을까, 왜 성직은 있는데 종교는 없을까 하고 진지할 필요가 없습니다. 당연하니까요. 철저하게 자기 살려고 하는 몸짓인 것 탓할 필요가 있는지 모르겠습니다.

6

그러고 보면 예수님이, 석가모니가 왜 신비와 초월과 신성(神聖)의 범주에 들어 기려지는지 짐작할 수 있을 것 같습니다. 참 어려운 일을 하신 거니까요. 따라서 그래도 갈라지고 찢긴 현실을 이어 관계를 회복해야 망하지 않으리라는 기대를 여전히 갖고 싶다면 예수님께 자기를 봉헌하고 그분을 흉내내는 몸짓이나마 열심히 하든지, 부처님께 귀의하여 제법 깨달은 경지에서 자유롭다는 삶을 애써 드러내려 하든지 해야 할 것 같습니다. 어찌 됐든 매개는 절실하게 요청되는 지금 여기서의 현실이니까요.

점점 사라지는 복덕방에의 향수가 짙어지는 것은 거기 그렇게 복을 누리고 덕을 베풀게 하는 영감님이 그립기 때문입니다. 이렇게 그리울 수가 없습니다. 그런데 아무리 회상해 보아도 그분에게서 저는 예수님 모습도 부처님 모습도 발견하지 못했었습니다. 틀림없이 교회나 성당을 다니지도 않고 절에 다니시는 분 같지도 않았습니다. 그런데도 저는 그분이야말로 매개를 이루는 분, 그러니까 성직자인 분, 그래서 그분이야말로 그분 자체가 종교인 분이라고 일컫고 싶습니다.

이런 제 발언이 신성모독이어서 참람함을 견딜 수 없노라고 개탄하거나 지탄하거나 하시면서 서둘러 저를 제거해야 하겠다고 다짐하시는 종교와 성직자가 없지 않으시리라 짐작됩니다. 값을 흥정하는 장사꾼으로 성직을 매도하거나 종교를 희롱할 작정이냐고 하실 수도 있습니다.

만약 그런 반응을 보이는 분들이 계시다면 저는 이렇게 말씀드리고 싶습니다. 흥정을 잘해서 복도 누리고 덕도 베풀 수 있다면 그런 장사꾼 몫을 굳이 왜 피하시느냐고 여쭙고 싶습니다. 그리고 마지막으로 이런 말씀도 드리고 싶습니다. 자신을 위해서라면 흥정도 타협도 기회도 전략도 음모도 폭력도 마다하지 않으면서 웬 낯선 발언을 하시느냐고 하는 말씀을 꼭 드리고 싶습니다.

비단 종교에서만이 아닙니다. 복덕방이 새삼 필요한 것은 정치에서도 경제에서도 과학에서도 교육에서도 예술에서도 절실하기 그지없습니다.

복덕방 영감님이 참 그립습니다.

사람살이의 자디잔 일상

1

사람살이는 아주 자디잔 일상으로 이루어집니다. 아침에 일어나면 세수를 합니다. 물을 받아 얼굴을 씻습니다. 물론 대체로 비누를 사용합니다. 그 일을 전후해서 뒤를 보기도 합니다. 그러면서 아침신문을 읽는 사람이 많습니다. 생각해 보면 어마어마한 세상일을 우리가 그러한 모습으로 만난다는 것은 참 희화적(戱畵的)입니다. 그런데 그것이 우리 일상입니다.

아침을 먹습니다. 이것저것 반찬들을 차립니다. 밭에서 온 것도 있고, 산에서 온 것도 있고, 바다에서 온 것도 있습니다. 가까운 데서 온 것도 있고, 먼 곳에서 온 것도 있습니다. 우리가 만약 오늘 아침식탁에 올라 있는 반찬들의 생산지를 순회하기로 작정한다면, 어쩌면 몇 날이 아니라 몇 달이 걸릴지도 모릅니다. 우리 일상은 이러합니다.

빨래하고 다림질하여 잘 걸어놓았던 옷을 입는 일도 우리 일상입니다. 그런데 그렇게 옷을 입는 일이 내게서 이루어지기까지 얼마나 많은 사람들이 이 일에 관여했는가를 생각해 보면, 이 또한 예사롭지 않습니다. 어쩌면 100명도, 아니 1천 명도 넘는 사람들이 내가 입는 옷 한 벌의 뒤에 길게길게 줄을 서 있을 것이기 때문입니다. 신을 신고 집을 나섭니다. 문득 가죽을 만드는 일이 대단한 공해산업이라는 사실이 생각납니다. 그렇지만 몰라라 하고 길을 걷습니다. 그러한 생각을 하면 머리가 아파집니다. 이것이 우리 일상입니다.

길에서는 참 많은 사람들을 만납니다. 그러나 서로 인사를 하는 사람은 거의 없습니다. 버스를 기다리며 서 있는 사람들은 모두 무감각한 모습들입니다. 옆에 서 있는 가로수보다 더 외롭고 무표정합니다. 사람에게는 나부끼는 잎도 없고 너울거리는 가지도 없습니다. 미소가 있을 뿐인데 참 무뚝뚝합니다. 그러나 만약 매일 그렇게 거기서 만나는 어떤 사람이 인사를 하더라도 별로 반겼을 것 같지 않습니다. 서로 '간섭'을 하지 않는 것이 더 편하고 자유롭기 때문입니다. 또 우리는 이웃에 대한 무관심에 익숙해서 홀로 있음을 즐길 만큼, 이미 그러한 상황에 길들여 있기도 합니다. 이것이 우리의 일상입니다.

그렇게 직장에 가고, 그렇게 일을 하고, 그렇게 하루를 보냅니다. 가끔 즐겁기도 합니다. 감격과 감사가 없지 않습니다. 가끔, 정말이지 가끔 우리는 행복합니다. 일상은 그러합니다. 그러나 때로는 속기도 하고 속이기도 합니다. 의도적인 사기를 치는 것은 아닐지라도 과장과 무책임한 발언을 서슴지 않습니다. 아니, 정말 의도적으로 거짓말을 하기도 하고 협박도 하고 비굴한 변명도 합니다. 당연히 체념과 증오가 없을 수 없고 자학조차 마다하지 않습니다. 이것이 우리네 일상입니다. 그렇게 해서 돈을 벌어옵니다. 그래야 먹고삽니다. 사람살이가 이러합니다.

지폐 한 장이나 동전 한 닢에 담긴 사연을 일상의 마디마디를 이어 이야기하기 시작하면 어쩌면 그 이야기는 끝이 없을지도 모릅니다. 돈을 돌보듯 하라고 하지만, 돈에 매여 살면 안 된다고 하지만, 돈에 눈이 어두운 것은 못된 삶이라고 하지만, 그렇지만 돈에 쌓인 사연을 볼 줄 알고, 들을 줄 알고, 짐작할 줄 알아야 비로소 사람은 사람이 되는 것이 아닐는지 모르겠습니다.

그런데 그렇게 하는 일, 곧 우리네 일상이 덕지덕지 쌓여 묻은 온갖 색깔과 냄새와 무게와 결을 그 돈에서 확인하는 일, 그것이 전혀 어려운 일은 아닌데, 한 푼 돈이 자기 손에 들어오기까지 자기가 어떻게 살았나 하는 것을 조금만 느껴도 그것은 저절로 훤히 보이는 일인데, 그 쉬운 일을 우리는 거의 하지 않습니다. 그렇게 사는 것은 대범하지 못한 태도일 뿐만 아니라 아예 정상적이지 않은 태도라고 진단받기 쉽습니다. 그도 그럴 것이 그렇게 마음씀이 잘아서야 사람 구실을 어떻게 하겠느냐는 것이 우리네 '상식'이기 때문입니다. 이래저래 그러한 두려움 탓인지, 아무튼 우리는 '돈의 사연'을 짐짓 모른 체하면서 살아갑니다. 우리의 일상은 이러합니다.

우리는 이렇게 살아갑니다. 아주 작고 시시하고 늘 되풀이되는, 그러면서 온갖 얼룩과 때가 빨아도 빨아도 지워지지 않고 찌들어 있는, 그렇지만 때로는 트이는 기쁨과 뛰는 즐거움도 없지 않은 것이 삶입니다. 그렇게 하면서 돈을 벌어서 먹고 입고 덮고 자며 살아갑니다. 자식도 그렇게 해서 키우고, 부모도 그렇게 모시고, 사랑도 그렇게 살며 합니다. 그런데 그렇게 하며 살기 위해 한푼 한푼 벌어야 하고 그렇게 벌기 위해 자존심도 버립니다. 그렇게 할 수밖에 없습니다. 거짓말도 합니다. 그렇게 할 수밖에 없습니다. 차마 법률적인 범죄는 아니어도 우리는 우리가 얼마나 '더럽게 그리고 치사하게' 사는지 스스로 잘 압니다. 일상의 구석구석 마디마디가 성하질 않습니다. 상처와 흠이 곳곳에 가득합니다.

그런데 바로 그렇게 벌어 모은 돈으로 때로 행복합니다. 정말입니다. 그 작은 행복이지만 그것은 가짜가 아닙니다. 찢긴 상처가 마련한 즐거움이지만 그것은 정말 즐거움입니다. 그 행복과 그 즐거움이 하수처럼 더럽고 악취가 나는 긴 여울을 거쳐 그 끝마디에서 얻은 것인데도 우리는 때로 감격과 감사를 저리게 경험합니다. 마치 맑고 시원한 처음 물을 길어 그것을 마시고 사는 듯한 착각을 합니다. 그러한 착각, 그것이 또한 우리의 일상입니다. 삶은 참으로 알 수 없습니다.

2

이러한 일상의 삶에서 겨우겨우 얻은 그 즐거움이 감격스러워 신도들이 하나님께 바치는 것이, 더 직접적으로 교회에 바치는 것이 '헌금'입니다. 아니면 그러한 감격과 감사를 확인하고 싶은 초조와 두려움이 나를 어쩌지 못하게 쫓고 몰아 마침내 하나님께, 교회에 바치지 않고는 견딜 수 없어 드리는 것이 헌금이기도 합니다.

그러므로 사실 따지고 보면 헌금은 결코 맑고 깨끗한 돈이 아닙니다. 착한 돈도 아닙니다. 오히려 찌들고 멍든 아픔과 상처가 가득한 피맺힌 돈입니다. 헌금으로 바친 한푼 한푼의 돈에는 액수가 많든 적든, 자발적이든 타율적이든, 감격이 깃든 것이든 아쉬움이 절절히 맺힌 것이든, 드러나게 바친 것이든 숨어 몰래 드린 것이든 상관없이 길고 긴 사연이 하수처럼 흐르는 그러한 것입니다. 원망과 증오, 경멸과 기만, 오만과 배타, 독선과 저주가 그대로 배어 있고, 그런가 하면 연민과 우정, 동정과 자비, 겸손과 염치, 희생과 사랑이 또한 묻어 있습니다. 헌금은 그러한 돈입니다.

그런데 참 이상합니다. 우리는 '거둔 돈'이나 '바쳐 얻은 돈'은 '거저 얻은 돈'이라는 생각을 합니다. 아무런 사연도 없는 다만 수치(數値)일 뿐인 돈, 아니면 하늘에서 뚝 떨어진 돈이라는 생각을 합니다. 교환가치가 분명해서 투자와 이익을 계산하는 돈은 '진짜 돈'이라고 여겨 그 돈의 사연에 꽤 마음을 씁니다. "어떻게 번 돈인데" 하면서 한푼 한푼을 그야말로 안달하면서 겨우 씁니다. 그러나 거저 얻은 돈이라 여기면 씀씀이가 마구 헤퍼집니다. 돈을 그저 돈으로 여길 뿐, 거기 실린 무게와 거기 담긴 사연과 거기서 나는 삶의 냄새를 더듬어 살피려 하지 않습니다.

못된 일이지만 이러한 사정을 드러내주는 것 중에 아주 두드러진 것은 '세금'의 경우입니다. 내라고 강제해서 누구나 싫든 좋든 바쳐 거두어들인 돈, 세금을 나라가 어떻게 쓰는가 하는 것을 살펴보면 곧 짐작할 수 있습니다. 그 돈이 쓰이는 현장을 보면 기가 막힙니다. 그 세금을 내는 사람들이 그 돈을 마련하기 위해 삶이 어떻게 '흘러갔는지' 만약 조금이라도 짐작을 한다면 그렇게 마구 불합리하게 쓰거나, 특정한 개인이나 집단을 위해 쓰거나, 더 나아가 자기 개인을 위해 쓰거나 중간에서 가로채기는 하지 못했을 것입니다.

그러나 '공짜 돈'이라거나 그저 돈일 뿐인 '중성적'(中性的)인 것이라거나 '주인 없는' 돈이라 여겨 마구 홀대(忽待)하는 것을 보고 있노라면 참 섭섭합니다. 때로는 분노를 가눌 수 없을 때조차 있습니다. 그 돈이 지닌 아프고 저린 사연을 간과하는 것은 결국 그 돈을 낸 사람과 그 뼈저린 삶을 아주 무시하는 것과 다르지 않기 때문입니다. 따지고 보면 그야말로 천벌(天罰)을 맞을 일인데도 그 돈이 공돈이라 여기기 때문에 그러한 일이 저질러지는 것입니다.

한데 교회에 바치는 헌금도 그렇게 대접을 받는 경우가 없지 않은 듯합니다. 죄송하기 짝이 없습니다만 감히 말씀드린다면, 성직자들께서 헌금을 대하시는 태도에서 저는 그러한 느낌을 받을 때가 참 많습니다. '스스로 바친 돈'은 곧 '거저 얻은 돈'이라는 설명할 수 없는 이상한 등식을 의식 깊숙이 지니고 계신 분들이 뜻밖에 많은 듯하기 때문입니다.

그렇지 않다면, 예를 들어 부흥회가 끝난 다음 헌금의 몇 할을 부흥사에게 드리기로 미리 약속을 한다는 소문은 없어야 합니다. 교단을 대표하는 목사님을 뽑는 일에 몇억 원의 돈이 든다는 믿지 못할 이야기가 들리지 말아야 합니다. 신도가 몇 명이고 헌금이 얼마쯤 되니 이 교회의 프리미엄이 얼마라는 소문도 들리지 않아야 합니다. 참으로 괴로운 말입니다만 "짜면 짜는 만큼 나오기 마련이야!"라고 어느 목회자 연수회 강사가 말씀하셨다는 헛소문도 정말 헛소문이어야 합니다.

그런데 불행히도 우리는 그 모든 뜬소문들이 한갓 헛소리라는 확신을 가질 수 없습니다. 한 푼 헌금이 갖는 긴 사연을 아파하시는 성직자의 모습을 참으로 뵙기가 힘들기 때문입니다.

헌금이 없을 수는 없습니다. 신도가 되어 헌금을 하지 않으면 그것은 못된 사람입니다. 또 감격과 감사를, 희구와 간절한 소원을 헌금으로 드러내는 일은 마땅하고 아름다운 일입니다. 그러한 생활태도를 신앙적인 삶이라고 가르치는 것도 당연한 교회의 의무입니다. 신학적으로 정당화할 필요조차 없습니다. 교회 밖의 일상의 생활에서도 자기가 속한 하나의 제도나 공동체의 일원이기 위해서는 돈을 내야 합니다. 그것을 구성원의 당연한 의무이고 영예스러운 권리로 여기는 것이 상식입니다.

아니, 도대체 헌금이 없으면 교회가 어떻게 있겠습니까? 오늘의 세상에서는 성령의 역사도 돈으로 마무리됩니다. 그것이 현실입니다. 하나님께 불손하고 무엄한 말씀을 드리고 있는 것이 아니라 하나님의 뜻을 펴는 일도 돈을 수레삼아 이루어진다는 사실을 그렇게 표현하고 싶을 뿐입니다. 헌금은 귀한 제도이고, 당연한 규범이며, 준수해야 할 의무이고, 가르쳐야 할 덕목입니다. 돈은 분명히 하나님께서 주신 선물이라고 여겨 크게 잘못되지 않을 듯합니다.

그러나 되풀이 말씀드리건대 헌금으로 바치는 돈은 결코 '공짜 돈'이 아닙니다. '눈이 먼 돈'도 아닙니다. 그저 수치일 뿐인 액수도 아닙니다. 하늘에서 뚝 떨어진 것이 아닙니다. 헌금은 그렇지 않습니다. 아프고 피곤하고 더럽고 슬픈 일상을 흘러 마침내 '헌금'에 이른 긴 사연이 있는 숨쉬는 돈입니다. 그래서 마구 말하자면 실은 그것은 성한 돈이 아닙니다.

그것은 때묻고 멍들고 때로는 피가 흐르는 돈입니다. 사악하고 치사한 돈이기도 합니다. 부끄럽고 창피한 돈이기도 합니다. 그렇게 그러한 과정을 거쳐 손에 들어온 돈입니다. 그러므로 그 돈은 깨끗한 돈이 아니라 깨끗해져야 할 돈이고 성한 돈이 아니라 이제 치유되어야 할 돈입니다.

3

새삼 감격스러운 것은 그러한 돈이 곧 헌금이지만, 어쩌면 헌금 되는 순간, 그 돈은 그러한 더러움이 말갛게 씻긴다고 말해도 좋을 현실이 곧 종교이고 교회의 참 존재의미라고 말할 수 있다는 사실입니다. 제의의 상징성은 충분히 그러한 변화의 실제성을 우리들로 하여금 경험하게 합니다.

'죽어 되사는 삶의 신비'는 돈의 경우에도 다를 것이 없을 듯합니다. 그것이 또 어찌 보면 하나님의 사랑의 현실성이라 해도 좋을 듯합니다. 구겨지고 때묻은 일상의 아픔과 얼룩이 똘똘 뭉쳐져 있는, 그러면서도 어떤 일상의 감격을 그 돈을 바치는 것으로나마 드러내고 싶은 '마음'을 따뜻하게 위로하시는 하나님의 사랑이 그대로 드러나는 것이 바로 그러한 예배가 아닌지 모르겠습니다.

그러므로 헌금을 더러운 돈이라 여겨 저어할 까닭은 없습니다. 이미 그 돈은 깨끗하고 순결한 돈입니다. 또 실제로 헌금을 그렇게 부정적인 언어로 묘사하는 사람도 없습니다. 우리는 이미 그 돈이 얼마나 성화(聖化)된 것인가를 잘 알기 때문입니다. 그렇다면 그 헌금을 이제 '거룩하게 쓰는 일'만 남았습니다.

그런데 '돈을 성화하는 일'이 곧 '돈의 긴 사연을 지워버리는 것'은 아닙니다. 그 긴 사연에 더 이상 매여 사는 것은 아니지만 그 경험을 기억에서 없애는 것이 '성화'(聖化)는 아닙니다. 참회는 망각이 아닙니다. 새로운 감격과 감사를 늘 살아가기 위해서라도 지난 잘못은 새삼스레 내 기억 속에 남아 있어야 합니다.

이 사실은 무척 중요한 것이라고 생각합니다. 왜냐하면 헌금의 경우 아무리 그 돈이 깨끗하고 거룩한 돈이 되었다 할지라도, 돈이 지닌 긴 사연은 그 헌금을 진정으로 거룩하게 사용하는 일을 위한 준거가 될 것이기 때문입니다. 다시 말하면 헌금을 사용할 때마다 우리는 그 돈의 긴 사연을 되살피고 되읊으면서 그때 이루어지는 마음의 결과 판단을, 헌금을 어떻게 해야 거룩하게 쓸 수 있을 것인가를 판별하는 기준으로 삼아야 한다는 말씀을 드리고 싶은 것입니다.

저는 이러한 제 생각이 옳은지 그른지 모르겠습니다. 분명한 것은 제 생각이 '신학적'인 것이거나 '교의적'인 것에 적합한 것일 수는 없다고 하는 사실입니다. 따라서 이러한 생각을 잘 다듬어진 어떤 개념적인 언어를 구사하면서 앞뒤가 잘 맞는 논리로 진술하기도 참 어렵습니다. 신학의 정교함과 교회언어의 긴 전통의 어마어마함이 늘 두렵기 때문이기도 합니다. 또 억지로 그렇게 하고 싶지도 않습니다. 우리 일상은 때로 그러한 다듬어진 언어들 때문에 실제보다 더 왜소해지고 천박하게 되는 경우가 많다고 느끼기 때문입니다.

4

다음의 삽화는 이러한 맥락에서 돈의 사연에 대한 기억이 헌금을 거룩하게 사용할 수 있는 준거가 된다는 제 주장을 펴려는 의도에서 드리는 '이야기'입니다.

아직 대학에 다닐 때, 저는 시골에서 버스를 타고 나와 다시 기차를 갈아타고 서울에 오곤 했습니다. 그때 저는 기차를 타는 작은 역에서 그곳에 사는 목사님 아들과 함께 약속을 하고 늘 서울길을 동행했습니다. 그런데 어느 날 저희들은 철로 옆에서 기관차에서 떨어진 조개탄을 줍기 위해 몰려드는 남루한 모습의 부인들을 역무원들이 쫓아내는 것을 보았습니다. 어떤 부인은 도망을 하다 하루 종일 주워 담았을 조개탄포대를 안고 넘어지면서 모두 쏟아진 채 다리를 절며 달아나는 것도 보았습니다. 옛날 꽤 흔하던 철로변 풍경입니다.

그날 마침 그 친구는 어머니께서 싸주신 것이라며 계란이 곁들인 도시락 두 개를 내놓았습니다. 저는 얼마나 반갑고 고마웠는지 모릅니다. 그런데 그 친구는 도시락을 먹지 않고 멍하니 밖을 내다보고 앉아 있었습니다. 저는 밥을 몇 술 먹다 그 친구에게 왜 먹지 않고 있느냐고 물었습니다. 그때 제 친구는 이러한 대답을 했습니다. "아까 그 부인들이 우리 교회 신자들이야." 그렇게 말하고는 급기야 그 친구는 눈물을 흘리기 시작했습니다. "이 도시락도 저 아주머니들이 만들어준 셈이지!" 저는 그날 어떻게 그 도시락을 먹었는지 지금 기억이 없습니다. 그러나 그 친구의 말은 아직도 쟁쟁합니다.

어느 누군들 성직자께서 이러한 아픔을 지니지 않으시겠습니까? 어느 성직자께서 헌금 한 푼이라도 소홀히 하시겠습니까? 그렇지만 밖의 세상에서 종교와 성직자를 보는 눈은 그리 곱지 않습니다. 얼마 전 마침 불교의 스님들이 시줏돈으로 큰 도박판을 벌이다 들켜 보도된 사실을 화제 삼아 휴게실에서 이야기들을 했습니다. 어떤 분이 이렇게 말씀을 하시더군요. "정치인들하고 성직자들은 도대체 공돈만 받아봐서 돈 귀한 줄을 몰라. 피땀 맺힌 돈이란 것을 도무지 모른단 말야!" 그러자 어떤 분이 이렇게 말씀을 하시더군요. "그래도 불교는 구석에서 도박판이나 벌이지. 기독교는 아예 터놓고 돈판이래!" 도박판이 나은지 돈판이 나은지는 모르겠습니다. 또 하릴없는 인간들의 헛소리라고 말씀해도 그만이고 너희들은 어떠냐고 일갈하셔도 그만입니다. 그러나 저는 그날 내내 마음이 편하지 않았습니다.

밖에서 하는 소리 무어라 하든 신경 쓰실 필요 없습니다. 더구나 불교일 때문에 난데없는 돌팔매 맞는 격인 이러한 일에 반응할 필요도 없습니다. 그저 웃으시면 됩니다. 온갖 비판이라는 것이 부분을 전체화하는 오류를 범하고 있을 뿐만 아니라, 그것도 악의에 찬 적의에서 나온 경우가 대부분이니 그러한 발언 하나하나에 마음 쓸 필요는 없습니다. 때로는 자신을 위해서나 상대방을 위해서나 너그러울 필요도 있습니다. 또 그쯤 '박해'를 당하지 않고 어떻게 성역(聖役)에 헌신을 할 수 있을 것인가 하는 새로운 다짐을 하셔도 좋습니다.

그러나 분명한 것은 헌금한 돈 한푼 한푼의 긴 사연을 지워서는 안 된다는 사실입니다. 거기 담긴 온갖 이야기와 냄새와 체온과 한과 꿈을 잊으셔도 안 됩니다. 사람들의 보잘것없고 사소한 일상의 저린 아픔을, 거기 담긴 못난 희열을, 거기서 비롯하는 안타까운 절규를 차마 외면하시면 안 됩니다. 그것을 기억하는 것만이 헌금을 거룩하게 사용할 수 있는 기준을 제공해 줄 것이기 때문입니다.

사람살이는 자디잔 일상으로 이루어집니다.

종교인의 도덕성

1

이러한 주제와 만나면 으레 펼쳐지는 사색의 '순서'가, 또는 논의의 '절차'가 예상됩니다. 우선 주제에 나타난 용어의 개념을 밝히는 일입니다. 그래야 글을 쓰는 사람도 자기 이야기를 일관성 있게 다듬어 주장을 뚜렷하게 할 수 있고, 읽는 사람도 글의 생각을 투명하게 좇으며 자기 생각을 아울러 펼 수 있습니다.

하지만 그것이 그리 쉬운 일이었다면 우리의 주제, 곧 '종교인의 도덕성'이란 문제는 아예 문제가 되지 않았을지도 모릅니다. 개념이 명료하면 그것은 그 명료성만큼의 인식의 투명성을 지니고 있는 것이기 때문에 비록 그것이 품은 흐린 구석이 아주 없을 수는 없다 할지라도 대체로 그럴 경우, 그것은 착각이나 오해의 흔적일 뿐 전제된 개념에 대한 '근원적인 회의나 거절'일 경우는 흔치 않습니다.

우리는 지금 두 개의 개념어와 만나고 있습니다. '종교-인'이 그 하나이고, '도덕-성'이 다른 하나입니다. 그렇다면 당연히 우리는 종교가 무엇인지, 종교인은 누구인지, 도덕은 무엇이고 그것은 어디서 비롯하거나 말미암은 것이지를 밝히면서, 그 둘이 이어져 빚는 '현실'이 우리 안에서 어떤 문제를 일게 하기에 이러한 물음이 하나의 주제로 선택되었는지를 물어 문제를 풀어나아가야 합니다.

그런데 그래야 한다는 사실을 잘 알면서도 막상 그렇게 이 주제에 대한 이야기를 펼치는 일이 제게는 부담스럽습니다. 다르게 이 주제와 마주할 수 있는 길은 없는가 하는 아쉬움이 일기 때문입니다.

까닭인즉 다른 것이 아닙니다. 갑자기 '현란한' 논의들이 끝도 없이 펼쳐지는 것이 눈에 환히 보이기 때문입니다. 그것이 '종교'든 '도덕'이든, 그것은 문화권에 따라, 역사적 맥락에 따라 그리고 개개 전문가들에 따라 그리고 소박한 개개인에 따라 제각기 다른 경험을 추상화한 것입니다.

그렇기 때문에 그 용어는 보편적으로 사용된다 할지라도 그 개념이 담고 있는 내용은 그야말로 천차만별입니다. 그래서 종교라는 것에 대한 이해가 제각기 다르고, 도덕에 대한 이해도 마찬가지입니다. 어떤 주장은 자기의 경험을 꽤 반향하고 있는 것이기도 하지만 어떤 주장은 사뭇 달라 자기의 경험을 아무리 추상화해도 그 개념에 자기의 경험을 실을 수 없어 같은 말을 쓰면서도 '알아듣지 못하는' 언어이게 되는 경우도 적지 않습니다.

그렇기 때문에 때로 우리는 개념어들이 지닌 바로 그 추상성에 기반을 두고 이를 수용하려 해도, 그 추상성 자체가 마치 '깨져 금 간 그릇'처럼 우리의 경험을 다 담을 수 없는 한계를 드러내고 있음을 느끼고 불안해집니다. 담겼나 하면 어느새 새고 있고, 다 새어나갔나 하고 보면 아직 그래도 담겨 있어 그릇 자체를 버릴 수 없는 곤혹스러움을 겪습니다. 그래서 우리는 아무리 애써도 하나의 절대적이고 보편적인 종교정의를, 또는 도덕이란 무엇이라는 정의를 '확보'할 수가 없습니다.

그런데도 우리는 우리에게 주어진 문제, 곧 '종교인의 도덕성'이라는 주제와 부닥치면 종교와 종교인, 도덕과 도덕성을 우선 정의하고 이 문제를 풀어야 한다는 강박관념을 갖습니다.

길이 없는 것은 아닙니다. 흔히 사람들은, 만약 그가 신념을 가지고 인식의 내용을 규정하는 이데올로그(ideologue)가 아니라면, 조심스럽게 망설이면서 그러나 상당히 투명하게 하나의 작업가설적 정의를 마련하여 논의를 폅니다. 그렇게 하면 우리는 격한 갈등을 순화시키면서 특정한 주제에 대한 논의를 스스로 혼란에 빠지지 않고 펼 수도 있고, 그만큼의 바람직한 소통도 이루어낼 수 있습니다.

그러나 그렇다 할지라도 여전히 그러한 태도는 무릇 문제를 논의하기 위해서는 그 사물을 지칭하는 개념을 다듬어 그 사물을 정의하면서 다가가야 한다는 방법론과 다르지 않습니다. 다만 조금 더 '겸손'할 뿐인데, 실은 그러한 덕목은 구축된 인식의 내용을 실천적으로 펴는 과정에서는 절실하게 구현되어야 할 것이지만 그 인식을 구축하는 과정에서도 유의미한지는 잘 모르겠습니다. 이런 생각을 하다 보니 우리의 주제를 논의하기 위해 종교와 도덕을 정의하고 나서 '종교인의 도덕성'을 논의하는 일은 그 정의가 이미 지니고 있는 현학성만큼이나 화려한, 그래서 어쩌면 기만성을 불가피하게 옷 입을 수밖에 없는 그러한 것이 되지는 않을까 하는 생각조차 하게 됩니다.

그래서 아예 제가 겪은 아주 작은 일화를 말씀드리는 것으로 우리의 논의를 펼쳐보고자 합니다. 개념 이전의 경험을 말씀드리고 싶은 겁니다. 이미 언어를 통해 사유하기를 익힌 우리에게 이것은 무척 비현실적인 방법이겠습니다만.

2

꽤 오래전 일입니다. 일요일 오전에 교회 앞을 지나다 게시판에 적힌 예배 설교제목을 보았습니다. "그리스도인은 어떤 삶을 사는 사람인가?" 제 기억이 흐려 정확한지는 몰라도 그런 주제였던 것 같습니다. 조금은 삶이 무거웠던 때라서 저는 그 교회에 들어가 예배에 참석했습니다.

저는 목사님께서 설교를 하시면서 예수를 믿는 사람은 그렇지 않은 사람보다 더 따듯하고 겸손해야 하며 더 반듯하고 깨끗하고 옳아야 하고 더 온전해야 하며 이웃을 사랑해야 하고, 그렇지 못한 것을 늘 참회하고 살아야 한다는 그런 말씀을 하시리라는 기대를 했습니다. 그것이 그때 제가 힘들어했던 삶의 무게를 조금은 가볍게 해주리라는 기대이기도 했습니다.

사람들은 종교에 그러한 기대를 갖습니다. 그러한 기대를 할 수 있는 것을 종교라 일컫는다고 해도 좋을 것 같습니다. 그렇기 때문에 이와 아울러 우리는 교회에 가면, 그러니까 종교인이 되면 우리는 '사람다운 사람'이 되리라는 희구도 충족될 수 있으리라는 기대마저 갖습니다.

사람다운 사람이 되는 것은 다른 것이 아닙니다. 착하고 바르고 따듯한 사람이 되는 일입니다. 사람들은 그것이 곧 도덕이라고 생각합니다. 도덕은 우리한테 그러한 사람이 되라는 가르침을 전해 주고 있습니다. 그러므로 도덕과 종교는 실은 구분되지 않는 것이라고 우리는 느낍니다. 마침내 교회를 다니면 착한 사람이 될 수 있으리라는 생각조차 하게 됩니다. 그러니 종교인이 된다는 것은 사람다운 사람이 되는 것, 곧 도덕적인 인간이 되는 것이라고 아주 자연스럽게 생각하기 마련입니다.

그러나 목사님 말씀은 달랐습니다. 예수를 믿는 사람은 예수를 믿지 않는 사람들이 일요일에 산이나 바다로 놀러 다닐 때 그 유혹을 물리치고 교회에 오는 사람이고, 사람들이 곧 사라질 세상의 쾌락을 위해 돈을 쓸 때 예수 믿는 사람들은 영원한 하느님의 몸인 교회를 위해 헌금을 하는 사람이며, 사람들이 육신의 행복을 위해 직장에서나 사업터에서 자신의 이익과 명예와 권력을 위해 아옹다옹하며 살아갈 때 예수 믿는 사람들은 그들에게 영혼의 안식이 약속되어 있는 교회에 와서 구원의 복음을 받아들이라고 전도하는 사람이라고 말씀하셨습니다. 그것이 그리스도교인과 그리스도교인이 아닌 사람이 다른 점이고, 그리스도교인은 마땅히 그런 '다른 삶'을 뚜렷하게 살아가야 한다는 말씀이었습니다.

제 기대와는 다른 '의외성' 때문에 조금은 충격이기도 했습니다. 그러나 생각해 보면 목사님 말씀은 조금도 그르지 않습니다. 교회를 다니고 헌금을 하고 전도를 하는 것이 비그리스도교인과 다른 그리스도교인의 삶의 모습임에 틀림없습니다. 그렇지 않다면 그는 그리스도교인이 아닙니다. 종교란 것이 막연하게 있는 것이 아니고, 구체적인 조직을 가진 하나의 제도화된 공동체로 있는 것임을 생각한다면, 적어도 목사님께서는 그 공동체 구성원에게 당연하게 요청해야 하는 기본적인 책무를 말씀하신 것입니다. 이보다 분명하게 예수 믿는 사람과 그렇지 않은 사람을 구분할 수 있는 징표는 없습니다.

그런데 이러한 설교의 말씀에서 우리는 다음과 같은 논리적 귀결에 이릅니다. 우선 예수 믿는 사람의 삶은 '옳은 삶'이고 그렇지 않은 비신도의 삶은 '그른 삶'이라는 사실이 그것입니다. 지금 그 설교의 주장은 한 조직 안에서 그 구성원 간의 '충성도의 차이'를 지적하고 있는 것이 아닙니다. '인간'을 전제한 말씀입니다. 그러므로 이에서 다시 이어지는 것은 그리스도교인은 '사람다운 사람'이지만 그렇지 않은 사람은 '사람다운 사람'이 아니라는 사실입니다. 앞에서 언급한 바와 같이 도덕이란 착한 사람이 되는 것이라고 이해하면서 사람다운 사람이 되는 것이 곧 도덕적이게 되는 것이라고 생각하며 사는 소박한 자리에서 보면, 이러한 선언은 그리스도교인의 삶은 도덕적이지만 비그리스도교인의 삶은 도덕적이지 않다는 단언과 다르지 않습니다.

그리고 이러한 판단이 논리적 귀결로만 머물러 있지 않습니다. 실제로 그리스도교인들은 그러한 자의식을 가지고 신도가 아닌 사람을 만나면서 자신의 삶을 살아갑니다. 비그리스도교인은 아무리 착해도 구원을 받을 만한 사람이 되지 못합니다. 현실이 이러합니다. 그러므로 그리스도인의 사랑은 실은 '사람다운 사람'이 아닌 사람에 대한 '사랑'입니다. 그러한 사랑이 없다면 전도의 당위성을 그처럼 예수를 믿는 사람의 삶의 '다른 모습'으로 지적할 까닭이 없습니다.

또 다른 하나의 예를 말씀드리겠습니다. 종교 간의 형평을 위해 억지로 끌어들인 예가 아닙니다. 우리의 삶의 현장 안에서 언제나 만날 수 있는 일이기 때문에 자연스럽게 선택한 예일 뿐입니다. 사실상 우리의 주제는 중동사태를 들어 논의를 편다면 어쩌면 무척 쉬울 수도 있습니다. 이미 활용할 만한 논의가 상당히 집적되어 있고, 그 수준도 무척 진지하기 때문입니다. 그런데 저는 우리 현실에서 익숙한 사례를 들고 싶었습니다.

이도 근래의 일은 아닙니다만, 스님의 설법을 들은 적이 있습니다. 모든 종교들은 자기들만의 고유한 언어들을 사용합니다. 그래서 알아듣기 어려운 말들이 많습니다. 저는 그것을 종교의 '사투리'라고 부르면서 그것을 표준어로 바꿔 말씀해 주실 만큼 종교들이 친절해 주었으면 좋겠다는 생각을 발언한 적도 있습니다. 그러나 그것은 비현실적인 주문이었고, 기대였습니다. 바로 그 '사투리'에 담지 않으면 본연의 의미가 퇴색되거나 왜곡되거나 심지어 무의미해진다는 반응을 받았기 때문입니다.

그런데 그 스님의 설법은 그 사투리가 잘 다듬어져 있어 어려운 말씀이 전혀 없었습니다. 참 좋았습니다. 주제가 딱히 정해지지 않은 채 시작한 말씀이어서 말씀을 따라가며 하시고자 하는 내용이 무엇인지 짐작할 수밖에 없었는데, 주로 '깨달음'에 대한 설명이 주조(主調)였습니다.

스님께서는 말씀을 거의 마치실 무렵, 그리스도교의 성경을 인용하시면서 예수님은 참으로 예사로운 분이 아니라는 칭송으로 당신의 설법을 이어가셨습니다. "구하라. 주실 것이요. 찾으라. 만날 것이요. 문을 두드려라. 열릴 것이다"(누가복음 11장 9절)는 예수님의 말씀은 참으로 옳고 현실적이고 우리에게 필수 불가결한 진리의 말씀이라고 스님께서는 감동적으로 말씀하셨습니다. 그 말씀을 의심한다든지 거역한다든지 하는 일은 인간답지 못한 인간의 마음이고 행동이라는 말씀조차 하셨습니다. 저는 진심으로 반갑고 고마웠습니다. 종교 간의 갈등을 넘어 종교 간의 살육이 일상화된 오늘의 현실에서 이보다 가슴 설레는 말씀은 없었습니다.

그런데 스님은 다음과 같은 내용의 말씀을 이에 이으셨습니다. "그런데 생각해 보십시다. 구할 것이 어디 있고, 찾을 것이 어디 있습니까? 두드려야 할 문은 또 어디 있습니까? 모두 욕심 때문에 생긴 허상이지요. 우리는 모든 것이 '공'(空)임을 깨달아야 합니다."

목사님 설교에서 겪었던 의외성이 스님의 설법에서는 예상하지 못한 '반전'(反轉)으로 제게 충격을 주었습니다. 그러나 생각해 보면 스님의 말씀은 옳습니다. 부처님의 가르침은 스님이 말씀하신 그 경지에 이르러야 합니다.

무릇 깨달음은 그러합니다. 찾아야 할 것, 만나야 할 것, 열어야 할 것이 있다는 것은, 그것이 불가능할 수도 있다는 것을 전제했을 때 또 다른 고통으로 현존할 것에 대한 겨우 부분적인 위로라고 판단되는 한 그것이 가진 허구를 드러내야 합니다. 그것이 깨달음이 해야 할 책무입니다. 그러므로 그것을 막을 어떤 권위도 없습니다. 어떤 이견도 있을 수 없습니다. 만약 그런 것이 있어 스님의 말씀을 거스른다면 그것은 아직 한참 깨달음에 이르지 못한 모자란 어리석음입니다. 그렇지 않다면 우리가 불교에 기대할 것이 실은 없다고 해도 좋습니다. 그렇다면 욕심 때문에 어리석어 구할 것, 찾을 것, 두드려 열어야 할 것 등 만사를 분별하며 사니 고통이 따른다는 서술은 공감을 불러일으키기에 충분합니다.

삶과 죽음이 다르지 않다는 가르침이 깨달음 속에 안길 때 비로소 우리는 사람다운 사람이 된다는 것도 그대로 지녀집니다. 그러한 삶이 자비로 현실화된다는 것도 당연합니다. 이런저런 생각이 쌓이면서, 또 그렇게 살면서 우리는 종교적 진리가 얼마나 현실적인 도덕과 일치하는가를 알게 됩니다. 배워서 아는 것이 아니라 그대로 살아가게 됩니다. 깨달음은 종교이면서 도덕이고 도덕이면서 종교입니다. 불교는 그래야 마땅합니다. 우리는 불교라는 종교와 도덕을 그렇게 이해합니다.

그런데 스님의 이 감동적이고 자비로운 설법에서 우리는 또 '다른 소리'를 듣습니다. 그것은 연민의 정으로 가득한 소리 안에 있는 아주 작은 소리여서 그리 쉽게 드러나지 않습니다. 뿐만 아니라 드러내어 지적한다 해도 그렇다고 하는 것을 인정받기는 거의 불가능합니다. 왜냐하면 그 설법의 주체는 그러한 '다른 소리'는 듣는 이의 모자람 때문이라고 말씀하실 것이 분명하기 때문입니다.

그러나 그래도 감히 발언한다면 그 다른 소리는 연민의 주체가 연민의 대상에 대해 품고 있는 근원적인 '딱함'이라고 해야 옳을 것 같은데, 다르게 말하면 그것은 온전하지 못한 사람 앞에서 스스로 자신은 온전하다고 여기는 사람의 모습, 그러니까 상대적으로 오만이라고 할 수도 있을 그러한 것이기도 합니다. 그런데 이는 때로 상대방에 대한 경멸이라고 묘사될 수도 있고, 상대방을 부정하는 것으로 판단될 수도 있으며, 아예 현실적으로 지칭한다면 동조하지 않는 사람에 대한 폭력이라고 할 수도 있는 그러한 태도이기도 합니다.

그러므로 스님의 말씀은 소박하게 말한다면 불교가 가르치는 깨달음에 이르지 않은 이른바 '최선의 것'도, 다시 말하면 무척 많은 사람들이 '신의 아들'이라고 감격한 예수님조차도 최선이 아니라는 선언입니다. 참으로 착한 진정한 참을 이야기하지 않으면서 그렇다고 주장하는 것을 스님은 견디지 못하고 계십니다. 그것은 분명하게 착하지 않을 뿐만 아니라 참일 수도 없는 것이기 때문입니다. 그렇다면 불교에 이르지 않은 종교는 종교가 아닙니다. 불교인이 되어 깨달음의 경지에 이르지 않은 사람의 생각과 행동은 '사람다운 사람'의 것일 수 없습니다. 그는 도덕적인 인간일 수가 없는 것입니다.

3

앞에서 든 사례들이 사실을 작위적으로 비튼 것은 아닌가 하는 의구를 면할 수는 없습니다. 동일한 경험에 따른 다른 많은 논의가 펼쳐질 수 있기 때문입니다. 그러나 이러한 사례에서 주목하고 싶은 것은 '의외성'과 '반전'이 초래하는 당혹입니다. 어쩌면 그것은 '설교'가 아니고 '설법'이 아니었다면, 있을 수 없는 것이었을지도 모릅니다.

무어라 서술해야 할지, 어떻게 기술해야 할지, 왜 이러한 발언을 꼭 해야 하는지 스스로 당혹스럽습니다만 저는 사람은 살아가면서 스스로 이른바 '도덕적이게 된다'는 것이 무언지, 근원적인 의미나 추구해야 할 가치가 어떤 것인지 익혀간다고 생각합니다. 홀로 살지 않기 때문입니다. 그리고 종교도 도덕도 홀로 사는 삶에서는 있을 수 없는 현상입니다.

도대체 사람은 혼자이지 않습니다. 진화생물학이나 인지심리학 등에서 실증적으로 제시하고 있는 인간에 대한 서술들도 과히 다르지 않다고 이해합니다. 그러한 탐구영역에서는 인간이 '본질적으로' 선하다든지 악하다든지 하는 말을 쉽게 하지 않습니다. 생존을 위한, 더 나은 생존조건을 확보하기 위한 끝없는 변화(그것을 진화라고 하든 성숙이라고 하든)가 결과적으로 선으로 또는 악으로 묘사되고 판단될 뿐입니다.

중요한 것은 그러한 '과정'을 거치며 인간은 스스로 '종교적'이게 되기도 하고 '도덕적'이게 되기도 한다는 사실인데, 그렇게 말할 수 있는 것은 인간이 '민낯'으로 서로 이해하고 만나고 몸을 부닥치며 살아갈 때 희구하거나 발언하거나 실천하는, 이를테면 착함이라는 것이, 의미라는 것이 어떤 경우보다 보편성을 띠고 서로의 현존을 엮어 서로를 이어준다는 사실 때문입니다.

그렇기에 우리는 이를테면 '남을 때리는 일'이 그릇된 것임을 스스로 살아가면서 그저 압니다. 남한테 맞아보아 알기도 하고 그런 경험이 없어도 미루어 압니다. 그래서 우리는 이를 배우고 또 가르칩니다. 그렇게 해서 착해지기를 늘 바라고, 또 실제로 그렇게 나아집니다. 그렇다면 인간은 스스로 도덕적인 존재라는 자의식을 가지고 있는 존재라고 해도 조금도 어색하지 않습니다. 우리는 이렇게 도덕적입니다.

그러나 그렇다고 해서 남을 때리면 안 된다는 것을 아는 것이 남을 때리지 않는 삶을 보장하는 것은 아닙니다. 삶은 기묘하게 얽혀 있어 남의 고통을 이용하여 그에 대한 증오를 극점에 이르게 하는 교활한 잔인성도 발휘하고, 자신의 경험을 미루어 남을 고통스럽게 하지 않는 것이 사람됨의 본연이리라고 하는 예상을 뒤엎으면서 자기 아픔의 경험 때문에 더 잔혹한 고통을 다른 사람에게 가하려는 치사함도 거침없이 드러냅니다. 그런데 사람들은 그러한 자기갈등을 모르지 않습니다. 그러므로 도덕성을 포함한 인간의 삶 자체에 대한 마지막 인식을 의도하는 것은 당연한 인간의 모습이기도 합니다.

종교는 어쩌면 그러한 요구가 초래한 삶의 필연이기도 합니다. 종교는 그러한 필요를 감당하는 주체가 되어 그 물음에 상응하는 발언을 합니다. 자연스럽게 종교는 마지막 의미와 더불어 가장 직접적이고 현실적인 행위규범을 단절시키지 않은 채 사람들 사이에서 현존해 왔습니다. 지금도 그렇다고 종교는 스스로 자신하는 자리에서 자기의 '영향력'을 언어로, 의례로, 공동체의 규범으로 펼치고 있습니다.

그렇다면 우리는 적어도 종교와 도덕, 종교인과 도덕성에 대한 아무런 '물음'을 제기할 수 없어야 합니다. 더구나 '종교의 도덕성'에 이르면 그것 자체가 우리 고뇌에 대한 해답인데, 그것을 묻는다는 것은 자학의 다른 모습과 다르지 않을 것이기 때문입니다. 우리는 이러한 기대를 안고 '종교의 도덕성'이 사람을 사람답게 하리라는 사실에 무한한 기대를 가지고 있으며, 그렇다고 하는 사실을 무한하게 신뢰하고 있습니다.

그런데 그러한 기대와 신뢰가 '설교'나 '설법'을 만나는 순간, 우리는 의외성이나 반전의 사태와 직면합니다. 종교는 우리의 기대나 신뢰가 그르다는 것을 선언합니다. 선한 것을 누리려면 그리스도교인이 되든가 불교도가 되어야 한다고 말합니다. 다시 말하면 그리스도교에서 비롯한 선이 아니면 그것은 선이 아닙니다. 마찬가지로 불교에서 비롯한 바름이 아니면 그것은 바름이 아닙니다.

그러므로 적어도 설교와 설법이 실천되고 있는 종교라는 이름의 문화현상 또는 공동체와 직면해서 '민낯의 도덕성이나 종교성'은 설 자리가 없습니다. 바꾸어 말하면 소박하고 정직한 도덕적 자의식이나 종교적 희구는 '의외성과 반전'이라는 예상하지 못한 현란한 격랑과 소용돌이 속에서 자신의 무참한 파괴를 경험할 수밖에 없습니다. 아니면 자신의 익사현상을 응시할 수밖에 없는 설명하기 어려운 절망을 겪을 수밖에 없습니다.

따라서 의외성이라든지 반전이라든지 하는 표현으로 묘사한 현실은 실은 '종교-인'과 인간 그리고 '도덕-성'과 민낯의 도덕의 단절을 미처 짐작하지 못한 소박한 심성의 착각에서 비롯한 것이라고 해야 옳습니다. 그 단절은 이어져 있던 것의 잘못된 끊어짐이 아니라 '종교와 종교가 지닌 도덕'이 처음부터 자기를 구축하기 위해서는 당연하게 전제한 근원적인 '절연'이었는데도 불구하고, 그렇다고 하는 사실을 충분히 알지 못한 어리석음이 빚은 충격일지도 모릅니다.

4

종교는 이렇게 있습니다. 그리고 종교인은 그렇게 그 안에서 자기를 자기답게 누립니다. 종교인은 종교 안에서 더할 수 없이 도덕적입니다. 종교인은 종교 안에서 무한하게 착하고 바르고 따듯합니다. 사랑의 실천도, 자비의 수행도 희생을 수반하면서 연민의 아픈 정을 쏟으면서 그처럼 착하고 맑고 풍성하게 이루어집니다. 종교인은 도덕적인 인간이고 그렇다고 하는 것을 가능하게 하는 것은 그들이 속한 종교라는 이름의 공동체 덕입니다. 그 공동체가 없었다면 종교인은 없습니다. 종교인이 없으면 도덕적인 인간도 없습니다. 종교인의 도덕성은 굳이 말한다면 종교인이기 때문에 지니는 도덕성입니다.

따라서 종교인은 자신의 종교 안에서 더없이 온전합니다. 그렇기를 위해서 노력하고 정진합니다. 그런데 그것의 성취를 측정하는 것은 종교 밖의 정황입니다. 비종교인의 삶과 견주는 일이 자기의 온전함이 이른 정도를 잴 수 있는 준거가 되는 것입니다. 그렇다고 하는 것은, 달리 말하면 종교인의 도덕성은 비종교인의 이른바 도덕성과 얼마나 현격한 거리를 확보하느냐 하는 것을 측정하는 일과 다르지 않습니다. 그리고 그 간극은 부도덕함과의 거리와 다르지 않습니다.

그렇다면 이제 우리는 무척 소박하게 우리의 주제와 관련하여 다음과 같은 사실을 감히 주장해 볼 수 있습니다.

'종교인의 도덕성'은 종교의 도덕성입니다. 그런데 종교는 종교이지 않은 것과 다른 자기네 울을 만들고 있습니다. 그러므로 종교인의 도덕성이란 그 울안에서의 도덕성입니다. 당연히 그 도덕성은 울 밖에서 타당성을 당연한 것으로 지니지 못합니다. 만약 그렇다고 주장한다면 그것은 사랑이나 자비의 이름으로 울 밖의 사람들을 자기네 울안으로 들여온 뒤에 가능한 일이기 때문에 그러한 주장은 근본적으로 불가능합니다. 그런데도 그렇게 주장한다면 울 밖의 사람들을 강제해서라도 자기네 종교의 영향력 아래 두겠다는 것이어서 심각한 사태를 불러일으키게 마련입니다. 왜냐하면 세상에는 그 특정한 종교만 있는 것이 아니기 때문입니다.

사람들이 종교와 만나 그가 주장하는 도덕성에서 느끼는 의외성은 그러한 징표의 한 예입니다. 이를테면 예수를 믿지 않으면서 하는 선행은 이미 선행이 아니라는 선언에 직면한 사람들의 망연함은 종교라고 일컫는 현상에 대한 저항을 키울 수밖에 없습니다. 더구나 종교들 사이에서조차 그러한 간극이 작동하여 일상을 살아가는 민낯의 도덕성이 예상하지 못한 반전을 직면하게 되면, 그 반전을 경험하게 한 본디의 종교적 선언이 지닌 오만을 견딜 착한 심성을 사람들은 지속적으로 간직하는 일이 힘들 수밖에 없습니다.

그러나 종교는, 어떤 종교든 이러한 현실에 그리 공감하지 않습니다. 만약 이에 공감한다면 자기가 펼치는 주장이 필연적으로 도덕적이어서 보편적이고 그래서 그것은 절대적인 것이며, 따라서 이를 승인하고 수용하지 않으면 사람다운 사람일 수 없다는 자신의 선포를 거두어들여야 하기 때문입니다. 그것은 자기의 포기 또는 자기의 상실과 다르지 않습니다. 그럴 수는 없습니다. 그래서 종교는 이러한 사태를 자기 울 밖의 '타락'이거나 '미망'으로 서술합니다. 그러한 서술주체에게는 이 사태에 대한 아무런 귀책사유가 없습니다.

우리가 직면한 문제의 문제다움은 바로 여기에 있습니다. 종교인의 도덕성은 종교의 도덕일 뿐 전혀 어떤 보편성도 지니지 못한다는 사실을 종교는 승인하지 않는다는 사실, 거기서 더 나아가 이러한 '승인할 수 없다'는 사실은 언제나 자신의 자리에서 정당화되는 논거를 확보하여 끝내 이러한 현상에 대한 인식의 기회마저 철저하게 차단하고 있다는 사실입니다. 그러므로 우리가 종교로부터 그리고 현실적으로 종교인으로부터 우리가 일상 일컫는 도덕성, 여기서 표현한 바로 다시 말한다면 '민낯의 도덕'을 기대한다는 것은 아예 어불성설입니다.

"사람을 때리는 것은 그른 일이다"라는 선언이 그대로 받아들여지지 않습니다. 때릴 사람은 때려야 하고 때릴 수 있는 사람은 때리는 일을 해야 합니다. "맞으면 아파!" 하는 민낯의 도덕은 아무런 힘을 쓰지 못합니다. 엄격하게 말하면 맞는 사람의 항변은 아무런 의미가 없습니다. 그것은 아예 울 밖의 발언이기 때문입니다. 그것은 바름의 소리가 아니라 그름의 소리이기 때문입니다. 설교와 설법은 이러한 주장이 도도히 흐르는 강물과 같습니다.

그러므로 종교인으로부터 우리가 바라는 소박한 도덕을 기대하는 것은 처음부터 잘못된 일입니다. 종교인은 종교 안에서는 선하지만 종교 밖에서도 그렇게 선할 수가 없기 때문입니다. 그것은 구조적으로 불가능한 일입니다.

그렇다면 오히려 우리가 긴장하고 조심할 것은 종교인의 도덕이 발휘되는 사실 자체일지도 모릅니다. 의외성과 반전이 구체화되어 우리의 삶을 되추스르게 하기 때문인데 그 소란이 멈추려면 우리가 특정한 종교인이 되지 않으면 불가능합니다. 이에 이르러도 문제는 풀리지 않고 오히려 더 뒤틀립니다. 종교가 제각기 다른 전통을 지니고 서로 그르다는 도덕을 펼치고 있는 상황에 빠져들기 때문입니다.

다행히도 인류의 역사는 종교사가 종교인의 도덕이란 해당 종교의 도덕 이상도 이하도 아니라는 사실을 극명하게 실증하고 있습니다. 그렇지 않았다면 종교사가 보여주는 증오와 살육의 역사를 우리는 설명할 수가 없습니다. 그러므로 이러한 것을 거울삼아 종교인의 도덕이 발휘되는 계기를 경각심을 가지고 살필 필요가 있습니다.

5

그렇다고 해서 종교인의 도덕성을 울안의 도덕성이라고 폄훼할 수만은 없습니다. 처음부터 인간의 삶이 지닌, 또는 추구하는 도덕성이란 것이 불가피하게 '울안의 도덕성'이어서 종교 또한 그런 것이라고 해야 옳습니다. 거칠게 말하자면 민낯의 도덕성은 언제 어디서나 '집단의 도덕'과 우선순위에서 그리고 그 경중(輕重)에서 갈등할 수밖에 없습니다. 사실 도덕성은 본질론자들의 지엄한 선언적 당위의 논리를 유보한다면 불가피하게 울안에서 비롯하는 규범이고 거기서 완결되는 규범입니다.

종교도 그렇습니다. 종교는 하늘 위에서 떨어진 것도 아니고, 땅속에서 솟아난 것도 아닙니다. 그것은 인간의 꿈이 서려 현존하게 된, 어쩌면 인류의 가장 아름답고 신비스러운 문화입니다. 그러므로 종교인의 도덕성이란 것이 종교의 도덕에 유폐된 것이라는 부정적인 함축의 이해를 의도했다 할지라도 그것이 종교인의 도덕성을 의미 없는 것으로 여기는 것은 아닙니다. 그럴 수도 없습니다.

그렇다면 우리는 어차피 현존하는 종교와 종교인 그리고 그 종교인의 도덕성을 운위하면서 다음과 같은 말을 하며 우리의 생각을 가름해도 좋을 것 같다는 생각이 듭니다.

> 사람들은 실은 사람다운 사람이기를 바라 종교라는 문화를 지은 것이었고 그래서 그에 대한 관심을 기울였던 거고, 그러다 마침내 종교인이 되었습니다. 또 그렇지 않은 사람들은 다른 길을 통해 사람답기를 위해 나름대로의 삶을 짓고 있습니다. 그렇다면 종교인은 마침내 종교인이 되어 사람다운 사람이 되었다는 자의식을 가지게 되었다면 이제는 종교인인 채 다시 사람다운 사람으로 되돌아와 삶을 이어가면 좋

지 않을까 싶습니다. 아울러 이른바 비종교인도 종교인들의 발언을 듣다가 의외성이나 반전에 놀라 멈칫하는 주저함에서 벗어나 종교인들의 고뇌와 환희에 공감하기를 의도하면서 비종교인인 채 종교인다움을 지닐 수 있는 태도를 스스로 지을 수는 없는지 되생각해 볼 필요가 있지 않나 싶습니다.

인간이기를 그만두고 종교인으로만 살아간다는 오만한 자기도취에서 종교인이 벗어나고, 인간으로 소박하게 살아간다면서 인간의 종교적 고뇌를 외면하는 또 다른 오만한 자기도취에서 비종교인이 벗어날 때, 어쩌면 우리가 부닥친 '종교인의 도덕성'의 문제도 어떤 출구의 실마리를 찾아낼 수 있지 않을까 생각됩니다.

'힐링'에 대하여: 인문학 또는 종교학적인 자리에서

1

언어는 살아 있습니다. 살아 있는 사람의 삶이 짓는 일이기 때문입니다. 그래서 생명이 있는 모든 것이 그렇듯 언어도 자라고 철들고 열매를 맺습니다. 그러나 때로는 시들기도 하고 병들기도 하고 또 늙습니다. 늙어가며 지혜가 담겨 무게가 차기도 하지만 얼이 온전하지 않을 수도 있습니다. 언어도 치매에 걸립니다. 아무튼 언어는 태어납니다. 그리고 죽습니다. 그리고 또 새 언어가 태어납니다. 그렇게 이어지며 언어는 현존합니다.

그렇다고 해서 모든 언어가 반드시 사라지는 것은 아닙니다. 사라진 언어의 자리에 다시 돋는 새 언어도 있고, 아예 새 언어가 아무 언어도 없는 자리에서 솟기도 합니다. 그런가 하면 세월 따라 낡아가면서 잊히다가도 새로 찾아 되사는 언어도 있고, 꼴은 거의 그대로인 채 자기 안에 담긴 뜻을 조금씩 다르게 채색하면서 다른 음조로 자기를 발언하는 새 언어도 있습니다. 또 비슷한 언어끼리 자리바꿈을 하듯 달라지는 언어들도 있습니다. 우리는 언어의 이러한 현상들을 '변주되는 언어' 또는 '언어의 변주현상'이라고 말할 수 있습니다.

물론 언어는 사람에 의해 발언됩니다. 그러므로 언어의 이러한 '현존의 모습'을 언어가 스스로 자기의 격률(格率)에 따라 빚어낸 것이라고 할 수는 없습니다. 그런데 왜 그런지 까닭은 알 수 없지만, 발언된 언어는 그것 나름의 생명을 지닌 홀로 선 실체가 되어 스스로 자기를 변주하기도 하고 그러면서 자기 나름대로 사물을 빚습니다. 발언주체인 인간과 반드시 이어지지 않았다고 판단되는 그러한 맥락에서 그러합니다. 그래서 발언주체조차 '언어의 사물 빚음'에 속하지 않을 수 없습니다. 참 묘한 얼개입니다.

그래서 그렇겠지만 이렇게 묘사할 수 있는 언어현상을 살펴보면 우리는 우리 삶에 대해 많은 것을 짐작할 수 있습니다. 언어가 풋풋한지 아니면 시들한지, 그것도 아니라면 언어가 열이 나는지 아니면 침착하고 냉정한지를 기술하면서 우리는 우리의 '지금, 여기'를 꽤 잘 짚어 일컬을 수 있습니다.

사람들이 열이 나면 언어도 뜨거워지고, 언어가 그렇게 되면 사람살이 또한 들뜹니다. 그래서 웬만큼 침착한 언어가 발언되지 않으면 그 열이 내리질 않습니다. 당연히 흔히 쓰던 언어가 슬그머니 드물어지고 낯선 언어를 자주 만나게 되면 우리는 세상이 달라지고 있음을 알게 됩니다. 벌어지는 일이 이전과 다르다든지 생각 틀이 바뀌고 있다든지 바라고 향하는 목표가 달라졌다든지 하는 것들이 뚜렷해집니다. 당연히 귀하고 중한 것이 무엇인가 하는 판단도 바뀌고 있음을 짐작할 수 있게 됩니다.

앞에서 지적했듯이 언어의 바뀜이 그러한 현상을 낳을 수도 있고 달라진 세상과 사람의 의식이 그러한 언어를 발언할 수도 있습니다. 사정이야 어떻든 중요한 것은 언어의 변주현상을 통해 우리는 우리의 삶을 기술할 수 있고 판단할 수 있고, 그래서 어떻게 살아야 하는지 하는 규범조차 마련할 수 있다고 하는 사실입니다.

그런데 지금 우리가 주목하려는 것은 '치유' 또는 훨씬 더 자주 영어 'healing'을 그대로 음역하여 '힐링'이라고 일컫는 용어입니다. 이 말은 없던 말도 아니고 그 뜻이 모호하지도 않습니다. 잦지 않던 용어가 잦아진 것은 분명해도 어색하지는 않습니다. 어쩌면 그 말을 사용하면서 어떤 참신성을 느끼기조차 합니다. 그러나 분명한 것은 이 용어의 등장이 하나의 '언어의 변주현상'이라는 사실입니다.

그렇다면 우리는 이 변주현상 자체를 기술하면서 이 현상에 대한 일정한 판단을 시도할 수 있고, 이에 근거하여 우리는 '오늘 여기'를 살아가면서 비록 불투명하지만 우리에게 요청되리라고 기대되는 어떤 규범조차 의도해 볼 수 있지 않을까 하는 생각을 하게 됩니다. 특별히 우리는 이를 이른바 '종교현상'과 이어 살피고자 합니다.

2

'치유'라는 말 이전에 이와 같은 뜻으로 우리가 일상적으로 쓰던 말은 '치료'입니다. 맥락에 따라, 그 언어를 발언하는 주체에 따라 그리고 그런 용례를 다듬어 미세하지만 뚜렷한 차이를 두어, 그 두 단어를 구분하기도 합니다. 이 두 용어의 서로 다름을 자상하게 살피는 일이 꼭 필요한지는 잘 판단이 되질 않지만, 분명한 것은 '치유'가 '치료'의 자리를 차지해 가면서 삶의 자리에 상당한 변화가 느껴지고 있다는 사실입니다.

그렇다면 그때 눈에 띄는 변화란 것이 어떤 것인지를 살펴보는 일은 마땅히 우리가 해야 할 일입니다. 그렇게 하면 왜 '치유'가 '치료'를 대치

(代置)하는지를 확인할 수 있을 것이기 때문입니다. 이를 위해 상당한 우회를 감행해 보고자 합니다.

우리는 몸을 가지고 있습니다. 가지고 있다기보다 우리는 몸입니다. 몸이 없으면 우리는 실재하지 않습니다. 그렇기 때문에 우리가 문제를 가지고 있다면 그것은 몸에서 비롯합니다. 그리고 우리가 그 문제에 대한 해답에 이르렀다면, 그것은 곧 그 해답이 몸에 귀착했음을 뜻합니다. 이를테면 질병이 그러합니다. 그것은 몸의 아픔입니다. 몸의 상실에 대한 위협이 질병보다 더한 것은 없습니다. 적어도 의도적인 폭력을 제외한다면 자연스러운 삶의 현실에서는 그러합니다.

질병은 그저 두렵고 고통스러운 것에 머물지 않습니다. 그것은 곧 존재의 소멸을 뜻합니다. 몸의 아픔은 머지않아 닥칠 자기의 무화(無化)를 함축합니다. 그러므로 질병으로부터의 벗어남은 인간의 간절한 바람입니다. 이렇듯 상한 몸이 본래 모습으로 되돌아가 온전하기를 바라는 것은 당연합니다.

'치료'(treatment)는 이를 위한 인간의 지혜가 모두 동원되는 지극한 기술(技術)입니다. 그 기술은 인류사를 관통하면서 끊임없이 발전되어 왔습니다. 의학의 발전은 고비마다 그 해답의 폭을 넓히는 것으로 점철되었습니다. 이를테면 '예방의학'은 치료의 외연이 얼마나 확장될 수 있는지를 짐작하게 합니다. 그것은 '치료 이전의 치료'입니다.

그런가 하면 신비에 가려 금기의 울안에 있다고 믿어왔던 생명에 대한 탐구는 마침내 생명을 '조작'하고 죽음을 '관리'할 수 있는 데 이르렀다고 판단할 만큼 몸을 '마음대로' 다루고 있습니다. 노화(老化)는 이제 불가피한 것이 아닙니다. 그것은 치료 가능한 질병입니다. 죽음도 다르지 않습니다. 그것은 유예될 수 있는 현상입니다. 아직 저지할 수는 없지만 타협할 수는 있습니다. 이를 우리는 의학이 '치료 이후의 치료'에 이르고 있다고 묘사할 수 있습니다. 마침내 '몸의 치료'는, 몸의 '회복'은, 여전히 질병이 없을 수 없지만, 있어도 절망적이지 않은 지극히 현실적인 일상이 되고 있습니다. '치료'는 온갖 '해답'으로 있습니다.

마침내 질병현상에서 비롯한 '치료'라는 개념은 모든 삶의 문제를 풀어가는 '중심 언어'가 되었습니다. 그래서 삶의 표상과 구조가 '질병의 치료'라는 현상으로 읽혀질 때 비로소 정의나 자유나 평등이나 평화도 성취 가능한 주제가 된다고 판단하고 있습니다. '치료'란 그러한 덕목을 함축한 상징적인 언어라는 의미와 더불어 근원적으로 그러한 덕목을 요청하게 된 문제정황이 '몸의 현상'에서 말미암은 것이라는 것을 전제하기 때문입니다. 이른바 '온전한 죽음'(well-dying)마저 포함하는 '온전한 현존'(well-being)이 현실적인 '몸의 건강'에서 비롯하여 '건강의 상징적 복합개념'으로 정착하면서 그것이 삶의 지향적 당위로 주창되는 것도 이를 보여주는 실증적인 예입니다.

그런데 이제까지 묘사한 사실은 인간을 영(靈)과 육(肉)의 이원적 실재로 나누어 설명하던 그 이전의 형편을 염두에 둔다면 상상할 수 없던 일입니다. 그때는 육이란 무가치하고 무의미하며 인간을 온전하게 하는 데 철저한 장애가 되는 것이라고 여기면서 오로지 영만이 가치 있고 의미 있는 것이라고 판단하고 있었기 때문입니다. 그러므로 '치료'라는 몸 언어의 등장은 당대로서는 전혀 예상할 수 없었던 일입니다.

3

그런데 바야흐로 '치료'의 발언빈도가 낮아지면서 '치유'가 그 자리를 메우고 있습니다. '치료'는 어느덧 낡은 언어가 되고 '치유'가 새로운 언어가 되고 있습니다. 이러한 현상은 우리로 하여금 '치료'가 감당할 수 없는 사태, 치료개념이 스스로 담을 수 없는 어떤 사태가 지금 여기서 벌어지고 있음을 짐작할 수 있게 합니다. 달리 말한다면 '치료에 대한 한계인식'이 오늘 여기의 새로운 사태로 벌어지고 있음을 확인하게 해주고 있는 것입니다.

치료의 한계에 대한 인식이란 다른 것이 아닙니다. '몸의 근원성'에 대한 회의라고 할 수 있습니다. 치료는 '몸 언어'이기 때문입니다. 다시 말하면 몸의 현존에 관하여 서술하면서 모든 물음이 몸의 현실에서 비롯하고 모든 해답이 몸의 현실로 귀착한다고 하는 몸 서술이 충분히 온당한 것인가 하는 데 대한 회의라고 할 수 있습니다.

이렇게 서술하면 우리는 선뜻 이제까지 우리가 경험한 영육(靈肉)의 이원론적(二元論的) 구조를 염두에 두면서 몸에 대한 새삼스러운 폄훼현상이 일고 있는 것일지도 모른다고 짐작할 수 있습니다. 영에 대한 새로운 긍정적 인식이나 적극적인 강조가 두드러지고 있음을 보여주는 것이라고 읽을 수도 있기 때문입니다. 그러나 그렇지는 않습니다.

전통적인 이원론의 구조에서 보면 영육은 공존한다기보다 택일적(擇一的)인 것으로 있어야 했습니다. 육에 대한 부정적 인식과 판단은 이 맥락에서는 당위였습니다. 그러나 그러한 택일이 실은 삶에 대한 온당하지 못한 인식을 유도할 뿐만 아니라 부정직한 실천적 규범을 낳는 데 이를 뿐이라는 반성이 일면서 몸의 재발견이라든지 몸의 재확인이라는 새로운 각성이 일었던 것을 우리는 유념할 필요가 있습니다. 그렇기 때문에 몸에 대한 각성은 앞에서 이미 서술한 대로 몸을 근원어로 하여 삶을 재편성하게 했고, 당연히 문제와 해답의 구조와 현상도 '치료'가 함축하는 개념으로 다듬을 수 있었던 것입니다.

그렇다면 우리가 오늘 여기서 직면하는 이른바 '치료'가 '치유'로 대치하는 새로운 추세를 이전의 이원론적 구조가 지녔던 영(靈) 중심의 구조와 현상으로 되돌아가는 것으로 이해하는 것은 무리입니다. 근본적으로 역류(逆流)나 재연(再演)은 시간의 맥락에서는 사실개념일 수 없습니다. 그것은 해석을 위한 은유입니다. 그런데 그러한 은유조차도 합당하지 않습니다. 치유는 치료의 변주일 뿐 치료의 범주에서 벗어나는 것이 아니기 때문입니다. 다시 말하면 치료든 치유든 그 둘 모두 '몸의 제거'가 전제된 개념이 아니기 때문입니다.

따라서 우리는 오히려 치유의 등장은 치료를 더 온전하게 하려는 기대의 현실화라고 이해하는 것이 옳을 듯합니다. 또 다르게 말한다면 몸의 근원성을 전제한 일련의 인식틀이 그 근원성의 서술과정에서 지나쳤다거나 놓쳤다고 해도 좋을 영의 현실을 바로 그 근원성의 범주에 포함해야 할 것이라는 불가피한 요청이 촉진한 사태라고 묘사하고 싶은 것입니다.

다음과 같은 사례를 들면 우리는 이러한 사태를 조금 더 소상하게 기술할 수 있습니다. 이를테면 질병의 치료를 위한 '몸 담론'은 사람과 그의 삶을 철저하게 '물화'(物化)합니다. 이를 우리는 더 적극적으로 "물화하지 않으면 치료는 불가능하다"고 말할 수 있습니다. 사람과 그의 삶뿐만 아니라 이른바 세계에 대한 담론도 이 맥락에서는 철저하게 물화될 수밖에 없습니다. 그러므로 우리는 이러한 사태를 안고 있는 사회나 문화를 '몸 사회'(somatic society)나 '몸 문화'(somatic culture)라고 할 수 있습니다.

그런데 여기서는 의료의 비인간화가 불가피합니다. 물화된 인간은 전통적인 자리에서 보면 인간일 수 없습니다. 정신현상마저도 모두 물화하는 이른바 인간에 대한 치료는 사람을 물건으로 '다루는 것'(treatment)이지 '온전하게 하는 것'(cure)은 아닙니다. 그리고 치료행위의 주체도 더 이상 사람일 수 없습니다. '그것은' 물건을 수선하는 도구입니다. 그 결과가 어떤 것으로 나타나는가 하는 것은 오늘의 시장적 정황을 살펴보면 뚜렷해집니다. 존재하는 것은 모두 교환가치가 있는 상품이 되어야 합니다. 그것이 생존의 조건입니다.

알 수 없는 것은 이러한 사태에 대한 비판적 의식이 바로 그러한 정황에서 움튼다고 하는 일입니다. 그것은 일어난 어떤 사실에 대한 인식에서 말미암은 것도 아니고 그렇게 인식된 것의 내용에 대한 설명에서 비롯하는 것도 아닙니다. 그것은 삶의 주체인 인간이 스스로 살아가면서 자기도 모르게 겪는 삶의 '경험에 대한 자각'에서 솟습니다. 그러므로 이에서 비롯한 치료에의 대치언어의 모색은 '자연스러운 것'일 뿐만 아니라 그때 등장하는 '치유'는 이제 몸도 얼도 한꺼번에 아우르며 넘어서는 새로운 인간이해를 담는 것이지 않으면 안 되게 되어 있습니다.

그러므로 '치유'는 이제 몸의 언어가 아니기 때문에 물화된 사물에 대한 언어가 아닙니다. 그렇다고 해서 그것이 얼의 언어도 아닙니다. 이미 그 두 언어를 아울러 넘어서는 새로운 언어의 요청이 마련한 언어이기 때문입니다. 따라서 결과적으로 치유는 '다루어지는 존재'의 삶의 실상을 논의하는 언어가 아니라 '스스로 자기를 가누는 존재'의 삶의 실상을 논의하는 언어입니다. 그러므로 치료의 주체는 타인이지만 치유의 주체는 자기일 수밖에 없습니다. 바로 그렇다고 하는 사실에서 이원론적 인간이해는 스스로 영과 육이라는 분리개념을 폐쇄할 수밖에 없게 됩니다. 그러한 이원론은 실재가 아니라는 판단을 하기 때문입니다.

치유의 원음(原音)을 좇아 우리는 치료에 이르렀고, 이에서 나아가 우리는 그 치료가 스스로 자신을 변주(變奏)하면서 치유에 이르지 않을 수 없게 된 것이라는 사실을 살펴보았습니다. 그렇다면 치료에서 치유에로의 옮김은 마땅한 진행이고, 그러한 의미에서 우리는 이 변주를 다행한 것으로 여길 수 있습니다.

4

앞에서 이런저런 까닭을 들면서 치료와 달리 치유는 새 언어로서의 면모가 뚜렷한 것으로 서술을 했습니다. 그러나 반드시 그렇지는 않습니다. 치유는 이미 종교의 범주 안에서는 치료보다 더 직접적이고 낯이 익은 용어입니다. 몸의 치료가 몸만으로 이루어지지 않는다는 사실을 유념하지 않을 수 없는 실제 경험은 치료라는 몸 언어로 몸이 낫게 되는 현상을 온전히 담지 못한다는 사실을 치유라는 표현을 빌려 익히 사용했습니다.

종교에서의 질병과 관련된 몸의 치료는 '다루기'(treatment)가 아니라 '회복'(recover)이었고 그것은 몸만이기를 넘어서는 다른 '신비의 첨가'였습니다. 그것이 '치유'(healing)로 일컬어진 것이었습니다.

이러한 사실을 유념하면, 앞에서 지적한 치유의 등장은 분명히 현대가 '몸 문화'(somatic culture)에 대한 절박한 한계의식에서 몸을 극도로 회의하면서 바야흐로 종교적 영성(spirituality)에로 '귀향'하고 있는 것과 다르지 않은 현상이라고 짐작할 수 있습니다. 그러나 그렇지 않았습니다. 앞에서 보았듯이 '치유의 등장'이 몸의 폐기는 아니었습니다. 오히려 '몸의 보완'이라고 해야 옳은 그런 현상이었습니다.

그렇다면 오늘 여기서 우리가 직면하는 종교 안에서의 '치유'의 두드러진 등장현상을 만나면서 우리가 해야 할 일은 그 용어가 이제까지 지속하던 어떤 언어를 대치하고 있는가 하는 것을 찾아보는 일입니다. 다시 말하면 '치유의 원음'은 적어도 직접적인 종교의 맥락에서는 무엇인가 하는 것입니다. 이때 우리는 '치유'를 선호하는 새로운 사태 안에서 그 언어 때문에 눈에 띄게 발언빈도가 낮아지는 용어를 발견합니다. '소테르'(soter)라는 용어가 그렇습니다. 이는 직역하면 '구원'입니다. 그리고 그것이 '구원론'(soteriology)으로 묘사될 때 그것은 종교의 다른 이름이기도 합니다.

그러나 우리는 '구원'이라고 하면 특정 종교의 언어라는 이해를 갖습니다. 이를 피하기 위해 종교가 의도하는 존재양태의 긍정적 변화 일반에 대한 호칭으로 어느 종교에서나 수용할 수 있을 '탈색된 언어'로 '소테르'를 의도적으로 선택했습니다. 이를테면 그리스도교에서 이제까지 구원이라는 용어를 사용했음직한 맥락에서 요즘은 '치유'(힐링)가 발언되고 있습니다. 마찬가지로 불교에서는 이를테면 깨달음이 발언되었음직한 맥락에서 '치유'가 등장하면서 깨달음이 뒤로 물러납니다. 이 현상을 우리는 '소테르의 변주로서의 힐링'의 출현이라고 묘사할 수 있습니다.

그런데 이미 지적한 바와 같이 변주의 불가피성은 원음의 한계인식에서 비롯합니다. 그렇다면 우리는 '소테르'가 함축하는 한계가 무엇인지를 살펴볼 수밖에 없습니다. 이때 우리가 우선 만나는 것은 그것이 '권위에 의해서 과해지는 규범적인 언어'라는 사실입니다.

종교가 마련하는 '소테르'가 담고 있는 내용은 그대로 신도들이 승인하고 수용한 감동의 내용이기도 합니다. 그것이 인간에게 얼마나 절실하게 필요한 것이고, 그것이 얼마나 진실하게 위로와 힘이 되며, 종국적으로 그것이 인간이 얼마나 희구하던 꿈의 실현인 '해답의 확인'인가 하는 것을 우리는 신도들의 감동 속에서 그대로 만날 수 있습니다. 그래서 그 해답은 그들의 삶의 내용이 됩니다. '소테르의 경험'은 존재양태의 변화를 꾀하면서 그 경험주체들에게 새 누리를 마련해 주기 때문입니다. 종교는 그렇게 비롯한 문화이고, 그렇게 틀 짜여 지속하고 확산된 공동체 현상입니다.

그러나 주목할 것은 바로 그렇기 때문에 종교가 마련한 해답은 자기 공동체의 절대적인 규범이 되고, 나아가 그것은 그 해답에 감동한 개개인에게 당연하게 요청되어야 하는 덕목으로 정착합니다. 그런데 그렇게 되면 그 감동주체는 자연스럽게 규범을 제시하는 권위에 귀속되면서 점차 스스로 책임주체이기보다 의존적인 타율적 자아가 되어갑니다.

개개인의 감동은 그 개인을 넘어선 커다란 얼개 안에서 '관리'되고, 개개인의 실존적 태도는 귀의나 봉헌의 이름으로 드높여지고 기려지면서 마침내 '자아의 소실(消失)'이 지고한 '자아의 실현'으로 '인정'됩니다. 종교공동체가 현존하는 한, 이는 불가피합니다. 그리고 종교에의 기대는 종교공동체를 불가피하게 현존하게 합니다. 그러므로 '소테르를 경험하는 감동'과 '그 감동이 관리되는 필연' 사이에는 근원적인 구조적 긴장이 자리 잡습니다.

이러한 상황 속에서는 인간의 문제가 이미 종교에 의해서 마련된 해답에 의하여 지어집니다. 물어야 할 물음과 묻지 말아야 할 물음이 구분되고, 후자의 물음을 묻는다는 것은 공동체 규범을 어기는 일이나 다름없습니다. '감동에의 반역'으로 기술되는 이러한 사태는 종교공동체가 가장 저어하는 상황입니다. 정통과 이단의 출현은 이러한 사태와 더불어 드러나는 새로운 현상입니다. 그런데 정사(正邪)를 구분하는 그러한 판단준거에 의하여 규제되지 않으면 종교는 스스로 지닌 진정한 해답이 손상당하고 결국 소테르의 실현이 위험에 봉착한다고 믿고 있습니다.

그러니 종교는 표류하는 섬이 아닙니다. 그것은 일상적인 삶 안에 있는 현상입니다. 종교는 스스로 그렇지 않은 자신만의 독특성이 있어 그것이 절대, 초월, 신성 등의 개념으로 일컬어진다고 말하지만, 그것은 종교의 발언입니다. 종교는 종교 이외의 수많은 다양한 '인간이해'와 더불어 있는 '어떤 하나의 현상'입니다. 그러므로 신도의 모습도 종교적인 틀 안에만 머물지 않습니다. 시대정신이라고 개념화할 수 있는 일련의 '지속하는 변화'는 사람들로 하여금 종교에 대한 '전승되어 온 인식'을 되물을 수 있을 만큼 영향을 미칩니다. 이러한 사실이 이어지면서 사람들은 흐름의 결처럼 종교에 대한 다른 많은 태도를 낳습니다.

이를테면 자신의 문제를 스스로 드러내지 못한다고 하는 것은 인간성이 억압된 때문이라는 것, 사적(私的) 발언이 강요된 침묵에 의해 자아의 내면으로 침잠하는 것은 그 개인으로 하여금 스스로 자기를 속이게 하는 것과 다르지 않다는 것, 그러나 이를 견디지 못하고 마침내 강제된 공동체 규범 안에서 겪는 철저한 고독을 풀 길을 스스로 찾아나서는 것은 '영혼의 자유'를 희구하는 것이라는 인식에 이릅니다. 그리하여 '소테르'를 제시하는 권위의 그늘에서 벗어나 신도들은 이른바 '영성의 풀림'을 통해 자아의 '회복'을 모색하면서 '소테르' 대신 '힐링'을 발언하기 시작합니다.

그러므로 종교의 자리에서 보면 '치유의 일상화'나 '치유문화'라고 일컬을 수 있는 현상은 상당히 불편하고 불안한 조짐입니다. 그것이 탈제도적 지향의 징후로 여겨지기 때문입니다. 비록 '치유문화'가 기존의 제도권 속에서 이루어진다 해도 사정은 다르지 않습니다. '치유'가 수식하는 제의나 활동은 그 형태가 어떻든 신도들에게 참신하게 받아들여진다고 판단될수록 그만큼의 불안을 동반합니다. 그리하여 이른바 '영성의 치유'라고 다듬을 수 있을 일련의 '새로운 치유문화'가 제도권 종교의 주류일 수 없다는 사실을 뚜렷하게 밝힙니다. 가장 너그러운 경우, 힐링은 소테르를 위한 도구적 가치를 지닌 것으로 승인될 뿐입니다. 소테르의 퇴거를 초래하거나 소테르의 대안으로서의 힐링은 허용되지 않습니다.

하지만 신도의 입장에서 보면 새로운 언어의 등장은 관용적(慣用的)인

언어의 '무모한 굴레'를 벗어나는 가장 효과적인 출구의 발견과 다르지 않습니다. 언어의 교체는 세상의 교체와 다르지 않다고 느낍니다. 그러므로 새 언어를 발언하는 일은 권위에 의하여 승인받지 못하는 자신의 고통을 드러내도 좋은 이전에 없던 출구와의 만남입니다.

실은 그 새 언어는 그렇게 만난 우연이 아니라 스스로 그렇게 '다른 언어'로 발언할 수밖에 없었던 자신들의 소산(所産)입니다. 그래서 묻지 못할 것이 없는 홀가분함, 공개적으로 고독을 노출하면서 그 고독을 공유할 수 있음, 어쩌면 자학할 수밖에 없었던 종교공동체와의 관련에서 자기 속에서 자기를 억죄던 사슬의 내재해 있음을 고백해도 두렵지 않음, 오히려 그렇게 할 수 있어 권위에 의하여 받지 못하던 위로를 '타자들'로부터 받을 수 있음 등을 스스로 겪으면서 자기도 모르는 사이에 '자아에의 회귀'를 호흡하게 됩니다.

그렇다면 소테르의 변주로서의 힐링은 제도에 의해서 억압되어 온 것들의 총체적 풀림, 곧 이성에 의해서 가려졌던 정감(情感)의 거침없는 발산, 인식의 논리에 의하여 침묵할 수밖에 없었던 고백의 공공연한 발언, '절대적 타자'와의 만남이 아니라 '상대적 타자와의 공존'을 통한 '다른 감동'의 경험 등으로 요약할 수 있습니다. 달리 말하면 이는 '사람다움의 회복'과 다르지 않습니다.

그러나 그렇다고 해서 힐링이 소테르의 대치물은 아닙니다. 힐링은 그 원음으로 소테르를 지니고 있는 한에서 자기를 확보할 수 있기 때문입니다. 따라서 힐링은 소테르의 범주 안에서만 비로소 자신의 의미를 지닙니다. 종교 자체의 불안에도 불구하고 신도들의 이러한 힐링의 펼침은 종교를 인간답게 하는 결과를 낳습니다. 그것은 종교를 위해서도, 신도를 위해서도 다행한 일입니다. 인간을 잃거나 잊은 종교의 자족적 현존이 종교 자체에 초래하는 파괴적인 귀결을 우리는 기술된 역사 속에서 자주 확인하기 때문입니다.

5

앞에서 우리는 치유의 등장이 '보완'과 '회복'의 개념으로 정리될 수 있는 현상으로 지금 여기서 자라잡고 있음을 시사(示唆)하는 발언을 했습니다. 그러한 판단이 바른 것인지는 분명하지 않습니다. 특별히 이제까지 우리가 지녀온 관성적인 '종교담론'이나 '치료담론 또는 의료담론'을 좇아 이 현상을 읽는다면 앞의 판단은 매우 취약한 것으로 보입니다. 우리가 익숙하게 겪어온 종교담론에 의하면 소테르의 한계를 승인하는 한에서라 할지라도 그것을 넘어서려는 의도는 '견딜 수 없음을 빙자한 편리한 환상에의 추종'과 다르지 않다고 여길 만한 충분한 근거가 있기 때문입니다.

비록 권위적인 것의 온갖 폐해를 다 드러낸다 할지라도 이른바 하나의 '교리'가 형성되기까지는 그 나름의 '아픈 지양(止揚)'이 있었습니다. '땅과 하늘의 긴장'이라고 해도 좋고, '나와 나의 긴장'이라고 해도 좋습니다. 그 긴장은 모든 소테르의 모태이기도 합니다. 이른바 '몸 문화'를 구축한 과정도 그렇습니다.

흔히 우리는 자연과학의 전개를 인간을 물화(物化)한 의도적인 부정

(不貞)으로 여깁니다. 그러나 '몸의 문화'나 '물화'라고 하는 것은 사실기술 개념이 아닙니다. 그것은 처음부터 사실기술을 상당히 지나친 채 이루어진 평가적인 개념입니다. 그렇기 때문에 몸의 치료를 구가(謳歌)하면서 몸 사회나 몸 문화를 폄하는 것은 이율배반적입니다. 질병은 치료되어야 합니다. 그것은 인간이 묻는 물음의 처음자리입니다. 인식도, 감성도, 의지도, 상상력도, 가치도, 의미도, 신비마저도 질병의 치료당위성의 실현불가능성에서부터 비롯합니다. 치료는 그러한 물음의 일시적 중단이나 유보가 아닙니다. 그보다 훨씬 더 깊은 차원에서 인간의 삶에 영향을 줍니다.

만약 이러한 사실을 우리가 유념한다면 치유든 힐링이든 어떻게 어떤 맥락에서 기술되든, 앞에서 진술한 것처럼 그렇게 간단하게 보완이나 회복의 개념으로 그 언어의 새로운 등장을 단정 짓고 말 수는 없습니다.

그렇다면 우리는 이 계기에서 이른바 '힐링 현상'에 대한 다른 접근을 시도할 필요가 있습니다. 이를 위해 우리가 주목하고 싶은 것은 '치료에서 치유'로의 현상과 '소테르에서 힐링'으로의 현상이 중첩되고 있다는 사실입니다. 분명한 것은 이 둘이 한데 모아지면서 이제 '치유'나 '힐링'은 그것을 어떻게 사용하든 몸의 언어도 아니고 영의 언어도 아니게 되었다는 사실입니다. 소박하게 말하면 그것은 과학의 언어도 아니고 종교의 언어도 아닙니다.

그런데 그 두 영역과 단절되지 않는 맥락에서 여전히 발언됩니다. 원음이 각기 그렇게 뿌리하고 있기 때문입니다. 또 다르게 말한다면 치유든 힐링이든 그 언어를 발언하는 사람들은 그것이 과학도 종교도 아니기를 바라서 그 언어를 선택한 것이라고 말할 수 있습니다.

이 계기에서 어쩌면 이 현상을 가장 적절하게 묘사할 수 있는 것은 치유 또는 힐링을 '예술'(art)이라고 명명하는 것일지도 모릅니다. 실제로 치유나 힐링은 많은 경우 예술과 연계된 형태로 이루어지고 있습니다. 더 나아가 예술은 힐링 기능을 가진다는 분명한 선언조차 하고 있습니다. 그러나 지금 여기서 펼치고 있는 이 논의에 치유주체의 문제를 담는 것은 논리적으로 성급한 일인지도 모르겠습니다.

오히려 그 문제를 다른 시각에서 에둘러 담을 수는 있을 듯합니다. 점차 사람들은 절대적인 권위에의 예속을 견디기 힘들어하는 것 같습니다. 다문화 상황이 지극히 직접적인 삶의 정황이 되면서 더욱 그러한 것 같습니다. 그 반작용이라고 할 만한 극단적인 '순교적 자기투척 현상'이 없는 것은 아닙니다. 그러나 이를테면 '귀의하는 자아'가 아니라 '귀의 이후의 자아'를 스스로 확인하려 하고, '봉헌하는 자아'가 아니라 '봉헌 이후의 자아'를 스스로 확인하려는 것 같습니다.

종교와 관련하여 다시 서술한다면, 이러한 현상은 종교의 '종교신도'가 되기보다 '종교시민'이 되려는 것이라고 말할 수 있습니다. 종교신도는 자기를 종교에 봉헌하지만 종교시민은 자기를 봉헌하는 자기를 갖습니다. 종교신도는 소테르를 발언하지만 종교시민은 힐링을 발언한다고 말하고 싶은 것입니다. 과학의 경우를 든다면 '과학자'가 아니라 '과학시민'이 되려는 것이라고 해도 좋을지 모르겠습니다. 과학자는 자기를 과학에 봉헌하지만 과학시민은 과학에 자기를 봉헌하는 자기를 갖습니다. 되풀이한다면 과학자는 치료를 하지만 과학시민은 치유를 한다고 말하고 싶은 것입니다.

요약한다면 힐링 현상은 새로운 '시민상'(市民像, citizenship)의 부상(浮上)을 확인하게 합니다. 그것이 새로운 인간상을 주조하는 데까지 이를지, 또 그것이 우리가 살고 있는 삶의 총체인 문화에 대한 새로운 담론편제를 구축하는 데까지 이를지 여부는 여전히 투명하지 않습니다. 언어의 변주가 빚는 현실은 실증되기보다 상상의 범주 안에서 그려질 수 있을 뿐이기 때문입니다. 다시 말하면 사유는 다만 그 변주가 빚었다고 상상되는 사실을 추수(追隨)할 따름이기 때문입니다.